长沙市文艺创作扶持项目

胡小平 著

跨越

一部企业与银行共壮大的交响曲

一轴集体与个人同成长的奋斗图

百花洲文艺出版社

图书在版编目（CIP）数据
跨越 / 胡小平著. -- 南昌 ： 百花洲文艺出版社，
2025. 8. -- ISBN 978-7-5500-5933-7
Ⅰ. I247.5
中国国家版本馆CIP数据核字第20256BY030号

跨越
KUA YUE
胡小平　著

出 版 人　陈　波
责任编辑　杨　旭
特约编辑　张立云
装帧设计　云上雅集
出版发行　百花洲文艺出版社
社　　址　南昌市红谷滩区世贸路898号博能中心一期A座20楼
邮　　编　330038
经　　销　全国新华书店
印　　刷　长沙市精宏印务有限公司
开　　本　710 mm × 1000 mm　1/16
印　　张　21
字　　数　300千字
版　　次　2025年 8 月第1版
印　　次　2025年 8 月第1次印刷
书　　号　ISBN 978-7-5500-5933-7
定　　价　88.00元

赣版权登字　05-2025-316

邮购联系　0791-86895108
网　　址　http：//www.bhzwy.com

CONTENTS

目录

引　子

出了楼，往上推了一下安全帽，望一眼当头的太阳，抹了一把脸上的汗，罗小琼对一块儿出来正指点着住宅楼的杨再新说：“这个项目经理确实干得不错，这两栋楼月底就能封顶，正好向国庆献礼。”

“好，那就好，看来公司又多了一匹千里马。”杨再新点点头，看着罗小琼，“这也证明卢达成真是千里马中的千里马，确实是有几把刷子，给公司带出了一帮好徒弟，带出了一支好队伍。”

“你过奖了。”罗小琼微笑着，“达成他们能有今天，都是因为有你这个伯乐，不仅有好眼力，而且有情怀，给人舞台，还让人尽情施展。”

“看你，还给我戴高帽子。”杨再新呵呵笑了笑，看着罗小琼，“我现在是顾问，闲人一个，你是公司的总经理，是公司的当家人。”

“那不，董事长才是当家人。我……”

罗小琼手机响了，一看是卢达成打来的电话，连忙接了。卢达成说尽管有些波折，碰到了不少困难，但项目一期今天已验收完毕，项目方非常满意，夸中国了不得，中国技术了不得，中国工人了不得。明天开始二期的施工，争取提前完成，再建优质工程，只会给公司争光，不会给公司丢脸。

“好，太好了，真是太好了！”杨再新兴奋地一拍掌，“这标志着双新不仅跨出了国门，而且站稳了，立足了，成了真正的跨国企业，实现了新跨越，实现了双新梦。”

“这是双新梦，也是你的梦，我的梦，全体双新人的梦。”罗小琼说着将手机递给杨再新，示意他跟卢达成说两句。

“达成，祝贺你！谢谢你！我……”杨再新似乎有好多话要说，却一时语塞，好一会儿才说，“等你归来，我请你喝酒！”

双眼湿润了的罗小琼接过手机，跟卢达成简要说了公司的情况，告诉他家里一切都好，要他劳逸结合，注意安全，毕竟是在异国他乡。

“不容易，不容易啊！”杨再新自语着走向停在不远处的小车。

“是啊！”罗小琼边上车边接过话，“双新能有今天，能有今天这个样子，风风雨雨、坎坎坷坷，真的不容易。”

刚上车，于美艳就给杨再新打来电话，欢天喜地地告诉他一个好消息，杨浩的无人机群升空操练成功了。挂了电话，杨再新感慨地说，看来当初没逼迫杨浩来公司是对的，对他个人也好，对公司也好，都是好事。罗小琼说杨浩能有今天，那多亏了于美艳。杨再新说那也多亏了有她这个好榜样。

小车出了工地大门，上了街道。杨再新头枕着座椅闭上眼睛，往事一幕接一幕地浮现在眼前……

第一章

城郊新修的马路平坦宽阔，行人稀少，显得空旷冷清。绿化带上参差不齐的银杏树一片金黄，茶花含苞待放。

坐在副驾驶位上的罗小琼从闪过的银杏树上收回目光，扭头看着杨再新，微笑着说：“杨总，对收购水泥厂，我琢磨几天了，心里还是没底。”

靠在座椅上，微闭着双眼，摸着下巴，若有所思的杨再新坐了起来，望着前边水泥厂的方向，说：“没事，去现场看了再说吧。”

杨再新是双新公司的总经理，天生一张国字脸，身材魁梧，说话中气十足。罗小琼是公司助理总经理、办公室主任，不高不矮，不胖不瘦，那对动人的小酒窝和那双会说话的大眼睛格外讨人喜欢。杨再新欣赏罗小琼的不只是她的外表，更是她那青春洋溢的气息，那言谈举止表现出来的特有的气质，还有那对事物对问题的独到见解。罗小琼敬佩杨再新的，是他行事的雷厉风行，干事的一往无前，还有他的敢作敢当。

柳开站在一辆停在地坪的越野车的车顶上，一手拿着一个开了盖的玻璃瓶，一手有点颤抖地指着相隔几米的屈大江和穿着警服的王昌明，命令似的要他们别过来，快退到一边去，要不他真的喝了。屈大江和王昌明交换了一下眼神，慢慢往后退。

地坪四周聚拢的人越来越多，闹哄哄的。

“你看，那个人是怎么了？”提着水壶，边走在人行道上边往车顶看的汪守业碰了一下卢达成的胳膊，“好好的非要站到车上去，也不知道那瓶里装的是什么。”

“什么？”伍家旺盯着瓶子，“准不是什么好东西。”

“是他？”卢达成停下脚步，“没错，是柳开。三四年前，他原来上班的厂子倒闭了，有人介绍他来工地干活。他没什么技术，又懒。我安排他担砖，他嫌活重，又嫌工资低，没他想象的多，便老磨洋工，还老冲我发牢骚，说什么这活不干了，要炒了老板的鱿鱼。没几天他真骂骂咧咧地走了，还顺手拿走了一把钳子。”

“真是好笑，天底下哪有不费力干活，还工钱多的好事。”伍家旺一哼，“走吧，管他呢。这样的人我看不起。”

“喂，伙计，快下来，别站在那上边了，那东西千万别喝！”汪守业双手搭在嘴前，跳起来冲车顶上这么一说，叹息着朝卢达成和伍家旺追了上去。

急得满头大汗的王昌明对屈大江说：“屈行长，我看你就答应他算了，别真弄出人命来。真要出了人命，到时候有人说是你逼的，那你麻烦就大了。”

“王所长，你也知道，我只是个副行长，不能表这个态的。再说了，如果他这样一搞，那贷款就不还了，别人也跟着这样，那……”

“可是，如果他真要喝了，那你损失的就远远不止那点贷款的钱了。我劝你可不是要害你，而是为你好。你要不听我的，那不勉强，但我懒得管了，你自己看着办。”

屈大江拦住要走的王昌明，说：“他会不会只是吓唬我们？”

王昌明睁大眼睛，指着屈大江，说：“你……你怎么能这么想？这可是人命关天的事。你就知道他只是吓唬你？我告诉你，你要这样想，那你就是拿生命开玩笑，当儿戏，是不管人死活，是草菅人命了。”

“我……”屈大江大把地抹汗，脸色发白，白里泛青。

“我跟你说啊！”王昌明拍了一下屈大江的肩膀，“你就不能变通一下，先答应了，到时候再说？”

屈大江稍一想，摇着头说：“那不行，不行。”

王昌明指着屈大江的头，说：“你脑壳里灌的是豆腐渣啊！你要知道，眼下最关键，也是最急迫的，是怎么先把他弄下来。只要弄下来了，那事情就好办了。”

屈大江说："弄下来了，只怕是更不好办了。"

王昌明说："好，你不好办，那我真不管了。"

屈大江忙一把拉住甩手要走的王昌明的手。

挤进来的章小强跟王昌明耳语了两句。王昌明稍一想点了点头。

刚坐下了的柳开又站了起来，指着屈大江说："屈行长，你想好了没有？我早说了，我本来是不想这样的，可又没办法，只能这样。这全是你逼的。好，我再给你三分钟考虑。时间一到，你可别怪兄弟不够哥们，不讲义气，我只要眼睛一闭，那你也完了。"

"柳总，柳老板，别这样，你千万别这样！"屈大江朝柳开边说边作揖，"你先下来，我们再一起商量，好不好？"

"不好！你答应了我就下来！"柳开说得很坚决。

"柳总，你快下来，算我求你了！"屈大江跪了下去，"你是我爹，行了吧？"

"屈行长，你要不答应了我，那你跪也白跪，就是叫我爷爷也不行！"柳开哈哈一笑，"你别想骗我下去，我不会上你们的当。"

胡岚一手把着方向盘，一手指了一下车外，边减速边看一眼坐在副驾驶位上的万全有和坐在后排的安然，说："万主任，安行长，你们看那车上。"

万全有望一眼车外，扬了一下手，说："走吧，不去凑热闹，警察都来了，没事，他们会有办法的。"

"好好的，有什么想不开的，非要这样？"安然一声叹息，"但愿没事。"

"没事才好。"胡岚摇摇头，边说边加速，"一旦有事，那就是大事。"

一辆小车靠边停下来。何桂香下了车，钻进人堆，将双手做成喇叭，对着柳开大声说："上边那是个娘们，还是个爷们？要是个爷们，那你要喝就喝，别在那装模作样。"

周边的人对何桂香或瞠目结舌，或侧目而视，或指指点点，或悄悄议论。何桂香却视而不见，听而不闻，一点儿也不在乎。

柳开转动身子，搜寻着何桂香。

"我说你在那吓唬谁呢？"何桂香指着柳开，哈哈一笑，"我看你那样子就知道，你裤裆是空的，不是个爷们。"

"你要是个娘们，那你就赶快上来。"柳开指着何桂香，"你不敢吧？"

"好，你等着，老娘我今天就来陪陪你。"何桂香嘴上这么说，人却往外挤。

"喂，上边那个是谁呀？"于美艳边说边挤进来，"你有什么想不开的，那请到别的地方去，离我们双新公司远一点，别脏了我们的地盘，坏了我们的风水。"

往外挤的何桂香停了下来，冲着柳开说："是啊，你是找错地方了，应该爬到前边双新公司的楼上去。"

于美艳瞪一眼何桂香，朝柳开挥着手，大声说："下来，你快给我下来！"

章小强悄悄绕到柳开的后边，掏出弹弓。只听"嘣"的一声，柳开手上的瓶子碎了，柳开惊吓得一连几跳。王昌明一个箭步上去，一把将他拖了下来。

看热闹的人大多松了一口气，说总算没喝下去，谢天谢地，也有人说好戏才开始，怎么一下就收场了，没意思。

章小强用手指沾了一点车上的汁液，一闻，再一尝，说是饮料。一听说是饮料，看热闹的人便一哄而散了。屈大江长吁了一口气，身子一晃，差点摔倒。

何桂香冲于美艳一笑，说她刚才是说着玩的，别见怪，说着朝于美艳摆摆手，做了一个飞吻，上了车。于美艳朝她一哼，说就知道她没安好心。

于美艳两脚生风地朝前走去，边走边给杨再新打电话，说刚才有人爬到车顶上，装模作样要喝农药，给派出所王所长他们弄了下来。不等于美艳说完，杨再新就有点不耐烦地说他在车上，去城郊看水泥厂，别跟他说这些乱七八糟的东西。

一听说要去派出所，柳开就耍赖，躺在地上不说话，也不动。章小强只好叫人帮着将他抬进车里，带回了派出所。

隔壁房间吵吵闹闹的，还有拳打脚踢的声响。刚坐下准备做笔录的章小强哼了一声，拿了桌上的警棍，瞪了一眼柳开就往门外走。那边很快传来一声炸雷般的呵斥，接着是几下"吱吱""吱啦"和"哎呀""哎哟"的声响。竖起耳朵贴墙听着的柳开不由得脖子一缩，打了个冷战。

“到这里头了还不老实，还要打闹，真是没名堂，不知死活！”回来的章小强说着将警棍往桌上一丢，指着柳开，“你为什么要装模作样，搞这么一出闹剧？”

柳开嘻嘻一笑，说：“吓唬屈行长啊！”

章小强朝柳开眼一瞪，一拍桌子，说：“柳开，你给我严肃点！”

柳开一愣，站起来，腿一并，手一举，说：“是！”

“你为什么要吓唬屈行长？”

“他让人逼我还贷款。”

“还贷款是你应该履行的责任和义务。自古以来杀人偿命、欠债还钱，那都是天经地义的事。你这都不知道？”

“这我当然知道！”柳开手一摊，“可问题是我没钱啊！”

“没钱？”章小强皱了皱眉头，“你借的贷款是干什么去了？”

柳开稍一迟疑，说：“给人骗走了。”

章小强紧接着问：“给谁骗走了？”

柳开眼睛一翻，肩一耸，说：“我也不知道。”

“不知道？”章小强一拍桌子，“是不是你嫖赌逍遥挥霍掉了？”

“那……那没，没有呢。”柳开边说边往后缩。

“好了，你钱干什么去了，我也懒得管你了。但你要明白，你今天的所作所为，既是不讲诚信的体现，更是严重扰乱了社会秩序，破坏了社会稳定，损害了沧江形象。”章小强一脸严肃，指了指柳开，边说边敲着桌子，“你想想看，就你那么往车顶上一站，瓶子一举，导致出动了警察，招来了那么多人围观，社会影响多不好。你知不知道？”

柳开眨了眨眼睛，摇了摇头。

“你不知道？”章小强皱着眉头。

“不知道。”柳开点着头，“还真不知道。”

“那好，我现在告诉你了。你给我记好了，记牢了！”章小强盯着柳开，“往后可不能再动辄这样那样，害自己害别人害社会。你听到了没有？”

柳开摇头，又点头。

“怎么？你还想那样？”章小强一拍桌子，指着柳开，“那我警告你，往后你还敢装模作样，那我把你抓起来，送到拘留所，或是看守所去。”

柳开连忙站了起来，边摇头边说："不敢了，再也不敢了。"

"真不敢了？"章小强严厉地问道。

"真不敢了。"柳开嘿嘿一笑，"我要再去，就是你崽，你孙。"

"我可不敢有你这样的崽，这样的孙。"章小强目光冷峻地盯着柳开，"但你给我记着，沧江银行的贷款，可不是你那么装模作样就能没了的，你还得去还，而且要主动去还。当然，如果确实是有什么情况，那你去好好跟人家说清楚，好好跟人家打商量，赖是赖不掉的，逃也是逃不了的。"

柳开避开章小强的目光，边哈腰边说听明白了。可一出派出所的大门，他就一转身，冲着楼上大声说，老子明白你个鬼呢。说着又脖子一缩，赶紧溜了，生怕有人追来似的。

在章小强问话柳开的同时，王昌明也在向屈大江了解情况。

"屈行长，不是我说你，你们的贷款是要还，是要催，可催也得注意点方式方法，别把人逼急了，逼狠了，真要是逼出人命来，那是害了你，也害了我。"王昌明看着屈大江。

"王所长，说起来还真是没怎么逼他，只是信贷员上门找过他，要他拿一个还款方案，谁知他会这样。"屈大江一脸无奈。

"是吗？"王昌明往椅子上一靠，半闭着眼睛摇了摇，眼睛一睁，坐起来，"屈行长，也许是信贷员没说实话，你没全面掌握情况吧？"

屈大江一愣，汗又冒了出来。他不知道王昌明问这话的真实目的，不知道他只是就事论事，还是另有所图。

"怎么，还真给我说中了？"王昌明偏着头看着屈大江。

"柳开的贷款是以装修房子的名义借的，可他的钱并没有拿去装修房子，而是一部分拿去炒股，亏了，一部分拿去打牌，输了。"屈大江说着一声叹息。

"这么说来，那你们也是有责任的了。"王昌明看着屈大江，"是不？"

"我……我们还是有一点点责任的。"屈大江斟酌着说，"责任就在于一个是贷前调查不太细不太实，没有真正全面、详细、准确地了解柳开的情况，另一个是贷后没有监控好资金的使用，给他挪用了。但这都不是他不还贷款的理由，也不影响我们对贷款的催收。"

“那你们的信贷员是不是有问题？”王昌明往椅子里一靠，看着屈大江。

“我……”看着王昌明那似笑非笑的样子，屈大江有点儿心慌了，“我们早查了，信贷员只是工作责任心有点欠缺，对柳开提供的资料审查不严，有些情况也没去现场认真核实。好在他没收柳开的礼，更没拿柳开的钱，只是在路边的小馆子里吃了一顿饭。这信贷员半年前已经辞了职，走人了。”

王昌明在椅子上摇了摇，猛地站起来，朝屈大江手一扬，要他回去，没事了，有什么再找他。他凑近王昌明，边打手势边悄悄说了两句。王昌明又摆手又摇头，说心意领了，可别害他。

屈大江一出王昌明的办公室就跟章小强差点碰了个满怀。章小强指着屈大江，说今天幸好王昌明指挥若定，又亲临一线，让事件得到妥善处置，要不麻烦就大了。他说着瞟了一眼门内，跟屈大江耳语了两句。屈大江连忙转身，进门朝王昌明手一拱，说恭喜王局长，贺喜王局长。王昌明朝屈大江手一指，脸一沉，要他别乱说，还没发文呢。他随即又一笑，指着站在一旁的章小强，说今天要不是他机智勇敢，那现在他们只怕就不是站在这里了。屈大江连连说那是那是，感谢感谢。

水泥厂内一片死寂，凋零破败，丛生的杂草一片枯黄。

大门口，栅栏门锈迹斑斑，墙柱上的瓷砖大多已脱落。

杨再新停下脚步，回头看了看厂内，看着罗小琼，说：“小琼，你怎么看？”

“来的路上我心里还真没底，刚才看了现场，又问了几个人，还查了相关账目，我觉得可以收购，也应该收购，更值得收购。”罗小琼边说边打着手势，“一来这水泥厂作价并不算高，物有所值；二来双新的主营业务是建筑和房地产，与水泥有着密切的关系；三来这水泥厂虽然早停工了，但只要一注入资金，很快就可以复工，因为主体设施和主要设备总体还算好，只要做一些检修和更换就可以使用；四来让双新收购水泥厂是政府的意愿，如果我们收购了，给政府排了忧，解了难，那政府会给双新记上一功，无疑会提升双新在沧江的地位和影响，是对双新对沧江都有益的大好事。总之，收购这水泥厂，那是给双新积累资本，积累资源，积累财富，是可遇而不可求的难得的大好事。”

“好，你说得好。”杨再新点点头，“这就叫一举多得，一箭多雕。”

“哪里。”罗小琼朝杨再新一笑，“我可是受你的启发才这么想的。”

“你又谦虚了。”杨再新指了指罗小琼，“刚才我把水泥厂和这四周都仔细看了，也认真想了，收购这水泥厂，对双新来说，那是有益无害，不仅利在当前，还利在长远。”他四下看了看，指了指，“你好好看看，再好好想想，这水泥厂现在是还在城郊，但若干年后，这里会是在哪里呢？”

罗小琼四下看了看，稍一想，恍然大悟似的说：“对对对，我明白了。还是杨总高瞻远瞩，看得高远，看得透彻。”

“好，你明白就好。”杨再新边说边往前走。

“只是我在想，收购这水泥厂虽然好是好，但还得看公司的资金是不是安排得过来。”罗小琼跟着边走边说。

“资金上的事，你不用管，我让于美艳去弄。”杨再新看一眼跟在后侧的罗小琼，“这水泥厂不但要收购，而且要快，必须抢在别人前面。现在是有人还在犹豫，等他们一旦反应过来了，那竞争就大了，变数就多了。”

上了车，一眼看到的又是挡风玻璃前那瓶精致的香水，罗小琼心头掠过一丝不安，心想说不定又要引起于美艳的误会了。今天杨再新又是单独带自己出来的。

前不久，杨再新换了新车。罗小琼买了瓶香水放在车上。于美艳知道后，当天就买来了这瓶香水，本想当着罗小琼的面把车上那瓶砸了，让罗小琼长个记性。可罗小琼一见她手上的香水就忙着边夸她的香水好，就她懂杨再新喜欢什么，边将车上的那瓶取下来，请她将香水放上去。这样一来，于美艳不好发作，也不好多说什么，放上香水就走了。可没走几步，猛地听到“啪”的一声，她回头一看，见是罗小琼换下来的那瓶香水已碎在了地上。她想问罗小琼为什么要砸了香水，却欲言又止，把话咽了回去。

香水湿了地上一团，香了好几天。

杨再新问罗小琼怎么把香水砸了，可惜。她说不是砸的，是一不小心掉地上摔烂了。杨再新笑了笑，心想她应该是做给于美艳看的。

一脸疲惫，靠在办公桌前转椅上的屈大江睁开眼睛，一声叹息后站了起来，边走边双手梳理着头发。走了两圈，他往转椅上一坐，朝坐在办公桌对面木椅上打瞌睡的柳开敲了敲桌子，见他抬起头，便盯着他说："柳老板，我跟王所长，今天可是差点就都给你吓死了，害死了。"

"屈行长，你这么说，那可是冤枉死我了，委屈死我了，我哪担当得起啊！"柳开朝屈大江嘻嘻一笑，"还有，你可别喊我柳老板，我现在是穷鬼一个。"

屈大江皱着眉头，说："我还冤枉你了，委屈你了？"

"那是啊！要不是你们逼债逼得紧，那我能去冒那个险？能去出那个丑？"柳开瞟一眼门口，趴到桌上，凑近了屈大江，"好，我也不瞒你了。我那虽然是装模作样，却是几次差点从车上掉下来，魂都差点吓丢了。"他嘿嘿一笑，"其实，你们只要再等一等，我就会自己下来了，根本用不着章警官那样，因为我腿酸了，喉咙也嘶了，或许你们谁也不理我，早散了，那我也装不下去了。说起来，我倒是佩服章警官的弹弓射得那么准，不偏不倚，简直是神枪手，还用力不轻不重，恰到好处，还有王所长手脚那个快，我都不知道怎么给他拖下车了。你……"

"我不想听你说这些！"屈大江不耐烦地朝柳开一挥手，"王所长和章警官都跟你说了，你的贷款并不是那么一搞就搞没了的，还得还。你就说说怎么还吧？"

柳开手一摊，偏着头看着屈大江，说："我的屈行长，我只问你，我现在是穷鬼一个，你说我拿什么来还？我就是想还也还不了啊！"

"我并没说要你今天或是明天就还了，只是要你做个还款计划。"屈大江看着柳开，"你还款计划都没有，那怎么证明你有还款的意愿呢？"

"还款计划？"柳开挠挠头，起身走了走，一屁股在原位坐下，一拍桌子，"那好，我就做个计划，二十年后还吧！"

"二十年后还？那不行，不行！"屈大江又摆手，又摇头，"你这么说，那只能说明你没有半点还款的诚意，是压根就不打算还了。"

"屈行长，你这就冤枉我了啊！"柳开腰一挺，"我可没说不还，只是时间长一点，你们多等一等。"

屈大江咽了咽口水，一拍桌子，说："柳开，你这分明就是想赖账！"

"屈行长，你说我赖账？"柳开哈哈一笑，"那好，你非要说我赖账，那我就赖上了，不还了。”

“你……”屈大江指了指柳开，一声叹息，起身在地上走了起来。

柳开往转椅上一坐，再往后一靠，悠闲地摇着。

屈大江厌恶地瞪一眼柳开，走到窗前，望着窗外。

“屈行长，你也别把人看扁了，看死了。”柳开坐了起来，双手往桌上一搭，“我可是看过八字的，八字先生说我虽然现在还穷，不怎么走运，但还是有时来运转的时候，有发财的日子的。等那日子一到，钱就打着滚朝我来了，用门板挡都挡不住的。到那时，你就是不叫也得叫我柳老板了，是不？”

“柳老板？”屈大江没好气地一哼，“你哄鬼呢！”

“哄鬼？”柳开呵呵一笑，边说边往门口走，“屈行长，你可不是鬼哦。”

“我不是鬼。”屈大江指着柳开，“可你是个鬼，一个赖皮鬼！”

“好，鬼就鬼，我无所谓的。”走到门口的柳开转过身，“不过，屈行长，你就等着我发财，等着叫我柳老板吧！”他边说边给屈大江来了个飞吻，扬长而去。

屈大江一跺脚，朝柳开骂了一声“无赖”。

柳开垂头丧气地走在霓虹闪烁的街头。何桂香一眼看到了柳开，连忙叫司机邓满意靠边停下，放下一小半车窗玻璃，对着柳开说：“你就是今天那个假装要喝农药的吧？”

柳开停下脚步，弯下腰，往车里看。

“你叫什么名字？”何桂香边说边朝柳开招手。

“你谁呀，问我名字？”柳开直起腰，一拍胸脯，“那老子站不改姓，坐不更名，柳开是我，我是柳开。”

何桂香一笑，关上了车窗。

“他奶奶的，你吊老子口味，看老子的热闹？”柳开边说边跟着车小跑了几步，站在那里，念了念车牌号，“好，你等着，老子记住你了。”

这时，正在写情况汇报的屈大江接到了市金融办一位副主任的电话。他边抹汗边恭恭敬敬地听了一顿训斥之后说，好的好的，今天的事一定好好总结教训，书面的情况汇报明天一定送过去。

刚挂了电话，手机又响了。屈大江一看，稍一犹豫才接通了，说："噢，是香总啊，有什么事吗？"

"屈行长，你就别遮遮掩掩了，今天的事我都看到了，也问清是怎么回事了。"坐在车里的何桂香将手机换到另一只手上，呵呵一笑，"我猜想，当时你那腿准是软了的，只是不知道你裤子湿了没有？"

"香总，你就别开玩笑了。我是真的给他害苦了，害惨了，这副行长的帽子只怕都戴不稳了。"屈大江擦拭了一下眼角的泪水，"什么？你问我在哪？在干吗？我还能在哪，就在办公室，在写情况汇报呢。什么？重点写如何处置得当，怎么化险为夷？"

"对对对，就这么写，包你不仅这帽子戴得稳稳当当的，说不定还会给你换一顶更好看更有用的新帽子。"何桂香朝回头来看的邓满意挤一下眼睛，"不过，屈行长，下回我要有什么情况，贷款还不了，那也去车顶上坐一坐，行不？"

"别别别，你可别再来害我了！你要再来害我，那我这小心脏真就受不了了。"屈大江电话一挂，将手机往桌上一扔，"岂有此理，真是岂有此理！"

何桂香"喂"了两声，将手机往椅子上一丢，摇头一笑，说："有意思，真是有意思。"

"什么有意思？"邓满意莫名其妙地回头看着何桂香。

"去去去，你不懂的。"何桂香说着朝邓满意扬了扬手，往后一靠，眼睛一闭，没半分钟就响起了鼾声。邓满意回头看一眼何桂香，心想她是太辛苦了，一个女人家的，何必呢，又一想，她要不厉害，不辛苦，那也撑不起公司啊！

就在邓满意回头看何桂香之时，司马兰和程万秋等人嘻嘻哈哈地上了聚仙楼。

沧江是一座历史文化名城，城中有山有水，沧江穿城而过，将城分东西两边，东边大，西边小，但西边有沧山，山中有书院，山下有好几所大学。

沧江大学背靠沧山，面临沧江。江边有个聚仙楼，装饰时尚，却又不失古典风韵，在这可观赏美景，登上最高层，沧江两岸尽收眼底。这里既有高档雅间，有山珍海味，也有大厅散座，有风味小吃。

“听说今天那喝农药的只是装个样子，瓶子里是饮料。”程万秋“咕噜”两口喝了一杯啤酒，一抹嘴，瞟一眼邻桌，“他就想吓唬一下银行，以为这么一闹，银行就怕了他了，贷款就不用还了。”

“就他这么一闹，银行就不敢要他还贷款了？”朱小丽看一眼程万秋，摇摇头，“我看他是想得太简单，太天真了吧！”

“我看他不是脑壳进了水，就是脑壳给驴踢了。”司马兰将杯子往桌上一搁，“他简直就是一个流氓，一个无赖！”

“我估摸着，他也许是当初贷款时就没想着要还的，一开始就有了耍赖的思想准备。”朱小丽看一眼司马兰，“看来在银行工作还真得有一双火眼金睛，一旦贷款到了这样的人手里，那准会成了呆账。”

“小丽说的没错。”司马兰朝朱小丽一笑，“所以啊，银行放贷款就得戴放大镜，戴显微镜，看清了人，看准了人，要不准会出事。”

“我看这没什么奇怪的。这世上就得各种各样的人、各种各样的事都有，世事才千奇百怪，才丰富多彩。”程万秋看一眼宁大为，“如今借了钱不想还的个人也好，单位也好，都多了去了，可不止他。他尽管是装模作样来吓唬人，却也要有胆量，有办法，一般的人可不敢去冒那个险。但他就因为冒了这个险，也许他的贷款还真就没了，不存在了。这也验证了‘富贵险中求’那句老话，还……”

“你这是什么话？”司马兰指着程万秋，“那你是同情他，赞赏他了，是不？”

“那……那不是呢。”程万秋连忙摆了摆手，边倒酒边说，“做人当然要讲诚信。人而无信，不知其可也。只是如今在一些人的眼里，银行的贷款只要弄得到，那就是本事，越多越好，至于还不还，怎么还，哪天还，那得看情况，看心情。”

“是有点人心不古、世风日下的味道了。”朱小丽感慨道。

“话不能这么说。应该是总体来看，社会上还是讲信用、讲信誉的人多。”一直在听着的宁大为看一眼程万秋和朱小丽，“不管是向银行贷款，还是向个人借钱，都得量力而行，有借有还。人一旦没了诚信，那就没了朋友，没了事业。”

“那是的，大为说的没错。大为看问题就是不一样，总是比较客观，比较理性。”司马兰看一眼程万秋和朱小丽，看着宁大为，杯一举，“来来来，不说那些了，别跑了题，我们今天可是祝贺大为的论文上了学报才聚到这来的。”

四只杯子响亮地碰在一起。

坐在办公桌前的万全有放下报纸，指了指报纸上的文章，问坐在对面椅子上的胡岚和安然看过了没有。胡岚和安然相互看了一眼，都点了点头。

“那你们怎么看，有何感想？”万全有看着胡岚和安然。

“我看这文章写得言过其实、夸大其词，更是牵强附会、耸人听闻。”胡岚有点气愤地站了起来，指点着报纸，“完全是颠倒黑白、混淆是非，是……”

见万全有摆着手，胡岚便不说了，坐了下去。万全有看着安然，示意她说说。

“我看，那记者这么写，无疑是为了博眼球，扩大报纸和记者的影响。”安然看着万全有，“如今有的媒体为了迎合社会和读者，跟过去已经有了很大的变化。好在记者是用某银行来替代沧江银行，用化名来替代当事人。这为记者本人留了空间，也为银行留了余地。正因为这样，也就用不着去较真了。但我们从中可以受到启发，总结教训。”

万全有点点头，用鼓励的眼神看着安然。

“我想，对我们来说，教训主要在三个方面。”安然边说边亮着手指，“一是必须谨慎选择信贷客户，要全面、细致、准确地掌握客户的真实情况，特别是要了解客户的品行，看是否有不良嗜好，是否有不诚信的表现，等等，把控好客户的准入关。二是必须全面做好信贷三查。贷前调查要做细做实，核算好客户贷款的合理需求，掌握客户贷款的真实用途及还款来源；贷款审查要从严从紧，不可心存侥幸，不可马虎草率；贷后检查要认真扎实，尤其要掌控好贷款的用途，防范贷款挪作他用，及时发现和处置存在的风险，降低损失。三是必须做好对信贷人员，也就是客户经理的管理，既要提高他们的业务能力，能看得清，看得透，看得准，更要提升他们的道德素养，要真想看，真心看，真正看，有效防范道德风险。”

“好，说得好。”万全有边说边鼓掌，“好一个三看三真！”

“当行长的说话就是不一样。”胡岚朝安然竖了一下大拇指，“向你学习。”

安然谦逊一笑，对胡岚说：“哪里哪里，我一个小小的支行副行长，还请你多指导多关照呢。”

万全有是H行沧江分行公司业务部主任。胡岚是万全有部门的客户经理。安然是城区网点支行副行长。经过早些年的国有商业银行股份改制后，原来的分理处升格成了支行，分理处主任成了支行行长；原来的部门科长成了主任，信贷员成了客户经理。

于美艳放下笔，拢了拢头发，扭头看一眼站在旁边的罗小琼，将资金统计表递给她，说：“罗总助，你是看着我算出来的。钱够不够，你自己看吧。”

罗小琼扫了一眼统计表，刚要开口，见杨再新快步走了进来，便将统计表递给杨再新，默默地退到一旁站着。

“怎么是这样呢？我都跟你反复说了，这收购水泥厂的钱必须付，而且今天必须付过去。”杨再新将统计表往桌上一扔，看着于美艳，边说边敲着桌子，“你应该知道，这对双新来说，既是一个难得的好机会，也是一个信誉问题。”

“我也反复跟你说了，近来公司要付款的地方多，资金本来就有点吃紧，你这收购水泥厂又在计划之外，而且金额这么大，如果付了这收购水泥厂的钱，那原来的资金计划就全打乱了，没钱支付别的了。”于美艳指了指账本，看着杨再新，“那我问你，你就不怕讲了这边的信誉，丢了那边的信用？”

“那当然不行，哪边的信用都不能丢。”杨再新指着于美艳，“你是财务部长，你就得筹集资金，就得去找银行，就……”

“你以为我没去找银行？”于美艳“嗵”地站了起来，“可银行不是你双新开的，更不是你杨再新开的，行长也不是你的崽，你的孙，哪来你想要贷款就给你贷款，你想要多少就给你多少，又哪来你……”

“你……你真是莫名其妙！”杨再新抖着手，指着于美艳，“真是不可理喻！”

“我莫名其妙？我不可理喻？”于美艳抓起桌上的账本，往地上一砸，“那好，我不干了，你去找个可以理喻的来吧！”

“你……”扬起手的杨再新见罗小琼朝他使着眼色，便放下手，一屁股坐在沙发上。

“美艳姐，你辛苦了。来，喝杯茶。”罗小琼将一杯茶递到坐在椅子上生闷气的于美艳手上，“其实杨总知道你当这个部长不容易，还经常跟人夸奖你的。”

“他夸我？”于美艳瞟一眼站在窗前，正回过身来的杨再新，喝口水，将杯子往桌上一搁，“我可不敢奢望人家夸奖，只要不天天挨骂就谢天谢地了。”

罗小琼朝杨再新努了努嘴。

“你这可是冤枉我了。”杨再新边说边走过来，“昨天我还跟董事长夸了你的。”

于美艳鼻子一哼，背过身去。

“美艳姐，杨总知道你去找了银行，还看了脸色，受了气，也知道你想了不少办法，吃了不少的苦，刚才也是心急才那么说的，你别往心里去。”罗小琼双手不轻不重地按摩着于美艳的双肩，“只是收购水泥厂，那确实是一个好机会，也是董事长点了头的。”

“那好，我现在就问问董事长，把资金的情况也跟他说说。”于美艳转过身来，抓起听筒就要拨号。

“你不用打，董事长在市政府开会，不方便接电话的。”杨再新边说边从于美艳手上拿过听筒，放回座机，“再说，收购水泥厂是经营上的事，也用不着跟董事长报告。”

于美艳盯着杨再新，说：“那这钱今天非付不可了？”

杨再新看一眼罗小琼，说：“是的，今天必须付款。”

于美艳看着罗小琼，说：“罗总助，罗主任，那你看呢？”

“于部长，我知道你的难处，也懂你的心思。你是为公司的大局和全局着想，为公司的整体和总体考虑。”罗小琼脸上掠过一片淡淡的红晕，“只是收购水泥厂也是为了公司有更快的发展，为了公司有更好的未来。收购水泥厂的钱如果今天付不了，那我们就违约了，而且可能会丧失难得的发展机会。”

“是吗？好，看来你们两个的思想是高度统一的了。”于美艳点点头，往椅子上一靠，看了看杨再新，再看了看罗小琼，笑着站了起来，双手撑着桌面，“那好吧，如果你们非要把这钱付了，那我也没办法，拦不住你们，但有一点我要先说清楚，如果出了什么问题，那别来怪我，我可担当不起。”

“好，不怪你。”杨再新一拍胸脯，“有什么都我担着，跟你无关，行了吧？”

“行行行，你是总经理，谁敢不听你的？”于美艳斜一眼杨再新，“等下我就让郑小颖把款付了。”

杨再新哈哈一笑，双手端起杯子，递给于美艳，说：“于部长辛苦了！来，喝茶，快请喝茶！”

于美艳剜一眼杨再新，一手接过杯子，一手在杨再新头上戳了一下。杨再新嘿嘿笑着，瞟一眼罗小琼。罗小琼不动声色地转身出了门。

麻将馆内人声喧嚷，烟雾弥漫。馆内六张自动麻将桌都开着。有人穿行其间，倒水送烟送槟榔。有人站在桌旁，或在观战，或在等候机会上桌。

“哈哈，快给钱，你又放炮了。”一个大口抽烟的中年男人朝坐对面的柳开伸着手，“还是个大炮呢。”

“先记着，等下一起给。”柳开边说边码牌。

“不行，绝对不行！”中年男人边说边朝靠墙站着，正四处张望的中年妇女高举了一下手，“老板，有人放炮不给钱呢！”

“谁敢不给钱？不懂规矩啊！”中年妇女边说边走过来，推搡着柳开，“走走走，没钱就别赖在这！”

被从椅子上拉开的柳开手一甩，说：“谁没钱了？”

“还谁？你啊！”中年妇女哈哈一笑，伸着手，“你要有钱那就别欠着，快给啊！”

中年男人将烟头一丢，说：“对，那你快给啊！”

有人起哄，有人敲着桌子。有人叫喊着没钱就快滚，别在这出丑讨打。

柳开愣了愣，心想好汉不吃眼前亏，便指了指中年妇女，又指了指中年男子，边往门口走边说："那好，你们都等着，我取了钱就来。看我不掏空了你们的口袋，到时候可别怪我不讲情面。"

"你钱还没给，别想开溜！"中年男人脚一跺，做出要追的样子。

"等老子发了财，把这牌馆都给买了！"快走到门口的柳开回头说道。

"就你这烂样子还想发财？"中年妇女朝柳开啐了一口，"你做梦去吧！"

"阿Q，典型的阿Q！"中年男人指着柳开哈哈大笑。

有人朝柳开或泼茶水，或扔果皮。他抱头仓皇而逃，没跑多远又回过头，看了看那牌馆的门楣，一甩头发，再一哼，心想老子记着你这了，到时候有你好看的。

第二章

工地上，吊塔在转动，混凝土泵在浇筑，一片繁忙。杨再新和罗小琼戴着安全帽，一前一后地边走边左右看着。

“那个就是卢达成，一个不错的小伙子。”杨再新指了指在指挥施工的卢达成，“应该是两年前了，那天他来工地，说是慕名来看看，没想到碰到我。他向我来了个毛遂自荐。我当时一眼就看上了他，把他留了下来。”

“我认识他，是不错。”罗小琼看了一眼卢达成，“他做事认真，为人忠厚，又爱学习，头脑灵活，在工友中人缘好，有一定的威信。”

杨再新跟看过来的卢达成扬了扬手，既是打招呼，也是示意他别过来，接着干。罗小琼朝卢达成微笑着点了点头，算是问好。

这时，万全有在资料上签了字，将文件夹递给胡岚。胡岚接过文件夹，跟在交谈着的于美艳和安然点点头，出了门。万全有走过来，在于美艳旁边的沙发上坐下，看着她，问什么情况，尽管说。

“万主任，是这样。”于美艳边说边往万全有那边挪了挪，“本来有一笔钱说好了今天一定到账的，可对方突然出了点状况，结果弄得我们措手不及，只好来向你求援了。”

坐在于美艳右侧的安然说：“于部长说的没错，是这样。”

于美艳朝郑小颖努一下嘴，说：“我们特意过来，就是想请万主任帮个忙，给公司先贷笔款，然后我们马上还了，应个急。”

“是啊，我们也是没办法。”坐在于美艳左侧的郑小颖看一眼于美艳，看着万全有，“我知道，万主任是最爱帮忙的。这回就请万主任多多关照，通融一下。”

“那我有话直说，这不行。贷款只能先还后借，这是原则，不能违背。”万全有看着于美艳和郑小颖，“这不是我不给你们面子，而是真的不好办，不能办，请你理解。”

“于部长，万主任说的是实话。”安然看着于美艳，“就算万主任同意，行领导也不会签字的。”

“一点办法都没有？”于美艳看着万全有。

“真没有。”万全有看一眼窗外，“时间不早了，你们还是赶紧去想想别的办法吧。”

“想别的办法？”于美艳皱了一下眉头，脸一阴，“那好，那我也毫无办法，就让贷款逾期好了，无非公司多付几个利息！”

“那可没这么简单，会……”

不等万全有说完，于美艳鼻子一哼，起身就走。万全有送到电梯门口，边朝于美丽说好走，示意安然送下楼。

送于美艳上了车，安然回到万全有办公室，说：“万主任，看样子，今天我们真是把于部长给得罪了。”

“她要有意见那也没办法，随她去了。”万全有摇摇头，“问题是这贷款真要一逾期，那麻烦就会跟着来了。”

“我中午还打了于部长的电话，她说绝对没问题的。”安然一声叹息，“谁想到双新还会出这样的事。”

气冲冲的于美艳一进办公室就抓起听筒，没好气地给何桂香打电话：“何桂香，你到底是怎么回事，说话还算不算数？”

坐在行驶着的车内的何桂香将手机免提一按，对着手机大声说：“于美艳，你别朝我吼吼吼的。我告诉你，我的钱，我想给谁就给谁，你管不着！”

于美艳看一眼窗外的夕阳，火喷喷地说：“何桂香，那你再怎么的，也不能这样出尔反尔，害得公司的贷款逾期，害得……”

何桂香似乎感觉到了手机里传过来的火气的灼热，气哼哼地挂了电话。听到听筒里只剩下忙音，于美艳“啪”地将听筒扔在了桌上。

郑小颖敲了敲门，朝于美艳指了指斜对面的办公室，示意杨再新找她。

“于美艳，你这财务部长是怎么当的？！”于美艳一进门，杨再新就指着她这样质问。

“怎么当的？”于美艳一愣，“谁还能当出一朵花来不成？”

“你……你好端端的，竟然让贷款逾期了，真是岂有此理！”杨再新敲了敲桌子，“你应该知道，这贷款逾期不只是公司多付几个利息的小事，而是有损公司形象，有损董事长和我脸面的大事。你……”

“你朝我发什么火，又不是我要逾期的。”于美艳手一扬，“要怪你怪何桂香去，全是她害的。”

“她害的？”杨再新皱了皱眉头，“你就没别的办法了？就离不开她何桂香了？”

“你还好意思问我？”于美艳一哼，“你又不是不知道，我几天前就准备好了还贷款的钱了，是你给人灌了迷魂汤，听不进别人的话，非要收购水泥厂，非要我把那钱付了。那鬼何桂香又一口应承下来，答应借钱给我周转一下。中午我打电话给她，她还说没问题，下午一定把钱打过来，谁知道她临时又变了卦，将钱给了别人，把我推进了沟里。”

“那我不管，你是财务部长，贷款逾期那就是你的失职。”杨再新一拍桌子，“明天，最迟后天，你必须弄到钱，把那贷款还了。我丢不起那个脸，公司丢不起那个脸！”

于美艳瞪一眼杨再新，甩手而去。

万全有刚落座，安然就进了办公室。

“万主任，今天上午郑小颖来了支行，说是于部长安排她来的。她把贷款还了，把账户也销了。”安然摇摇头，看着万全有，“我还真没想到，她会把账户也销了。”

“没事，销了就销了，准是哪家银行给双新放了贷款。”万全有起身走了几步，“于部长应该是一时在气头上，可以理解，说不定哪天又会联系你的。也许是那家放贷款的银行提了条件，于部长不得不这样。说起来，这回我们也有做得不到位的地方，还得好好反思反思。过几天，找个机会，你们支行主动去上门服务。双新毕竟已是一家大公司，而且发展势头不错，不能没有我们的服务，我们跟双新不能没有业务合作。”

安然点点头，说她工作是有不到位的地方，不说别的，光是对双新的资金动态就掌握得不全面、不准确、不细致，另外对双新的服务也有不尽如人意的地方，比如在为公司提供市场信息和投资决策建议等方面还相对薄弱。她这两天就去双新。

这时，一脸轻松的于美艳坐在转椅上，双脚架在桌沿上，边轻轻地摇着边拿着听筒打电话："屈行长，这回谢谢你了。哪天我请你喝酒，可得赏脸哦！"

"于部长，你太客气了。我们沧江银行能攀上双新这样的高枝，那是我们的荣幸。"屈大江往椅子上一靠，"我们的大门对双新随时敞开着，往后有贷款需求尽管说就是，保证随叫随到，随到随办。"

"屈行长，往后双新可以增加在你那边的贷款，但利率得再下浮一点才行。你要知道，我们在万主任那也好，在别的银行也好，那利率都是最优惠的，很低很低。什么？你只是副行长？这我知道，你现在是副行长，可说不定明天就是行长了呢。什么？利率的事到时候再商量？好，行。我……"于美艳一扭头，见杨再新板着脸走了进来，忙放下脚，挂了电话，站了起来。

"你看你脚还架到桌上，像个什么样子。得注意形象，双新不是过去的双新了，别还是那样大大咧咧的，让人笑话。"杨再新盯着于美艳，"你是不是把H行的账户销了？"

"是啊，销了。"于美艳眨了眨眼睛，"怎么？"

"还怎么？"杨再新一声叹息，"好好的，你怎么非要把账户销了呢？"

"就得销了！"于美艳一脸不以为然，"谁要他们一点儿也不配合，一点儿也不给面子，就得给他们一点颜色看看，又不是没银行去了。"

"你呀，就是这样小肚鸡肠，鼠目寸光！"杨再新指了指于美艳，"是你没有按时归还贷款，不仅丢了公司的脸，也给人家银行带来了麻烦。你不但不去检讨自己，反而怪罪人家银行，真是莫名其妙。"

"我……"于美艳欲言又止，低头站在那里。

"于美艳，我告诉你，一家企业，到什么时候都需要银行，都离不开银行，更得罪不起银行的。"杨再新用手指点了点桌面，"你要明白，今天你有银行去，不等于你明天还有银行去，今天有银行来找你，不等于明天还有银行来找你。等到哪天你没银行去了，没哪家银行来找你了，那你也就完蛋了。这你给我记住了，记牢了！”

于美艳若有所思地点着头。

水泥厂的牌子换了，名字变成了双新水泥厂。站在厂门口，在鞭炮和鼓乐声中，看着厂内厂外焕然一新，看着披红挂彩的满载水泥的卡车出了厂，杨再新由衷地高兴。

离开水泥厂没多远，坐在副驾驶位上的罗小琼就回过头，微笑着对杨再新说：“杨总，只这么短的时间水泥厂就起死回生，焕发新机，有了水泥出厂。这在沧江来说无疑是创造了一个奇迹，充分证明了你当初收购水泥厂的决策是英明的、正确的，后边的恢复生产更是神速，创造了沧江的深圳速度。”

“是吗？”杨再新爽朗一笑，“你要这么说，那这军功章里，也有你的一半。”

“我可不敢贪功。”罗小琼连连摆手。

“你呀，总是这样。”杨再新指了指罗小琼，“你要知道，没有你的参谋，就没有我当初的果断决策，没有你的协调，就没有后来的深圳速度。”

“哪里哪里，杨总抬爱我了，高看我了。”罗小琼略显羞涩地笑了笑，看着前方，“杨总，这时间过得真快，一转眼间我来双新都快六年了。这几年里，我欣喜地见证了双新的快速发展和茁壮成长。现在的双新规模已经不小了，成了沧江响当当的大企业。我真为自己当初的选择感到无比自豪，感到无比欣慰。”

“是啊，时间过得真快。双新能发展这么快，当初我也没想到。”杨再新点点头，看着罗小琼，“小琼，说起来，你不只是双新发展和成长的见证者，更是参与者。这些年双新的发展和成长都凝聚着你的智慧和力量，还有你的心血和汗水。”

“我没什么，都是在跟着你学习呢。”罗小琼看一眼杨再新，脸上掠过淡淡的红晕。

“看你，又这样了。”杨再新哈哈大笑。

沉默了一会儿的罗小琼突然扭过头，看着杨再新，试探着说："杨总，有句话，不知道我该说不该说？"

杨再新不知道她要说什么，稍一犹豫，说："你说，尽管说。"

"那我真就说了啊！"罗小琼有点调皮地一笑，"依我看，双新目前尽管已经是一家大公司，而且是一家股份公司了，但从公司机制和管理模式来看，都还是一家典型的家族企业。你说是不是？"

杨再新笑而不语。车子驶上沧江大桥。

"是我说错了吗？"罗小琼看着杨再新，"那我不说了。"

"没事，你说。"杨再新看一眼江心洲，"我听着呢。"

"那好，那我就接着再说几句。一个企业要想行得稳当，走得久远，要想基业长青，百年不衰，那就得建立现代企业制度，按照现代企业的模式来运作和管理。"罗小琼看着杨再新，稍停了停，"对双新来说，首要的，也是最关键的，就是必须建立起相配套的制度和机制，用制度和机制来管理公司，而不是由某一个人的意愿和兴趣来决策，不是……"

见杨再新蹙着眉头，默然不语，罗小琼转过身去，不再说了。

宁小虎满面红光，哼着小曲，有点摇摇晃晃地进了门。

花三朵连忙迎上去，边接过他手上的包边说："看你这喝的。谁请你喝酒了？"

宁小虎手一扬，推开花三朵，说："你问这干吗？你又不认得谁。"

"好，我不问，我不认得谁。"花三朵退到一旁，"看你喝到这么晚，蛮爽的吧？"

"爽？爽个屁！"宁小虎一个踉跄，一屁股跌在沙发上，"一个科长熬了这么多年，要是有人提携，老子早该是处长了。"

"那倒不一定的，人要知足。"花三朵将包往架子上一挂，"有的人干了一辈子，最终还是平头百姓一个，什么都没捞到。"

"你……"宁小虎指了指花三朵。

"我……"花三朵看着宁小虎，知道他要说什么。

想着自己在工厂干了二十多年，厂子说破产就破产了，说下岗就下岗了。她要宁小虎帮着找个工作，他总说不好找，他没什么权力，也没什么关系，只好自己去找。可找来找去，不是在饭店做服务员，就是在超市做营业员，累人不说，还工资低，又老受气。前两天就因有人偷走了超市的东西，老板恶狠狠地骂了她，还要她加倍赔，她一气之下说不干了，这两天就闲在家里。想着这些，她不由得心一酸，眼泪就往上涌，压都压不住。

宁小虎头一歪，鼾声随之来了。

这时，于美艳揉了揉眼睛，侧过身，看着坐在床头，双手揉着太阳穴的杨再新，说："你怎么还没睡？半夜三更的，还在想谁啊？"

"你乱说什么。"杨再新斜一眼于美艳，朝她亮了一下那本关于现代企业制度建设的书，"你睡吧，我再想想。"

"别多想了，快睡吧。"于美艳拿过书，往床头柜上一丢，侧身闭上眼睛，脑子里却闪着罗小琼的身影，有的模糊，有的清晰。

杨再新躺了下去，却全无睡意。

在办公室来回踱着的杨一新停下来，看着杨再新，说："再新，对公司进行改制的事，小琼前几天跟我探讨过，我也反复想过了，觉得她说的是有道理，是……"

"我没说她说的没道理。"坐在沙发上的杨再新站了起来，边说边走动着，"其实她说的这个，在年初的全省民营企业家论坛上就是一个热门话题，我也跟几个企业的老总交流过，之后我又反复琢磨过，只是还没想透，还没想好。家族企业模式也好，现代企业制度也好，各有各的优势，各有各的短处，特别是在企业成长的不同阶段，表现得更为明显。从理论上来看，对目前和未来的双新来说，那无疑是建立现代企业制度更好，因为时代在变，社会在变，公司在变，许多东西就得与时俱进。双新能有今天的局面，那也是因为跟着社会在走，跟着时代在走，有时还走在了社会的前面，走在了时代的前列，想了别人还没想的事，做了别人还没做的事。这道理我当然明白。"

"看来这道理你比我更懂，那就好。"杨一新在椅子上坐下，看着杨再新，"但我看得出来，你还有所顾虑，没有下决心，还在有点痛苦地犹豫着，是不？"

“没错。”杨再新点点头，看着杨一新，“哥，就你懂我，也只有你真正懂我。”

“你怕到时候决策的流程长了，办事的效率低了；怕参与决策的人多了，意见不好统一了；怕参与分配的主体多了，集中资源办大事的能力弱了；怕社会的干预多了，自主的权力少了……”

“董事长，我没那么多怕的，真的。”杨再新看着杨一新，“但我知道艄公多了打烂船，公鸡多了生寡蛋。”

“没错，是有这样的情况，而且不少见。”杨一新手指轻轻叩着桌面，“但这样的决策往往会更科学，更有利于决策的执行，因为它集中了更多的智慧，调动了更多人的积极性和创造性。”

杨再新踱到窗前，面色凝重地望着窗外。

“其实，不管什么时候，不管什么情况，不管哪种模式，不管哪种制度，任何一家企业，最终拍板的还是只有一个人，也只能是一个人。”杨一新走到杨再新的身后，“这个人不一定是企业的法人代表，但他是企业的灵魂。企业自然会赋予这个人相应的地位和权威。不管到哪一天，不管在什么情况下，双新都需要这样的灵魂，需要这样的一个人。”

杨再新一拍窗台，猛一转身，深情地看着杨一新。

“你下决心了？”杨一新满怀期待地看着杨再新。

“嗯。”杨再新有力地点了一下头。

“那好！”杨一新一把握住杨再新的手，“新的董事长就由你来担任！”

“不。”杨再新连连摇头，“你是市里的政协委员，你还是董事长，我还是总经理。”

“这……”杨一新想了想，满眼信任地看着杨再新，“好，我明白你的意思。那就我还是董事长，你还是总经理，公司经营上的事还是你做主。”

“行，我听你的。”杨再新在沙发上坐下，看着杨一新，“你放心，虽然你还是董事长，我仍然是总经理，但公司是新的，我们也都是新的，新公司就得有新面貌、新气象。”

“你能这么想，这么看，我当然放心。”杨一新说着在椅子上坐下。

杨再新走到窗前，望了望远处在转动的高高的塔吊，转身看着杨一新，说：“董事长，其实有个事，我是琢磨一段日子了。”

“什么事？”

“就是双新旗下房地产公司这一块要想做大做强，那还得有新法子才行。”

“你是不是有什么好主意了？”

“我想让公司管理层的每个人和每个项目的管理人员通过股份、垫资、分红等都与公司与项目挂起钩来，把他们的利益与公司的发展和项目的盈亏牢牢地捆绑在一起。”

“前几天我去外地一家房地产公司参观时，公司老板私下跟我说了他们的一个做法，大概就是你说的这个意思。他把这叫作什么跟投，效果还不错。回来之后我也在琢磨这个，觉得有些东西我们是可以学习，可以借鉴，只是还没理清，还没想好，心想等过些日子再跟你商量。”杨一新看着走过来的杨再新，“没想到你也在琢磨这事，而且想在我的前边去了。好，这就好！”

“好，这就叫不谋而合，就是心往一处想，劲往一处使！”罗小琼拍着手，笑盈盈地出现在门口。

“小琼，你来得正好。”杨一新朝罗小琼招了招手，“下一步就由你协助杨总，尽快拿出公司的跟投方案，并尽早落地，开花结果。”

走过来的罗小琼一点头，说：“好，遵命！”

杨一新指了指罗小琼，满眼是那种对儿女一样的慈爱和赞美。

何桂香站在小山似的煤堆上，指着来来往往装煤卸煤的车辆，对身边的邓满意说：“你说这装卸的是什么？”

邓满意脱口而出说：“煤呀！”

“煤？”何桂香盯着邓满意，“是煤吗？”

“没错，是煤啊！”邓满意一脸疑惑。

“我说你呀！”何桂香在邓满意头上戳了戳，“你蠢着呢。”

“我是蠢啊！”邓满意嘿嘿一笑，“可这不是煤，那……那又是什么呢？”

“你看那闪着的是什么？”何桂香指着阳光下的煤块。

“金子一样的光亮。”邓满意用手遮着额头，“还晃眼呢。”

“你这就说对了，开窍了。”何桂香哈哈一笑，“这不是煤，是金子，是钱。”

“对对对。”邓满意拍着脑袋，“香总说得对，这不是煤，是金子，是钱，是一堆又一堆的钱，是数不完的钱。”

何桂香走到一台正在往卡车上装煤的铲车跟前，一把将那铲车司机从车上拖了下来，训斥道：“谁要你这么干的？”

司机愣着，不知所措。

“你是不能这样装车的。”邓满意看一眼司机，指了指旁边的两堆煤，“你应该将这两堆煤掺和起来往车上装，这样才……”

司机指着右边那堆，说：“可那不是煤，是煤土，其实就是土，烧不燃的。”

“你脑子有病吧？那明明是煤，怎么就成了土了。”何桂香瞪一眼司机，抓了一把煤土，往司机眼前一送，“你看清楚了，有这样的土吗？有这样黑的土吗？”

司机后退一步，欲言又止。

“你呀，就是死脑筋，比我还蠢。”邓满意指了指司机，“没错，这两堆煤有一堆品质是差一点，没那么好烧，但把两堆掺和到一起，不就都好了吗？”

司机咽了咽口水，说：“可我做不来。”

“做不来？做不来也得做。”邓满意呵呵一笑，“看来你是不知道怎么赚钱，也不知道赚钱的艰难辛苦了。我告诉你，煤场都是这么做的，你要不这么做，那你就别想赚钱，亏死去。我还告诉你，我们掺的还是煤土，有的煤土都不是。香总，是这样吧？”

“别乱说！”何桂香横了一眼邓满意，瞟一眼司机，往前走了。

“你是新来的吧？”邓满意看着司机。

司机点点头。

“往后好好学着点。”邓满意拍了一下司机的肩膀，朝何桂香追了过去。

司机愣在那，好一会儿才回过神来，哼了哼，上了车。

罗长远放下电话，对坐在沙发上的杨再新说：“再新，找我有事？”

杨再新连忙起身，与罗长远隔着办公桌坐下，说：“我今天来，一是祝贺你荣升任政府办主任，成了一把手，往后就能更多更好地关照我和双新了，二是来汇报双新改的制的事，请你多指导，多支持。”

罗长远点点头，看着杨再新，说：“前些天小琼来家里吃饭，聊起了公司改制的事，说你好像还有些顾虑，没有真正下定决心。”

杨再新说：“现在没有了，下决心了。”

“好，那就好。”罗长远点点头，起身边走边说，“这些年来，我看到不少的民营企业异军突起，快速成长，但往往发展到一定阶段就停滞不前了，甚至衰败了。这中间的原因是多方面的，但有一点是共同的，就是企业发展到一定规模之后，还在按照家族企业的管理模式运作，没有建立起与之相应的现代企业制度和机制。这是大多数民营企业向更高水准、更高层次、更高境界迈进的一个瓶颈。”

“那是，那是。”杨再新边说边点头。

“不少企业发展到一定阶段之后，老总在公司的根基深了，权威大了，自己志得意满，别人言听计从，更容易搞一言堂，独断专行，更容易故步自封，少了开拓创新，成了井底之蛙。”罗长远边走边打着手势，“而此时的企业，已不再是按照原来的模式可以运作得好的，也不是按照原来的方法可以管理得好的，必须有一种新的决策机制，有一套新的制度来保障决策的有效执行，有一种力量来牵引和推动企业不断前行。”

杨再新一拍额头，站了起来，看着罗长远，恭敬而又真诚地说：“罗主任，你这一席话让我醍醐灌顶，茅塞顿开，真是胜读十年书啊！”

罗长远指了指杨再新，说：“再新，你也会这一套了？”

杨再新一本正经地说：“罗主任，我这可不是恭维你，全是肺腑之言。”

“是吗？”罗长远盯着杨再新，“杨总，那我只问你一句。改制后，公司的股权结构就变了，许多的东西跟着也会变。你准备好了？”

“准备好了，以不变应万变。”杨再新嘿嘿笑着。

罗长远指着杨再新，哈哈大笑。

接下来，杨再新说了公司想借鉴实施跟投的事。罗长远点点头，说这跟投是个好法子，但务必结合实际，切莫生搬硬套，搞“拿来主义”。

邓满意在车旁边走动边接电话，见何桂香从楼里出来了，忙挂了电话，打开车门，请何桂香上了车。

“香总，刚才屈行长打你电话，说你没接，就打给我了。他问你手上还有承兑汇票不，他说你有多少就给你贴多少。”邓满意边开车边说。

“你告诉他，我没有，一张都没有。”

“没有？”邓满意回头看一眼何桂香，“这几天不是每天都收到好几张票吗？”

“你是榆木脑袋啊。”何桂香瞪一眼邓满意，“现在票源紧，先等一等，看看再说。”

邓满意点点头，一拍方向盘，说：“差点忘了，那个柳开还打了我的电话，说他手上有两张票，看你收不收？”

“哪个柳开？”

“就那个装模作样喝农药的。”

“就他呀，有意思。”何桂香一笑，“你就让他来呗。”

这时，柳开匆匆跑进了远航公司，进了公司总经理李远航的办公室，接过李远航手上的汇票一看，说：“李总，你这是商业承兑汇票，金额又小，银行一般不会给你贴现。”

“那怎么办？”李远航皱着眉头，“我又急着用钱。”

“这我也没办法了，别怪兄弟我爱莫能助。”柳开说着朝李远航手一拱，刚转身要走，接到了邓满意的电话。一挂电话，他拉着李远航就走，说天无绝人之路，路有了。

那天给人从牌馆里赶了出来之后，在街上游荡的柳开偶然碰到了曾经的工友。那工友请他在街边小店喝了一顿酒，又在他面前吹了一顿牛，他就求着工友带他倒卖外币去了。可刚顺手，正想自己独立去干，就在一次打击外汇黑市交易的行动中给抓了，关了好几天。半年前，他跟人跑腿，干起了票据买卖。从上个月开始，他自己单干了。

到了楼下巷子口，柳开要李远航在车上等着，他独自上楼。

何桂香一见柳开就笑他，说那天一见他坐在车顶那样子，就知道他是个㞞包蛋。他讪笑着，说那天他要真喝了药，那今天就见不到她了，她今天就没这生意做了，往后也就没有合作发财的机会了。

何桂香哈哈大笑，笑过了，一把抢过柳开手上的汇票，一看，一摸，一照，再一默神，亮了亮手指。

“香总，你能不能再添一点？”柳开看着何桂香。

“我这可不是菜市场。”何桂香瞟一眼柳开，将汇票往桌上一扔，“行就行，不行你拿走好了，我还免得麻烦。”

柳开出了门，一会儿又进来，说：“香总，这回就按你说的办，谁叫你是大姐大呢。”

“大姐大？我是大姐大？”何桂香看看邓满意，又看看柳开，哈哈大笑。

“那当然，谁敢说你不是？”柳开朝何桂香哈着腰，“不过，往后还得请大姐大多罩着点小兄弟，多关照点小兄弟。”

“关照你？”何桂香拍了一把柳开的肩膀，再一拍桌子，“行！我就喜欢爽快！”

见柳开捧着纸包飞快跑过来了，李远航连忙打开车门让他上了车。柳开打开纸包，将钱一沓一沓地交到李远航手上，将最后一沓塞进了自己的衣兜，再朝李远航手一伸，说：“李总，刚才我是跟你打了电话的，这事办得可真不容易，要不是我舍了老脸求香总，她根本就不想接这个单，要不是我说得她开心，那也没这个价。因此，你怎么都得再添点给我才行，要不这朋友不好交，生意也不好做了。”

“再添点？”李远航愣了愣神，一咬牙，从一沓里抽了两张递给柳开。柳开不接。李远航又抽了一张。柳开还是不接。李远航一声叹息，再抽了一张。柳开这才接了，一拍李远航的肩膀，说：“李总，你刚才把汇票给了我，就不怕我拿了钱跑了？”

李远航一怔，呵呵一笑，指着柳开，说：“你跑得再快也跑不过这四个轮子。”

柳开狡黠一笑，说：“李总，我可不会往大街上跑的。”

李远航一拍自己的大腿，说：“我可是田径健将。”

柳开嘿嘿一笑，说他是开玩笑的。李远航说知道他是开玩笑的，心里却想知人知面不知心，刚才还真是大意了，往后还是得多个心眼，留一手才行。

簇新的双新股份有限公司的牌子在冬日的阳光下熠熠生辉。杨再新和罗小琼在路边下了车，往公司大门口走去。

走到门口，杨再新驻足端详着牌子，对罗小琼说："小琼，这牌子还真是越看越不一样，越看越喜欢。"

"那当然了，这可不只是换了一块牌子。"罗小琼抚摸着牌子，意味深长地看了一眼杨再新，"后边的路还长着，还宽着。"

杨再新没说话，若有所思地往公司里边去了。罗小琼没有跟上去，而是看了看牌子，转身看着有点冷清的街道。一阵微寒的风吹过，吹起她的衣角，吹起了她心上的涟漪。她仿佛感觉到了什么，却又说不出来。

这时，在远扬公司的车间里，司马昌边走边问吕明远："吕老板，看你愁眉苦脸的，是不是下个月的订单又减少了？双新公司的没减少吧？"

"双新公司还算好，没减少多少。"吕明远扫一眼车间半开半停的机器，"我问了几个朋友，他们订单也大多减少了，有的比我们减得还多。"

"是吗？"司马昌皱了皱眉头，"这是怎么了？"

"我也不是太清楚。"吕明远走了两步，"应该是跟美国的什么金融危机有关吧。"

"看来这场由美国次贷危机引发的金融海啸已经波及全球，演变成了一场全球性的金融危机。"这时胡岚坐在万全有的办公室，在跟看信贷报告的万全有说话。

"我看，这已不是全球性的金融危机，而是一场全球性的经济危机了。"安然看一眼胡岚，看着万全有，"许多国家都已下调了经济增长预期。"

"是啊，我国经济已多年持续高速增长，且经济规模已超过了日本，成为世界第二大经济体，与世界经济的关联度更高了。"胡岚挪了挪椅子，"也正因为如此，这轮经济危机已然对我国产生影响，而且这影响将是重大而深远的。"

"没错。"万全有放下笔，看着胡岚和安然，"正因为这样，我们才得未雨绸缪，加强对市场、对政策、对同行、对企业等的调查研究，特别是要做好对企业的服务工作，在帮助企业应对危机的同时，尽力降低信贷风险。”

胡岚和安然连连点头。

坐满人的会议室里灯火通明，气氛却有些沉闷。

“没错，金融危机是来了，经济危机也来了，我们已身处危机之中。我们房子的销售是没有那么火爆了，我们的水泥是没有那么畅销了，我们总体的现金流是减少了，我们的经营是碰到一些困难了。”杨再新扫了一圈会场，敲了一下桌子，“但大家千万不要惊慌失措，更不要垂头丧气，而是要振奋精神，要迎难而上，要有战胜困难的信心和决心，要有战胜一切的勇气和力量。大家一定要记住一句话，那就是信心比黄金更值钱，决心比资金更重要！”

会场一时鸦雀无声，掉根针都能听得到。

“我看，既然我们已身处危机之中，那我们的发展战略和规划什么的也得做出相应的调整。”于美艳看一眼杨再新，“有人说过，在危机之下，现金为王，谁手上有充足的现金谁就是老大，那谁就好说话，能说话，说得起话，就好办事，能办事，能办成事。因此，我们在项目投资上，特别是对新项目的投资，那就必须谨慎谨慎再谨慎了，不能……”

“没错，于部长说的没错。”杨再新看一眼于美艳，站了起来，“但大家一定要明白，危机危机，那是有危有机，关键看你怎么去认识，怎么去理解，怎么去把握，怎么去应对。在我看来，这场危机对我们双新来说，那就是机遇，就是机会。这样的机遇我们不能失去，这样的机会我们必须抓住！我们就得有化危为机的理念和信心！”他一拳砸在桌上，“我还要提醒大家，越是在困难的时候，越能检验一个人的智慧和能力，越能考验一个人的忠诚和担当。”

见杨再新给了自己一个眼神，罗小琼便看一眼左右，带头鼓掌。见大多数人都鼓掌了，于美艳才瞥一眼罗小琼，跟着拍起手来。

虽然带头鼓了掌，但罗小琼心里的担忧是有增无减：但愿公司能化危为机。可化危为机仅有理念和信心是不够的，还得有能力和实力，而眼下最需要的是资金，尤其是处理好资金供需这个矛盾。

这时的工地板房内，伍家旺正唾沫横飞地跟汪守业等人说，那不等了，明天一起到公司讨工钱去。在看书的卢达成连忙放下书，跳下床，说大伙先别急，等他明天去公司问问再定不迟。汪守业说这样好，听卢达成的，先礼后兵。伍家旺瞪了一眼汪守业，上了床。其他人跟着或上了床，或出了门。

第三章

天空阴沉，寒风呜咽，树枝摇摆不定。

聚集在双新公司前坪的民工打着“我们要过年”“我们要工钱”的横幅，一个个或拢着袖子，或缩着脖子，或跺着脚以抵御风寒。卢达成走出人群，掏出手机，悄悄要对方去叫伍家旺他们快点过来。

七八个保安隔着五六级台阶，紧张而警惕地一字排开站在大门口。

路过的行人或漠然走过，视而不见，或边走边看，投给民工同情的目光，或一脸不悦，埋怨民工挡了道路。

工地上，伍家旺跳下脚手架，对架上的汪守业说：“你别磨蹭了，快下来，达成说了要快点过去。去晚了，只怕公司又没钱了，那你就在这里过年吧！”

“好，就下来。”汪守业嘴上应答着，人却没下来。伍家旺手一甩，小跑着走了。汪守业砌好那几块红砖才放下砌刀，跳下来，追了上去。

伍家旺和汪守业跑着上了公交车，在叶满枝后排坐下来。

叶满枝好奇地透过车窗玻璃，望着双新公司门口聚集的人群，自言自语地说：“双新公司怎么也欠钱了？还欠的是农民工的钱？”

还喘着气的伍家旺苦笑了一下，说：“农民工的钱好欠呗。”

叶满枝回过头，打量了一下伍家旺，说：“那可不是，农民工的钱是最欠不得的，中央都说了。”

伍家旺一哼，说：“中央在北京，离这……”

汪守业扯了扯伍家旺的衣襟，示意他别乱说。他甩了一下汪守业的手，说怕什么，要的是自己的工钱，又不是去偷，更不是去抢。

“这位兄弟说得好。该要的就得要，那是自己辛辛苦苦挣来的血汗钱，没什么怕的。”叶满枝看一眼伍家旺，“不过，要钱也得讲理，不能蛮干，不能乱来，不……”

叶满枝还没讲完，车到站了，伍家旺头一个下了车，望着斜对面的双新公司就跑。汪守业跟在后边跑，脚下一滑，差点摔倒。

于美艳一声叹息，放下账本，走到窗前，看着楼下还在聚集的民工，心里更是焦急。听到有人敲门，转身一看是郑小颖。

“于部长，不好了。刚才电力来了通知，说如果后天还不交电费，那就全公司都得停电，包括工地上。”郑小颖边走过来边说。

“我有什么办法。”于美艳朝郑小颖扬了扬手，“又不是有钱不给。”

郑小颖走到门口又回过身，稍一犹豫，怯怯地说：“还有税务，又在催，说怎么也得在年前把税补齐了，否则大家的年都不好过。”

于美艳抓起账本，往桌上狠狠一砸，说：“好，都来逼，逼死好了！”

“杨总刚才打电话问我，看银行账上还有多少钱，他……”

“他……”于美艳手一挥，“你告诉他，银行账上空了，他自己化危为机去！”

郑小颖轻轻退了出去，顺手把门掩上，心想这部长还真不好当，资金本来是宽松的，怎么一下弄得这么紧巴巴了。

楼前聚集了不少人，已把公司门口的人行道都占了。伍家旺在人群中钻来钻去，拍拍这个的肩，使个眼色，握握那个的手，悄悄说上一句两句。卢达成瞪了伍家旺一眼，用眼神警告他别乱来。伍家旺头一晃，不以为然地一笑。

“我问你。”卢达成盯着伍家旺，“大家来这里的目的是什么？”

“要工钱啊！”伍家旺腰一挺，“可就这么站着，谁会搭理你，谁会怕了你，你能要得到工钱？”

卢达成看看左右，说：“我告诉你，就这么站着，不吵不闹，更不打不抢，那才让他们不知道我们要干什么，才让他们心里发毛，才让他们着急，你懂不懂？”

伍家旺挠挠头，嘿嘿一笑，说：“好，我明白了，听你的。”

坐在后排的杨再新催司机再开快点。

司机一个急刹，车停在了十字路口中间，差点闯了红灯。

“王所长，公司那边人越聚越多，保安快顶不住了，你得马上派干警过去才行。关键时刻，你可得帮兄弟一把。”杨再新瞟一眼车窗外，“什么？我现在真的不在公司，在去市政府的路上。”

王昌明瞄了一眼门口，示意站在旁边的章小强别出声，往椅子上一靠，说：“哎呀，杨总啊，我这边人手也不是一般的紧，不一定抽得出人来呢。你让人先顶着，好言劝慰，不要起冲突，要过年了，可千万别惹出什么大麻烦来。哦，我问你，他们打了谁没有？抢了什么没有？都没有？那就好，我就是派人过去，那也没什么意义。不过，我提醒你，你可得注意，越是这样看上去风平浪静，那越有可能掀起惊涛骇浪。什么？你还是要我派人过去？好好好，我只能说尽力，尽力。噢，不过，我还是那句话，我这就是抽得出人来，那也解决不了根本问题，关键的还是你得有钱。我跟你说，那些人是认钱不认理的。”

“王所长，你要知道，我要是有钱，那就用不着有劳兄弟你了。我现在是……”见对方已挂了，杨再新生气地将手机往座位上一丢，“还兄弟呢，这么点事就躲了。”

章小强边给王昌明的茶杯续水边问：“所长，那我去还是不去？”

“你去干吗？”王昌明斜一眼章小强，“去激化矛盾？去添乱？”

“那就不去？”

“我说了不去吗？”

“那……”章小强一脸通红。

“你这脑瓜子是干什么的？”王昌明在章小强头上弹了一下，又指了指他，“你呀，遇事得多想想，明白吗？”

章小强点着头，退到门口。王昌明又把他叫了回去，跟他耳语了两句。

见罗长远还是只管看文件，几次抬了抬手的杨再新轻轻敲了一下桌子，有点抑制不住激动地说：“罗主任，你要知道，你是政府办主任，也是我的朋友，我才来找你。我来找你，也没别的，就想请你出个面，尽快主持开个协调会。”

“你以为会是那么好开，那么容易开的？你以为开个会，问题就解决了？”罗长远翻了一眼杨再新，“你呀，就知道给我添乱。”

“看你这说的，我还就知道给你添乱了？”杨再新偏着头，看着罗长远，“那我给你增加那么多的就业机会，创造那么多的财政收入，你就不记得了？是给风吹走了，还是丢沧江里去了？”

“你……”罗长远一拍桌子站了起来，“那是两回事！”

“好好好，是两回事。”愣了愣的杨再新看着罗长远，“那我只再问你一次，这事你办还是不办？”

“你……”罗长远指着杨再兴，“我警告你，你可别给我惹出什么事来。”

“你放心，派出所的章警官已经过去了。”杨再新看着罗长远，“不过，你要不那个的话，那也难说。我……”

“你……”罗长远指了指杨再新，背着手，在地上踱了踱，朝他一扬手，“好，这事我知道了，你先回去吧！”

杨再新欲言又止，甩手大步而去。

这时，罗小琼放下听筒，走到窗前，看到楼下卢达成在边打着手势边跟大家说着什么，心想真是多亏了有他。

桌上的手机又唱又跳的。罗小琼忙跑过去，接通了说：“是我，董事长。什么？工友的盒饭送来了没有？”她一吐舌头，“噢，正在安排，等一会儿就到。什么？我根本就没安排？对不起，是我的失职，是我考虑得不周全。”

其实刚才罗小琼已想到了伍家旺他们一时不会散，正准备去安排盒饭。

司机边开车边问杨再新是不是回公司吃饭。杨再新看一眼窗外，说算了，没时间，就在路边随便吃点就行了。司机说那不行吧。杨再新说没什么不行的，当年有一次在火车上站了六七个小时，没吃一口饭，没喝一口水。司机说那不一样的，当年是当年，如今是如今。杨再新说有些东西是会变，不一样了，而有些东西是不会变的，没什么两样。

见路边有一溜儿的小吃店，杨再新叫司机停了车，下车点了一碗牛肉米粉。

“杨老板，你中午也就吃碗米粉？”花三朵边说边端着碗走过来。

“你认识我？”杨再新抬头看着花三朵，“你也吃粉？”

“你这么大的老板，又经常在电视上露面，这沧江城里有几个不认识你的。”花三朵在杨再新对面坐下，又指了指斜对面的证券大厅，“今天中午不回家，就在这吃粉了。”

“你炒股？”杨再新望一眼证券大厅，“赚了没有？”

“赚？”花三朵一声叹息，“没赔本就谢天谢地了！”

“那还炒什么？”杨再新一笑，“还这么大的劲，饭都不回家吃了。”

“下岗多年了，如今在家闲着，可老闲着又无聊。这炒股虽然没赚什么钱，却还上瘾，一天两天不到里边去，心里就猫爪子抓着似的难受。”花三朵瞟一眼证券大厅，嘻嘻一笑，“不过，我还好，虽然有亏的时候，但也有赚的日子，总的来说，还是赚了一点点的，但不太多，就几个油盐钱。”

杨再新冲她一笑，起身大步走了。

车刚起步，杨一新打了电话过来。

“董事长，我知道，是公司欠了工友的工钱，是我们对不住他们。我也知道不能再这样耗下去，再这么耗下去，一旦失控，那麻烦就大了。好，我听你的，就让他们派几个代表，公司跟他们好好谈谈，跟他们解释清楚，不是公司有钱不给，而是公司确实一时拿不出那么多钱来，请他们再等一等，同时也让他们知道，公司正在千方百计筹集资金。什么？你来跟他们谈？那不，还是我去。”杨再新挂了电话，对司机说直接回公司。

见前门被人围得水泄不通，杨再新只好从后门上楼。他心里一阵窝火，这是怎么回事，上楼还要这么躲躲闪闪，做贼似的，真是岂有此理。

“你看，现在公司账上可用的钱就二百多万，而要付给民工的工资就有四百多万，还有电费要交二百多万，税款要补二百多万，这加起来就上了九百万，再加上等着要发的公司员工的工资、奖金什么的，没一千五百万那怎么都下不来。”于美艳边说边指着摆在桌上的资金表，“还有一些上游客户也在催命似的催着付款，催得急的就有五千多万。”

“这么多？怎么要这么多？”杨再新看一眼于美艳，自言自语地快步走着。

“是啊，就得要这么多。”于美艳看着杨再新，“当务之急是民工的工钱，他们……”

杨再新手机响了，一看是罗长远打来的，连忙接了，说：“是我，我在公司，正在想办法，等下就跟他们的代表见面。”

“好，那就好，好好跟他们谈，把问题解决好，千万别再激化矛盾。”坐在椅子上的罗长远放下笔，合上文件夹，“再新，看在公司对市里做出的贡献，我第一时间就跟市长汇报了。市长指示由我来主持，明天给公司开一个协调会，你可得好好准备准备，别辜负了市长的厚爱。但你也不要期望太高，还得靠自己。”

“好，我懂。谢谢您！”杨再新将手机往桌上一丢，看一下于美艳，“你把应付款列一个表，弄清楚点。”

于美艳连连点头。

罗小琼站在门口，说：“杨总，工友代表到会议室了，请您过去。”

杨再新朝于美艳招了一下手，往门口走去。

卢达成坐在椅子上，低头思考着什么。伍家旺东张西望地打量着会议室。汪守业捧着冒着热气的茶杯，看着杯里一丫丫竖起的茶叶。

见杨再新大步走进了会议室，卢达成等人慌忙起身。伍家旺弄倒了椅子。汪守业杯里的茶水荡了出来。杨再新扫一眼会议室疑惑地看着罗小琼。罗小琼说她觉得今天这不是什么谈判，而是一起来商量解决事情，所以安排的是圆桌。杨再新点点头，冲卢达成等人一笑，做了个请坐的手势。

卢达成看着坐在右侧的汪守业，示意他先说一说。汪守业瞟一眼盯着他的杨再新，捧着杯子的手有点抖，脸也憋得通红，想说什么却说不出来，只好低下头去。卢达成朝坐在左侧的伍家旺努了一下嘴。

伍家旺喝了两口茶，咂了咂嘴，说：“我没别的，就一句话，只要能拿到工钱回家过年就行。”他指一下汪守业，“刚才他晕倒了，其实也不只是饿的，不只是冻的，关键是接了一个电话，说他老娘病了，等着他拿了工钱回家救命，可钱还不知道在哪里。他是又着急又生气，一下就晕倒了，差点就一口气没接上，要是没接上，那现在就不会坐在这里了。是不是这样？”他朝看过来的汪守业使着眼色。汪守业瞟一眼杨再新，稍一迟疑，点了点头。

“大家的情况，大家的心情，公司知道，杨总也理解，巴不得早点把钱给了大家，并不是有钱不给，更不是存心想要拖欠着大家的工钱。”于美艳边说边观察着卢达成他们的神色，“只是公司近来由于投资的项目多，资金暂时周转不过来，银行贷款又一时半会批不下，还得请大家多理解，多担待，也就再等几天。”

“于部长，我们都知道公司投资新项目是好事，是为了公司和大家有更大的发展，也知道公司对我们好，董事长和杨总都关心我们。其实我们都理解公司的难处，也理解杨总的苦处。”卢达成看一眼杨再新，再看一眼于美艳，“只是大后天就是小年了，总不好让大家不回家，在公司过年吧？”

“那不行，我是一定要回家过年的。”伍家旺看着汪守业，“你娘还等着你拿钱回去救命的，是不是？”

汪守业连连点头。

“于部长，你看，那我也没办法了，大家还是想回家过年的。”卢达成微笑着看着于美艳，“说起来，大家出来一年了，也是该回家陪陪父母孩子了，是吧？”

于美艳一脸无奈，看一眼杨再新，欲言又止。

“没错，大家出来一年了，在外不容易，是应该回家过年，陪陪老人和孩子。请你们放心，公司和杨总都在想办法，一定会让大家回家过年的。”罗小琼用欣赏的目光看了一眼卢达成，又看着杨再新。

靠在椅子上的杨再新身子一挺，双手往桌上一搭，看着卢达成他们，说：“好，那请你们转告每一位工友。我感谢大家选择来双新工作，感谢大家为双新做出的贡献，也请大家放心，双新不想欠大家的钱，更不会赖大家的账，一定会一分不少给大家。”

“什么时候给？”伍家旺问。

“会给多少？”汪守业跟着问。

“我想是这样。”杨再新站了起来，看着卢达成，“一是请你牵头摸一下底，看必须领了全部工钱回家的人有多少，需要多少钱，可以只领取部分工钱回家的人有多少，需要多少钱；二是这回没领走的钱算存在公司的，公司按一年期银行存款利率的两倍付利息，期限三个月，到时候本息一起付；三是大家这回必须要领走的钱，最迟在小年那天一定付给大家。这样行不？”

于美艳一脸惊愕地看着杨再新，心想你这说出口的话，那就得是板上钉钉，可你哪来的钱啊！罗小琼却是赞赏地点了点头，佩服杨再新的机敏和果断。杨再新自信地微笑着看着卢达成他们。卢达成跟伍家旺和汪守业交换了一下眼神，点了点头。

走到电梯口，伍家旺瞄一眼后边，见没人，便对旁边的卢达成说：“我还准备跟他们大闹一场的，没想到那个罗主任这么一安排，杨总再这么一说，我想闹都不好闹了。”

“那个罗主任是不一般，人长得漂亮不说，还待人有说不出来的好。”汪守业看一眼卢达成和伍家旺，“只是那个杨总，我也不知道是怎么的，一看到他就心里发慌，好像自己矮了半截，话都卡在喉咙里上不来了。”

“看你这说的。”卢达成瞟一眼汪守业，“杨总也没凶神恶煞的，怕什么。”

“你呀，来之前还说要怎么怎么。”伍家旺指了指汪守业，“要你敞开说了，结果屁都没放出来一个，上不得台面，只会在灶台后边打转转。”

“好，我是没你胆子大，出不得众。”汪守业有点不服气地看一眼伍家旺，“但我没吓得把椅子都弄倒了，差点砸了自己的脚。”

“我是弄倒了椅子，可我没该说话的时候，屁都放不出一个来，没……”

卢达成瞪了伍家旺一眼。伍家旺脖子一缩，不说了。

楼道上，杨再新大步走在前面。罗小琼和于美丽跟在后面。

“杨总，刚才还真有你的啊！”罗小琼说。

“我那是一急，办法来了，算是急中生智吧。”杨再新说得有点得意。

“这主意也就你想得出来，那话也只有你说得出口。”罗小琼说。

“你话是说出去了，也确实说得漂亮，只是那钱又从哪来？我可不是孙猴子，变不出钱来的。”于美艳说着瞟了一眼罗小琼。

“你放心，那四百万的工钱大部分不会领走，有那二百万就能基本应付过去。”杨再新回头看一眼于美艳，边说边进了办公室，“车到山前必有路，人不会给尿憋死。”

“你就那么自信？”于美艳在心里说着进了自己办公室，“但愿吧。”

杨再新径直走到办公室的窗前，看到卢达成在那有序地指挥民工撤退。

罗小琼快步进来，将一份文件送到杨再新手上。杨再新指了一下窗外，要她详细了解一下卢达成的情况。

聚仙楼的一个小包间里，火锅翻滚着，热气腾腾。已脸带桃色的司马兰端起酒杯，站起来，说：“来来来，一起干了这杯，祝大家假期开心，春节愉快！”

朱小丽端着杯子，面露难色。宁大为拿过朱小丽的酒杯，倒了一小半过来，他的酒杯便满满的了。程万秋去拿司马兰的酒杯，她却不让倒，自己一口干了，赢得一片喝彩。

这时，何桂香一上车就朝邓满意说：“走，从双新公司那边绕回去。”

“刚才我问了，讨工钱的民工都散了。”邓满意边开车边回头看一眼何桂香，“这回没闹出大的动静来，算是便宜双新了。”

“便宜双新了？”何桂香一哼，“你放心，没那么便宜的事，还会有好戏看的。”

“我想也是，应该没那么简单。”邓满意点点头，“要不你还是给于美艳打个电话，探探她的口气？”

何桂香找到于美艳的号码，刚要打过去，却一摇头，放下了手机。

于美艳坐在桌前，头枕在椅背上，心急如焚地望着天花板。她在为自己焦急，为杨再新焦急，为公司焦急。桌上摊开着账本、名册和计算器等东西。

“你在那发什么呆啊？”杨再新边说边走进来，敲了敲桌子。

回过神来的于美艳一声长叹，站起来，说：“还不是钱的事，伤脑筋呢。”

“知道伤脑筋了？”杨再新点着头，“好，那就好，就该你伤脑筋的。”

“就该我伤脑筋？”于美艳皱着眉头，看着杨再新。

“不该你还该谁？”杨再新往沙发上一坐，看着于美艳，“你要清楚，你是财务部长。你的职责就是弄钱，确保公司有钱可用，如果公司没钱可用了，那你就严重失职了。”

“杨总，你这话没错，弄钱确实是我的职责。”于美艳手一摊，看着杨再新，“可我是弄了钱的，而且是弄到了足够的钱的。”

“是吗？”杨再新眉头一蹙。

“当然是啊！”于美艳眉一扬，“按照月初的资金计划，我弄到的钱是足够支持预算还有结余的。可你不按预算来，非要这也搞那也搞，又是仓促之间，结果资金才出了那么大一个窟窿，难道这也怪我？”

“那还怪我？”杨再新指着自己。

“怪不怪你，你自己好好想去。”于美艳指了一下桌上的名册，“我只问你，这民工的工资，我是不是早就准备好了？是不是你不签字，说再等一等？还有那电费和税款什么的，我是不是也都留着了？是不是你说暂时不付，拖一拖再说？还有那员工的工资奖金，我是不是都造好了表？是不是你压着，说先缓一缓？结果怎么样？麻烦来了吧？”她偏着头看着杨再新，见杨再新要开口说话，她又抢着说，“我提醒过你，也劝说过你，甚至还顶撞过你，得有多少钱做多少事、做多大的事，得看菜吃饭、量体裁衣，要你沧江花园那个新项目春节前不要开工，特别是人民东路那块地不要去竞标，还有……”

“还有什么呢？”杨再新脸一沉，腾地站了起来，“你……你简直就是没眼光，没头脑。你知不知道？那项目不是项目，是金子是银子，那地也不是地，是地位是身份。你懂不懂？那项目要是春节前开不了工，那有些事就不好办，以后的钱就不好赚，那地要是不拿下来，那就被别人拿了，而地是唯一的，你要了别人就没有了，别人拿了，那你就没了赚钱的机会，还有……”

“好了，你是总经理，怎么说都在理。全怪我，是我失职，好了吧？”于美艳抹了一下眼角的泪水，“这狗屁部长整天累死累活的不说，还要老受你这窝囊气，我是真不想干了，你另请高明吧！”她一甩手，气呼呼地出了办公室。

“另请高明？”杨再新皱了皱眉头，追了上去，见于美艳进了杨一新办公室，便退了回来，跟人打起了电话。

板房里地上床上都是人。他们或在交谈，或在骂骂咧咧，或在伸长了脖子去看名册。卢达成坐在桌前统计数据。伍家旺伏在桌上，指指点点地帮着核对。

汪守业挤过来，碰了碰卢达成的手，说："我问过家里了，还是只领八千，剩下的一万多先存在公司。"

伍家旺看着汪守业，说："你问清了？想好了？"

汪守业点点头。

伍家旺说："可不能再改了啊！"

汪守业说："不改了。"

伍家旺说："那好，我看你就存一万整的，其他的都领走，好记数。"

汪守业说："行，就这样了。"

"还有要改数字的没有？"伍家旺站起来，边说边环顾四周，"没有那明天一早就按这个数报公司去了。"

有人举了一下手，说："我要改一下，得多领两千，都差点忘了，还欠着亲戚一点钱，说了过年前还的。有借有还，再借不难。"

有人附和说："那是，要不还了，那亲戚都得罪了。"

有人却说："亲戚的能欠就先欠着，存在公司有利息，划算。"

举手的人有点犹豫了，挠着头。

伍家旺指着那人，问："你到底改不改？"

那人看着汪守业。

汪守业扭过头去，说："你别看我，你自己定。"

那人说："那我还是改吧，别让亲戚说我的闲话，名声要紧。"

卢达成朝那人竖了一下大拇指。

在办公室走来走去的吕明远终于拿起了放在桌上的手机，拨通了电话，说："是于部长吧？还在忙啊？那真不好意思，这么晚了还打扰你。也没别的，就是公司那点货款，你看这两天能不能付了，就要过年了，还等着那钱发工资呢。"

"吕老板，你记性去哪了？昨天不是才跟你说好了的，你再等一等吗？你放心，那钱跑不了，飞不了。"于美艳不耐烦地将手机放到桌上，按了扬声器。

“于部长，我知道跑不了，飞不了，只是我们远扬公司小，双新又是我们的大客户，如果你这两天不把钱付了，那……”

“那什么？”于美艳一拍桌子，“那你就不跟双新做生意了是不是？就要让人来公司堵门了是不是？就要去法院告了是不是？”她说着将电话摁了。

“这于部长今天是怎么了？平时调子是高，可也不是这样啊！”吕明远看着手机，一声叹息，一屁股颓然坐在椅子上。刚坐下，电话响了。他抓起听筒，说：“怎么？机器又不转了？”他放下听筒就往门外跑。

走到门口的杨再新见于美艳在那认真核对着什么，便止了步，转身就走，心想女人还是好哄，就杨一新那么一杯茶一端，再那么几句夸奖的话一说，她就不生气了，又忙开了。

一道斜阳透过玻璃铺到桌面上，映照着杨再新的脸庞。

“那是的，我们罗总助、罗主任，那是又能干又漂亮，不说是风华绝代，那也是魅力无限。好，那好，王台长，哪天我来安排，就专请你一个人，不醉不归。什么？节目开始播了。好，那谢谢兄弟了。”杨再新放下听筒，看一眼手机上的时间，拿起桌上的遥控一按，电视正播放双新公司沧江花园项目开工仪式，罗长远正就位准备致辞。

看着桌上温暖的阳光，看着盛大的开工仪式，杨再新的心情也随之晴朗起来。

罗小琼敲了两下门，轻盈地走过来，将一页纸递到杨再新手上，说：“这是卢达成的详细情况，包括他本人的和家人的。他从小学到中学都成绩名列前茅，上高二时他父亲病故，他只好放弃考大学，跟人学了砌匠，成了一名出色的建筑农民工。”

杨再新浏览了一下，将纸放到桌上，说：“好，他本人也好，家人也好，都清清白白，干干净净。”

罗小琼点点头，说：“我试过他两回，发现他宁愿自己吃亏也不亏待别人，更不损害公司的利益，宁愿自己多吃苦也要把活干好，精益求精。所以他技术好，人缘好。”

“看来你对他印象不错。”杨再新看一眼罗小琼，指着电视，“这节目不仅制作一流，播放的时间点也安排得恰到好处。”

“你可别夸我。我只不过是落实了你的思想，也是王台长给你面子。”罗小琼略带羞涩地一笑，“我还得多跟你学习呢。”

“你看你，又谦虚了。”杨再新看着罗小琼，“那个跟投的方案你看了没有？”

“只是浏览了一下，还没来得及细看。这两天事情多，忙别的去了。那个跟投是个好东西，但也是一把双刃剑。”罗小琼边说边看着电视，“当然，关键还得看这剑是握在谁的手上，又怎么去舞，怎么去用。”

“没错，是这样。”杨再新点点头，“所以，你得好好看看，多思考，多补充。”

“这涉及不少人的利益和命运，也关系到公司的发展和未来，还是从群众中来到群众中去的好。”罗小琼看着杨再新，“我想，到时候就请董事长跟大家谈一谈参观的感受，讲一讲跟投是什么，再请你跟大家说一说我们的方案，做一些解读，然后听一听大家的意见和建议，来个集思广益。这样会更好。”

杨再新皱了一下眉头，随即又点了点头。

坐在沙发上的花三朵朝站在阳台上的宁小虎招了招手，说：“你快来看电视，双新公司的沧江花园正式开工了，是江景房呢。”

宁小虎迈着方步，不紧不慢地走过来，在花三朵旁边坐下。花三朵眼睛盯着电视，拍一下宁小虎的手，说：“你在建设局，跟那个杨总说一声，要他给个优惠，多打点折，给大为定一套。那地方好，房价又在涨了，准卖得快，得早下手。”

“你急什么，还早着呢。”

“早什么早，都开工了。”

“你懂什么？”宁小虎瞟一眼花三朵，“开了工并不等于房子就建起来了，要是那么简单，那就没有那么多半拉子工程，没那么多烂尾楼了。”

“双新公司那么大，那么牛，应该不会吧？”

“那谁知道。”

“嗯，也是。”花三朵皱了皱眉头，看着宁小虎，“你别说，也是怪，那天中午，我还碰到了杨总。真没想到，他那么大一个老板，中午也就吃碗米粉。是不是……”

“你乱说什么，”宁小虎斜一眼花三朵，“你以为大老板就天天山珍海味，餐餐花天酒地？”

“就你懂！”花三朵瞪一眼宁小虎，“我就是乱说？”

宁小虎没再搭理花三朵，去了阳台，看着沧江花园的方向。

这时，叶满枝放下茶杯，指着电视上说：“这就怪了，那边是民工站在寒风里，聚在公司门口讨工钱，一个个可怜巴巴的，也不知道他们讨到工钱了没有，而这边是公司的项目开工，彩旗飘扬，锣鼓喧天，还有市里的领导剪彩。”

“这有什么奇怪的。”司马昌边说边走过来，解下围裙，“这样一个大项目开工了，那多方就跟着受益了。”

“这么大一个双新公司，应该不是没钱，怎么就非要欠着民工的那点工钱，还要让人那么去讨呢？”叶满枝一声叹息。

“你又不懂了吧。”司马昌一笑，“你要知道，欠着民工的工钱那只是钱，而一旦这钱投到项目上去，那钱就变成了资本，变成了投资，而资本……”

“资本从来到人间就滴着血，它的本质是贪婪，追逐的是利润。”

叶满枝扭头一看，见司马兰背着肩包站在门口，便嗔怪她说：“看你说的什么，进门还不声不响的。”

司马兰将包往沙发上一搁，捧着叶满枝的脸就亲了一口，说：“给你们一个惊喜呀！”

“兰兰，吃饭没有？”司马昌边起身边拿了围裙，“我去给你做？”

“吃啦！不用！”司马兰边说边摆手。

叶满枝拉着司马兰坐下，说：“你刚才说的什么？谁说的？”

“马克思说的呀。”司马兰头一晃，“他还说，如果有百分之十的利润，资本就会到处被使用；有百分之二十的利润，资本就能活跃起来；有百分之五十的利润，资本就会铤而走险；为了百分之百的利润，资本就敢践踏人间一切法律；有百分之三百以上的利润，资本敢犯任何罪行。”

“你这说的什么呀？”叶满枝在司马兰头上点了一下，“看你这大学上的，说的我都听不懂了。”

“所以要读书，要上大学。”司马昌瞟一眼叶满枝，偷笑着。

“好，你笑我。”叶满枝揪住司马昌的耳朵，“你是上了大学的，可又有多大出息，如今还不是给人打工。”

“哎哟，轻点，轻点。”司马昌挣脱叶满枝的手，“那不是吹牛，要不是厂子垮了，那我今天不是厂长也是个副厂长，或者是个总工程师了。”

“想得倒是美。”叶满枝鼻子一哼，“就你这熊样，落下一片树叶，都怕砸烂了脑壳的人，你要是当了厂长，那除非人人都是厂长了还差不多，再说你就是当上了厂长，人家也会在你头上屙屎屙尿。”

“妈，你可不能这么说。”司马兰摇着叶满枝，“爸虽然没当上厂长，却也算是一个技术权威。现在的远扬公司就靠爸的技术撑着，爸虽然不是厂长，却是一个不是厂长的厂长。听说吕总还天天提心吊胆的，生怕爸给人挖走了，还听说吕总要爸当副厂长，是爸坚决不当。再说了，人一旦到了那个位置上，权威自然就出来了，别人就敬你了，怕你了，巴结你还怕来不及呢。”

“那是。”司马昌得意地笑着，朝叶满枝做了个鬼脸，“我虽然不是厂长，却还是有老板抢着要的，可不像有的人，天天闲着……”

“闲着？谁闲着了？”叶满枝眼睛一瞪，又揪着司马昌的耳朵。

“好好好，你没闲着，是我闲着了。”司马昌拿开叶满枝的手，“你要做家务，又要去炒股，虽然没赚什么钱，却也是辛苦的。”

“你……你嫌我没赚钱是不是？”叶满枝脸色一变，指着司马昌。

“我……我没有。”司马昌脖子一缩，起身往卧室去了。

叶满枝长长一声叹息，失落写在了脸上。

司马昌上了床，正要关机睡觉，吕明远打来电话，请他赶紧去厂里修机子，司机来小区门口接他。他连忙下了床，边走边穿衣。

“你还真去？半夜三更的。”叶满枝追到客厅，见司马兰跟司马昌摆着手，便指着他的背，“你看他美的，不就修个破机子吗，有什么好显摆的。”

“一个下过岗的人，能有人赏识他和他的才干，那他必定是倍加珍惜他的工作。”司马兰搂着叶满枝，“妈，我完全相信，当你也有了称心如意的工作，又得到了老板的青睐时，你会比爸有过之而无不及。”

“我……”叶满枝拿开司马兰的手，轻轻关上门，黯然神伤地躺在了床上，过往工作的情景一幕接一幕地在眼前浮现。

第四章

杨一新放下茶杯，转动一下椅子，看一眼靠在沙发上，架着二郎腿的杨再新，再看一眼坐在杨再新一侧沙发上，一脸委屈地咬着嘴唇的于美艳，微笑着说：“其实，要我看，你们说的都没错，都有理，都是为了公司好。”

杨再新放下了二郎腿。于美艳瞟了一眼杨一新和杨再新。

“美艳，你也是公司的元老，向来能力强，作风硬，讲原则，敢担当，做事干净利落，又稳重扎实，是个好财务部长。”杨一新说着起身，过去要给于美艳添水。于美艳连忙站起来，伸着手说她来。杨一新不让，说这水得他来添。于美艳便坐下了。坐在于美艳旁边的罗小琼眉头一动，边说她是搞服务工作的，让她来，边从杨一新手上接过水壶，给每个人添了水，又顺势悄悄给杨一新点了个赞。

“美艳，你说财务部长不干了，要我们另请高明，那可不行啊！”杨一新在椅子上坐下，看着于美艳，“公司可以没有我，但不能没有你。我反正也没做什么事，无非就是去市里开个会，陪谁吃个饭，简单不过的事，谁都可以做的，而你这个财务部长，那不仅事情多，又重要，更是个技术活，还很辛苦的，要我那是吃不消，干不来的。你……”

“我……”于美艳瞟一眼杨再新，欲言又止。

“再新啊！”杨一新满眼真诚地看着杨再新，“公司发展到今天，你是头号功臣，这是大家公认的。我虽然是董事长，是法人代表，但其实只是挂了个名，真正干事的还是你，你才是公司的顶梁柱，才是公司真正的当家人。”

“哥，董事长。”杨再新忙坐正了，“你快别这么说。你才是干大事、抓大事的，才是公司的主心骨、掌舵人。”

“再新，你再听我说两句。”杨一新抬了一下手，“公司是要发展和壮大，是要抢抓机遇和机会，但美艳说的有多少钱做多少事、做多大的事，得看菜吃饭、量体裁衣，这说的都没错，在点子上。做事是得有规划，有计划，有安排，有步骤，不能随意，不能草率。当然遇到紧急情况，遇到突发事件时，那是要以变应变，而且要当机立断，但那一定要把握好时机，把握好一个度，不能盲目，不能冒进，否则就会……”

“对不起，董事长。”于美艳朝杨一新一鞠躬，一抹睫毛上的泪花，瞟一眼杨再新，“前头是我太激动，说话太冲。我……”

“我都知道，也理解，你那是气头上说的，不是你的真心话。”杨一新朝于美艳压压手，示意她坐下，转而看着杨再新，“美艳那些话，也都是给你气出来的。”

“也怪我，是我自己没控制好情绪。”于美艳低垂着眼睛，用余光看着杨再新。

“于部长，平心而论，那不能只怪你，也怪我。怪我什么呢，”杨再新一拍沙发，站了起来，竖起食指，“一怪我虽然有美好的蓝图，有通盘的考虑，但事前没有跟你做充分的沟通和商量，致使你没能深刻理解和透彻领悟。”他顿了一下，竖起中指，“二怪我不该说你没眼光，没头脑。其实你是有眼光，有头脑的，好几回在我一筹莫展的关键时刻，就你脑子一转，主意出来了，问题解决了。”他竖起无名指，“三怪我一时冲动，没头没脑地冲一个漂亮能干的女同志发脾气，让人家受不了那么大的委屈，甩手不干了，还让人家一把鼻涕一把泪的，有损美丽形象，真是罪过。”

罗小琼掩口而笑。于美艳“扑哧”笑出声来，别过头去。杨再新走到于美艳跟前，伸出手，腰稍一弯，说：“于部长，对不起，我真诚向你道歉。”于美艳一愣，不知所措地站在那里。罗小琼朝于美艳又使眼色又努嘴。于美艳看一眼朝她微笑着的杨一新，抓住杨再新的手咬了一口。杨再新看着咬出的牙印，嘿嘿笑着。

“好，这就好。”杨一新点点头，“现在也算是公司的非常时期。这个时候，尤其需要上下一心，需要精诚团结。开始我还想这事明天再说，但小琼给我一提醒，我就想，还是问题不过夜的好，就把你们几个都请了过来。”

“董事长，对不起，让你操心了。”于美艳朝杨一新一鞠躬，瞟一眼罗小琼，将手上的资金计划表递给杨再新。杨再新接过计划表看了看，放到桌上。

“这是我反复算过了的，别的暂且不说，能拖的就拖一下，能欠的先欠着。只是民工工钱、电费、税款、员工工资奖金，以及远扬公司等部分上游客户的货款，那是怎么也得付了的。这些加起来，那至少也得有六千万。”于美艳看着杨再新，“可这六千万从哪来？我是真的山穷水尽了。”

罗小琼说：“市里明天不是要开一个协调会吗？”

杨再新说：“没错。”

于美艳说：“开不开会我不管，对那个会我也不抱多大希望，就是能解决点什么，那也是远水解不了近渴。”

杨再新手一抬，说：“你可别这么说，这个时候就得相信政府，依靠政府。”

“我不是不相信，只是着急，民工的工钱还有一部分没着落。”于美艳亮出两个手指，“刚才那个卢达成跟我报了个数，要领走的钱至少有一百八十万，再留点余地，那就得要二百万以上了。”

罗小琼说：“董事长刚才也反复强调了，民工的工钱是怎么也得付了的。如果真出了什么事，那谁也担不起这个责任。”

杨再新一拍桌子，说：“没错，民工的工钱怎么都得付了！”

“可钱在哪？”于美艳摊着手。

罗小琼说：“办法我倒是有一个。”

“什么？”杨再新一下弹了起来，看着罗小琼，“你快说！”

“集资呀！”罗小琼说。

“集资？”杨再新皱着眉头。

“是啊。”罗小琼看着杨再新，“跟卢达成他们商谈的时候，你是不是承诺了民工没领走的钱，按一年期银行存款利率的两倍支付利息？”

杨再新点点头。

“那与其这样，又何不同时让员工来集资呢？”罗小琼边说边打着手势，“这样既让员工为公司分了忧、解了难，体现了员工对公司的忠诚和热爱，也让员工得了好处，肥水不流外人田，给了员工福利，让员工对公司心存感恩，又解决了民工的工钱问题，让民工心存感激，更重要的是及时化解了矛盾，维护了公司的形象，一举多得。这……”

“这……这行吗？”杨再新看着罗小琼。

“应该没问题。”罗小琼点点头。

“这……有问题。”于美艳皱着眉头，“就是没问题，那也不能叫集资，只能说是员工自愿借钱给公司，或者说是公司向员工借钱。”

罗小琼说：“集资也好，员工借钱给公司也好，公司向员工借钱也罢，意思都一样，那都没关系，只要把燃眉之急解决好了，又不出问题，那就不丢脸。如果问题没解决好，民工再到公司来闹，那脸就丢大了。”

“那只能说是员工借钱给公司，或是公司向员工借钱，不能说集资。”于美艳看着皱着眉头的杨再新，“集资可不是随便可以搞的，有规矩，得……”

“好，就这样，就公司向员工借钱，按银行一年期存款利率的两倍付息。”杨再新一拍桌子，看着杨一新。

“好，就按再新说的办。”杨一新点点头，“这也是权宜之计，无奈之举。”

见于美艳还要说什么，杨再新手一抬，朝窗前走去。

“香总，你看，那是杨总吧？”杨再新刚在窗前露脸，邓满意就一眼看到了，便放慢了车速。

“没错，是他。”何桂香放下车窗，望着楼上。

“他该不是在看夜景吧？”邓满意说。

“看夜景？怕是在伤脑筋吧！”何桂香一哼，边说边关上车窗，“你就等着，会有好戏看的。”

这时，司马昌起身拍了拍油渍渍的手，绕机器看了一圈，一按开关，机器运转起来。

吕明远看着司马昌，说：“司马老师傅，看来这机子还就服你啊！”

司马昌笑了笑，说：“下次要再停，那我也没法子了。”

“怎么？”吕明远问。

"你没听出来？它转得吃力呢，老牛拉破车似的。"司马昌抚摸着机子，看着吕明远，"它真的老了，转不动了，也该让它退休换新的了。"

吕明远心想换新的当然好，可钱在哪呢？

与会者或聊天，或看手机，或悠然地吸烟，或无聊地望着窗外的风景。杨再新跟与会者或点个头或扬下手或问个好地打着招呼。

罗长远边接电话边快步走进来，往椅子上一坐，挂了电话，将手机往桌上一搁，端起茶杯轻轻吹了吹，喝了两口。

"主任出去那么久，怎么回来一脸不高兴的，是不是得罪女干部了？"有人打趣说。

"还女干部呢。"罗长远斜一眼那人，放下杯子，"都给人踹了两脚。"

"怎么？女干部的家属找上门来了？"那人笑道。

"你呀，就想些乱七八糟的东西。"罗长远指了指那人，"是几个人委托一个叫柳开的炒期货，亏了。柳开跑了，不知去向。他们就闹到大门口来了，点名要见我。"他手一摊，"可见了我又有什么用呢？我无非是先听他们发泄一通，指责一阵，辱骂一顿，哪怕是手指戳到鼻子上了也得忍着，然后再好言劝慰他们一番，对他们的损失深表同情，表明如果柳开存在欺诈行为，那政府一定要对他绳之以法，等等。"

"炒期货亏了也找政府，真是莫名其妙！"宁小虎摇头一笑，"据我所知，那期货是如果弄得好，那赚得多，如果弄不好，那亏得也快。"

"现在有的人，整天就做着发财梦，一夜抱个金娃娃，却不明白一个道理，投资是有风险的，预期的回报越大，风险也越大。"王昌明说。

"有的人这道理明白，也知道有风险，可就是太贪，好……"

"好了，不说这个了。"罗长远朝正说着的万全有摆了摆手，"还是说双新公司的事吧，这才是今天的正题。谁先说说？"

见没人响应，罗长远把柔和而不失威严的目光落到了宁小虎的脸上。宁小虎欠欠身子，嘿嘿笑着看看左右，说："报告主任，我一开始就说了，我是来替会的，局长说他出差了，不能来，非要我来顶替，我只好来了。据我所知，对双新公司，我局一向是积极支持的。杨总，你说是不是？"他看着杨再新。

杨再新连连说："那是，那是。"

宁小虎收敛了笑容，说："可这回，据我所知，杨总未免也太性急了，一些必要的手续都还没办好，就要我们办预售证，那也未免有点难为我们了。"

"那……"杨再新站了起来。

"当然，如果局长说了可以，那我没意见。"宁小虎看着罗长远，"如果你罗大主任签字同意，那我更是马上开绿灯。"

"你是足球运动员吧？"罗长远指着宁小虎，呵呵一笑，"这球踢得不错嘛。"

宁小虎脸一红，嘿嘿笑着。

吕明远接过司马昌递过来的清单看了看，放下清单，看着司马昌说："设备非得一次更换这么多？"

"不换这么多也可以，但要保证产品质量，有的必须换，要提高生产效率，有的一定得换，要做到配套生产，有的不得不换。"司马昌指点着清单，"这些设备实在太旧了，太老了，是到了更新换代的时候了。"

"这我都知道，我又何尝不想把老旧的设备全淘汰了，都添新的，甚至干脆建一条新的生产线。"吕明远走到窗口，望一眼车间，看着司马昌，"可钱从哪里来？"

司马昌说："找银行贷款啊！"

"你以为银行那么好找？银行的贷款又那么容易到手？"吕明远摇摇头，"不瞒你说，我两年前就去找过银行。有的一口就回绝了，说我这还不符合贷款条件，有的说再等一等，到时候再看情况。我心中有数，后来也就没去找了。不过，上个月倒是有一家银行的人主动上门来了，在公司里里外外看了个遍，又问这问那的，还要走了公司的相关资料，但也没了下文，我也没去打听，免得自讨没趣。"

"看来，你也是个要面子的人。"司马昌笑了笑，"不过，有的时候，要了面子就没了里子，还是里子重要。"

"也是。"吕明远点点头，"不过，说来说去，到什么时候还得靠自己。"

"那当然啰！"司马昌嘻嘻一笑，"我要没几下子，那你也不会请我来，是吧？”

“那是。”吕明远拉着司马昌的手，“说好了，你就哪也不去，一心只在我这了。”

司马昌把另一只手叠了上去，连连点头。

吴富贵领着吴双艳走到井口，指着从井下冒出来的满载煤的矿车，对穿戴时尚的吴双艳说：“双艳，等你大学毕业了，我就退休，这矿就全交给你了。”

“你要我来管这煤窑？”吴双艳睁大眼睛看着吴富贵，随即一摇头，“那我现在就告诉你，你趁早别做这个梦。”她扭头就走。

“你……”吴富贵追了几步，手机响了，是李远航打来的。

“吴总，你得给我一个准信，那转扬机还要不要，不要，那我就不做了，正好工人也都放了假，回家过年去了。如果要，那你这两天就得打点定金过来，还有上次没付的货款，一块给了我，我这正好缺钱。什么？没现金，只能给我一张承兑汇票，我派人去取？”李远航站在车间门口给吴富贵打电话。

“那只有承兑汇票，你自己来拿，要就要，不要就算了，机子过了年再说。”吴富贵摁了手机，朝吴双艳追了上去。

这时，支行营业厅内。周子叶一脸煞白，气呼呼地站在那。

安然边朝周子叶使眼色边小声说：“你先回避一下，这里我来处理。”

周子叶一动没动，木桩一般。

花三朵闭着眼睛，侧身躺在地上，仿佛睡着了。

围观者指指点点，七嘴八舌地有说银行不是的，有说花三朵不像话的。

安然端着纸杯过来，在花三朵身边蹲下，说：“大婶，您起来喝杯热茶，我们……”

花三朵也不看，只是抬手一扫，将纸杯扫飞，落在一个围观者的脚上，湿了围观者的鞋袜。围观者骂着踢了一下她的脚。她翻一下眼皮，见那人比她高大，一张柿饼脸，便又闭上了眼睛。

安然朝旁边的郑小颖递了个眼色。

“大婶，你这情况，我也碰到过，是不怎么好怪银行的。地上冰凉的，快起来，快过年了，千万别冻感冒了。”郑小颖边说边蹲下去扶花三朵。

花三朵抬腿就是一脚，踹得郑小颖一屁股坐在地上。郑小颖笑着边起身边说没事。花三朵一翻身爬起来，冲过去指着周子叶的鼻子，唾沫横飞地说：“小子，你给我听好了，你要不赔了我，那我天天来找你闹，让你不得安生！”她说着扬长而去。

一脸铁青的周子叶要冲过去跟她理论，被安然一把拉住了。

罗长远敲了敲桌子，说：“好了，各位别扯远了，别扯宽了，就只说与双新有关的事。”

喧闹的会场一时安静下来。

“好了，各位不说了，那就这样吧。”罗长远扫一眼与会人员，“税务和电力都再缓一缓，春节前能交就交，实在不行，节后再说。这是市长的指示，我只是传达一下，请各位理解。”他双手往桌上一搭，右手手指叩着桌面，“下边我们来商讨一下现在急需解决的，也是必须解决的民工工钱和公司员工工资，以及部分客户的货款，比如远扬公司，等等。刚才杨总说了，这至少得要六千万才行。”

“对，能有八千万更好。”杨再新说。

“好，银行的各位行长、主任，谁先说说？”罗长远目光落在右手一侧。

一阵沉默。

“好，主任看着我，那我说两句。我是副行长，是替行长来代会的。行长出差了。”斜坐着的屈大江坐正了，“我们跟双新的合作虽然时间还不太长，但我们的关系不错，合作很愉快。眼下公司有困难，我们理当支持，也想支持，只是要钱的地方多，而能放的贷款少，我是手长衣袖短，实在安排不过来。就在这个月初，我们已经给双新公司放了一笔贷款。杨总，是这样吧？”

杨再新点点头，说：“没错，是放了。”

“当然了，我回去一定跟行长做好汇报，争取能给双新多少增添一点贷款。”屈大江嘿嘿笑了笑，“不过，恕我直言，这可能性不太大。”

罗长远又微笑着盯着万全有。

“那好，我也说两句。”万全有侧过身，看着杨再新，“对双新公司，对杨总，我一直是仰视的。为什么？因为双新公司确实是发展得太快了，我们总是落在后边，跟不上节拍。打一个不恰当的比方，双新公司是坐着飞机在天上飞，而我们银行是开着小车在地上追，真是望尘莫及。”

屈大江朝万全有竖了一下大拇指。杨再新看着万全有，微笑着，笑里有尴尬，有自豪，有自信。

“好，万主任这比方打得有点意思，有点味道。”罗长远点点头，看一眼杨再新，看着万全有，“我看这也好办，一边是杨总把速度控制一下，能让万主任追上来，一边是万主任加把油，加紧追上去。”

“可惜天上地下，不在一个平台上。我是想追，却常常是只能望天兴叹，心有余而力不足。”万全有看一眼杨再新，“就怕……”

见万全有不说了，与会者的目光一时大多聚集到了他的身上，让他有点不自在，脸上好像有什么在爬着。

“各位行长、主任，我有这么一个观点，就是银行的成长和壮大与地方的经济社会发展是紧密联系在一起的，不知各位是否赞同？”罗长远看着屈大江和万全有等人。

万全有点了点头，也猜到了罗长远接下来会说些什么。

“我想，没有双新公司这些企业的飞速发展，就没有沧江的后发赶超，没有双新公司这些企业的可观税收，就没有沧江的日新月异。这一点大家一定要看到，也应该看到。也可以这样说，没有沧江的经济腾飞，就没有银行的欣欣向荣。你们银行虽然是沧江经济社会发展的有力推动者，但同时也是双新公司这些企业发展的直接受益者。这一点你们应该明白，也必须明白。”罗长远轻轻敲了敲桌子。

屈大江和万全有用眼神交流了一下，点了点头。

“好了，我也不多说了，我可不想落下一个干预银行贷款的名声。这贷款贷不贷，贷多贷少，你们自己去考虑。”罗长远微笑着，扫了一圈会场，又意味深长地看了一眼屈大江和万全有，“不过有一点，在这里我得再次强调一下，那就是谁更好地配合我们开展工作，那我们就更多地支持谁拓展业务，比如在重大项目的主办和额度的分配上，财政性存款的开户和资金的调度上，年度考核的等级确定和奖金安排上，等等。”

“好，我也表个态。”万全有站了起来，“回去后，我一定向行长汇报好今天的会议精神，一定尽力支持双新的发展。”他刚坐下，手机来了信息，赫然写着：“舅，我真的要走了。”他心一沉，这怎么回事？

坐在副驾驶位的于美艳扭头看一眼杨再新，一声叹息，欲言又止。

“你想说什么？”杨再新皱一下眉头，“有什么就直说，别吞吞吐吐的。”

“没……没什么。”于美艳摇摇头，“就银行……”

“银行？银行怎么？”杨再新看着于美艳，“于部长，你给我始终记住一条，那就是作为一个企业，不管在什么时候，不管在哪里，都要处理好与银行和税务的关系，特别是你作为财务部长，那必须与银行和税务的人交朋友，而且是要成为好朋友。因为无数的事例告诉我们，一个企业，没有银行的支持也许可以发展，可以壮大，但会慢，或者说不会快，而有了银行做朋友，做后盾，那发展就会快起来，就能抓住更多更好的发展机遇，特别是在关键时刻，在生死关头，银行尤为重要，尤为……”

“可是……”于美艳回头看一眼杨再新。

“你不要可是。”杨再新朝于美艳抬了一下手，“刚才在会上，万主任说我们是坐飞机在天上跑，银行是在地上开着小车追。当时我就在想，为什么就不能让银行也坐上飞机？为什么就不能让银行也跟我们一起在天上飞呢？以后公司就是要把贷款弄得多多的，把公司搞得大大的，就要让银行离不开公司，而不是公司离不开银行。把贷款弄得多多的，那无疑是你的职责，把公司搞得大大的，那自然是我的事情。”

“可是……”

“你还要可是？”

“可是，那万主任不是一个好打交道的人。”

“那我告诉你，凭我的经验，不好打交道的人，才是最好打交道的人。只是你还不了解人家，还没有成为人家的朋友。”

于美艳望着前方，若有所思。

“当然，我们的融资渠道远远不止银行这一条，还有一些杠杆可以用，比如项目筹资、土地抵押、上市等等。只是所有的杠杆是不是可以利用，是不是能够利用，那都得看条件和时机。眼下我们就只能靠银行，别无他途。因此，你还必须多跟万主任这样的人交朋友，让银行的朋友多多的。”

于美艳轻轻点了点头。

安然放下手上的贷款发放计划表，看一眼坐在旁边椅子上的胡岚，看着坐在办公桌前的万全有，说：“怎么？万主任，你就给我这么一点放款额度？这肯定不够用啊！”

“安行长，万主任已充分考虑到了你这边的特殊情况，额度也是从其他支行调剂了一些过来，要不还没那么多。”胡岚说。

“是他拿的初步方案。”万全有看一眼胡岚。

“那我谢谢万主任的关照。”安然朝万全有欠欠身，看着胡岚，“也谢谢你。”

“还谢我？”胡岚笑着。

“当然啊！”安然朝胡岚嫣然一笑，“还有，要不是你发现了远扬公司这个客户，又把信息分享给我，还带领我去公司实地调查，那我不是错失了一个好的业务机会？”

“哪里哪里，那是我作为一个资深客户经理的分内之事，是我的职责所在。”胡岚边说边摆了摆手，“把公司推荐给你，那是因为你能干，又配合默契。”

“我就知道你会记着姐的。”安然故意长叹了一口气，“只是这业务机会来了，怕是又得丢了。”

“怎么？”胡岚忙问。

“怎么？”安然挪了一下椅子，“刚才我说了，双新公司的郑小颖一上午就守在我那，说要是这回不给公司发放贷款，那以后就真没合作机会了，虽然她话不是这么说的，但意思是这样。我是想，好不容易才让双新公司重新在支行开了户，重新有了业务合作，我不想再丢了，也丢不起。”

万全有看着安然，却不说话。

“远扬公司虽然目前规模还不大，与双新公司还不可同日而语，但我看好公司的产品，看好公司的管理，更看好吕明远这个人，看好公司的未来。”安然看着万全有。

万全有还是不露声色。

“远扬公司是实体经济，又是中小企业，正是我们支持的重点。”安然看一眼胡岚，又看着万全有，“如果真的只能给我那点放款额度，鱼和熊掌不能兼得，那我就只能忍痛割爱，顾不上双新了。”

“那不行。”万全有放下笔，“双新公司的贷款是必须放的，而且不能打折扣。你应该明白，这放的不只是贷款。”

“那……那我不明白，也管不了那么多了，随你们怎么放去。”安然抹了一下睫毛上的泪花，瞟一眼万全有，起身就走。

胡岚见万全有使着眼色，连忙起身，说：“安行长，你别生气，再商量呗。”

走到门口的安然回过身，边笑边擦拭着眼睛。

等安然出了门，万全有对胡岚说：“你别老说资深资深的，我心里有数，行领导也看在眼里。我早就推荐了你做信贷部的副主任，应该这两天就会走流程了。”

胡岚喜出望外，一时不知说什么好，朝万全有深深鞠了一躬。

淡淡的阳光倏地给云层收走了，房间陡地暗了下来。

于美艳看着在地上来回走着的杨再新，说：“如果明天还没弄到钱，后天一早民工再过来，那会是个什么样子，我是心里没底，也不敢多想。”

“那你还得想，而且得想好。”杨再新停下来，看着于美艳，“你也听到了，刚才董事长打电话说了，我们绝不能给政府添麻烦，更不能给政府添乱，自己的问题还得自己想办法来解决。”

“可是……”

“你就别可是了。车到山前必有路，船到桥头自然直。人不能给尿憋死！”

“你倒是说得轻巧。”于美艳瞟一眼杨再新，小声嘟哝着。

“好的，好的，我们一定想办法，也请你再做做工作。”罗小琼边打电话边走进门，挂了电话，看着杨再新和于美艳，“卢达成又打电话来了，说民工情绪不稳定，要求全部领走工钱的人更多了。”

“那还等什么。”杨再新手一扬，“快去按你说的向员工借钱啊！”

“通知早发了，可没多少人响应。”罗小琼说。

“那再发啊！”杨再新敲了敲桌子。

“好，马上去。”罗小琼拉着于美艳就走。

杨再新抓起桌上的手机就出了门，边走边给屈大江打电话。

“杨总好！什么？你不好？杨总，你现在的难处我清楚，也懂，只是我现在手头上可放的贷款也是从来没有过的紧张。不瞒你说，市里一位领导挂点的那个公司的贷款，本来是上周要放到位的，可这两天还是放不下去，怕是要小年之后了。我跟你打个商量，年后头一个放款的就是双新，行不？”屈大江坐在桌前，边看着摆在桌上的贷款发放计划表边跟杨再新打电话。

“不行！年后放我没兴趣！”杨再新边说边大步走着。

过道里的人见杨再新大步走过来了，都纷纷避让。

“喂！喂！这杨总，还挂我的电话？真是……”屈大江说着将手机往桌上一搁，捶了捶额头。

这时，万全有将笔一放，站起来，对安然说：“好，就这样了，双新公司和远扬公司分别给一千五百万和三百万，但先都不要声张，等我把额度调剂出来了再说。”

“那……”

胡岚见安然还要辩说，忙朝她使着眼色，又扯了一下她的衣袖。她一甩手，瞪她一眼，随即又朝万全有和胡岚一笑，说：“那好，就先这样，有困难再来麻烦你们。”

“万主任，为什么只给双新公司一千五百万了，不是计划给二千万的吗？怎么还先不要声张？”见安然出了门，胡岚问万全有。

“你自己再想想。”万全有说。

胡岚挠了挠头，说：“你是在等，在看？”

万全有满意地看了一眼胡岚，在办公桌前的椅子上坐下。

沐浴着夕阳，程万秋和郭小宁在小河边漫步。

程万秋和郭小宁都生长在这个小山村，从小学到中学都是同班同学，现在又一起在沧江上大学。学校一放寒假，他们就都回家过春节来了。

“我今后就业的首选还是银行。你呢？”郭小宁边说边捡了一个小石子投掷出去，惊飞了溪边的一对鸟儿。

“那我要么是去政府，到时候也谋个一官半职，要么是自己创业，到时候大小也做个老板。”程万秋望着夕阳，满眼憧憬，“听我爹说，我家祖宗八代都没出过一个像乡长这样大小的官，也没出过一个像样的财主。”

“我倒是没你这样野心勃勃，或者说是没你这样的雄心壮志。”郭小宁一脚踢飞一个小石子，“家里对我也没抱多大的期望，觉得我能考上大学就是给祖宗争了脸面，只要我有吃有穿，平平安安就好了。”

“虚伪！”程万秋看了一下郭小宁，哈哈大笑。

河水悠悠。炊烟袅袅。

周子叶坐在万全有家的沙发上，望着暮色笼罩下来的窗外，一脸不服气的样子。

“你非辞职不可？就不能忍一忍？”背着手走着的万全有在周子叶跟前停下，盯着他，“你真想好了？”

“真想好了！”

“为什么？”

“我受够了！”

“受够了？”万全有一愣，“你受够了什么？”

“受够了什么？”周子叶猛地站了起来，看着万全有，“舅，我只问你，你说我读的是不是省内最好的大学，而且是研究生毕业？我是不是一直在最基层锻炼，而且是做了快两年的柜员了？我是不是爱岗敬业、任劳任怨，从没给你丢过脸？”

万全有点点头。

“可是，你应该知道，我现在的月收入就那么点，而刚性支出又那么多，如果不伸手问家里要钱，那我交女朋友的钱都不知道在哪里。”周子叶越说越激动，“在当初的招聘广告中，在我的美好憧憬里，银行是那么光鲜体面，是那么令人羡慕。可现实呢？说句不好听的话，我……我不说了。”

“说句不好听的话？还不说了？”万全有盯着周子叶，“银行没你想的那么美好，那是你期望太高，眼界太高。说明你还飘在空中，没有落地。我不说银行怎么好，但也不是那么差，要不怎么总是有那么多的人争着来，抢着来，银行还要优中选优。再说，当初也没谁捉着你来，绑着你来，是你自己报的名，还要我面试给你找关系，生怕进不来。不过，不瞒你说，我也没去找过谁，是你自己凭本事考进来的。”

“我知道你是个什么人，也知道你没去找过谁，你要是去找过谁，那我现在也就不会在网点，在一线了。”周子叶扭过头去。

“子叶，你应该知道，什么都有一个过程。”万全有边走边说，“没错，你现在收入是不高，工作是辛苦，但随着你业绩的提升、职级的晋升，你的收入就会增加，你的成就感、自豪感就会……”

“你就别说什么成就感、自豪感了。”周子叶说着回过头来，“说实话，在这里，我过得窝囊，过得憋气，看不到……”

“你……”走着的万全有一拍桌子，瞟一眼门口，“你乱说什么！”

“还不准说了？”周子叶一哼，“好，不说就不说！”

“谁不让你说了？”万全有走过来，“我只是要你别乱说。”

周子叶低头不语。

万全有走到窗前，望着夜色深沉的窗外。

“舅，其实，工资多少我并不那么在乎，工作累一点我更不那么在意。爷爷常跟我说，牛不背犁也老了。你也跟我说过，能吃苦，能受累，那是财富，也是资本。你还跟我说过，钱多有多的用法，少有少的用法。这道理我都懂。”周子叶抬头看着万全有，“让人难以忍受，也最让人失落的，是面对他人的无理取闹，你尽管点头哈腰，赔尽了笑脸，可人家还是不依不饶，面对无端辱骂，你尽管忍气吞声，说尽了好话，可人家还是要寻死觅活，人的尊严荡然无存，人……”

“人就得学会忍受，学会忍让。”万全有转过身，边说边走过来，“我告诉你，不只是银行，所有直面客户的服务行业，受类似花三朵那样的委屈并不稀罕。而这直面客户，这受的委屈，恰好是一个人成长中的历练，也是一个人进步的资本。不瞒你说，我当年一样挨过骂，甚至挨过打，也有难受的时候，但每每换个角度，或换位一想，再一检讨自己，也就想通了，心气顺了，信心更足了，劲头更大了。”

“舅，你可要知道。”周子叶头一偏，双手一摊，“此一时，彼一时。你是你，我是我。”

“没错，时代是不同了，人的思想观念在变，人的行为习惯在变，但再怎么变，人需要相互尊重、相互理解，那是到什么时候也不会变的，是……”

“好，你说得好。”周子叶边说边拍着手。

“好什么？我话还没说完呢。”万全有拍了拍周子叶的肩膀，“银行作为服务行业，就得更多更好地理解客户，尊重客户。昨天那个花三朵，尽管她言语有过激的地方，行为有不当之处，但我们的工作肯定有不到位的地方，还……”

“舅，你就别还了。”周子叶站了起来，“我已经决定走了。”

“去哪？”

“你放心，我不会带走支行的任何客户资源，更不会成为行里的竞争对手。”

“是吗？”

“当然。”周子叶一笑，“因为我去的不是银行。”

“是哪？”

“沧江晚报社。”

“为什么？”

“舅，你可别忘了，我虽然学的是金融，但选修了新闻。”周子叶眉头一扬，“我一个同学的父亲在晚报社任副总编辑。”

“你可知道，当今的报刊已非昔日之报刊，今天之记者已非昨天之记者。”

“这我知道，当今的媒体和受众都正在发生深刻的变化，但不管怎么变，无冕之王还是无冕之王。”

“那好吧，你要去做无冕之王，我不拦你。不过，你走之前，最好是今天晚上，得把一件事办了，而且要办好。”

“什么事？”

“上门给花三朵赔礼道歉。”

“不去！”周子叶手一挥，“我已经递交辞职书了。”

“必须去！”万全有一拍桌子，“你虽然递交了辞职书，但你今天还是行里的员工，那就得去，不能把麻烦留下，就得你自己去解决好了。你如果觉得一个人不好去，那我可以叫安然陪你去。”

周子叶愣了愣，皱着眉站在那里。

万全有走到桌前，坐下，拿出笔记本，低头写着什么。

周子叶挠挠头，咬了咬嘴唇，走到桌前，一拍胸脯，说：“好，去就去。大丈夫，不跟小女人计较。”

“真去？”万全有放下笔，站起来，看着周子叶。

“真去。”

万全有盯着周子叶，问：“真心去？”

周子叶嘻嘻一笑，说：“真心去！”

“好。这样就好，像个男子汉。”万全有看一眼周子叶，给安然打电话，请他等下带周子叶一块去一趟花三朵家。

街上车水马龙，行人络绎不绝。

拎着包匆匆走在街上的安然刚接过万全有的电话，郑小颖的电话又来了。郑小颖说因为贷款没落实好，于部长又批评她了。安然本想说贷款已有安排，明天来办手续就行了，但一想又改了口，说她明天再去争取。

公交车进了站。安然跑过去，挤上了车。

央视正在播放《焦点访谈》。

坐在沙发上的花三朵抓起身边的一个小布娃娃就往地上扔。

“你呀，还好意思生气！”边走边看电视的宁小虎指了指花三朵，“据我所知，那都是你的错，我的脸都给你丢光了！”

“什么？”花三朵一弹站了起来，指着宁小虎，“我还丢了你的脸了？”

“丢不丢脸，你自己看吧。”宁小虎掏出手机，塞到花三朵手上，“众目睽睽之下，你躺到地上，像个什么样子？”

花三朵看了看手机上的图片，将手机往茶几上一扔，气呼呼地一屁股坐在沙发上。

“你……”宁小虎扬了一下手，愣愣地看着花三朵。

宁大为走出卧室，拿起手机，看了看，说：“这照片谁拍的？怎么拍成了这个样子？这么拍不仅丢了我爸的脸，也丢了我的脸，更丢了我妈的脸啊！”他在花三朵身边坐下，指着照片，“妈，你看，这拍得，角度不对，构图也不理想，视觉冲击力明显不够。一句话，那就是没拍出你当时的风采，没拍出你当时的神韵。”

“你……你这孩子？”花三朵皱着眉，瞪着宁大为，“说的什么呀。”

宁小虎边看电视边偷笑着。

“妈，也不是我说你。”宁大为摇了摇花三朵的手臂，“你那么一躺，确实是有点不雅观，不文明呢。”

“我……”花三朵脸一红，“还不是给他们气的。”

“是吗？”宁大为说。

“可不是。”花三朵腰一挺，“我又没张个老虎口，只要他们多少赔一点也就算了，可他们就是铁打地不赔，说什么一分都不行，你说气不气人？”

“竟然一分都不赔，那是让人生气！”宁大为做出生气的样子，“这银行也真是的，怎么能一分都不赔呢？小家子气，没道理！”

“就是嘛！”花三朵有点得意地看一眼宁小虎。

“不过。”宁大为瞟一眼宁小虎，看着花三朵，“银行又凭什么要赔你呢？”

花三朵说：“我是在银行买的基金呀！”

宁大为说：“银行没谁逼迫你买吧？”

“那倒是没有。”花三朵点点头，“但他们给我推荐了。”

“你是自愿买的？”宁大为问。

“是的，没错。”花三朵答。

“那你买基金有没有赚的时候？”宁大为再问。

“有，当然有啊！”花三朵一拍大腿，“上个月就赚了，有七八百呢。”

“那你分了一些给银行没有？”宁大为抿嘴笑着。

“凭什么要分给银行？”花三朵闪着眼睛，“那是我自己买的，银行只是推荐了一下，又没出一分钱。”

“那这回也是你自己买的，怎么亏了就要银行赔呢？”宁小虎手一摊，“没道理啊！”

“谁说没道理啊？”宁小虎插上一句，“人家有道理，就是自己不能亏。”

“你……”花三朵指一下宁小虎，看着宁大为，“我……”

“我知道，你也不是硬要银行赔多少，只是说出口了，面子上过不去。那个什么周子叶也真是的，死脑筋，赔你一分钱不就好了，你有了面子，他也不会受气，那多好。”宁大为挽着花三朵的手臂，“我也知道，你也不是有意要躺到地上去的，只是一激动，没站稳，一歪就倒下去了，对不？”

“你……”花三朵看了看宁大为，一甩手，背过身去。

宁小虎掩口而笑。

“妈，你那一歪，倒在地上，没伤着哪里吧？伤着了那得去医院，医药费得银行出。”宁大为边说边拉着花三朵站起来，上下左右打量着她。

“没有，没有。”花三朵甩甩手，踢踢脚，瞪一眼扭头来看的宁小虎，牵着宁大为的手，“还是儿子好，会说话，不像有的人就知道揭人家的短，戳人家的痛。”

“是啊，大为是比我会说话。”宁小虎朝宁大为努了一下嘴，看着花三朵，“可你真正理解大为说的意思了没有？”

“就你懂！”花三朵瞪一眼宁小虎，拉着宁大为走到阳台边，“大为，这回是妈不好，给你丢脸了。”

“也没有。”宁大为摇摇头，“没事呢。”

“当时我也不知道是哪根筋搭错了，就想着自己亏了，一下子转不过弯来。”花三朵眼里闪着泪光，“其实那个小周是提示过我的，要我赎回了另买一只，可我太贪，没听他的，以为自己有把握。”

宁小虎指一下花三朵，说：“你这就叫不听好人言，吃亏在眼前。”

花三朵手一扬，脚一跺。宁小虎抬腿就跑，溜进了卧室。

这时，周子叶和安然正在赶往花三朵家的出租车上。

“好，不说他了，我舅就是那么个人。他要是情商再高一点，那去年就上去了，不会还是一个部门的负责人。”周子叶看一眼车窗外，看着安然，“你也要努力，早点把这个副字去了，成为一行之长。”

“你就别笑话我了。”安然笑了笑，“这就是去了副字，也只是一个芝麻大的行长，就十二三个人，两三杆枪，一个劳碌的命。你还走了，枪又少了一杆。”

“姐，你放心，我会常来看你的。我虽然人不在支行了，但心会永远跟支行在一起。”周子叶嘻嘻笑着。

“你真不该走。我也不想你走。”安然一声叹息，“都怪我，我要早点回来，也许花三朵就不会那样，你也就不……”

“不怪你，也不怪花三朵。”周子叶收了笑容，“我想走的心思也不止一天两天了，花三朵只是让我下了决心，吃了一颗定心丸。”

于美艳边吃饼干边看着统计表。

郑小颖走进来，递给于美艳一张纸。于美艳扫了一眼，说：“就这么几个人愿意借钱给公司？钱也就这么一点？”

郑小颖点点头，试探着说：“可能是大家心里没底，不敢动。”

于美艳见罗小琼从门口走过，忙向她招手。

“什么事？”罗小琼边进门边问。

“没别的，就那让员工借钱给公司的事，现在响应者寥寥无几。”于美艳将饼干筒递给罗小琼，“也许你一动，跟着来的人就多了。”

“这……好，那我来试试。”罗小琼抓了两片饼干，转身就走。

于美艳问郑小颖：“安行长那边有什么消息没有？”

“没有。”郑小颖摇摇头，“我刚才还问了她，她说明天再去争取。”

“争取？”于美艳一笑，“那就是没戏了。”

这时，送走安然和周子叶的宁大为正帮着花三朵捡拾着茶几。

“花三朵同志，你看人家没错在哪，却主动上门道歉来了。”宁小虎笑着边说边从卧室走了出来，“相比之下，你的觉悟，你的境界，那就有多少差多少，可说是大相径庭，有天壤之别了。”

“你……”花三朵红着脸，盯着宁小虎。

“爸，你就别说妈了。”宁大为朝宁小虎使了个眼色，看着花三朵，“她都跟他们道歉了，人家也没意见了。”

宁小虎看着花三朵，说：“三朵同志，人家来，那是给你一个面子，给你一个台阶，往后可得学着点。”

“就你知道！”花三朵剜了一眼宁小虎，“睡你的去！”

与宁大为握别之后，安然就朝周子叶竖了竖大拇指，说：“子叶，真没想到，为了我，为了支行，你能这般委屈自己，是个爷们，是个真爷们。

对你，我今天是又多了一层了解，也更不想你走了。”

“哪里哪里。”周子叶看一眼安然，“谢谢姐这两年的关心和关照呢。”

“走，请你吃米粉去。”安然指了一下前面路边的粉店。

“好呢。”周子叶打了一个响指，“肚子还真有点闹意见了。”

他们快步往前走去，地上留下他们长长的影子。

司马兰和朱小丽在视频聊天，嘻嘻哈哈的。

朱小丽边给司马兰看小县城的夜景，边说：“今天有个亲戚，非要给我介绍一个男朋友，没办法，只好去看了一眼。”

“看你这口气是没对上眼吧？”司马兰笑问道。

“本来就没心思去的，哪能对得上。”

“那不见得，无心插柳的事总是有的。”

朱小丽哈哈大笑。

这时，杨再新从罗小琼办公室门口匆匆走过，见她趴在办公桌上睡着了，便轻轻地走过去，将一件衣服给她披上。罗小琼醒了，朝他莞尔一笑。

于美艳走到门口，看到杨再新从罗小琼办公室退了出来，忙闪了回去，在椅子上坐下，装着在看账本，却用眼睛的余光瞟着门口，见杨再新在门口停了一下，看她一眼，走了。她将账本往桌上一摔，起身“砰”的一声关了门。

这关门关得罗小琼心一颤，心想于美艳又怎么了？

第五章

眼里布满血丝的杨再新望一眼刚大亮的窗外，对坐在沙发上的于美艳和罗小琼说："我知道，你们也都辛苦了，昨晚都没怎么睡觉。可没办法，我只能一大早把你们请过来。你们都清楚，今天是关键的一天。你们两个的任务，一个是弄钱，有了钱才好解决问题；一个是盯人，盯好了人，万一钱没弄足，问题也好解决一些。"

"好吧。"于美艳看一眼杨再新，"我只能说尽力去弄，但不敢保证能弄多少。"

"你就不能说句硬气点的话？"杨再新盯着于美艳。

"我可不想说空话，更不想说假话。"于美艳望着窗外。

"你……"杨再新看了一下于美艳。

"那这样。"罗小琼站起来，"我在关注民工情绪的同时，重点关注民工的动向，尽力安抚好他们，同时充分利用卢达成在民工中的影响，让他多配合我们做一些工作。向员工借钱的事，我来配合于部长。"

"好。"杨再新朝罗小琼投去赞许的目光，同时手一挥，"抓紧分头行动。"

于美艳瞟一眼罗小琼，眼神有点怪怪的。罗小琼仿佛给什么扎了一下，好像有点疼，又好像有点痒……一种说不清道不明的感觉。

县城街边一栋六层的房子，一楼挂着"兴隆煤业公司"等好几块牌子。

坐在椅子里的吴富贵起身往门外走。隔桌站着的李远航忙挡在他的面前，说："吴总，你可是说了给我现金，而且是一次结清的。"

“李总，你缠着我也没用。”吴富贵停下脚步，“那余款怎么都得年后付了，今天也只有承兑汇票，你不要那就算了，我也没办法。”

李远航愣愣地看着吴富贵。

“李总，承兑汇票不是纸，也是钱！”吴富贵拍了拍李远航的肩膀，“你要不快点拿去了，等下只怕是承兑汇票都没有了，那可是我特意交代了，专门给你留着的。你要知道，年底了，要钱的排着队呢。”

“那好吧。”李远航一声叹息，“我去财务拿了就走。”

“好，不远送。”吴富贵笑呵呵地朝李远航伸出手，李远航却没看见似的，头也不回地走了。吴富贵有点尴尬地搓了搓手，走到办公桌前。

“爸，你这样不地道啊！”吴双艳走到吴富贵对面，“你知道吗？你刚才得罪人了。”她刚才一直坐在门口一侧的沙发上，边看手机边观察着。

“不地道？”吴富贵眨着眼睛，“还得罪人了？”

“那是的。”吴双艳打着手势，“你当初承诺了给人家现金的，如今却改成了承兑汇票。人家李总那么远跑过来，是想要你给个面子，可你一点情面也不给人家，何况你账户上又不是没钱。你想想看，你这是什么？”

吴富贵皱了皱眉头，看着吴双艳。

“怎么？不知道？”吴双艳盯着吴富贵，“好，那我来告诉你，你这是不讲诚信，不讲义气，不够朋友，会让人瞧不起的。”

“我……我又不是不给他钱。”吴富贵边说边坐下，“承兑汇票也是钱啊！”

“没错，承兑汇票也是钱，可承兑汇票和现金是不一样的钱。这你难道不明白？”吴双艳轻轻敲了一下桌子，“你要知道，如果李总拿回去的是现金，或者你是把钱转到了李总公司的账户上，那人家就可以直接把钱发放给员工了。可他拿回去的是承兑汇票，那么他要么是等汇票到期了去银行兑付，要么是去银行贴现。显然，他是等不了的，只有去银行贴现。可现在去银行贴现又贴得了吗？只怕是难说。”

吴富贵嘿嘿一笑，说：“这我知道。”

吴双艳盯着吴富贵，说：“你既然知道，那怎么还要那样？”

“双艳，生意上的事你还不太懂，要多学。”吴富贵边说边在椅子上坐下，“今天我也不多跟你说，我只告诉你，之所以不给他现金，只给他承兑汇票，钱也不一次全给了他，一来就是不能让他钱拿得太容易，就得吊着他，给他留个尾巴，给我留个余地；二来对我来说，那样就等于又赚了，也……”

“可是，你是否想到？”吴双艳越说越激动，“你说了给人家现金的，现在给的却是承兑汇票，还要人家亲自过来拿，那要给人家增加多少麻烦。即使人家能贴现，那人家也要去找银行，或是想别的什么办法，还要付贴现利息，你是赚了，人家却亏了，你……”

“你还是不懂啊！”吴富贵朝吴双艳压压手，“你说我这样累死累活的为了谁？又为了什么？还不是为了你，就想让你……”

“为了我？”吴双艳脚一跺，“我不需要你这样见钱眼开，唯利是图，不需要你……”

“你……”吴富贵站了起来，指着吴双艳，“你可知道，钱是靠这一分那一分地积攒下来的，没谁一夜成了个富翁，没谁……”

“这没错。可是，你应该懂得，诚信比钱财更重要，名声比钱财更难得。”吴双艳敲了敲桌子，“爸，看来我不得不提醒你，也是奉劝你，你不要以为现在煤好销，你就得意，有朝一日煤的行情不好了，你要去求人了，就你这个样子，看有谁愿意帮你。”她瞪一眼吴富贵，甩手走了。

吴富贵望着吴双艳，愣在那里。

山路坑坑洼洼，又弯多坡多。路是黑的，路边的草木也是黑的。山间给挖煤挖得这一个坑，那一个洞，遍体鳞伤的。

车子接连颠簸，颠簸开了李远航的眼睛。他看了看窗外，看了看汇票，拿起手机给屈大江打电话，说：“屈行长，我刚拿到一张票，你怎么也得帮个忙，员工等着这钱发工资。”

屈大江说：“兄弟啊，不是我不想帮忙，而是实在安排不过来。年后我头一个帮你贴，行不？”

李远航说：“不行呢。等年后那我也不急了。”

屈大江说：“我是真的没一点办法了。要不你去找一下香总，把票转让给她，虽然转让的成本会比在我这贴现高一点，但能帮你解燃眉之急。”

“那好吧。”李远航一声叹息，将手机往椅子上一丢，又闭上了眼睛。

这时，在工地旁边的围墙下，罗小琼跟卢达成正商讨着。

“只要明天能拿到工钱，那应该不会出什么大乱子。这我有把握。”卢达成朝路口看了看，“但如果拿不到钱，结果会怎么样，那我是真没底了。”

罗小琼谨慎地说：“钱一定会有，但究竟有多少，那我现在也说不准。”

“如果是这样，那我的工作就不太好做了。”卢达成望一眼背后的工地，“还有一个情况，我得告诉你，就是想要把钱全拿走的人又多了十来个，有的人还说了，拿到钱就不再来公司，准备找别的地方干活去了。”

“钱是不是全部拿走，这都由他们自己做主。但你可以告诉大家，公司正在想尽一切办法弄钱，大家对公司一定要有信心。”罗小琼左右看一眼，拿出一个信封，边说边往卢达成手上塞，“这两天你也辛苦了。这是杨总的一点意思，你拿着。”

“别，别这样。”卢达成双手往后一背，眼里闪着坚定的目光，“这我不能要，也不会要的。”

“好吧，那我也不勉强你。”罗小琼看着卢达成，“不过，还得请你配合公司，多做做工友们的工作。”

“好，没问题，感谢你和公司对我的信任，我一定尽力而为。”卢达成冲罗小琼一笑，“不过，我可不想让工友们骂我是叛徒，戳我的脊梁骨。”

“好。”罗小琼点着头，“懂你。”

伍家旺从墙头探出头来。卢达成朝他摆了摆手。他缩回头去。

罗小琼握了一下卢达成的手，冲他一笑，飘然而去。望着她的背影，卢达成闻了闻她握过的手，回味着她刚才那一笑。

吕明远陪着安然和胡岚在车间边走边看。司马昌在一旁边走边讲解着。

在车间门口，胡岚和安然悄悄交流了几句。

“吕总，请你配合我们。”安然微笑着看着吕明远，“我们争取在三个工作日内，将贷款放到你的账户上，如何？”

“能这么快？”吕明远左右看着，“我不会是在做梦吧？”

“不是。”胡岚看一眼安然，“上次来看过之后，安行长就在做前期工作了。”

“你们这真是及时雨，也是雪中送炭啊！”司马昌握着胡岚的手，眼里闪着泪花。

这时，何桂香从楼里出来，走向停在街边的小车。

“香总，你看利率能不能再低一点？”李远航紧随何桂香，边走边说。

“李总，你要知道，这年关时节了，我能帮你兑付了，那就是看得起你，你就别再跟我讨价还价。”何桂香不耐烦地看一眼李远航。

“香总，我也是没办法，要是……”

“要是什么？”何桂香停下脚步，盯着李远航，“是不是我不再多让利，你的票就不卖给我了？”

李远航一愣，连连摇头。

何桂香说：“李总，你要知道，这年关时节的，我的资金成本也是水涨船高，你总不能让我做亏本买卖吧！”

李远航哈哈腰，说：“那是，那是。”

“那好，看在你也是一个实在人，又确实是碰到了困难，那我就当是帮你个忙吧。”何桂香手一扬，“好，就给你让利半个点的一半，算下来，应该也是上千块钱了的。”

“好的，谢谢，谢谢！”李远航说着给何桂香开了车门。

望着何桂香远去的车子，李远航用力“呸”了一口，骂道：“吴富贵，你害我，到时候有你好受的！何桂香，你乘人之危，见利忘义，会有你好受的日子！”

杨再新快步走进门，问刚放下听筒的于美艳：“钱弄得怎么样了？”

“不理想，还差得远。”于美艳站起来，“不过，我倒是有一个想法。”

“什么想法？你快说！”

“到何桂香手上买点票，或是借点钱。”

“找她？”杨再新没好气地手一挥，“我就是山穷水尽了，也不会去找她！”

“那……那你快给万主任打个电话，现在银行也就他那里还有点希望了。”于美艳看着杨再新，“小颖现在守在安行长那里，说只要万主任同意了就应该没问题。”

“你是财务部长。这是你的事！”杨再新敲了敲桌子，“我跟你说过多少回了，你不能老坐在家里，要出去跟别人交朋友，你……”

“你是看着我不顺眼是不是？”于美艳抓起账本往桌上一摔，“那好，这狗屁部长我真不干了！我知道你有看得顺眼的，那你就让她来干吧！”

“你……”杨再新扬着手。

“杨总，你这是在干吗？”罗小琼快步走了进来。

“在干吗？在教训人啊！”于美艳看一眼罗小琼，拿起账本往她手上一塞，“好，你来得正好，你能干，人家又看得顺眼，你就干脆把这狗屁财务部长接了过去！”

“美艳姐，看你说的，你干得好好的，我来接什么，何况我干自己那点事都吃力，哪里还能接得下你这副千斤重担。”罗小琼把账本放到于美艳手上，“再说，这财务部长可不是一般人干得了的，那既要精通业务，还要得到杨总的信任，符合这条件的也就只有你呢。”

“可人家不买账，不领情，你就是累死，那也是活该，还得不到一个好。”于美艳一屁股坐下，背对着杨再新。

罗小琼朝杨再新使着眼色。

“好，就你干得好，得了吧！”杨再新说着一甩手，往杨一新办公室去了。

罗小琼看一眼杨再新的背影，再看一眼于美艳，想着刚才于美艳的言行，心里有了一种说不出的滋味，也有点不知所措了，站在那进也不是，退也不是。

“再新，这事你可得慎重考虑。”一听杨再新说于美艳不适合干财务部长了，坐在椅子上的杨一新边说边站了起来。

“这事我已考虑过不止一天两天了。”踱步的杨再新在杨一新对面的沙发上坐下，“随着公司的不断扩大，于美艳的知识和能力已越来越不适合在这个岗位上了。”

“这个我也感觉到了。不过，要找一个合适的人来接手，那也不容易的。”杨一新顿了顿，“还有，就是找到了合适的人来接替她，那也不能让她失了面子。她不是别人，也不是一般的人啊！”

“这我知道。也就碍着这个，我才犹豫不决，但这事不能拖了。我想请你在合适的时候先跟她说说，让她有个思想准备。”

“好，我找机会跟她聊聊。她虽然几番说不干了，但那都是气话。你以后跟美艳说话也注意点，多尊重她，别太冲动。”

杨再新点了点头。

这时，罗小琼双手将茶杯递到于美艳手上，说：“来，美艳姐，天冷，喝口热茶，暖暖身子，也消消气。”

还坐在椅子上生气的于美艳抬头看了看罗小琼，在犹疑中接过茶杯，抿了一口，放下杯子，说：“你看他这个人，一进门就只问我钱弄到了没有，也不问问人家饿不饿，吃饭没有，冷不冷，要加件衣服不。我给他出主意还不领情，我要他给万主任打电话，不打倒也罢了，却还要教训我。你说我心里能舒服吗？”

“那是。”罗小琼点着头，“就是换了我，心里也会不痛快的。”

“就是嘛。看你这话，我听着心里就舒坦。”于美艳看一眼罗小琼，捧着杯子喝了两口，放下，伸手去抓听筒，“好，电话他不打，那我来打。”

罗小琼挡了一下于美艳的手，说：“姐，我看，打电话不如亲自走一趟。这样既表达了你的诚意，也堵了杨总的嘴。”

于美艳稍一想，说：“好，怕什么，去就去！”

在银行门口下了车，于美艳抖了抖呢绒大衣，打量着大楼。

“于部长，你看。”郑小颖指着从大楼里小跑出来的万全有。

于美艳连忙迎上去，边伸出手边说：“万主任好。”

“于部长大驾光临，难得，真是难得！”万全有礼节性地握了一下于美艳的手，看一眼站在路边的胡岚，“实在对不起，我得马上去一个企业，今天就不请你上楼坐了，改天我去公司拜访。”他朝于美艳拱拱手，抬腿就跑。

“我那……”于美艳追了几步。

“你那情况我知道，安行长都报上来了，正在想办法。”万全有跑到车边，朝于美艳扬扬手，钻进了车里。

“想办法？”于美艳脚一跺，“早知道是这样，不来好了。”

“这万主任也是，再忙也不在乎这一下嘛，就不能请我们上楼坐几分钟，或是多听我们说几句话？”郑小颖看着于美艳，“于部长，我看，反正你都专程来了，心意也到了，是他匆匆忙忙要走，怪不得你的，你就别生气了。”

“生气？好好的，我生什么气啊，我才懒得生气呢。”于美艳手一挥，“走，回去！”

郑小颖偷偷吐了一下舌头。

杨再新从公司出来，边走边跟罗长远打电话，说想当面跟他汇报几句。

“在开会，你别过来。不管你有多难，不管你怎么应对，一句话，就是你那明天不能出任何乱子，不能给市里添麻烦。这是底线，你必须守住。你要知道，眼下有的事比你那更复杂、更难办。你明白不？”电话里罗长远的声音有点小，还有点杂。

“明白！”杨再新在车边停下脚步，“我知道你的难处，也知道市里的难处。我过来也不是要向你诉苦，更不是要你解决什么，只是想听听你的指示，听听你的……”

“好，这样就好。就得这样，碰到困难的时候，不要老想着依靠别人来解决，而是要自己多想办法。一句话，自己的孩子自己抱。”

电话里只剩下忙音。杨再新摇头苦笑，站在路边一时不知往哪去了。

一辆小车在离杨再新几米的路边停下，同时放下了后侧的半个车窗。何桂香在车里朝杨再新摆摆手，阴阳怪气地问：“杨总，听说这里明天会上演一场好戏？”

“好戏？什么好戏？”杨再新稍一愣就反应过来了，“噢，也许是吧。”

“也许？”何桂香探出半个头来，“就只是也许？”

“是的，只是也许。”杨再新点点头，“不过，不管有没有，都欢迎你前来观赏。如果有，那对你免费，还让你坐前排，怎么样？”

“好，你放心，不管有没有，我都会来的。”何桂香边说边关上车窗。

杨再新哈哈一笑，昂首挺胸地朝公司里边走去。

“你看看，我本想帮他一把，只是跟他开了个玩笑。”何桂香望着杨再新的背影，“他却是这个鬼样子，真是不识好歹。”

“香总，我看他是记仇了。”开动车子的邓满意回头看一眼何桂香，“不过，香总，你那玩笑也是开得有点那个了。”

“你……你懂个屁！”何桂香踢了一下前边的椅子。

“好，就当我放了个响屁，好了吧？”邓满意说着嘴巴“噗”了一声。

“你还真放屁呀！”何桂香笑着说邓满意。

“不臭吧？”邓满意讨好地嘿嘿笑着。

见杨再新坐在椅子上，一脸铁青，罗小琼和于美艳大气都不敢出，只是低头站在那，想着他这是怎么了，还从没见过他这模样。

“真是岂有此理！”杨再新一拍桌子，拍得罗小琼和于美艳身子都抖了一下。于美艳看着罗小琼，示意她来问。她轻轻摇了摇头，意思是别急，让他自己说。

“我把你们叫过来，没别的。”杨再新似乎这才看到罗小琼和于美艳，便边说边示意她们坐下，“就是要告诉你们，有人扬言明天要来公司看戏。”

“看戏？”于美艳看着罗小琼，“公司明天有戏？”

“我……”罗小琼看着杨再新，“谁要来看戏？”

“还能有谁。”杨再新一拳砸在桌上，“就那个要钱不要脸的何桂香啊！”

“何桂香？”于美艳一下弹了起来，“她来看戏？看什么戏？”

“你……”杨再新瞪一眼于美艳，“亏你还说要去找她借钱。”

“我……”于美艳一跺脚，“前些天她还跟我说，过去的事就过去了，都不要再提了，都是好姐妹，以后多合作，有钱一起赚。我还差点真把她当姐妹了，谁想她竟然是这么一个两面三刀的人。人家有难，你不帮就算了，还幸灾乐祸，想看戏。”她一哼，再一拍沙发，“好，让她来看好了，看我不挖了她的眼珠子。”

“好，既然她想看。”罗小琼点点头，“那我们就演一场给她看看。”

“演给她看？”于美艳一脸疑惑地指着罗小琼，“你安的什么心？”

“美艳姐，你别急。”罗小琼按下于美艳的手，“戏要演，但演的不是她想看的。”

“噢，明白了。”于美艳点点头，“可是……”

“你就别再可是了！”杨再新敲了一下桌子，盯着于美艳，“你知不知道，你现在最要紧的是去弄钱，赶紧去弄钱！”

“我不知道！”于美艳瞪一眼杨再新，起身就走。罗小琼忙一把拉住她的手。杨再新腾地站了起来，见罗小琼朝他使着眼色，便一屁股坐了下去。

“杨总，其实于部长还是动了不少脑筋，想了不少办法的，刚才还特意去了银行，只是现在是年关时节，哪里都缺钱，钱实在是不好弄。”罗小琼拉着于美艳坐下。

“人家哪里知道，以为你没干事，在那玩呢。”于美艳横一眼杨再新。

杨再新欲言又止，把目光投向罗小琼。

“我看，现在情况明摆在这，银行一直没有一个肯定的答复，就别做太多的指望了，还得靠自己。”罗小琼试探着说，“我想，是不是再提高一下借款的利率，也许员工借钱给公司的积极性会高一些，会……”

“好，别多说了，时间不等人，就这样！”杨再新看着罗小琼和于美艳，“你们快去商量，提高多少由你们定，定好了赶紧去实施，但要按董事长说的，注意把握好一个度，要可控，可靠，不要惹出什么麻烦，更不要搞出什么乱子。”

罗小琼点点头，说她们马上去落实。于美艳默默地出了门，边走边想只怕就是提高利率也未必有用，何况利率也只能在政策容许的范围之内，怎么也不能做违法的事，弄出个非法集资来。

何桂香喜形于色地从楼里出来，望了一眼阴沉沉的天空，刚要上车，听到有人在喊等一下，一回头，见是柳开从墙角边蹦了出来，便收住了脚步。

“恭喜恭喜！贺喜贺喜！”柳开笑呵呵地朝何桂香拱拱手，“看香总一脸喜色的，准是又成了一桩大买卖吧！”

“哪里哪里，小生意而已。”何桂香摆着手。

“香总就是这样，那么能干，却总是这么谦虚。”柳开嘿嘿笑着。

“你快说，找我有什么事？我没工夫跟你磨蹭。”

“找你还能有什么。不就是那个事，你清楚的。”

“你这回提的是哪里的篮子？”

“暂时保密。”柳开左右瞟一眼，“不过，你放心好了，百分之百的可靠。”

“可靠不可靠，我不管，那是你自己的事。”何桂香稍一停顿，“只是这年关时节了，利息得再加一点。”

“加到多少？”

何桂香亮出食指、中指、无名指三个指头。

柳开伸出食指和中指。

何桂香摇头。

“香总，要那个数，那我可是亏大了。”柳开苦着脸。

“那好，就两分五。”

“香总，这还是亏呢。”柳开眼睛一转，腰一哈，“哎呀，香总，你是大姐大，向来都是关照我的，就再关照这一次，不让我白辛苦一回，行不？”

“我是大姐大？”何桂香在柳开头上戳了一下，哈哈一笑，“那行，就两分三，你要就要，不要就算了。”

“要，要要要。”柳开边说边哈腰。

何桂香走到车前又回过身，问柳开：“上回炒期货的那些人没找你了？”

“找我？”柳开一拍胸脯，“我又没拿他们的钱，只是钱从我手上过了一下，我还委屈着呢，钱没赚一分，还害得老子做了贼似的躲了这么久。”

“你活该！”何桂香说着上了车。

“我活该？”望着远去的车子，柳开“呸”了一口，“你才活该呢！”

从营业厅出来的叶满枝站在大门口，有点小激动地看着存折。跟出来的柳开走到叶满枝身边时假装崴了一下脚，身子一歪，碰在她身上。她一趔趄，差点摔倒，存折掉在地上。柳开忙边说对不起，边扶了她一把，又飞快地捡起存折，瞄了一眼，交到她手上。她打量了他一眼，收好存折，沿着街道朝前走了。

柳开看看前后，快步追上去，与叶满枝并肩边走边说：“大姐，看你这模样，应该是个有福气的人呢。”

叶满枝呵呵一笑，边走边说：“一个早下了岗，没了工作的人，哪来什么福气。”

“但看你这面相，你虽然早下了岗，没了工作，却是个有福之人。因为家里有人挣钱给你管，给你花，根本用不着你在外奔波劳碌。你就一个一辈子不缺钱花的相，日子准过得有滋有味。”柳开朝叶满枝一笑，“看你刚才那看存折的样子，应该是存了不少钱的。”

“没有没有，也就几万块钱，刚好今天到期了，一时还不知道放哪里去。”叶满枝看一眼柳开，下意识地把手插进了衣兜，攥紧了存折，“现在股票不好炒，基金也不赚钱，存在银行利息又太低，都不知道放哪里好了。”

“那倒是，我也跟你一样。”柳开亮了一下手上的包，左右瞟了一眼，“我这几万块钱开始也不知道放哪里去，好在中午得到一个消息，说放那里利息高，又靠得住。”

“哪？”叶满枝停下脚步。

“双新公司啊！”柳开边说边比画着，“那可是一家大公司，响当当的。听说名义上是公司向员工借钱，其实是公司变相给员工发福利。”

“双新公司我知道，发展挺快的，电视上还常放广告。”叶满枝边说边走，“不过，前两天我从公司门口过，还看到一些民工在那里讨工钱呢。”

“公司也不是没钱，只是项目投入太多，资金一时周转不过来。听说只向公司员工借钱，外边的还一概不收。我正好有两个亲戚在公司，一个亲戚匀了一点指标给我。”走到路口，柳开跟叶满枝摆摆手，“大姐，那我就不多陪你走了，得赶紧去公司，晚了只怕收满了，不收了。”

“喂！”站在原地的叶满枝冲走了几步的柳开喊了一声。

“是叫我吗？”柳开转过身来。

“没，没有。”叶满枝脸一红，摇了摇头。

“那我走了。”柳开转身迈开脚步。

“你等一下。”叶满枝追了过去。

“怎么？”柳开迎上来。

“那里的利息是多少？”

“一分五。”

“靠得住？”

“那当然。大姐，你要知道，那不是别的地方，是双新公司。双新公司又是什么？那是沧江响当当的大企业。”

柳开抬腿要走。叶满枝一把扯住他的衣袖。

“怎么？你是不是也想放点钱到公司去？”柳开面带难色，走了两步，“好吧，谁叫我们这么有缘呢。有好处不能我一个人得了，应该一起分享才对，是吗？”他说着将包往叶满枝手上一塞，掏出手机，边说边往一旁走，“那好，我给亲戚打个电话，跟他打个商量。”

叶满枝拎着柳开的包，看了看，掂了掂，又摸了摸，感觉到里边是钱。

柳开走过来，说：“好，亲戚说了，多了不行，只能给你最多五万的指标，行不？”

叶满枝稍一想，说：“那好，就给我四万吧。我存折上也只有四万多块钱。”

这时，万全有放下电话，朝站在门口的胡岚招了招手。

胡岚走过去，说：“没别的，就安行长又问了，什么时候回复双新公司？”

万全有看一眼窗外西斜的太阳，说：“别急，好钢得用在刀刃上。”

叶满枝望一眼陡地坠落的夕阳，在双新公司院内不安地走动着，不时地望一眼楼上，见柳开从楼道里跑了出来，赶忙跑了过去。

“来，给你。”柳开边说边将一张凭条交到叶满枝手上，“你幸好没上去，要是上去了，给人知道你不是公司的人，那就办不成了。我都是躲在一旁，生怕让人看到。”他看一眼楼上，“想放钱来的人可多了，不少人都没放上呢。”

“那谢谢你了。”叶满枝边说边看了看凭条，“怎么上边写的不是我的名字？”

“当然不能写你的名字啰。”柳开掏出一张凭条，边说边指点着，“你看，我的也一样，只能写我亲戚的名字，但背面我亲戚写了字的，到时候这钱只能你来领。你放心好了，条子在你手上，上边又写了金额，日期，还盖了公司的章子，到时候凭这条子来兑就行，保你万无一失。”

见一个中年妇女从楼里出来，叶满枝忙小跑过去。中年妇女看了条子，将条子往叶满枝手上一塞，说：“我可没你这好运气，来晚了一步，人家就不收了。”她亮了亮手上的包，叹息着快步走了。叶满枝收了条子，转身一看，柳开不见了。

司马昌边往桌上端菜边说：“小兰，你还别说，有个事，还真是出乎我的意料。”

司马兰边看手机边问：“什么事？”

“就那H银行，没想到还主动送贷款到公司来了。”司马昌边说边在椅子上坐下，“听说贷款一共就那么多，双新公司都没给，只给了我们远扬公司，也不知道吕总是哪辈子积了德。”

“那是，银行的贷款可不是随便给的。”司马兰看一眼司马昌，“应该是银行看上你们远扬公司了。”

“是吗？”司马昌皱了皱眉头，“怎么就看上我们远扬公司了呢？”

司马兰抿嘴一笑，说：“因为有你呀！”

“因为有我？”司马昌呵呵一笑，“兰兰就是会说话。”

司马兰嘻嘻一笑，看一眼门口，说：“我妈怎么还不回来呀？”

司马昌说：“你打个电话，看她到哪了？”

司马兰说：“不用打，我听到脚步声了。”

门一响，叶满枝开门进来了。

“回来了？”司马昌看一眼叶满枝，“快吃饭。”

叶满枝也不说话，径直进了卧室，将门关了，一会儿才出来。

“你一下午干什么去了？”司马昌边给叶满枝夹菜边说，“你要再不回来，我们都要发寻人启事了。“

“还去哪？赚钱去了呗！”叶满枝头一抬，白一眼司马昌，“你不老说你有技术，能赚到钱，就我……”

“你去哪赚钱了？”司马昌愣了愣，“赚的什么钱啊？”

叶满枝笑而不言，只管吃饭。

“你……你说呀！”司马昌盯着叶满枝。

“急什么！”叶满枝翻一眼司马昌，“到时候你就知道了。”

“那好。”司马兰搂着叶满枝摇了摇，“我就等着分享你的胜利果实哦！”

“好。”叶满枝看着司马兰，“到时候我给你买……买一条漂亮裙子，行不？”

“不，我要一双新跑鞋。”司马兰歪着头。

“好好好，跑鞋就跑鞋。”叶满枝点着头。

司马昌笑着摇了摇头。

工地板房内挨挨挤挤地满是人。

“好了，时间不早了，你们坐在这里也没用。”卢达成朝大家边说边打着手势，“就都快回去睡觉吧！”

“那我再问一句，明天要是还拿不到钱，那怎么办？”有人问。

“还怎么办？给他们点厉害呗！”有人紧跟着说。

“对，他们要我们过不了年，那他们也别想舒服！”有人附和。

“大家听我再说两句。”卢达成站到凳子上，“我的心情跟大家一样，就想明天拿到钱好回家过年。罗主任说了，公司正在想方设法弄钱，只是由于年关时节，资金哪里都紧，又时间仓促，一时不一定能弄那么多，可能会……”

“达成，你这不对哦，是屁股坐歪了吧，怎么老替公司说话呢？”有人说。

“是啊，你是被公司买通了，当了叛徒吧？”又有人说。

“对，看样子他是当了甫志高，当了王连举了！”还有人笑道。

伍家旺暗中勾了一脚凳子。卢达成一歪，跌了下来。

这时，杨再新坐在沙发上，大口地抽着烟。罗小琼轻轻推开虚掩着的门，悄悄走过来，拿了他手上的烟，在烟灰缸里摁了摁，说：“怎么？你也有点紧张，有点担心了？”

“没有，没有。”杨再新摆了摆手，“闲着没事，抽着玩的。”

“抽着玩？”罗小琼一笑，“看你那样子，就知道不是个抽烟的，更不是抽着玩的。”

“让你见笑了吧？”杨再新讪讪一笑，“看来在你面前，我是什么都瞒不过了。”

“那倒不是。”罗小琼看了看杨再新的茶杯，边说边添水，“其实一个人，不管是谁，不管你平时再刚强，再坚毅，不管你平时再乐观，再豁达，内心总会有软弱的时候，有脆弱的时候，也总会表现出来。这是再正常不过的事，你……”

“我……”杨再新想说什么却没说出来，只是双眼一下潮乎乎的。

罗小琼抽了纸巾递给杨再新。他顺势握住罗小琼的手，随即又松开。罗小琼脸一红，冲他嫣然一笑，转身飘然而去，但刚出门又回过来，说她突然有了一个想法。

“什么想法？”杨再新问。

“明天干脆将钱送到工地上去。”

“为什么？”

“这样一来天寒地冻的，省得工友们跑来跑去，让他们感受到公司的关爱和尊重，从心理上拉近与我们的距离；二来会给工友们一种心理上的暗示，公司应该是弄到钱了，要不不敢去工地发放工钱，以缓解他们怕拿不到钱的焦虑情绪；三来万一出现什么情况，也好就地解决了，不会到公司来吵吵闹闹，好减少对公司的负面影响。”

“好，这是个办法。”杨再新点点头，“等下我就跟于部长等人说一下，让他们都做好准备。你重点做好两边的联系和协调。”

“好，我马上联系卢达成。”

“我看就辛苦你现在去一趟工地，当面跟他商量一下。前期的沟通越充分，后边的问题就越好解决。”

“好，我马上去。”

看着罗小琼小跑而去的背影，杨再新莫名地有些感激，心想公司幸好有她，她总是在关键时刻贡献智慧，给人力量。

汪守业缩着脖子，竖着衣领，蹲在门口抽烟。烟头一闪一闪地，将黑暗烧出一个一个的红点。卢达成悄悄出来，差点踩在他身上。

“怎么？”卢达成在汪守业身边蹲下，“睡不着？”

“是啊，老想着钱。家里在等着用钱呢。”汪守业叹了一口气，看着卢达成，“你也睡不着？也是想着钱吧？”

“是啊！”卢达成四下看看，“有点闷得慌，出来透透气。”

“我看你也是难做人。”汪守业边起身边递了一支烟给卢达成，“你不想当叛徒，又不想在那个罗总跟前失了信，左右为难，是不是？”

卢达成接过汪守业的烟，点上火，再从衣兜里掏出一包烟塞到汪守业手上。

“给我的？”汪守业看了看烟，又闻了闻，边说边将烟往衣兜里塞，“好，你放心，这我跟谁也不会说的。”

卢达成握着汪守业的手捏了捏，朝工地门口小跑过去。汪守业起身看了看，蹲下来，边抽烟边琢磨着卢达成干什么去了，也在等着他回来。

“你干吗去了？没事吧？”一会儿工夫，见卢达成跑了回来，汪守业连忙问着迎了上去。

“没事，没事。”卢达成左右扫了一眼，“是罗主任来了。她说明天上午公司会将钱送到工地来，免得大家跑来跑去的。”

“那就好。”汪守业点了点头，随即又拉着卢达成的手，“该不会是哄人的吧？”

“罗主任的话你也不信？”卢达成看着汪守业。

“信，她的话我当然信！”汪守业点着头。

“你们半夜三更的还在那搞什么鬼，天上有钱落啊？”伍家旺说着出来了。

汪守业跟伍家旺耳语了两句。伍家旺喜出望外地说那快把这好消息告诉大伙去。卢达成忙拉着他，说别叫醒大家，明天早上再说也不迟。

这时，花三朵关了电视，往卧室走几步又回过身，问宁小虎：“跟你说过的，给大为在双新预定一套房子的事，你到底说了没有？”

靠在沙发上想着什么的宁小虎睁开眼睛，翻了一眼花三朵，没吭声。

“你是不是没说？”花三朵边说边走了过来，“你怎么不说，哑巴了？”

“你就知道说说说。”宁小虎瞪一眼花三朵，“有什么好说的。”

“你……”花三朵指着宁小虎，“你是吃错药了吧？”

“你才吃错药了！”宁小虎猛地站起来，一把撇开花三朵的手，“你就坐在家里，也不睁眼去看看。双新眼下这难关，能不能过得了还难说。”

“有那么严重？”

宁小虎点点头。

“是你不想说，故意夸大了吧？”花三朵一跺脚，“反正我不管，我就看中了沧江花园那个地方。你就得去说！”

“你……你怎么蛮不讲理啊。”宁小虎手一甩，“要说你自己说去！”

“我自己说去？”花三朵哼了哼，“亏你说得出口，你是科长，你不说，倒要我这个平头老百姓去说。你也好意思，不怕脸红？”

“科长？”宁小虎一笑，“一个小科长算个啥？屁都不算一个！”

“哟，看你这脸变的。”花三朵刮一下自己的脸，“平日里科长长科长短的，可神气了，怎么一下就变得屁都不算一个，那么不值钱了？”

“你……”宁小虎踢了一脚茶几。

“你们都别那么激动好不好？”宁大为开门出来，看着花三朵和宁小虎，“我知道，妈呢总是替我着想，什么都想到前边去了，但房子的事，不急在这一天两天的。爸呢也是心里有我的，不是不去说，而是现在不好说。好了，快半夜了，都睡觉去吧。”

花三朵瞪一眼宁小虎，往卧室去了。宁小虎朝宁大为笑了一下，似乎有话想说，却径直去了卧室。宁大为看到了，宁小虎笑得不是那么自然，不是那么坦然，尽管不是那么明显，只是丝丝缕缕。

一大早，一辆警车拉着警报飞驰在街道上。

“杨总，我看你还是把钱弄够了的好，别仓促行事，弄巧成拙。”坐在警车里的王昌明边说边示意章小强再开快点，“什么？我是真的在出警，忙着呢。”

“我知道你在出警，听出来了。”杨再新边走边在办公室给王昌明打电话，“你倒是说得轻巧，把钱弄够了好。我要是钱弄够了，那就不麻烦你了。我这也是没办法，等下还得请你派人过来。什么？还得看情况？”那头电话挂了。

杨再新将手机往桌上一丢，骂了一声滑头，随即又拿起手机给罗小琼打电话。在工地上的罗小琼说她正跟卢达成在组织工友们排队，现在秩序还算好。

板房前工友们已排成了长蛇阵。罗小琼满眼血丝，面带微笑，走来走去地在安抚着工友们。卢达成在队伍的后边，请新赶来的排到队伍里去。

板房内，一张桌子横在门里边，正好把门堵住。郑小颖和另两个人在忙着核对名册、清点现金、调试点钞机。

一辆小车在双新公司门外路边停下。邓满意下了车，打开后侧的车门。何桂香下了车，朝公司里边张望了一下，说："怎么风平浪静的？"

"怎么？"邓满意眨着眼睛，"你还真想看戏？"

"你不懂就别乱说！"何桂香瞪了一眼邓满意，"没人把你当哑巴。"

"那……"邓满意连忙捂着嘴巴。

"你……"何桂香手一挥，朝车后备箱努了一下嘴。邓满意稍一犹豫，开了后备箱，抱出一个帆布袋，往肩上一扛，跟着何桂香往公司里边走去。

何桂香进了门。坐在椅子上若有所思的杨再新却视而不见。

"怎么？杨总，我亲自来了，也不看座，也不泡茶，就这样对待老朋友，这样对待合作伙伴？"何桂香笑呵呵地看着杨再新。

"你走吧，我没有你这样的朋友，也没有你这样的合作伙伴！"杨再新轻蔑地扫一眼何桂香，侧过身去。

"杨总，你这话可不对了。"何桂香往沙发上一坐，"我们怎么也是做过朋友，生意上有过合作的。"

杨再新说："那都是过去的事了，都怪我瞎了眼。"

在门口的邓满意给何桂香递眼色，示意她走。她瞪他一眼，示意他别管。

何桂香说："杨总，你也不问问，我干什么来了？"

"你不是看戏来了吗？"杨再新回过身，"让你失望了吧？"

"你错了。"何桂香哈哈一笑，"我不是来看戏的，而是来帮你的。"

"你帮我？"杨再新一声冷笑，"我不稀罕！"

何桂香朝邓满意招了一下手。邓满意将帆布袋放到桌上。

"这是？"杨再新指着帆布袋。

"钱呀！"何桂香看着杨再新，"你现在最需要的啊！"

"我不缺钱，更不需要你的钱。"杨再新一拍桌子，站了起来，指着何桂香，"拿走，你马上给我拿走！"

"杨总，你又错了。这钱不是给你，只是借给你。"何桂香笑着站了起来，指一下帆布袋，“那里头是八十万，借你一个月，两分的利息。”她顿了一下，“不，是一分八的利息，我亏一点算了，算是给上回的事赔个礼。你……”

“你给我滚！”杨再新提着帆布袋就往地上扔。

何桂香手一扬，哈哈笑着，大摇大摆地出了门。邓满意紧随而去，走到门口回头看了一眼地上的帆布袋。

手抖着的杨再新一拳砸在桌面上，震得杯子都跳了起来。

何桂香走到车前，回望一眼公司，摇头一笑，得意地上了车。

于美艳急急忙忙跑进来，将手上的包往桌上一搁，说：“刚收了二十八万，从员工手上借的。”

“好，不错。”杨再新手一挥，“赶紧让人送到工地上去。”

“那是什么？”于美艳指着地上的帆布袋问。

“钱，八十万。”

“谁的？”

“何桂香的。她说借给我，一分八的利息。我要她拿走，她不拿。”

“那行，借就借呗。我们现在缺的就是钱啊！”于美艳边说边去看帆布袋。

“别动！”杨再新推开于美艳，“我们虽然缺钱，可她这钱不能要！”

“你……”被推得后退了两步的于美艳不解地看着杨再新，“这钱上也没写何桂香的名字，又是她送上门来的，怎么就不能先用着呢？”

“我说不行就不行！”杨再新说着一拍桌子。

“不行就不行，你吼什么？”于美艳拿了包就走，一出门又想也是，不知道何桂香安的什么心思，搞的什么名堂，还是不用她的好。

离开双新公司没多远，邓满意边开车边回头看一眼何桂香，说：“香总，今天双新的戏没看着，而你这戏我是没看懂。”

“没看懂？”何桂香一笑，“你看不懂的还多着呢。”

“那是，那是。”邓满意点着头，“我就想，你压根就不想给杨总送钱过去的，却怎么还是送了过去？你明明知道给杨总送钱过去，那是自讨没趣，却怎么还是去了？还有，他骂也好，拍桌子也好，你都笑着，怎么就不发火，没跟他干起来？”

何桂香笑而不言。

“香总，你心里是不是还有什么鬼把戏啊？”

“鬼把戏？鬼你个头呢！”何桂香脸一板，顺手拿起椅子上的一本杂志，在邓满意头上拍了一下。

“是我说错了，该打，该打。”邓满意嘻嘻笑着。

何桂香又拍了一下邓满意的头，说：“你要知道，你这扛在脖子上的东西，可不只是用来吃饭的，也是用来想事的，明白吗？”

邓满意脖子一缩，说：“明白。”

“明白就多想想。”何桂香往后一靠，闭上了眼睛。

“可是。”邓满意扭头看着何桂香，“香总，今天这事，我还是没琢磨明白。”

“满意，你给我记住，这做人啊，那就得做得大，也做得小，而做得小，那是为了更好地做得大。明白吗？”何桂香睁开眼睛，坐了起来。

邓满意点着头。

“你说的没错，我是不想给他送钱去，也猜到了他不会收，知道会自讨没趣，可为什么还是去了，还骂不还嘴，始终赔着笑脸呢？那是因为我今天这一去，理就在我这边了，往后人家就不会再指责我如何如何，只会说他的不是了。”

“这倒也是。”邓满意点着头，“还是香总高明。”

“这也算高明？”何桂香一笑，看一眼窗外，“你要知道，现在的双新已不是从前的模样，以后的双新也不会是现在的这个样子。往后我们的生意不能缺了双新，而这回正是补救的绝好时机。”

“香总，你这是一箭双雕啊！”邓满意边说边朝何桂香竖了竖大拇指，“难怪那个柳开叫你大姐大呢。”

“你又错了。”何桂香一笑，“这不是一箭双雕，是一箭数雕。”

“一箭数雕？”邓满意看一眼何桂香，“那我又不懂了。”

“你呀！”何桂香指了指邓满意，“你能懂个什么。”

邓满意嘿嘿一笑，说：“我至少懂个屁呀！”

何桂香开怀大笑。

伍家旺走到卢达成跟前，朝排在队伍里的大伙拍了拍鼓鼓囊囊的衣兜，指一下卢达成，大声说：“你们看这里边是什么？是钱，是刚领到的工钱。有人说达成是叛徒，那真是冤枉他了。可不是我夸他，他还真是有几下子。”

“可没谁说，说的就你自己。”排在队伍里的汪守业瞟一眼伍家旺，小声嘟哝着。

卢达成朝走过来的罗小琼点头一笑。罗小琼朝卢达成扬了扬手。汪守业看看卢达成，看看罗小琼，跨出队伍，在卢达成耳边说了一句什么，说得卢达成一脸通红。

见章小强出现在大门口，罗小琼快步迎上前去，跟他耳语了两句。他拉着罗小琼走到一旁，小声说：“罗姐，我跟你说，你不用客气，我可是主动请缨来的。”

“姐就知道，你是把姐的事比自己的事还看得重的。”

“姐能这么想，那就好。”章小强瞟一眼长长的队伍，“不瞒姐说，王所长本来是安排我去别的地方的，是我一再请求，说双新的事更重要。王所长给我说动了，就让我来了，说双新的事就是所里的事，好钢是要用在刀刃上的。当然，王所长是早就想派人来的，只是所里实在人手紧，恨不得他自己来，可他又不是孙猴子，变不出两个所长来。”

“好，姐知道了。”罗小琼朝章小强一笑，“请代我转告对王所长的谢意。”

“姐，你放心，我一定转达。”章小强嘻嘻一笑，“为你做事，我一万个乐意。”

“那好，辛苦你了。”罗小琼握了一下章小强的手，往板房那边去了。

吴富贵和吴双艳一左一右站在矿井口。

“爸，你别不情愿。人家辛辛苦苦给你赚了一年的钱，明天大部分人就要回家过年了，这红包你得发，别小气。”吴双艳从吴富贵手上抢过背包，掏出一沓小红包，见矿工从井下出来了，便迎上前去，将红包一一发到矿工手中。矿工一个个面露喜色，连连道谢。一个拱拱手说：“给老板拜个早年了，祝老板春节快乐，来年大发！”另一个说：“老板待我们这么好，我过了年一定再来。”

望着远去的矿工，吴富贵叹着气指了指吴双艳。

“怎么？还在心疼那些小红包是不是？”吴双艳将包背上，挽着吴富贵的手，边说边往前走，“爸，你要明白一个道理，你刚才发的不是小红包，而是一种感情投资，一种管理方式的变革，会让你树立一个好口碑，会让工人焕发出冲天干劲和无穷智慧，会让工人增强对你和矿里的忠诚和热爱，可以说是一本万利的事，你可别想不开。”

“好好好，我说不过你，听你的，行了吧。”吴富贵看着吴双艳。

“好，这就对了。”吴双艳说着挽起了吴富贵的胳膊。

这时，万全有在跟人“嗯”“哦”“好”地打着电话。安然走来走去，边走边搓着手，一脸焦急的样子。

见万全有放下听筒，安然忙走过去问：“怎么样？双新那边一直在催呢。”

“再等一等。”万全有朝安然扬了一下手，“你先回去，到时候我通知你。”

“好，那我先去准备着，好随时放款。”安然小跑着出了门，又回过来，“也不知道双新在屈行长那边的贷款能不能放下去？”

“听说没做安排。”万全有起身走了几步，“如果有，那我们得抢在前边放了。”

屈大江在埋头写着什么，听到有人敲门，抬头一看，一愣，说：“是你？”

柳开边走进来边说：“是我，柳开。”

屈大江放下笔，说：“你来干什么？”

柳开在沙发上一屁股坐下，看着屈大江，说：“来感谢你呀！”

“感谢我？”屈大江满眼疑惑。

“是呀！听说你把贷款给我报销了，不要我还了。”柳开嘻嘻一笑，“这么大的好事，我要不来当面跟你道个谢，那人家会说我太不懂味了，是不？”

"不是报销，是核销。"屈大江轻蔑地看一眼柳开，"我也不用你来感谢，你别再来害我就谢天谢地了。"

柳开手一抬，说："屈行长，你话可别这么说。"

"别这么说？"屈大江一哼，盯着柳开，"这么久，你电话打不通，鬼影子也找不到，还以为你失踪了呢。"

"失踪？"柳开大笑说，"你呀，你是巴不得我死了，是不？"

"你要真死了倒好了。"屈大江瞪一眼柳开，"你害得我们几个人有的扣发了绩效工资，有的调离了岗位，我还给约谈了。"

"那是对不起了。"柳开朝屈大江拱拱手，走到屈大江对面的椅子上坐下，"不过，那贷款可不是我不想还，我都跟你们做了还款计划的，是你们太性急了，怪不得我。"

"怪不得你？"屈大江一拍桌子，"那还怪我了？"

"好好好，怪我，都怪我。"柳开起身哈了哈腰，"怪我不该躲起来，不该……"

"你躲哪去了？"屈大江吼着柳开。

"这个呀，秘密。"柳开嘻嘻一笑，"不过，我这一躲还真是躲得好。"

"躲得好？"屈大江放下笔，皱着眉头。

"可不。"柳开挠了挠头，"这边贷款核销了，那边又遇到了贵人。"

"你遇到了贵人？"屈大江一脸疑惑。

"是啊！"柳开呵呵一笑，双手往桌上一搭，看着屈大江，"屈行长，我跟你说，我现在是否极泰来，时来运转，就要发大财啦！"

屈大江将信将疑地打量着柳开。柳开二郎腿一跷，笑呵呵地看着屈大江。

郑小颖将装了钱的信封递给中年民工，请他再数一数，看钱对不对数。他说看着她数过了的，不数了，但想把工钱都领了回去。

郑小颖瞟了一眼旁边的钱箱，说："我看您就别全领走，还是按原来报的数领吧，放在公司也合算，不吃亏。"

"怎么？"中年民工踮起脚，看着钱箱，"是不是没钱了？"

郑小颖迟疑了一下，说："没……没有，有钱，有钱呢。"

后边的人听他们这么一说，急了，一拥而上，伸长了脖子往板房里看。长蛇阵随之扭动起来。汪守业犹豫了一下，跟着往前拥。

罗小琼不慌不忙地往砖碓上一站，说："大家别急，钱箱里还有钱，等一下公司就会送钱过来。大家的钱今天一定都能拿到，想领多少就领多少。"

"罗主任的话我信。"汪守业说着排进了队伍。

中年民工稍一默神，说那好，他余下的工钱就存在公司了。

章小强将罗小琼拉到一旁，问公司是不是真的会有送钱过来。她说也许有，也许没有。章小强看着长长的队伍，说那只怕麻烦大了。罗小琼说那麻烦再大也得稳住了，万万出不得乱子。章小强一声叹息，说那就得看她的了。

卢达成在后面跟人边说边比画着什么，不时传来一阵哈哈大笑。汪守业随着队伍往前缓缓移动，不住地回头去看，看到在笑声里不少人脸上少了焦虑，多了轻松。

公交车从工地大门口开过。车上的叶满枝看着门口醒目地写着的"双新公司民工工资兑付点"的牌子和长长的队伍，碰了碰坐在旁边，在手机上埋头看书的司马兰，说："看来双新公司还是有钱的，也是讲良心的。"

"那当然了。双新可是沧江响当当的企业。"司马兰说着抬起头，看着叶满枝，"看样子你对双新还是很关心的。"

叶满枝笑了笑，说："也没有，就随便说说。"她说着又想起了那张凭条，想到了赚的利息，想到了要给司马兰买的皮鞋，想到了司马兰穿着皮鞋那欢快的样子……

站在窗口的杨再新望了一眼阴沉低矮的天空，转身走到桌前，刚要坐下，手机响了，一看是罗小琼打来的，连忙接了，说："什么？工友情绪不稳，有人起哄了？那不管怎么样，你一定要想办法安抚好，稳住他们，千万别出什么乱子。好，你先顶着，我马上过来。你自己也要注意安全。"

"你要去工地？"于美艳边说边走进来。

"那边有情况，得我去才行。"杨再新边说边往门口走。

"还是我去吧。"于美艳拉住杨再新，"你别顶在前边。"

“不行，我得去！”杨再新挣脱于美艳的手，“你在公司，保持与银行的联系和沟通。”

“那你把它带过去。”于美艳指了一下那帆布袋。

“不用，不带！”杨再新非常坚决。

“再新，现在不是赌气的时候。工地那边情况紧急，救场如救火。带了它去，你也好应付。你如果是空手去了，那只会激起他们更大的不满，不好收场。刚才罗小琼也给我打了电话，说了现场的情况，还说她跟工友说了，公司等下会送钱过去。你把它带了去，那不仅你好说话，也替罗小琼圆了场。我看你现在就不要管这钱是谁拿来的，只看作它是钱就行了。我知道何桂香也许是没安好心，但就算她没安好心，在你跟前，她也是泥鳅翻不起什么大浪。”于美艳抱了帆布袋往杨再新手上一递，“快去吧！”

杨再新略一迟疑，扛着帆布袋就走，走到门口又转身返回，将帆布袋放到桌上，闭着眼睛站了一小会儿，又盯着帆布袋看了足有半分钟，最后提了帆布袋就走，走得飞快。

工地上原来的长蛇阵已不复存在，板房门口已是里三层外三层地被民工围住了。外边的还在吵吵嚷嚷地往前涌，往里挤。章小强被裹在其中，好不容易才钻了出来，蹲在地上打电话：“王所长，我这边请求增援，我一个人顶不住了，得……”

“得得得的，你还得什么。我手上哪里还有人。什么？那我告诉你，你顶不住也得给我顶住，死也得顶住！”王昌明将手机往办公桌上一丢，指着站在旁边的中年妇女，“你那假钞哪来的？快说！”

“路边捡的。”

王昌明一敲桌子，说：“说真话！”

“骗你是猪，是狗。”

“我不管你是猪还是狗，你这是违法行为。”王昌明再一拍桌子，“这你知不知道？”

中年妇女摇摇头，往地上一坐，“哇”地大哭起来。

“那行，你就在这哭吧！”王昌明“砰”地关了门，边说边下楼，“还不老实，想骗我，门都没有！”

见王昌明一走，那中年妇女一抹眼泪就笑了。

板房外，有人高呼：“走，我们到公司要钱去！”

“对，到公司去！”有人大声附和。

众人群情激愤地往工地大门口走去。

罗小琼和章小强交换一个眼神，一起往门口跑。

几个保安手牵手挡在门口。章小强站在保安前边。人群涌了过来。卢达成张开双臂，边劝说边后退着。

“工友们，请你们再听我说两句。”罗小琼站在一只倒扣在地面的废弃了的油漆桶上，“公司确实在准备钱，等……”

“等什么等，不等了！”不等罗小琼说完，有人就大声喊叫起来。

“对，我们不等了！”

“走，谁也别想阻拦我们！”

“各位工友，请再听说我两句。”罗小琼朝往前涌的人群鞠了一躬，“如果你们打我一顿就解了气，就能拿到钱了，那你们就打，我绝不怪你们。再说天寒地冻的，又那么远，去公司也难走。公司真的在想办法弄钱，一定会送过来的，请大家再等一等。”

人潮止步在罗小琼跟前。

汪守业被推搡到了前排。他偷偷仰视了一眼罗小琼，心里莫名地又慌乱又害怕，就想往后退，但退不了，又想往人堆里钻，却给人顶着，钻不进，只好闭上眼睛，靠着后面的人站着，腿哆嗦着。

一时出奇地寂静，没谁说话。

汪守业的眼前叠现出母亲在床上呻吟、父亲在门口盼他回家的画面。母亲的呻吟冲击着他的耳朵，冲击着他的心房，他擦了擦眼角渗出的泪水，眼一睁，牙一咬，一头往前面的门柱上撞去。

罗小琼飞身跳下，给汪守业撞得后退几步，重重地跌坐在地上。汪守业扑倒在罗小琼的大腿上，啃了一嘴的泥沙。

回过神来的卢达成连忙扶起汪守业，再边扶起罗小琼边问她伤着哪没有。她摇摇头，一手捂着臀部，一手扶着卢达成，一脚深一脚浅地走向低头垂手站在一旁的汪守业。汪守业一脸惨白，双腿打战。罗小琼拍了拍汪守业衣上的泥土，看着他渗出了血的嘴唇，问他还伤着哪了没有。他连连摇头，说没有，说着又扑通跪下，朝罗小琼连连磕头。罗小琼慌忙将他扶住。他却不肯起来，只是泪如雨下。

杨再新催着司机开快点。司机说只能这么快了，别急，过路口就到了。

一看来了电话，是于美艳打来的，杨再新连忙接了，说："什么？万主任同意贷款了？好，那太好了！什么？让司机送郑小颖直接去银行？行！"

车还没停稳，杨再新就下了车，往刚才罗小琼踩过的油漆桶上一站，大声说："各位工友，我给大家带好消息来了。公司有钱了，大家都可以拿到钱回家过年了！"

有人问："是真的吗？"

杨再新说："当然是真的。银行给公司放贷款了！"

"那我们凭什么相信你？"

"是啊，你带钱来了没有？"

"没带，但钱很快就会送过来。"杨再新指着汪守业，"这样吧！大家不拿到钱，我就不离开，陪这位兄弟跪在这，行不？"

汪守业慌忙站了起来，一个踉跄，好在有卢达成扶着，没有摔倒。

这时，在办公室的何桂香刚起身要走，邓满意飞跑进来，说："香总，听说双新的好戏正在上演，只是不在公司这边，而是在工地上，都差点要闹出人命来了。杨总挺不住了，没办法，只好把帆布袋扛了过去。"

"是吗？"何桂香一拍桌子，"好，我就知道没那么轻松，有好戏看的。"

"那是的，还是香总厉害，棋高一着。这一来，往后杨总可再不敢轻看你了，在你面前也说不起硬话了。看来，没钱时，英雄也会气短，也会志穷。"邓满意朝何桂香大拇指一竖，"如果我没猜错的话，现在要么是杨总正拎着你那钱往工地上赶，要么是你那钱正在往民工手上发，要么……"

何桂香往椅子上一靠，闭上眼睛，亮着食指和中指轻轻地晃了晃。

"怎么？"邓满意眨了眨眼睛，一拍脑袋，"噢，只是那钱你给了他，他条子都没写一个，到时候他要是来个死不认账，那不是肉包子打狗，给……"

何桂香睁开眼睛，瞪一眼邓满意，起身拎了包就走。邓满意一哈腰，接过何桂香手上的包，跟着往门口走去。

安然娴熟地敲了几下键盘，用鼠标点击了几下，对风风火火赶过来，还捂着肚子喘着气的郑小颖说："好，放款的手续都办完了。这是万主任临时从别的地方调剂过来的，给双新增加一千万，也谢谢你们的配合和支持！"

"哪里哪里。"郑小颖忙直起腰，握着安然的手，"应该是我们谢谢你。你们不仅想方设法为我们排忧解难，还效率这么高，真是让我们万分感动，万分感激。"

安然来了电话，是万全有打的。他说："安行长，现在到了关键时刻。双新的事急事急办，特事特办。你马上安排人和双新的人一块过来，直接从库房把钱提走。这边我正在跟运营部门和库房协调，应该没问题。"

安然说："好的。公司的财务人员正好在我这。"

郑小颖跟安然打着手势，又凑近她的耳朵，悄悄说了一句。

"万主任，能不能再辛苦你协调一下，直接用头寸车把钱送到工地上去？"安然朝郑小颖勾了一下头，"你马上去协调？好，那太好了！"

郑小颖笑着，眼里闪着泪花。

这时，李远航看到吕明远从公司出来，忙边跟他打招呼边停了车。

"听说银行给你贷款了？"李远航问吕明远。

"是啊，我还真没想到的，办得快，利率还低。"

"你是怎么弄到的？"

"我是既没有过硬的关系打招呼，也没一个熟人在银行，更没为贷款花过一分钱。"吕明远看着李远航，坦诚一笑，"真的，不骗你。"

"真有你的。"李远航擂了一下吕明远，"能在银行弄到贷款，那不只是解决了资金上的问题，更是一种荣誉，也是一种声誉。"

"那是。"吕明远看着李远航，"你还好吧？"

"快别说了，差点就过不了年了。"李远航一声叹息。

吕明远忙问："怎么？"

"他吴富贵太不地道，何桂香又太黑心。"李远航骂道。

“怎么回事？”

“吴富贵说了给我现金的，却只给我承兑汇票，还要我亲自去拿。何桂香买了我的票，却收了我的高利息，还蛮横得要死。”李远航摊着手，“那时我心尖尖都疼了，可又有什么办法呢？还得求她，奉承她。为啥？我得用钱啊！手上没钱就发不了工资，既对不起工人，自己也过不了年啊！”

“也是啊！”吕明远点点头，看着李远航，“不瞒你说，我要不是银行雪中送炭，送来了及时雨，那我这年也不好过的。”

“不会吧？”李远航皱了皱眉头，“你公司情况一直比我好，资金应该不紧啊？”

“我资金本来是宽松的。”吕明远苦笑一下，“可双新公司不按时给我结算货款，我就没钱用了。”

“明白了，你是给双新拖累了。”李远航拍了一下吕明远的肩膀，“兄弟，看来你也不能吊死在双新这一棵树上，还得把鸡蛋放在多个篮子里才行。”

吕明远若有所思地点了点头。

下楼来的罗长远边走向停在大门口的小车边给杨再新打电话：“杨总，你那怎么样？没大问题吧？银行的贷款到位了没有？”

坐在砖堆上的杨再新站了起来，大声说：“报告罗主任，我这里平安无事。什么？当然是真的啊！哎哟，罗主任，你过奖了，这可不是我有什么能耐，更不是我有什么好办法，全是多亏了工友兄弟们思想觉悟高，都不想给政府添麻烦，多亏了工友兄弟们的支持和配合，虽然天寒地冻的，但大家没有吵闹，更没有过激行为。什么？转告您对他们的问候和谢意？好的，好的，我一定转达。对，银行贷款到位了，到位了。”他将手机往裤兜里一塞，看了一眼罗小琼，扫了一圈目不转睛地看着他的民工，“我再告诉大家一个好消息，政府办的罗主任要我替他问候你们，感谢你们！”

卢达成带头鼓掌。大家跟着鼓掌。

罗小琼一看手机，连忙接通了，说：“小颖，什么？就到门口了？”

几声喇叭响过，头寸车开进了大门。

工地上一片欢腾。

空中飘起了雪花。

杨再新望一眼天空，看一眼排着的长队，拿出手机，拨了号，说："美艳，你快安排人过来，增加一个兑付点，天寒地冻的，别让工友们老等着。"

"好，我马上带人过来。"于美艳边说边往门口走。

板房门口，汪守业踮着脚看了一眼里边那满箱的钱，咂了咂嘴，问郑小颖："原来说的那……那还算数吗？"

"什么？"郑小颖一时没反应过来，疑惑地看一眼汪守业，看着坐在旁边的罗小琼。

罗小琼说："算数，当然算数。"

汪守业说："那好，我就只领八千，剩下的存在公司，行吗？"

罗小琼说："当然可以。"

汪守业眼里闪着泪花，边走边亲了一口手上鼓鼓的信封，跟卢达成扬手打了个招呼。卢达成和章小强在一旁说着什么。

早来了的周子叶对着汪守业拍过照，跟卢达成聊了起来。

天空零星飘起了大朵的雪花。罗小琼看一眼卢达成，伸手接了一朵雪花，用舌尖舔着，一嘴的清凉、清爽，心里更是暖暖的、甜甜的。

杨再新让司机在路边停了车，看了一眼挂在门口一侧"沧江市飞天实业公司"的牌子。司机下了车，打开后备箱，提出帆布袋。

一辆小车滑过来，停下。何桂香下了车，望了望纷纷扬扬下着的雪。

杨再新下了车，朝司机努了一下嘴。司机点下头，提着帆布袋朝何桂香走了过去。何桂香愣了愣，扭头看到了杨再新。

"何总，原样奉还，分文未动。"杨再新朝何桂香大声说着。

"你……你这是？"何桂香见杨再新上了车，便止了步，让邓满意接了帆布袋。

杨再新笑着朝何桂香一扬手，关上了车窗。

何桂香看着开走的车子，自言自语地说："看样子他是真的记仇了。"

邓满意不以为然地说："管他呢，只要钱没少就好。"

何桂香横一眼邓满意，往楼上走去。

一进门，邓满意就边打开帆布袋边说："香总，这绳子都没解开过，看样子还真是原样奉还呢。”

何桂香取下手套，往桌上一扔，说：“我就知道会是这样。”

“早知是这样，那何不……”邓满意歪着头，看着何桂香。

“何不什么？”何桂香盯着邓满意。

“就是……就是当初就不放钱，只塞几块砖，或是放几沓废纸在里边。”邓满意边说边从袋里取出钱来，“现在再来个说是他们掉了包，让他们吃个哑巴亏，有苦难言，跳进黄河也洗不清。”

何桂香点点头，随即眼睛一瞪，在邓满意额头上一戳，说：“好，你比我狠！”

“还不是跟你学的。”邓满意讪笑着，“你是我师傅呢。”

“跟我学的？”何桂香一笑，“我是你师傅？”

“是啊！”邓满意嘿嘿笑着。

“你呀！”何桂香指了指邓满意，“你以为杨再新那么好骗？那么好糊弄？我告诉你，他可没你那么头脑简单，没你……”

见来了电话，何桂香忙接了，说：“是屈行长啊！什么？好，我马上过来。”

万全有握了握吕明远的手，说：“吕总，你那想法是对的，就得不断开辟新的销售渠道，不能只依靠某一个两个客户。还有，你说的那个产品，虽然只是某个方面的改进，但也是新产品，得抓紧了，有什么用得着我们的地方，你尽管说。”

胡岚跟吕明远扬扬手，鸣一下喇叭，开动了车子。吕明远目送着，直到车子消失在视线外才转身往车间里走。

“万主任，刚才安行长转了双新公司郑小颖发给她的一条信息给我，说我们的贷款是雪中送炭。”开着车的胡岚望着飘着的雪花，再看一眼坐在副驾驶位上的万全有，“你别说，这还真是雪中送炭呢。”

低头写字的万全有合上笔记本，看一眼窗外，说：“丰年好大雪啊！”

“都好几年没见过这样的大雪了，真好。”胡岚看一眼万全有，“万主任，有两个问题我想请教您，不知可否？”

“什么？你说。”

“就是双新公司的贷款，本来可以早一点放，为什么不早放？还有双新公司的贷款，我们可以不放，为什么又放了？”

“你说为什么？”

“我就是没想明白，没想透彻，才请教您呢。”

“你要知道，贷款，无论是对银行还是对企业，那都不只是资金，而是一种宝贵的稀缺资源。银行是这种资源的拥有者、分配者，一般情况下银行可以决定贷款给谁、给多少、什么价、什么时间给等等，但有时这种主动权又不在银行手中，银行也有被企业绑架，或是被别的什么因素左右的时候。不过，从趋势来看，随着企业融资渠道的增多，随着市场的变化，可能会出现一方面是有的企业银行想给贷款，企业却不要，另一方面是有的企业想要银行贷款，银行又不给。”

“那是。”胡岚点着头。

“这回双新公司的贷款确实是可以早一点放，但迟一点放比早一点放效果更好。双新公司的贷款也确实可以不放，但放了比不放要好。”万全有浅浅一笑，“根据我的经验，贷款的时机、火候把握得准不准，把握得好不好，那效果是不一样的。贷款本身是一种契约，双方都要承担责任和义务，不是单方的一种救济、一种施舍，但这又是增进双方了解，增强双方感情的纽带。特别是当人家在危难之际，大多又在一旁观看的时候，你伸出了援手，那人家对你的看法，对你的情感，都是不一样的。”

“那你怎么看双新？”

“你又怎么看？”

“我？”胡岚稍一想，“说实话，我既为双新的快速发展而欢欣鼓舞，也为双新的发展太快而心怀忧虑。”

“好，这我们想到一块去了。”万全有用欣赏的目光看着胡岚，“我看中的是公司的快速发展，而担忧的正是公司的发展太快。”

一辆摩托窜过。胡岚猛踩了刹车。

这时，周子叶在沧江晚报社大楼跟前下了的士，边冒雪跑进大楼边给安然打电话，请她尽快把这回给双新放贷的情况发他邮箱。安然说马上写，一个小时内发给他。

何桂香一拍桌子站了起来说："屈行长，你这样不行！"

"何总，你别生气，我也是没办法。"屈大江朝何桂香压压手。

"别生气？"何桂香一哼，"我能不生气？"

"好好好，那你生气，我不怪你。好了吧？"屈大江看着何桂香。

"不好！"何桂香一跺脚，"你早就答应我的，前天还说可以，只要我拿票过来，多少都给我贴现。眼下正是一年中最好做生意的时候，问我要钱的人多，人家也愿意出高价。你倒好，一句话说不行，不贴了。那你说，你要我怎么办？"

"我……"

"我什么鬼啊！"何桂香逼视着屈大江，"你快说！"

"你……"屈大江红着脸一拍桌子，"又没谁欠你什么，也没谁拿你什么，你冲我吼什么吼！"

"我……"何桂香愣愣地看着屈大江。

"没错，前些天我是答应了帮你贴现，确实也是想帮你一把的。"屈大江摊着手，"可是现在情况变了，我有我的难处。"

"难处？"

"是呀。我告诉你，一来现在监管部门看得紧、查得严，要求所有的贴现必须有真实的贸易背景，有购销合同，有发票，否则动不动就处罚，而且处罚是从重从严；二来双新要贷款我都没给，那可是市里开了会的，如果给你贴了现，那我无法解释；三来我确实也没有放款的额度，贴现也是占额度的，这你也知道。"

"那……那你早跟我说，我也好早点去找别人啊！"何桂香横一眼屈大江。

"我……我现在跟你说了呀。"

"现在说了？好，行！有你好看的！"

"你想怎么样？"

"我不怎么。"何桂香哈哈一笑，"我只是警告你，你要这样，那飞天公司在你这边的账户明天就销了，往后你也别想再问我要存款什么的！"

"那……别……"

"走！"何桂香朝一直站在一旁看着的邓满意手一挥，扭头就走。

“你……”屈大江追了两步，一声叹息，心想你怎么能这样呢，也太难伺候了吧！

聚仙楼外瑞雪纷飞，楼内欢声笑语。

“来来来，公司这回能闯过难关，那全是因为王所长的鼎力支持，因为章警官的现场坐镇，我敬你们一杯。”杨再新端起酒杯，边说边跟王昌明和章小强碰了杯，一口干了。

“杨总，双新公司在我们辖区内，帮你维持秩序那是我们分内的事。公司要是出了什么状况，那我们也不好交差。只是所里警力有限，就安排小强一个人去了，还请见谅。”穿着便装的王昌明看一眼同样穿着便装的章小强，“往后双新就是小强的联系点，你那边有什么事，直接找他得了。”

杨再新跟王昌明和章小强握了手，端起酒杯，对坐斜对面的卢达成说：“来，达成兄弟，你是好样的。我得敬你一杯。”

卢达成慌忙站了起来，双手端着杯子，连连说不敢当，不敢当。杨再新朝他压压手，见他不坐，便站了起来，把杯子碰了过去，一口干了。卢达成泪珠滚出眼眶，“叮咚”响地掉进了杯里，见罗小琼用鼓励的眼神看着他，便脖子一仰，“咕噜”一声，酒进了肚里，一抹嘴，朝杨再新鞠躬致谢。

罗小琼鼓掌。王昌明和章小强跟着喝彩。

“小琼，这回公司能闯过危机，从头到尾，你功不可没，功劳最大。来，我得连敬你三杯。”杨再新看着坐在对面的罗小琼，拿了酒壶就往杯里倒酒。罗小琼扶着椅子的扶手缓慢地站了起来，可还没站稳就“哎哟”一声，坐了下去。

雪停了。树上的雪在橘黄色路灯的映照下一团团地往下落，纷纷扬扬的。

杨再新背着罗小琼从酒楼出来，走向停在路边的小车，说她伤这么重，怎么不早说，非要硬撑着。罗小琼趴在杨再新背上，嘴上说没什么，没事，脸上却写着疼痛。卢达成紧跟在旁边，几次伸手想扶着她，却中途收了回来。他自责没做好汪守业他们的工作，没保护好罗小琼，担心她的伤势，不知道伤成了什么样子。

王昌明跑过来，说："上警车吧，快一些。"

上了警车，罗小琼朝卢达成扬扬手，说："你就别去医院了，快回去收拾一下，明天一早好赶车回家过年。"

杨再新朝司机招了一下手，又望向卢达成，说："你明天早上送他去车站，记着，别误事。"

卢达成望着远去的警车，怅然若失，眼里闪着泪花。

第六章

地上一片狼藉。杨浩伏在电烤桌上睡着了，旁边摆着一盒没吃完的方便面。手机上的游戏还在打打杀杀地闹着。

于美艳悄悄进了门，再轻轻关上。

“浩浩！”于美艳边说边换鞋，“你这是怎么回事？家里弄得跟猪圈似的。”

惊醒的杨浩连忙边应答着边将手机塞进衣兜里。

于美艳走过来，扫了一眼桌上，盯着杨浩说：“你是不是玩了一天的游戏？”

“没有。”

“没有？”于美艳翻了翻作业本，“还没有，你这作业根本就没动笔啊！”

“是没动！”杨浩脖子一挺，“怎么啦？”

“你……你真是气死我了！”于美艳一跺脚，抓起书本就要打杨浩。杨浩“嗵”地起身，抢过她手上的书本往地上一摔，冲进了卧室，“砰”地把门关了。

“你……”于美艳一甩手，恼怒地一屁股坐在了沙发上。

坐了一会儿，于美艳一声叹息，开始清扫整理房间。

客厅已清扫整理好了。在拖地板的于美艳轻轻走到杨浩门口，侧耳听着，听到了打游戏的声响。她举手想敲门，又放下了。

“浩浩！你饿了吧？”于美艳停了一下，“走，我带你吃小龙虾去！”

“不吃，饿死好了！”

于美艳眼泪夺眶而出，手上的拖把掉在地上。

这时，杨再新边往病房门口走边跟躺在床上的罗小琼摆着手。王昌明碰了碰他的手，示意他兜里的手机在响。一看是于美艳打过来的，他赶紧接了。电话那头于美艳怒气冲冲地吼着："杨再新，你给我马上回家！马上！"杨再新抬腿就跑。听到于美艳这一吼，罗小琼的心也跟着一颤。

"到了家，你有话好好说，千万别激动，更不要冲动，听见没有？"王昌明边开车边看着坐在副驾驶位上的杨再新，"看嫂子那口气，应该是真的生气了。"

杨再新望着前方，点了点头，心里是又焦急又忐忑。在他的记忆里，于美艳还没这样跟他说过话。他不知道是为什么。

邓满意边开车边扭过头，对何桂香说："香总，我听说远扬公司吕老板那里银行给了贷款，资金上还有点结余，倒是可以问他借一点。"

"借一点？"何桂香睁开眼睛，"你怎么就不长记性呢？跟你说过多少回了，我们这不是买卖，不是借贷，是融资。"

"对对对，是融资。"邓满意拍了一下自己的脑袋，"你看我这脑袋，这记性，跟一个七老八十的人似的，刚说着就忘了。"

何桂香白一眼邓满意，闭上了眼睛。

"那问问吕老板吗？"邓满意边开车边问。

何桂香摆了摆手。

"那……那这两票的生意就不做了？"邓满意扭过头来。

何桂香没吭声。

"可惜了，真是可惜了。"邓满意摇着头，"到口的肥肉没了，煮熟的鸭子又飞了。"

"你给我闭嘴！"何桂香踢了一下椅子，"别说来烦人。"

"可我怎么都觉得可惜了。"邓满意拍了一把方向盘，"都怪那个鬼屈行长，答应了的又变卦。我恨不得咬他一口，咬他半斤肉下来，炒着下酒，看他……"

何桂香"扑哧"一笑，说："你是狗啊！"

邓满意嘿嘿笑着，说："我是不是狗没关系，只要你开心就好。"

“你呀！”何桂香指了指邓满意，“好了，你也别说了。这两票没做成没关系，钱是赚不尽的，以后有的是机会。吕老板那别问了，他是个做稳当生意的，平日又少往来，问也白问，别自讨没趣。”

司马兰戴着耳机，边跟着音乐哼着唱着边在地上手舞足蹈地走动着，一副陶醉的样子。叶满枝在看家庭情感剧，也是一副投入的模样。

“兰兰，你听到没有，别在那晃来晃去的，好不好？”叶满枝敲了敲茶几，见司马兰没听见似的，还在走着，便在盘子里挑了一颗花生朝司马兰的头上投了过去。花生落在司马兰的额头上。

司马兰愣了愣，摘下耳机，看着叶满枝，说：“妈，你没搞错吧？可不是我打扰了你，而是你严重干扰了我呢。”

“你这孩子，真是莫名其妙，明明是你在那晃来晃去，还哼哼唧唧的，害得我看不好电视，倒还怪起我来了。”叶满枝放大了电视音量。

“妈，你这就是倒打一耙了。”司马兰嘻嘻笑着，“分明是你放那么大的声音，还要一时叹息，一时拍手，一时抹泪，一时大笑，影响了我对美妙音乐的欣赏，破坏了……”

“你……你这鬼丫头。”叶满枝瞪着司马兰，“我还蛮不讲理了，成了倒打一耙了？”

“好好好，你没有，是我不对，好了吧？”司马兰眼睛一转，朝叶满枝扮了个鬼脸，“你是我妈，我不跟你一般见识，你看，你看个够，我不听了，行了吧？”

“不跟我一般见识？”叶满枝一拍茶几站了起来，“你什么意思？你以为我听不出来你说的什么是不是？”

“不是，我是说错的是我，没错的是你。”司马兰挽着叶满枝的手臂，“为什么？因为你是我妈呀，哪有错的时候，对不对？”

“什么对不对啊？”司马昌说着走了过来。

“没什么，我是说我妈没有错的时候。”司马兰捧着叶满枝的脸亲了一口。

叶满枝摸着脸，说：“这孩子。”

司马昌开心笑着，从衣兜里掏出一个胀鼓鼓的红包，往桌上一丢，有点得意地说："这是老板打发我的年终奖。公司明天放假过年了。"

"这红包壮实，我喜欢。"司马兰拿起红包，亲了一口，"这就是爸的人生价值的体现，也是爸对家庭贡献的证明。"

叶满枝"哼"了一声。

"这也不算什么。"司马昌看一眼叶满枝，"老板说了，明年的红包会更大呢。"

"再大又有什么了不起？"叶满枝不以为然地说着，眼睛却盯着红包，"谁又不是没见过钱似的。"

"爸，这红包是留给你存私房钱呢，还是送给我买电脑呢，还是给妈上交国库呢？"司马兰亮着红包。

叶满枝猛地出手，一把夺过红包，飞快地塞进了衣兜。

司马兰掩口笑着。

"这回公司是多亏了银行。"司马昌在沙发上坐下，"听说双新公司在关键时刻也是银行出手，才有惊无险地闯过了难关。"

"要是双新公司还收钱就好了。"叶满枝边说边摸出那红包看了看。

"什么？"司马昌看着叶满枝。

"噢，没什么，没什么。"叶满枝边说边进了卧室，关上门，从衣柜里取出一个匣子，打开，放进红包，取出那张凭条看了看，笑了笑，放好，锁上，放回衣柜。

这时，听到门响，看电视的花三朵一扭头，看到红光满面的宁小虎拎着包走了过来。

"你又喝酒了？"花三朵问。

"没喝多少。"宁小虎在沙发上坐下。

"没多少？"花三朵打量着宁小虎，揪住他的耳朵，"你这耳朵根都红得紫了呢。"

"没事。"宁小虎撇开花三朵的手，拿起茶几上的水杯就喝。杯子空着。花三朵抢过水杯，去厨房倒了水过来，递给宁小虎。

"听说双新这回没事了，闯过难关了。"花三朵看着宁小虎，"那大为房子的事，你可以跟双新去讲了吧？"

“你急什么呢？”宁小虎瞪一眼花三朵。

“看你不急不急的。”花三朵拧一把宁小虎，“你是想等着又涨价才买不成？”

“你放心好了，我心里有数，房子一时半会涨不起价来，也许还跌了。”宁小虎看一眼花三朵，“上回你大哥先买的，价格就比你二哥后买的高。”

花三朵说：“我不管你涨也好，跌也好，我就给大为看好了那个楼盘。”

宁小虎横一眼花三朵，将杯子往茶几上一蹾，起身去了卧室。

杨浩看看于美艳，见杨再新用鼓励的眼神示意他，便咬咬嘴唇站了起来，朝于美艳鞠了一躬，说：“妈，对不起，我向你道歉。”

于美艳抹了抹湿润的眼睛，拉着杨浩坐下，说：“妈也有不对的地方，再忙也不该让你一个人在家，让你……”

“我不怪你，是我不该跟你赌气，是我缺乏自律，是我没有兑现承诺。”杨浩看看于美艳，再看看杨再新，“你们批评得都对，我虚心接受。现在我明白了，只有一年多就要高考了，我必须牢牢抓住一分一秒，把功课搞上来，考个好大学。”

“好，说得好！”杨再新一拍沙发，“这话我爱听，像个男子汉说的话。”

于美艳一把将杨浩搂在怀里，眼泪掉在他的脸上。

杨再新靠着床档，翻看着手机，一时蹙眉，一时会心一笑。

于美艳裹着浴巾出了洗漱间，钻进被窝。

“你都两天两夜没怎么睡了，也不困？吃人参了？”于美艳从被窝里探出头，扯了扯杨再新的衣袖，“不早了，快睡吧！”

“你先睡。”杨再新看一眼于美艳，“这两天实在太忙，好多信息都没来得及看，得处理一下，别误了事。”

“看你，还不天亮了？”于美艳伸出双手，一脸娇羞，满眼期待地看着杨再新，“你闻闻，我喷的什么香水？”

杨再新闻了闻，摇摇头。

“你不喜欢？”

杨再新边看手机边摇头。

“那你喜欢？”

杨再新边看手机边点头。

于美艳柔情似水地看一眼杨再新，头往他怀里拱。

“你干吗？”杨再新边说边往一边挪。

“干吗？还吃了你不成！”于美艳愣了愣，瞪一眼杨再新，拧了他一把，猛地侧过身，把被子也滚了过去。

杨再新一笑，放下手机，将被子一扯，往被窝里一缩，一把将于美艳搂进了怀里。

激情过后的杨再新靠在床档上，试探着跟于美艳说：“让浩浩一个人在家，我心里还是有些担心。这一年多对他来说是非常关键的，可以说决定着他一生的命运。”

“这我知道，前两天我没回家，那也是公司事情多，你知道的。”于美艳皱了皱眉头，看着杨再新，“你是不是想要我辞了公司的活，回家专门照看浩浩？”

“我可没这么说，也不是这个意思。再说，公司也离不开你。”杨再新顿了顿，“你时刻都要记着，你是公司的财务部长。”

“记得呀！”于美艳疑惑地看着杨再新，“怎么？”

“没什么。”杨再新看一眼于美艳，“只是你要懂得，过了河，可不能忘了桥，也不能忘了搭桥的人。”

于美艳“嗯”了一声，打了一串哈欠就眼帘一关，不再说话了。

这时，躺在病床上的罗小琼没来由地想到了杨再新和于美艳会是在干什么，想着又自嘲地一笑，一挪身子，疼得深吸了一口凉气。吸过气，她又想到了卢达成，想他准是在收拾东西，好明天一早回家过年，想着又笑了，怎么又想起卢达成了。

罗长远正在看文件，见杨再新敲门进来，便笑呵呵地放下笔，又是看座又是沏茶，说：“这回农民工讨工钱的事，总体来说你处理得还算漂亮，市里比较满意。”

“主任，这我可不敢贪功。”杨再新欠了欠身子，“说起来，这回能有惊无险，事情能圆满解决，那是外有你运筹帷幄，指挥得当，还有银行及时出手相助，内有董事长掌舵，还有小琼点子多，又效果好。”

“你这就谦虚了。”罗长远摆摆手，“我可没帮你什么，只是狠狠地骂了你两回，问了你几个为什么，无形中给你增加了压力。”

“就是你这压力给了我勇气，给了我力量，给了我智慧，给了……”

“好了，别给了。”罗长远哈哈一笑，拍了拍杨再新的肩膀，“不过，这次虽然是有惊无险地过了，但你一定要从中总结经验，吸取教训，好好想一想，为什么会出现那样的困境？困境又为什么能得到化解？”

“那是，那是。”杨再新点点头，“不过，有一点，我明白，也坚信，那就是发展才是硬道理，只有发展才能解决问题，只有在发展中才能解决好问题。”

“没错，道理是这样。这也是我欣赏你的地方。双新从一个小作坊、一个小建筑队，在短短二十年间能有今天这样的规模，那靠的就是发展。用那个万主任的话来说，双新是在天上飞。”罗长远拍了拍杨再新的手，“但你要知道，发展不是万能的，特别是当企业成长到一定阶段的时候。”

“那是，那是。”杨再新点点头，看一眼罗长远，望着窗外，“不过，我觉得公司还有无限的发展空间，下一步我将打造双新集团，打造双新帝国！”

座机响了。罗长远起身去接，“嗯”“哦”两声就放下了听筒。

“市长找我，得马上去一下。下回再聊。”罗长远跟杨再新一握手，快步走了。

杨再新出了政府大楼，一上车就想起了罗小琼，又想起了卢达成。

这时，卢达成在车站出发大厅随着队伍往前移动。下一个就是卢达成安检了，他却出了安检大厅。

于美艳说屈大江那里还是去一下好。坐在副驾驶位上的郑小颖回过头，试探着说屈大江见死不救，不去也没关系。

“还是去吧。”于美艳稍停了一下，“屈行长应该也是有他的难处，我们还得多理解。朋友多一个比少一个好，多个朋友多条路。何况屈行长本来就是我们的朋友，可不能因为这次的事情把朋友冷落了，得罪了。有首歌唱得好，结识新朋友，不忘老朋友。这次的事，我们还得摆出一个不在乎、不见怪的样子，还得一样来往，一样客气。这样一来，屈行长准会觉得有愧于公司，往后就会更加关照我们。你说是不是？”

“高，高见。这境界几乎跟杨总一样高了。”郑小颖嘻嘻笑着，朝于美艳竖了一下大拇指，“美艳姐，这话是不是就是杨总说的？”

“你这说的什么话？”于美艳脸一拉，“看你左一个杨总，右一个杨总，好像我就不会说话，不会来事。”

“我说着玩的呢。”郑小颖缩了一下脖子，“美艳姐不仅名如其人，美丽惊艳，还冰雪聪明，要不杨总当年也不会对你一见钟情，一片痴情，是不？”

“看你这小嘴说的。”眉开眼笑的于美艳指了指郑小颖，“你快跟安行长联系一下，看她在支行没有。”

“在的，她刚跟我回了微信。”郑小颖边说边看手机，“只是万主任那我心里没底，他原则性强，不那么好打交道。”

于美艳说：“没关系，看似不好打交道的人，其实是越好打交道的。”

郑小颖说：“美艳姐，这话可是杨总说的哦！”

“你……”于美艳瞪着郑小颖。

郑小颖掩口而笑。

这时，何桂香边气呼呼地走着边说：“气死我了，真是气死我了！”

“怎么啦？香总。”站在门口的邓满意问。

“还怎么？”何桂香瞥一眼邓满意，“就那个鬼柳开，昨天还肯定地说今天有人要的，等我高息弄来了钱，他倒好，一个电话，说不要就不要了，你说气人不气人？”

“那是气人。这个鬼柳开，真不是个人，一点也不讲信用。不过香总，你也别急，手上有了钱，不怕没人要。”邓满意边说边走过来。

“你懂个屁！”何桂香瞪一眼邓满意，“你知不知道？钱能不能生崽，能不能多生崽，那是要看时机，要看对象的。过了今天，好时机就没了，这一单就亏了。你懂不懂？”

邓满意点头，又摇头。

有人敲门。听得出来，那敲门的人有些犹豫，有些胆怯。

“谁？”捧着书在看的罗小琼抬起头，看着门口。

“是我。”

“是达成？！”罗小琼边说边往上靠了靠，“那你进来吧。”

门轻轻推开了。卢达成红着脸，背着一个大帆布包，手上拎着一袋橘子、苹果，有点不知所措地站在门口。罗小琼放下书，朝他招了招手。

“怎么样？”卢达成边说边走过来，“伤着哪了？重不重？”

“没大事。”罗小琼指着脚，“右边胯骨有裂缝，脚崴了一下。”

“好疼吧？”卢达成放下东西，“这汪守业，真是的！”

“不怪他。”罗小琼打量着卢达成，“你怎么来了？还不快回家过年？”

“我……我不回家过年了。”卢达成低着头。

“怎么了？”罗小琼连忙问。

“你……你也没回家过年啊。”卢达成瞟一眼罗小琼，“是我工作没做好，让你伤着了，大过年的躺在这里。”

“不怪你。你做得挺好的，董事长和杨总都夸你呢。”

“真的？”

“真的。”

“那就好，那就好。”卢达成边说边搓着手。

“你还是快回去吧，家人等着呢。”

“没事，我跟家里说好不回去了。”

“说好不回去了？”罗小琼眉头一皱，“那你去哪？”

“我不去哪，就……就在这陪你。”卢达成脸霎时红了。

“你在这陪我？”罗小琼有点慌乱了，在床头柜上抓了一个橘子递给卢达成，“来，你吃，快吃。”

卢达成低着头，胸口怦怦响地剥着橘子，将剥了皮的橘子抖着手递给罗小琼。罗小琼掰了一半递给卢达成，说他买这橘子看着就甜，准好吃。

万全有正在审阅资料。胡岚春风满面走进来，将报纸往桌上一摊，说：“万主任，你快看，《沧江晚报》二版的头条文章，周子叶写的，大半版呢。”

“银行及时雪中送炭，民工欢喜回家过年。”万全有边看着边念，一拍桌子，“好，一看这标题就有点意思。”

“什么有点意思呀？”

万全有一扭头，见于美艳出现在门口，后边跟着郑小颖，便连忙起身，迎上去说：“没什么，看报纸呢。”

于美艳拿过报纸，稍一浏览，说：“这文章确实是写得不错，看样子这周子叶还是喝了两碗墨水的。”

“没想到他还是一个大才子呢。”郑小颖伸着脖子瞄了一眼报纸，“看来他去报社，还真是如鱼得水，得其所哉。”

万全有看一眼郑小颖，在于美艳一侧沙发上坐下，说：“于部长今天大驾光临，不知有何见教？”

“哪里哪里，我可不敢有什么见教，只是特意来交个朋友。”于美艳摆摆手，看着万全有，“过去来给你汇报得少，多有不该，还请多多包涵。这回公司能闯过难关，全靠贵行和你的帮助，给公司下了及时雨，雪中送了炭。”

万全有客套了几句，简单地问了公司的一些情况。于美艳说给万全有在沧江花园预留一套房子。万全有说不用。

与送下楼的万全有挥手道过别，上了车，一看那小礼品袋，郑小颖边摇头边说：“没想到万主任还真是这么一个人。这么一个小东西，这么一点小心意，说不要就硬是不要，没半点回旋的余地，说话还不留一点情面，不怕人家下不了台，算是领教了。”

“算了算了，别说着烦人了。”于美艳不耐烦地看一眼郑小颖，“反正我们来了，心意也到了，要有意见随他去了。”

郑小颖说：“杨总不会怪吧？”

于美艳说：“有什么好怪的，要怪他自己来好了！”

送走于美艳她们的万全有刚在办公室落座，胡岚就进来递给他一份报告。他扫一眼，签了字，递给胡岚，见胡岚站着不动，便问他还有什么事。

“也没别的。”胡岚瞟一眼门口，“就是刚才于部长她们来看你，送你一个小礼品，人家也是真心实意，你却拎着袋子去追，只怕……”

“怕什么？”万全有皱了皱眉头。

“你就不怕她们有意见？”胡岚看一眼门口，“就不怕别人说什么？”

“胡岚，你给我记住！这样的事，不管礼轻礼重，头一回就得把持住了。头一回把持住了，后边就好了。于部长她们，今天可能是得罪了，但过后她们会明白的。做人也好，交友也好，不在这一时一事，关键是要过得长久。”

“理是这个理，话是这么说，这我都懂。不过，我还是觉得今天你有点不近人情，有点做过了。”

“不近人情？”万全有看着胡岚，“那你说该怎么办？”

“我也不知道该怎么办。”胡岚挠了挠头，“不过，我想当时大可不必追到电梯口，还硬是往电梯里边塞，弄得彼此都很尴尬，而是可以暂时留下，找一个时间让我去退给她们，或是哪天让郑小颖来拿了回去。”

万全有摇了摇头，说：“这事只能这样，就得做绝了，不能留有余地，留有空间。这一回做绝了，她们也就知道了，也就不会有下回了。你懂不懂？”

胡岚似懂非懂地点着头。

一听于美艳去拜访万全有的情况，杨再新指了指于美艳，又敲了敲桌子，说：“可不是我说你。你也不想一想，大白天的去送礼，又在人家办公室，还当着别人的面，人家好意思收你的吗？人家方便收你的吗？有你这样做事的吗？真是莫名其妙！”

于美艳腾地站了起来，将笔往桌上一丢，没好气地说：“还怪我了是不是？”

“不怪你，那怪谁？”杨再新四下看着。

“怪我！”郑小颖边说边走了进来，“于部长是要我联系好万主任，在一个合适的时间和地方去拜访的，是我没衔接好，都怪我。”

“怪你？”杨再新看了看郑小颖，再看一眼于美艳，拂袖而去。

于美艳感激地看一眼郑小颖，坐下一想，觉得自己是有不妥之处。

罗小琼看着卢达成，说：“你明天必须回去，听到没有？”

“我……我还是留在这陪你吧。”低头站在床边的卢达成瞟一眼罗小琼。

“都跟你说过多少遍了，你的心意我领了。我这请了陪护的，你还是回去陪你妈过年更好，免得……”

“我知道。”卢达成挠挠头，“可我还是想……”

“想什么呀？”杨再新说着推门进来了，后边跟着于美艳。

“我……”卢达成低头往墙角退。

“是你呀！”杨再新打量着卢达成，“你在这干吗？你不是回家过年去了吗？”

卢达成一脸通红。

“他没赶上车，明天一早再回去。”罗小琼挪了挪身子，“是我打电话问他一个事，见他没赶上车，就让他过来当面说说。”

“是吗？”杨再新看看卢达成，又看着罗小琼。罗小琼脸上掠过一片红晕。于美艳看在眼里，将保温盒放到床头柜上。

“来，小琼，今天是小年，我给你炖了鸡汤，快趁热喝了。”于美艳将碗递给罗小琼。

罗小琼喝着汤。杨再新和卢达成都看着罗小琼。于美艳的目光在杨再新和罗小琼身上移来移去，不时看一眼卢达成。

“美艳姐，真好喝。”罗小琼微笑着看着于美艳，“谢谢你！”

“你可别谢我，该谢他。”于美艳指一下杨再新，“人家一早就惦记着你了，让我给你炖鸡汤，说你辛苦了，又伤着了，得补一补。刚才一回家就催着我快点快点，天都黑了，小琼准早饿了。”

“你……”杨再新指着于美艳。

“我什么？”于美艳翻一眼杨再新，又看着罗小琼，“他对我可没这么上心呢。”

“谢谢杨总！谢谢美艳姐！”罗小琼脸更红了。

卢达成在那站也不是，坐也不是，眼睛都不知道往哪看了。

“达成，你也饿了，快来吃一点。”罗小琼朝卢达成招了招手。

杨再新看看罗小琼，盯着卢达成。于美艳端过碗，递到卢达成手上，说：“来，小琼让你吃的，你就吃呗。”

卢达成端着碗，不知如何是好，见兜里的手机响了，忙放下碗。电话是伍家旺用座机打来的，说他和汪守业都到家了。

杨再新看着卢达成，说：“达成，我看你还是回去的好，明天我让司机送你去车站，早点去，别再赶不上车。罗主任这里请了陪护，你就不用操心了。”

“可我都跟家里说好了，不……”卢达成瞟一眼杨再新，低着头。

“不行，你还是回去为好，家人肯定是盼着你回去的。”杨再新盯着卢达成。

“要我看，如果达成真跟家里说好了，那不回去也行。”于美艳边说边观察着杨再新和罗小琼的表情，“我看达成心细，在这陪陪小琼也未尝不可。”

“你这是什么话？”杨再新瞪一眼于美艳，“哪个父母不盼着儿子回家过年？哪个兄弟姐妹不盼着一大家团聚？”

“看你急的。”于美艳一哼，又一笑，“好，就当我没说，让达成和小琼自己定。”

“达成，你想一想。”杨再新拍了拍卢达成的肩膀，“你既不是罗主任的亲戚，也不是她的朋友，你在这，你们都会有些尴尬的，是不是？”

卢达成木然地点着头，见罗小琼低头不语，便一咬嘴唇，朝罗小琼和杨再新各鞠了一躬，再给于美艳鞠了一躬，背上包出了门。

灯光柔和，水雾缭绕。于美艳跟着手机播放的音乐边哼边淋浴着。

杨再新靠在床上，微信问罗小琼还疼不。罗小琼回复说好多了，感谢惦记。

上了床，于美艳用手臂碰了碰看着手机的杨再新，边扎头发边说：“过了年，罗小琼就该三十了吧？”

“可能是吧。”杨再新漫不经心地说着。

“你说这罗小琼，人长得漂漂亮亮的，又那么能干，那么有气质，可以说方方面面的条件都挺好的，也是老大不小的人了，怎么就不找个婆家嫁了呢？”于美艳摇了摇杨再新的手臂，“你说她是不是心里有人了？”

杨再新说：“我怎么知道。”

“你不知道？”于美艳皱一下眉头，“可是，有人看她的眼神就出卖了自己。她看某个人的眼神也告诉了别人。”

“是吗？”杨再新瞟一眼于美艳，“你是说卢达成吧？”

“卢达成？”于美艳呵呵一笑，“就他呀，那是癞蛤蟆想吃天鹅肉吧。”

“那倒不见得。”杨再新坐起来，“你可别小看了这卢达成。他还真有过人之处。再说，这世上想不到的事可多了去了。”

“如果真要那样。”于美艳盯着杨再新，“只怕有人又得急眼了。”

“好了，不早了，别说这些了，快睡吧。”杨再新关了手机，脱着衣服。

“不说就不说。也没别的，我只是说着玩玩，也给有的人提个醒。兔子不吃窝边草，路边的野花不要采，别吃着自己碗里的，看着别人锅里的，也别……”

“看你乱七八糟地说些什么！”杨再新瞪一眼于美艳。

“我乱七八糟？”

“你到底想说什么？”杨再新说着一下坐了起来。

“你自己心里清楚！”

“我不清楚！”

“你不清楚？”于美艳提高了声音，“那好，在公司里，往后有我没她，有她没我，你看着办吧！”

“妈！你们在说什么呀？”传来杨浩的声音。

“浩浩，没什么，说公司的事呢。”于美艳横一眼杨再新，“我们就睡了，你也快睡吧。”

于美艳关了灯，却睡不着，就想着卢达成不回去过年多好。杨再新躺了下去，脑子里想的也是卢达成，就希望他明天早点回老家过年去。

躺在板房里的卢达成辗转反侧，一时坐，一时躺，看了看手机上罗小琼的照片，找到她的电话，刚拨了号，马上又摁了。

罗小琼合上书，闭上眼睛，眼前却交替出现杨再新和卢达成的身影……

窗外树上时不时地还有雪团掉落在地上，哗啦啦地响着。从门缝里挤进来的风吹得火塘里的炭火时明时灭，不时地蹦出几粒火星。

郭小宁看一下手机，说这么快，都半夜了。他将手机往衣兜里一塞，双手往火塘上烤了烤，起身往门口走。程万秋送到门口，看一眼沉沉夜色，要郭小宁慢点走，路上滑，明天再来玩。郭小宁用手机照着路，边走边说明天家里要打过年豆腐，不过来了。程万秋关了门，在火塘边坐下，烤了烤火，掏出手机，拨了司马兰的电话。

司马兰正靠在床上，在手机上看电影。

“程万秋，半夜三更的，你打电话干吗，吓死个人的。”司马兰有点没好气地说着。

“也……也没别的，就……就是好些天没见到你了，有点想你了。你可别不信，是真的呢。”程万秋小声说着。

“是蒸的？”司马兰呵呵一笑，“不是煮的？”

“你笑什么，真的是真的呢。”

“好好好，是蒸的，不是煮的。”司马兰说着挂了电话。

程万秋听着手机里的忙音，一哼，一拳砸在凳子上，疼得吸了口凉气，又甩了甩手。

残雪这一团那一摊地点缀着山脚下的院落，朝阳下反射着耀眼的寒光。

地坪里，宰杀了的年猪架在木桶上。汪守业拿着刀边刮未煺尽的毛边自语着：“也不知道她伤得怎么样，好些了没有？”

在另一边刮毛的伍家旺瞟一眼汪守业，说：“你叽叽咕咕地说谁呀？”

“还有谁？”汪守业看一眼伍家旺，“就是那个罗主任呗。”

伍家旺说：“你也是，好端端的，往人家身上撞干吗？”

汪守业说：“我也不知道当时是给什么鬼捉着了，撞了上去。”

“你呀，算你运气好，撞上了好人，人家不但没怪你，还安慰你，要你别着急，也不要你出医药费。”伍家旺指了指汪守业，“都说城里人奸诈，心眼多，又小里小气，还爱欺侮乡下人，看来也不全是的。”

“这我知道。我是真的碰上好人了。”汪守业左右看看，小声跟伍家旺说，“要晓得家里不用这么多钱，那工钱我就少领点回来，多存点在公司好了。”

“怎么？后悔了？”伍家旺瞟一眼汪守业，“你领都领了，就别后悔了。明天存到镇上的信用社去就是。”

“那又没几个利息，不划算。”

“那你要是相信，就放到我一个亲戚手上去。两分的息，比放在公司还划算。”

“靠得住吗？”

“那我就不好说了，你自己拿主意。”伍家旺停了一下，“反正我的是我前脚刚进门，他后脚就来拿过去了。”

汪守业皱起眉头想着，手上的活也停了下来。

罗小琼边道谢边接过杨一新手上的鲜花，闻了闻，放到床头柜上。

杨一新在床边的方凳上坐下，像一个父亲似的看着罗小琼，说：“小琼，看来当年我把你请进公司来，还真是没看错。”

罗小琼说：“董事长，公司不少人说您是伯乐呢。”

杨一新哈哈一笑，说：“那你就是千里马了。”

“董事长，我是越来越觉得当初的选择是无比正确的。这些年来，我对双新的感情越来越深厚，哪都不想去了。我叔叔都说随我了，再也不跟我说换地方了。”

“是吗？”杨一新看着罗小琼。

“是啊！公司有您掌舵，把握方向。杨总又那么有能力，有魄力。公司发展快，有奔头，是一个难得的好舞台。您和杨总都那么器重我，信任我，给了我许多施展的机会。能成为公司的一员，能在您和杨总手下工作，那是我的荣幸和荣耀，也是我运气好福气好。”

“你呀，会说话也是你的长处。”杨一新看了看罗小琼，“其实你也清楚，我这董事长也只是挂个名而已，一个甩手掌柜罢了。杨总比我头脑好使，又比我精力充沛，什么事都拿得起，放得下。”

“那是您谦虚。”

“艄公多了打烂船。”

“您这是宰相肚里能撑船。”

“你看你看，又夸我了。”

“可不是夸您。”罗小琼微笑着，“正因您放手、放心，杨总才没有束缚，才勇往直前，才把他的才干发挥得淋漓尽致。”

“小琼，看得出来，你对杨总不只是敬佩，还……”

“没错，对杨总我是除了敬佩，还有仰慕。”不等杨一新说完，罗小琼就脸一红，把话接了过来。

杨一新若有所思地点点头，正犹豫着想问她对杨再新是不是有爱慕之意，见手机响了，便连忙起身，边往窗前走边“哦”“好”地应答着。挂了电话，他轻轻拍了拍罗小琼的手，说他得马上去市里开会，有时间再来看她。

一出病房，杨一新就想幸好刚才没问出口来，她那么冰雪聪明，肯定知道了他想问的是什么。她还真看出来了，听出来了，心海起了涟漪，起了波澜。

这时，卢达成在安检大厅徘徊，最终还是过了安检。

宁小虎手上拎着一个沉甸甸的纸袋出了茶馆，在人行道上左右看看，上了一辆的士。的士刚走，杨再新从茶馆出来，上了停在路边的车。

的士在一栋僻静的住宅楼前停了下来。宁小虎见的士开走了，又前后看了看才上了楼，一进门就将门反锁了，也没开灯，拉开墙壁的夹层，将纸袋码了进去，关好夹层，倚着墙喘息好一阵才悄悄地出了门。

这时，杨再新大步流星地走进杨一新的办公室，说："这下好了，只等过了年，沧江花园的预售证就可以办下来了。"

"那就好，那就好。"杨一新将文件递给杨再新，"你看看，刚才市政协临时开了个会，安排我春节慰问几位文教界的老同志。"

"好，我明白。这是好事，你只管去好了。"

"再新，我想啊，这委员还是你来当的好，对公司更有利。"

"哥，你这就别谦虚了，你比我更适合，也当得比我好。"杨再新说着大步走了。

杨一新笑了笑，抓起了座机听筒。

堂屋神龛下摆着一张方桌，桌上放着一张团筛，团筛里铺了一层米粉，米粉上躺着一条手指大小的绿色粽叶绳。桌前有一个麻石凿成的大石臼。

一盆热腾腾的糯米饭倒进了石臼。郭小宁抓起浸在木桶里的大木杵，和一个中年男人你一下我一下地舂起了糍粑。程万秋在旁边录着小视频。围观者或指指点点要郭小宁怎么舂，或鼓掌叫好，或跺脚加油。

程万秋替下满头大汗的郭小宁，要郭小宁拿了他的手机让司马兰通过视频来看。程万秋那吃力和滑稽的样子逗得司马兰笑弯了腰，蹲在地说："我也想舂！"

郭小宁接过程万秋手上的木杵，接着舂。程万秋倚着门框，大口地喘着气，对着手机边招手边说：“来啊，你快来啊！”

“好，你等着，我腾云驾雾来了！”司马兰说着挂了电话。

舂过糍粑，程万秋和郭小宁坐在地坪边的石礅上晒太阳，海阔天空地聊着。

听到传来喇叭声，郭小宁起身望了望，指着山嘴边开过来的两辆小车，说：“应该是隔壁村上的杨家兄弟回来陪爹过年了。这老人家也是不会享福，不愿意去城里，还非要自己种着那点田土。”

车子在地坪下边停了下来。司机下了车，看了看地上的坑，仰头看着站在地坪边的程万秋。程万秋转身跑进屋里，提了一把锄头和一只篼箕出来，跳到路上，忙着填起坑来。郭小宁也跳了下去，帮着填坑。

杨再新下了车，走过来。程万秋拍了拍手上的泥土，对杨再新说：“是杨总吧？路填好了，可以过了。”

杨再新拍了拍程万秋的肩膀，说：“小伙子，好样的！”

“我叫程万秋，在沧江大学读书，就住这。”程万秋指一下上边的房子，又指一下郭小宁，“我们一个村的，叫郭小宁，在沧江商学院读会计专业。”

杨再新朝程万秋和郭小宁点点头，上了车。

“你老实说，那坑是不是你有意挖的？”见车子开走了，郭小宁指着下边路上填好的坑问程万秋。程万秋笑而不答。

这时，在书店找书的宁大为一转身，踩着了司马昌的脚，连忙说对不起。司马昌边摆手边说没事，见宁大为手上拿的书正是自己也想买的，不由得赞赏地点了点头。

第七章

菜市场里人来人往，热热闹闹。摊位一个挨着一个延伸过去，一眼望不到头。摊前有人在问这问那，有人在讨价还价。

在一个卖鸡鸭的摊位跟前，菊花一手拉着花三朵，一手将一张百元钞递给她，说："麻烦你换一张。"

"换一张？"花三朵一愣，甩脱菊花的手，"好好的，又不缺角少边的，换什么？"

"快点，换一张！"菊花边说边招呼着顾客，"我在做生意，没工夫跟你磨嘴皮子。"

"我就不换。"花三朵边说边拎了鸡，"我还没工夫跟你啰唆呢。"

"你别想走！"菊花抓住花三朵拎着鸡的手，"你要么换了钱，要么放下鸡。"

花三朵将鸡一扔，盯着菊花，说："你到底想干什么？"

"干什么？"菊花将票子一晃，"你这票子是假的！"

"假的？"花三朵愣了愣，"怎么会是假的？"

菊花说："就是假的！"

"不可能，绝对不可能。"花三朵指着菊花，"准是你偷梁换柱，把我的给换了。"

"我换了？我换你的头呢！"菊花一脚朝花三朵踹了过去。花三朵一闪躲开，顺手抓住菊花的衣襟。

花三朵和菊花扭在了一起。看热闹的一下围拢过来。有的喊打，有的叫好，有的相劝，乱哄哄的一片。

花三朵被菊花按在地上。叶满枝挤了进来，拉开菊花，扶起花三朵。

“还打吗？”菊花摆出一个再打的架势。

“还怕你不成？”花三朵擦了一下脸上的灰尘。

“菊花姐！”

菊花一扭头，看到安然挤了进来。

“菊花姐，这是你的新卡，我说了年前一定给你换好的。”安然把卡递给菊花，拿出登记本，“来，请签个字。”

“安行长，你还特意送过来，也太麻烦你了。”菊花边说边签字。

“没有，应该的。我正好来市场这边搞外拓。”安然说着一眼看到了花三朵。花三朵尴尬地扭过头去，见周子叶正在那拍照，忙本能地用手遮住了自己的脸。

“三朵姐和菊花姐我都认识，都是好人。”安然边朝围观的人说边从菊花手上拿过那张票子，看了看，摸了摸，举着晃了晃，“事情清楚了，三朵姐给的不是假钞，菊花姐也没有换三朵姐的钱，是误会了。”

叶满枝看一眼菊花，朝花三朵点一下头，说：“嗯，我看也是误会了。”

花三朵感激地看着叶满枝。菊花朝叶满枝点头一笑。

安然掏出钱包，将那张票子收了，又抽出一张票子递给菊花。菊花稍一犹豫收了，又找了钱给花三朵。

围观者四散而去。

花三朵朝安然道了谢，拉着叶满枝快步走了。

出了菜市场，花三朵停下脚步，打量着叶满枝，说：“我第一眼看到你，就觉得你是个大好人，早就认识了你似的。”

叶满枝说：“可不，我也觉得在哪里见过你。”

花三朵眨眨眼睛，一拍大腿，指着叶满枝说：“我想起来了，是在证券大厅。”

叶满枝点点头，说：“对，是在那。”

“你说那个什么菊花是不是无聊，非说我给她的是假票子。”花三朵放下菜篮子，看着叶满枝，“你说我给了她假票子吗？我会给她假票子吗？我像个给她假票子的人吗？”

“这？”叶满枝笑了笑，“那个安行长刚才说清楚了，你没给她假票子，她也没换你的票子，你们都没错，都是好人。”

“都没错？”花三朵皱了皱眉头，“那不对，要么是我给了她假票子，要么是她换了我的。”

“看你，又来了。”叶满枝将菜篮子换到右手上，边说边走，“事情都过去了，你们又谁也没丢面子，就不要多想了。”

“好，不想就不想。”花三朵拎起菜篮子，追上去，拍了一下叶满枝的手，“只是今天这事，我怎么都得感谢你的。要没有你，当时我还真不知道怎么下台。看那架势，我是骂也骂不过她，打也打不过她，旁边那些卖鸡卖鸭的还都一个劲地帮着她，要是再闹下去，吃亏的准是我了。”

“那倒是。”叶满枝看一眼花三朵，“也是我们有缘，赶巧碰上了。”

“对，是有缘。”花三朵挽着叶满枝的手，“明天我请你去家里吃饭，怎么样？”

“那不用，别客气。”叶满枝指了指马路对面，“我就住那个小区。”

“好，那我们以后就是好姐妹，多往来。”花三朵跟过马路的叶满枝扬着手。

斜阳里，程万秋和郭小宁并肩走在沙石路上，肩上的竹篮里都装满了年货。

“来，你看，这就是我跟你说过的，我们系里的那个吴双艳，人长得漂亮不说，家里还开着煤矿，有的是钱。”郭小宁指着手机上的照片。

“你追她了？”程万秋瞟一眼郭小宁。

“我是想追。”郭小宁摇头一笑，“可人家瞧不上，都懒得正眼看我一眼。不仅嫌我个子不高，长得不帅，更嫌我家里穷，没钱。”

“是吗？”程万秋像是在问郭小宁，又像是自言自语。

郭小宁边走边碰了碰程万秋的胳膊，说：“哪天我找个机会，让你们认识一下？”

程万秋摇摇头，又一笑，说：“有缘自然会相识。”

“虚伪！”郭小宁指了指程万秋，哈哈大笑。

这时，卢达成还在集市上，肩上背着竹篮。竹篮里全是年货。他随着人流移动，几次想打罗小琼的视频又放弃了。

在一个十字路口，卢达成鼓起勇气打了过去，没想到罗小琼立马接通了。

“我是特意到镇上来打的，家里信号不太好。”卢达成边说边让罗小琼视频看街景，“我还怕你不接呢。”

“怎么会。”罗小琼边看边说，“真热闹，真好看。”

“是啊！”卢达成试探着说，“那……那欢迎你……”

“好啊！”罗小琼爽快地应答着。

“那正月里还有龙灯看，可壮观，可热闹了！”

“好，到时候视频给我看，或是发图片，发小视频过来。”

“好嘞！”卢达成满心欢喜地说着。

胡岚指着展开在万全有办公桌上的《沧江晚报》，说：“这稿子虽然落的是叶子的名字，但我不用问，一看就知道是周子叶写的。”

“你就那么肯定？”万全有看一眼胡岚。

“那当然。你别说，这稿子还真写得好。”

“何以见得？”

“这稿子好就好在，它主要不是写卖鸡的和买鸡的如何争吵，如何打骂，也不是写围观者如何起哄，如何火上浇油，而是把重点放在告诉群众如何识别假钞上。当然这篇稿子中最精彩的还是写银行工作人员如何巧妙化解矛盾那一节，虽然文字不多，内涵却是十分丰富，耐人寻味，可说是……”

“是什么呀？”安然说着走了进来。

“安姐，正说你呢？”胡岚迎上去。

“说我什么呀？”安然走过来。

“安行长，来。”万全有站起来，指了指报纸，“你看，这照片虽然做了技术处理，但你的光辉形象还是清晰可辨的。”

安然看了看报纸，脸一红，说：“这周子叶，还真写了呢。”

胡岚忙问：“你知道？”

“知道啊！”安然点点头，“他就在现场，说是路过那里，后来还问了我一些东西。”

“安行长，这事你干得漂亮！”万全有朝安然竖了竖大拇指。

“当时我正好碰上了。”安然笑了笑，“也没多想，就觉得她们两个都是支行的客户，都不好得罪，也不能得罪，一时又弄不清到底是一个给了假票子，还是另一个偷梁换柱了。我更知道大庭广众之下，谁都是要面子的。”

“安姐，你这叫急中生智。”胡岚看着安然，“还得多向你学习呢。”

“哪里哪里。”安然连连摆手。

“安行长，你是个大忙人，有事你就直说。”万全有看着安然。

“也没别的，就是春节一过，有两个客户就得放款，得请你多关照。”

“没问题，你的优先，行吗？”

“那就先谢过了。我……”安然来电话了，一看，稍一犹豫，接通了说，“好，我马上回支行。”

打电话来的是何桂香。她刚从屈大江那过来。屈大江没给她贴现，还说她的票有问题，让她好不生气，骂了一路的屈大江。刚才是邓满意建议来找一下安然，以为安然不会搭理她的，没想到安然说马上回来。一个月前，安然去拜访她，看她能不能在支行开个户，存点款，她手一挥，说户不开，钱不存。

安然仔细看了银行承兑汇票和相关资料，对坐在椅子上喝茶的何桂香说：“何总，实在不好意思，这票我不能给你贴。”

“怎么？”邓满意抢着问。

“是这样。”安然在桌前坐下，“现在贴现必须要有真实的贸易背景，要有对应的交易合同和税票等，而你这虽然有，但我一看就知道是怎么回事，别人一查也明白。”

“是吗？”何桂香往椅子上一靠，“那怎么别的银行可以贴呢？”

安然皱了一下眉头，说：“不会吧？”

“是的呢。其实香总也不是没地方去贴，只是上回你问香总要存款，香总没安排过来，心里过意不去，这回想给你多弄点存款。”邓满意看着安然，“再想着原来也是这么贴的，就上这边来了。”

“原来是贴过，那也是打了擦边球。但现在不一样了，监管得更严了，也查得更紧了，上边又有了明确规定。”安然看着何桂香和邓满意，“不是我不想给你们贴，而是真的不能贴了。你们的好意我心领了，谢谢你们。”

邓满意说：“那你能不能融通融通，想个别的什么办法，给解决了。”

安然说：“没有，真的没有。”

邓满意说：“那贴了以后，一半留在你这里，存半个月，如何？”

安然说：“你就全存上，存一年，我也无能为力。”

邓满意说：“真没一点办法了？”

安然说：“真没有。”

何桂香鼻子一哼，起身就走。

这时，罗长远放下听筒，见杨再新进了办公室，便边起身边要他有什么快点说，还得赶紧去处理一个突发事件。

“那我长话短说，就沧江花园那楼盘的预售证过了年就能办下来，我想到时候也搞一个发售仪式，还得请……”

“没问题，我去说几句就是。”罗长远拿了包，边跟杨再新说边往门口走，“你不是回老家过年去了吗？”

“我哥在家陪老爷子过年。我来公司值班，有事好及时处理。昨晚陪老爷子喝了两杯，今天一早就赶过来了，路上车多，有点堵，走了好几个小时。”杨再新边走边说。

罗长远三步并作两步，匆匆而去。

于美艳碰了碰靠着床头闭目养神的杨再新，半开玩笑地说：“又在想什么呢？是在想某个人了吧？”

“无聊。”杨再新白一眼于美艳。

“明天就过年了，你总不能让罗小琼一个人在医院里过年吧？”于美艳看着杨再新，“那多孤单，多不好。”

“她不在医院还能去哪？”

“接到家里来，跟我们一块过年啊！”

“跟我们一块过年？”杨再新边说边伸手摸于美艳的额头，“你没发烧吧？”

“你才发烧。”于美艳撇开杨再新的手，“发高烧呢。”

“你没发烧？”杨再新眉头一动，“那好，你去接呀。”

“我去接？”于美艳睁大眼睛，看着杨再新，“你……你还真想接她来？”

“你看你，说要接的是你。真要你去接了，又不乐意了。”杨再新无奈地说，“真不知道你胡思乱想些什么。”

“我……”

“你呀，我就知道你是虚情假意口是心非。”杨再新看着于美艳，“不瞒你说，我的眼睛就跟透视镜似的，你的五脏六腑我都看得清清楚楚，你……”

“你……看你美的，还真神了是吗？”于美艳说着挽了杨再新的手，往下一缩，头枕在了他的胸口上。他搂着于美艳，脑子里却老是挥之不去的罗小琼，还有卢达成。

窗外不时传来花炮在空中的炸响，飘来时浓时淡的硝烟味道。

“小琼，今天是除夕。我在公司值班，刚才去工地上看了看，顺路过来看看你。我给你叫了几样菜，等下会送过来。”坐在床沿上的杨再新望一眼窗外远处冲天而上的烟花，“让你一个人在这里过年，真是委屈你了。”

“没事，很好的。我也不是一个人，还有陪护，是两个人。陪护很好的，细心，又有耐心。我们都成朋友了。再说，还有你惦记着，我挺满足的。”罗小琼微笑着看着杨再新，“我叔叔昨天晚上来看了我，说要接我去他家里过年，是我不肯去。”

“说起来，这都怪那个鬼汪守业，要不是他，你也不会这样。”

“不怪他，这我早就说了。他是个老实人，应该也吓坏了的。”

“你呀，总是替别人着想。”

“你来看我，还点了菜，美艳姐不知道吧？”罗小琼看着杨再新，“她要是知道了，对你对她对我都不好的。”

“没事。”杨再新摆摆手，“她就小肚鸡肠的，别管她。”

“那不行。”罗小琼摇摇头，“可不是她小肚鸡肠，女人都这样，很敏感的。”

“是吗？”

“当然啦。”罗小琼轻轻一声叹息，“所以，你还是少来的好，更不要再单独过来。我这是为美艳姐好，也是为你好。”

杨再新想了想，点点头，起身默默地走了。罗小琼看着他走出房间，有点怅然若失，拿书看了起来。

杨再新刚走没多久，于美艳就提着两个保温饭盒来了，跟陪护一起将床头柜上的东西挪开，又搬来一个柜子拼在一起，然后将饭菜一一端出来，说：“再新去公司值班了，要跟公司其他值班人员一起吃年夜饭，浩浩给他爷爷留在老家过年了。想着你一个人在这孤单，我就弄了几道菜，拿了红酒，赶过来陪你在这过年。”

罗小琼眼睛湿润了，模糊了。

三个人刚端上杯，有人送菜来了。

罗小琼忙抢着说：“是我叫的菜，没想到美艳姐会过来，要知道就不叫了。”

于美艳边看送来的菜边说：“那怪我，没早跟你说。我是想给你一个惊喜。”

罗小琼哭了，笑了。

于美艳也哭了，笑了。

哭过了，笑过了，罗小琼和于美艳搂在了一起。

搂过了，罗小琼擦了眼泪，握着于美艳的手，说：“美艳姐，对不起，我……”

“我知道这菜是谁叫的。”于美艳看着罗小琼，“没事，给你叫几个喜欢的菜，那是理所应当的。你为公司付出那么多，你这又是为公司受的伤，就是杨总或是董事长来陪你过年，那也应该，都在情理之中。”

罗小琼泪流满面，有好多话想说却说不出来。她真没想到于美艳会来陪她过年，会说出这么暖心的话。于美艳也在流泪。她没想到罗小琼会跟她说对不起，没想到自己还能对罗小琼说出这么贴心的话来。

司马昌拧紧了螺帽，退一步看了看机器，又绕机器看了一圈，满意地笑着。

“司马师傅，您还在这呀？”吕明远边说边走过来，“今天大过年的，您早点回去，别让嫂子她们等着。”

“没事。”司马昌指着机器，“我都调试好了，春节一开工就可以生产，保证没问题。”

“好，辛苦您了。”吕明远从衣袋里掏出一个红包，双手递给司马昌。

司马昌犹豫了一下，双手在身上擦了擦，欢喜地接了，朝吕明远鞠了一躬，说：“你真是个好老板。”目送着吕明远出了车间，他又看了看掂了掂红包，嘿嘿一笑，心想又可以在叶满枝面前显摆一下了。

“这大过年的，老的说要去公司调试机器，小的说要去看电影，真是莫名其妙。”叶满枝边在桌上摆放着糖果瓜子边自言自语地说着。摆好了糖果瓜子，她又抓起桌上的手机，找到司马兰的电话，想拨又放下了。

司马兰从电影院出来，手上挎着纸袋，边走边看着手机。一个青年男子尾随过来，划开她的背包，取出了钱包。她反身要抓住他的手。他挣脱开就跑。

那男子往北跑。司马兰边喊抓贼边追了过去。

从东边走过来手上拿着书的宁大为紧跑几步，张开双臂挡在那男子前边。那男子一个急刹，想掉头再跑。宁大为猛扑过去，将他扑倒在地。他就势往一旁一滚，也顾不上捡起地上的钱包就往马路对面跑了。

司马兰捂着肚子跑过来，蹲在地上，大口喘着气。

“是你啊？！”宁大为将钱包递给司马兰，“没事吧？”

“没事。”司马兰摇着头。

“那就好。”宁大为捡起地上的书，转身就走。

“你裤子！”司马兰起身追了两步。

宁大为一看裤子，膝盖上摔破了。

章小强气喘吁吁跑过来。

“警察哥哥，你来迟了。”司马兰说着朝章小强扮个鬼脸，扭头走了。

章小强脸一红，有点尴尬地愣在那里。

司马昌一进门就将红包往叶满枝跟前一摆，有点得意地说：“老板奖赏的。”

“看来你们吕老板还真是蛮大方的，去加个班还有奖赏。”叶满枝边说边抽出红包里的钱数着。

“那是的，加班的人都有，一个不落，只是别人的红包没我的壮实。”

“那当然了。你是谁啊？你是司马昌，是人才，没你机器转不了。”叶满枝对一张票子看了又看，摸了又摸，照了又照，“这张是假的。”

“假的？”司马昌一脸疑惑，“你敢肯定？”

“那当然。”叶满枝头一抬，“我不会看错。”

“怎么会呢？”司马昌挠着头。

“怎么就不会呢？”叶满枝将那张假钞往司马昌手上一塞，“拿去退给你老板吧！”

“那怎么好意思。”司马昌将假钞放到桌上。

“那你说怎么办？”叶满枝看着司马昌。

“就……就当是老板少给了我一百吧。”

“那不行！”

“那你说怎么办？”

“怎么办？”叶满枝皱了皱眉头，“那你要么去找老板，要他换一张，要么去买东西，把它花出去。”

“不行，都不行。”司马昌摆着手。

“什么不行呀？”悄悄开门进来的司马兰轻快地走了过来。

“你那包怎么了？”尽管司马兰将包藏在一边，还是给叶满枝看到了。

“这假钞我看得这样。”司马兰拿过假钞，“既不能去找老板换，也不能出去花，而是我先拿着，等银行上班了，主动交到银行去。”

“给我。”叶满枝一把抢过假钞，“你以为就你觉悟高是不是？”

“那你？”司马兰看着叶满枝。

“实话告诉你吧，我也是试你爸的。看来你爸还真是一个老实人，一个厚道人。”叶满枝看一眼司马昌，“刚才一看到假钞，我就想起了那天在菜市场的尴尬场面，也想起自己曾经拿收到的假钞去买东西时的忐忑，不知怎么的心里就莫名其妙地有了一种愧疚感和负罪感。”

“好，这样就好！”司马兰边说边鼓掌。

“兰兰，那个救你的男孩长得怎么样？是哪里的？留了电话没有？”一听司马兰说包划破了的事，叶满枝就拉着司马兰的手这样问道。

司马兰眼睛一转，说：“我还没来得及问，人家早走远了。”

叶满枝说："好，英雄救美还不留名，好样的！"

"妈，你是越来越会说话了。"司马兰搂着叶满枝，摇着。

这时，花三朵边给宁大为红肿了的膝盖搽着红花油边问："那姑娘有多高，是不是比妈还高？长得是不是漂亮，仙女似的吧？"

"你怎么知道？"宁大为羞涩地笑着。

"儿子，那你今天可说是英雄救美呢！"花三朵看着宁大为，"你问了她叫什么名字，家在哪，留了她的电话没有？"

"我……没，没有。"宁大为摇摇头。

花三朵一拍大腿，说："那可惜了，太可惜了！"

"你呀！"宁小虎指了指花三朵，"这只是见义勇为，谁看到了都应该这样做的，谁还去想那么多呢。大为，你说是不是？"

"是的，英雄救美那是古典小说里美丽动人的故事。"宁大为点点头，"现实可没那么浪漫，没那么温馨。"

花三朵看着宁大为，越看越喜欢，一种自豪感油然而生。

罗小琼靠在床上闭目养神。手上拿着一本翻开的书。

听到门响，罗小琼睁开眼睛，惊喜地看到卢达成站在门口。见罗小琼朝自己微笑着，屋里又没有别的人，卢达成便大大方方地朝她走了过来。

"今天才初四，你怎么就来了。"罗小琼边说边往一边挪了挪，拍了拍床沿，"公司不是要十二才开工吗？"

卢达成在床沿上坐下，说："反正在家也闲着，不好玩，就早点来了。"

"公司也没开工，那你来干吗？"

"公司没开工没关系，我就每天在工地上转一转，有什么就干点什么，反正也不要公司开工资。"

"你早来就为这？"

"也……也不是。"卢达成脸一红，低下头，"就……就想早点来看看你，恨不得初二就来了，又……"

"是吗？"罗小琼微笑着，"那谢谢你惦记着我。"

卢达成打开包，取出红薯片等土特产，边让罗小琼拿边说："这都是我妈做的，也是她特意让我给你带来的。”

罗小琼拿了一块金黄透亮的红薯片，咬了一口，嚼了嚼，说：“好看又好吃。你妈的手艺真不错。”

“那就好。”卢达成甜笑着，“那今年我就要我妈多做一些。”

罗小琼连忙摆手，说：“快别麻烦老人家，我也吃不了多少的。”

“没事，我们那红薯多。为你做，我妈老乐意了。”

“你妈知道我？”

“我给她看了你的照片。她说你准是一个大好人。”

“是吗？”罗小琼开心地笑了笑，看着卢达成，“达成，从工地到这里那么远，公交都要转两三次，你明天就别过来了。再说我这有陪护，你也帮不上什么，你……”

“我是我，陪护是陪护。”卢达成连忙说。

“这我知道。你的心意我领了。”罗小琼顿了顿，“你就真的别再过来了，让人看见对你也不好。”

“你是怕……怕……”

“看你吞吞吐吐的样子。”罗小琼“扑哧”一笑，“好好的，我怕什么呀？”

“你是怕杨总……”

“我怕杨总？”罗小琼眉头蹙了一下，随即开怀笑着，笑过了，抹了眼角的泪水，指着卢达成，“你说，我为什么要怕他？又怕他什么？”

卢达成摸着头，红着脸，嘿嘿笑着。

“好了，达成，你辛苦了，快回去休息。我也有点累了。”

“好，我听你的。”

卢达成走到门口回头看了一眼罗小琼。罗小琼朝他扬了扬手。

杨一新走进杨再新办公室，在沙发上坐下，在果盘里挑了一个橘子，边剥皮边说：“再新，有个事，我想跟你打个商量。”

“什么事？”杨再新接过橘子，看着杨一新，“哥，其实你不用跟我商量的，有什么吩咐我就得了。”

“是这样。”杨一新起身走了几步，“市政协就快要换届了，我想来想去，这政协委员还是你来当好。”

“不，还是你当好。”杨再新手一抬，“我有机会就去当人大代表。”

杨一新说：“你是不是有些眉目了？”

杨再新点点头。

杨一新说：“传说罗长远会升副市长？”

杨再新说：“也难说，有人跟他竞争，对手还不弱。”

“那我看他也只是迟早的事。”杨一新背着手，边走边说，“说起来，他也算是一个有能力、有水平，也还清廉、干净的好干部。他要上了，对公司也有益。”

“那当然。”杨再新拉着杨一新一块在沙发上坐下，“哥，我有一个想法。这事我已经想了一段时间了，春节这段时间也没想别的，天天琢磨着这事，就觉得是时候了。这事也许你也早就想过了，或是正在想。”

“什么事？”杨一新看着杨再新，“你说。”

“就是成立双新集团公司。”

“我还真是有过这个念头，但还没认真去想。”

“那就好，说明我们哥俩又想到一块了。”

“可我觉得时机还没到，条件还不太成熟。”

“不，我倒是觉得是时候了，条件也基本成熟了。我看还是铁人说得好，有条件要上，没有条件创造条件也要上。”

杨一新皱着眉头，看着杨再新。

“哥，你应该感觉到了，也看到了，现在是公司实现第二次飞跃、第二轮大发展的好时机，可以说是时不我待，机不可失。收购水泥厂也好，化解资金短缺危机也好，等等，都在政府和市民眼里、在员工和民工心中留下了一个负责任、有担当的好印象，我们正好可以乘势而上，有所作为。”

“你说的倒也是。”杨一新点点头，随即又摇了摇头，“不过，我心里还是没底。”

“哥，你想一想，当初我们创办双新公司的时候，你心里有底吗？没有吧？”杨再新手一扬，爽朗一笑，“可现在怎么样？不是挺好嘛！回过头一想，我看关键一是抓住了时机，没有错过机会，二是敢想敢干，不怕这怕那。”

杨一新低头想了想，看着杨再新，问他心里是不是有谱了。杨再新也不说，只是拉着杨一新走到办公桌前，从抽屉里拿出一张草图往桌上一摆，笑嘻嘻地看着杨一新。

“再新，你这描绘的是一个宏伟而美好的蓝图啊！”杨一新眼里闪着兴奋的光芒，“如果真的实现了，那公司将不只是实现了第二次飞跃，更将是创造了一个企业成长的奇迹。”

“没错！”杨再新手一握拳，“对此我是信心满满，一点也不怀疑。”

“说实话，这对工程、产品、市场、资金什么的，我倒都不怎么担心。”杨一新手指轻轻叩着桌面，“就是人的问题心里还真没底。”

杨再新手一挥说：“那也没什么。”

“再新，你应该知道。人是最宝贵的资源，也是最宝贵的财富。集团一旦组建起来，如果没有相应的人力支撑，没有相应的制度和机制，管理跟不上，运转效率低，经营效益差，那也是很麻烦，很痛苦的。”

“没事，这我一样有信心，有决心。我们现在毕竟已经积累了不少方方面面的经验和教训，早已不是当年创办双新公司时的那个样子。我知道就公司现在的人员队伍来说，一是数量不够，二是人才短缺，但这都没关系，以双新现在的规模不怕招不到人，对人才我们可以高薪聘请，给予优厚待遇，让他们愿意来，来了不想走。再说，什么都是可以边干边学的，如果等到什么都有了再去想，万事俱备了再去干，那就水过三丘田，一切都晚了，早给别人甩在后边，给时代淘汰了。”

杨一新点点头，说：“好吧。那还是这样，经营上的事你拍板，你做主，我支持，我配合。你在前冲锋陷阵，我在后保驾护航，做你的后盾。”

杨再新一拍桌子，说：“好！”

工地上，卢达成满头大汗地在推着小推车，车上码满了红砖。

一辆小车在离他几米的地方停下。杨再新下了车，走向卢达成。卢达成放下装满砖的推车，恭恭敬敬地向杨再新新年问好。杨再新问他怎么就来工地干活了。他搓着手，说在家里也闲着没事，就提早过来了，开工前这几天就当是在这里玩，不要公司付工钱的。

“你真就只来工地干着玩，还不要工钱？”杨再新盯着卢达成。

卢达成点着头，有点不自然地笑着。

“达成，我知道你还想着什么。”杨再新说着大步往前头走去。

“杨总。”卢达成追上去，指着一侧的挡土墙，“那边有个阀门坏了，漏水。”

“那得赶紧修好，要不那墙都会垮的。”杨再新边说边往墙那边跑。

“我已经修好了。”卢达成边跟着跑边说。

“好，那就好。”杨再新停下来，微笑着朝卢达成竖了一下大拇指，“你好样的！”

从杨再新的微笑和竖起的大拇指里，卢达成感受了从未有过的温暖，也受到了从未有过的鼓舞。他小跑过去，推起小车就跑。

这时，何桂香朝站在一旁的邓满意手一扬，说：“好，就这样，你快点去！”

邓满意转身就跑，在门口与柳开撞了个满怀，指着柳开说：“你来干吗？”

柳开推开邓满意，边走边朝何桂香拱拱手，说：“我来给香总拜年啊！”

“你是黄鼠狼给鸡拜年吧？”何桂香哈哈一笑，往椅子上一靠，“我可不稀罕！”

“好，香总，说得好！”柳开拍着手，歪着头，似笑非笑地盯着何桂香。

“你……”何桂香站了起来，“你要没什么事，那就走吧，我有贵客马上就到。”

“好，我走！”柳开头一甩，走到门口，笑着回头看一眼何桂香，“你等着，有你稀罕我的时候！”

“他刚才说什么？”见柳开出了门，何桂香问邓满意。

“我也没听清楚。”邓满意摇摇头。

“那你还不快去！”何桂香瞪一眼邓满意。

邓满意拔腿就跑。何桂香往椅子上一坐，琢磨起柳开刚才说的话来。

罗小琼拄着拐杖站在窗前，看着墙角含苞欲放的梅花，突然听到门响，扭头一看，见是杨再新进来了，便说：“你那么忙，说了你不要再来的，怎么又来了？”

“都几天没来看你了。”杨再新将花束放到床头柜上，扶着罗小琼上了床，在床边的方凳上坐下，“有个事，想听听你的意见。”

听杨再新说了成立集团公司的事，罗小琼眼睛一亮，看着杨再新，异常兴奋地说：“你这是大手笔，大气魄，令人振奋，令人鼓舞。”

“这事是有点大，正因为大，我才特意来听听你的意见和建议。”

“这是大事，也是好事。别的没什么，只是人的问题会更加突出，也更加重要。”

“你说到点子上了。董事长也看到了这一点。”

罗小琼看一眼窗外，朝杨再新莞尔一笑，说：“天色不早了，快回家吧，别让人担心，也别让人误会。”

“看你说的。”杨再新看一眼罗小琼，一拍脑袋，“你看我，还真差点忘了，今天是你美艳姐的生日，早上她还提醒了我的。”

“那你快走吧。”罗小琼推了杨再新一把。

杨再新伸出手。罗小琼稍一迟疑，也伸出手，却只让他握了一下指尖。

见杨再新匆匆进了门，杨浩有意大声打趣说：“爸，你还蛮准时呢，要再晚两分钟，那就是妈不说，我也要打你电话了。好，这说明你心里还有我妈，好样的。”

“你看你妈这么漂亮，又这么能干，还这么贤惠，我心里当然只有你妈了。要不是公司事情多，那我准早回来了，也好给你妈打下手搞饭菜呢。”杨再新说着就往厨房走，帮着将菜往桌上端。

杨再新和杨浩端起红酒敬于美艳，祝她生日快乐。她眉开眼笑地跟他们干了杯，刚放下杯子，手机“叮咚”一响，来了微信。她边看边欢喜地说：“哟，是小琼发来的，祝我生日快乐呢。”

杨浩给于美艳添上酒，说：“看来小琼阿姨不仅跟妈一样漂亮、能干，还跟妈一样情商高，会来事啊。”

杨再新边给于美艳夹菜边说：“好啊，难得她还记着你的生日。”

“咦，她怎么知道今天是我的生日？”于美艳眨了眨眼睛，盯着杨再新，“你是不是今天又去了她那里？”

“你看你。”杨再新呵呵笑着，“去了又怎么的，没去又怎么的？”

"没去？"于美艳指着门口，"那你快去，现在就去啊！"

"你……"杨再新皱了一下眉头，朝杨浩递了一个眼色，起身就走。

杨浩一把拉住杨再新，说："爸，你还真去啊？"

杨再新一屁股坐下，朝于美艳嘻嘻一笑，说："你要我去，我偏不去，不上你的当。"

"妈，要我看，人家小琼阿姨记得你的生日，那说明人家心里有你，那是好事，你又何必多心，想这想那的。"杨浩把酒杯端到于美艳的手上，"来，妈，我再敬你一杯！"

酒一干，杯一搁，于美艳指着杨再新哈哈大笑，笑得眼泪飞溅。杨浩问她笑什么。她说杨再新不诚实。杨再新讪笑着。于美艳抹了抹泪水，说罗小琼早就是她的好姐妹，早就知道她的生日是哪天了。

杨再新愣了愣，有点莫名其妙。

伍家旺指了一下手上提着的蛇皮袋，不自然地站在床边嘿嘿笑着的汪守业，对罗小琼说："罗主任，他说不好意思来见你，非要我陪着他来，我就陪着他来了。"

"是……是这样的。"汪守业放下袋子，朝罗小琼鞠了一躬，"全是你大人不记小人过，没有打我骂我，还不要我出医药费。"

"你不是故意的，又是事出有因。"罗小琼微笑着看着汪守业，"再说，那也是我自己没注意，你千万别往心里去。我过几天就出院了，没事了。"

"我说了，你碰上好人了。"伍家旺碰了碰汪守业的手，"怎么样？这下放心了吧？"

汪守业点着头，眼睛湿巴巴的。伍家旺朝他使着眼色。他蹲下，打开袋子，一一取出里边的东西。

"也没别的，就一块腊肉，几个猪血丸子，还有十几个糍粑，都是老家的土特产，不值钱，但也是他的一点心意。"伍家旺看一眼汪守业，看着罗小琼，"他还怕你嫌弃，不好意思拿出来，我说你不会的，准会收下。"

"好，我喜欢，全收下了。"罗小琼嫣然一笑，"哪天请你们去家里吃饭，我来做菜，你们教我怎么弄猪血丸子什么的。"

汪守业站起来，开心地笑着。

“家旺大叔，你不是说过了年就不来了吗？”罗小琼看着伍家旺，“公司要后天才开工，怎么还提前来了？是不是来看一下我就走？”

“不是，不是。”伍家旺有点不好意思地笑了笑，“我那都是一时的气话，还请你别见怪才好。说心里话，公司待我们不薄，你待人又那么好，我们哪里舍得走。你说是不？”他看着汪守业。

“那是。”汪守业看一眼伍家旺，看着罗小琼说，“你拿着棍子赶，我也不会走的。”

罗小琼一笑，说：“是吗？”

“是的，是的。”伍家旺挠挠头，“我……我还想问你一个事。”

“什么？请说。”罗小琼看着伍家旺。

伍家旺说：“我有一个亲戚，他想到公司来干活，是个泥工。”

罗小琼爽快地说：“欢迎啊！”

汪守业说：“我也有一个亲戚，是个钢筋工，也想来，行吗？”

罗小琼说：“行，都行！”

看着伍家旺和汪守业都满心欢喜地走了，罗小琼心想这都多好的人啊！

李远航挪了挪身子，对坐在沙发上的吕明远说：“昨天，双新公司的杨总开始跟我打电话，后来又约我见面，说要成立双新集团，希望远航加入双新旗下。”

“是收购还是兼并，或是别的方式？”吕明远问。

“管他怎么，反正当时我没说行，也没说不行，只是一再说以后还靠他多关照。”李远航喝了口茶，“其实说起来，我跟他也好，跟双新也好，虽然关系不是那么近，倒是也没什么过节，只是远航公司现在虽然小，却还活得下去，没到要寄人篱下的田地。当然，他给我开的条件还是不错的，并没有看轻我。”

吕明远一笑说：“那你就去呗。”

“我想来想去，还是不去的好。”李远航拍了拍吕明远的手，“你是了解我的，我这个人是宁为鸡头，不为凤尾。再说了，远航公司就像一棵树，我栽了它，培育了它，现在到了能摘果子的时候了，要我拱手给了别人，那我心里还真过不了这个坎。”

“明白。”吕明远拍拍李远航的手，“不瞒你说，年前杨总就有意无意地跟我提起过这事。当时我正追着他给我付货款，他也不说没钱，但总说要年后才付，开始我还以为是他有意拖着，对我没答应跟他合作有了想法。后来才知道，他也是没办法，是公司投资的项目过多，资金一时周转不过来。”

“这情况我知道。”李远航点点头，“开始我还想去双新那借点钱的，后来只好去找了何桂香。何桂香趁机抬价，说什么她进来的成本也高。听说何桂香还虚情假意去帮杨总，可杨总知道她是个什么人，压根就没领她的情，让她自讨没趣了一回。”

“没错，是这样的。”吕明远点点头，“在关键时刻，多亏了银行雪中送炭，给远扬和双新都放了贷款，让我们都闯过了难关，也缓和了我们之间的矛盾。说真心话，对杨总的能力和为人我是很敬佩的，只是双新的发展也确实太快、太顺了，现在又要成立集团公司，也不知道他们方方面面能不能跟上来，是不是都准备好了。”

李远航说：“这个那天我问了杨总，他倒是信心满满的。”

吕明远说：“这一点也不意外。这就是他的性格，他的魅力所在，也是我敬佩他的一个方面。”

李远航说：“说心里话，对杨总，我也是满怀敬意的。”

“远航，我是这么想的，等这回车间改造完成，新设备全部到位调试好以后，我的主要精力就放在进一步提高产品质量和新产品的开发上了。”吕明远站了起来，“一个公司，要想发展，那必须不断创新，哪怕是一个小小的改进都好。回想起来，我这些年没有什么大的变化，基本上还是守着那个老摊子，根本原因就是少了创新意识，少了一股子冲劲，也就是少了杨总那种精神和气魄。”

“那是的，不过创新可不只是产品，多着呢。”李远航也站了起来，“双新在短短不到二十年的时间里，能发展到今天这样的规模，那跟杨总的敢想敢干是分不开的。而他的敢想敢干其实就是创新。”

“是啊，双新许多东西我们是学不来的，但有些东西我们还是可以借鉴的。”吕明远望着窗外，“往后我是这样，一方面还是争取做双新的紧密型协作单位，为双新提供产品；另一方面也加大对市场的拓展，产品销售不吊死在双新这一棵树上，不过分依赖双新。”

李远航点着头，心里却想这又谈何容易。

伍家旺边往推车上码砖，边看着在一旁铲沙子的卢达成说：“听说你前几天就来了，是不是心里放不下那个罗主任，不来就心里猫爪子抓着一样了吧？”

“你乱说什么？”卢达成铲了一铲沙子就往伍家旺腿上撒。

伍家旺一跳，躲过，指着卢达成说：“哈哈，你脸都红了，是真的了。”

卢达成又铲了一铲沙子朝伍家旺猛地抛过去。伍家旺往后退，绊着砖头，一屁股坐在地上，逗得坐在车把上歇息的汪守业开怀大笑。

“达成，说笑归说笑，真话归真话。”爬起来的伍家旺拍了拍屁股上的泥沙，走到卢达成跟前，“你要是真把那个罗主任弄到手了，那是你的本事，也是你的福气，更是你家祖坟冒青烟了。我们都会跟着你脸上有光，脚下来劲。”

“达成，你待我们好，我们心里都有数。”汪守业站起来，“我看你人长得高高大大、标标致致，又有技术、有本事，跟那个罗主任也般配。你就大胆去追好了，到时候有什么需要我们帮你的，你只管说。”他扯了一下伍家旺，“你说是不是？”

“那当然。”伍家旺拍着胸脯，“没得说的。”

见有人来了，卢达成忙朝伍家旺和汪守业使着眼色，示意他们别说了。

坐在客厅沙发上的吴富贵将手机往茶几上一扔，说：“真是岂有此理！”

吴双艳拿着书，从卧室出来，说：“好好的，你又发谁的火呀？”

“还谁？远航公司的李远航呗。”吴富贵看一眼吴双艳，“我要他早点把那台机子做了送过来，他倒好，说不做了，要我找别人做去。”

“那你找别人做不就得了，发什么火。”

“我找了，可要价更高，时间还保证不了。”

“记得我当初就说了，你做得有点过分，会得罪李总的。”

“那你说怎么办？”

“给人家道个歉，说几句好听的话，暖暖人家的心啊！”

“我说了，没用。”

“那是你心不诚，意没到。最好是你亲自去一趟，见面有话好说。”

吴富贵摇着头。

“你要这样，那就不好办了。”吴双艳偷着笑了笑，“不过，如果这样下去，机子不能按时回来，那吃亏的是你，跟人家李总可没半毛钱的关系。”

“要不你跟他说说试试？”吴富贵看着吴双艳，有点讨好地笑着。

“行，那我跟李总说说看。”吴双艳说着进了卧室。

几分钟后，吴双艳出来对吴富贵说：“好了，我跟李总左说右说，总算打好商量了。他答应按时保质交货，但你得加价一万，行不？”

“不行！”吴富贵手一甩，“他想趁火打劫啊？”

“你不愿意？”吴双艳掏出手机，“那好，我跟李总打个电话，回了就是。”

“你……你等……等下打。”吴富贵背着手来回走了走，一咬牙，“好，行吧，比找别人做还是能省两千多。”

“好，那就好。”吴双艳挽着吴富贵的手，“爸，实话告诉你吧。人家李总宽宏大量，不跟你计较，只象征性地加两千块钱，发工人的加班工资都不够。”

吴富贵愣了愣，说：“那……那也不能让他吃亏太多，我加……加两千。”

“再加两千，行不？”

“那……那行吧，再加两千就再加两千。”吴富贵心想尽管加两千再加两千，但还是比找别人做省了钱，而省了钱又相当于赚了钱。

杨一新将茶杯递给于美艳，笑眯眯地说：“来，美艳，喝杯热茶。”

“谢谢大哥。”于美艳连忙起身，双手接了茶，坐下，闻了闻，又抿了抿，“这茶汤色好看，闻着好香。”

“不瞒你说，这茶一般人来，那是喝不到的。”杨一新从抽屉拿出一个精致的小茶盒，“你看，就这么一小盒，还是去年市长送给我的。”

于美艳呵呵一笑，说：“看来大哥今天叫我来，准是有什么好事了。”

杨一新点点头，说：“你说对了，是有事跟你商量，想听听你的意见。”

“什么事？”于美艳看着杨一新，“你说！”

杨一新看着于美艳，微笑着说：“这些年来，你作为公司的财务部长，负责公司资金的筹集、调配等等，为公司的发展做出了很大的贡献，是公司的大功臣。这是大家有目共睹的，也得到了公司上下的高度认可。”

“大哥，你就别给我戴高帽子了。”于美艳双手捧着茶杯，看着杨一新，“你应该是有什么话要跟我说，你就直说了吧。”

“不急。”杨一新看着于美艳，“先喝茶，喝了茶再说也不迟。”

“大哥，你就先说吧。”于美艳站了起来，“你不说，我也没心思喝这茶了。”

“你先坐下。”杨一新微笑着朝于美艳压了压手，见她坐下了，“那好，我说了，你可别激动，别冲动，行不？”

于美艳心怦怦跳地点着头。

“你财务部长干了这么多年，也辛苦了，想请你……”

“怎么？是不让我当财务部长了吗？”于美艳将杯子往茶几上一搁，腾地起了身，“那我不同意！为什么？”

“美艳，你可是答应了不激动，不冲动的。”杨一新微笑着。

“大哥，我只问你，凭什么不让我干了？”于美艳盯着杨一新，“你刚才还说我干得如何如何好，是公司的大功臣。难道你们就是这样对待功臣的？是……”

杨一新笑而不言。

“噢，我明白了，是杨再新要你跟我说的吧？”于美艳边说边气呼呼地走动着，“是他想让我给人腾位置了吧？”

“不是这样的，看你说哪去了。”杨一新摆了摆手。

“不是这样的？”于美艳停下脚步，“那是怎样的？”

“你看你，我话都还没说完，你就那么激动了。”杨一新还是笑着。

“好，我不激动。”于美艳坐下，“那你说。”

杨一新起身给于美艳添了水，坐下，不紧不慢地说：“我简单跟你说吧，就是集团公司成立后，看你是愿意担任集团的财务总监还是财务顾问？”

于美艳低头想了想，看着杨一新，说：“我只问你，如果我不担任财务总监，那是不是这总监已经有人了？”

“没有，真没有。如果你只当顾问，那总监就向外聘请。”

“真的？”于美艳盯着杨一新。

“真的。”杨一新点点头，“好了，我今天也只是跟你说一说，让你知道有这么个事。你自己好好想想，回家跟再新再好好商量一下。”

于美艳点点头，捧起茶杯“咕噜”几口喝了，起身走到门口又返回，要杨一新别把她刚才说的话跟杨再新说。杨一新说知道。

晚上回到家，于美艳边吃饭边问杨再新她是当总监好还是做顾问好。

“总监权力是大，但责任更大，劳心费力不说，更需要有知识有能力、有魄力有魅力，弄不好给公司带来损失不说，自己面子上也过不去，那是非常痛苦的事。至于做顾问吧，那就轻松多了。顾问顾问，想顾就顾，想问就问，功劳有你的，过失是别人的，而待遇又不比总监差多少。还有，这顾问可是一种资历、资格的象征，不是一般人能干得上的，也不是一般人能干得了的。”

“是吗？”于美艳看看杨再新，看着杨浩。

“是这样。”杨浩放下碗，看着于美艳，“妈，要是我呀，二话不说，毫不犹豫地选择当顾问。”

“为什么？”于美艳看着杨浩。

“那我这么说吧。”杨浩看一眼杨再新，再看着于美艳说，“一方面，你当顾问本身就是给公司做出了榜样，做出了贡献，无疑会更加受到公司上上下下的尊重和敬佩；另一方面，你当了顾问，那就有时间多管管我，我就可以更好地读书，上个好大学。这样于公于私都有益无害。你说是不是？”

于美艳看着杨再新。

杨再新笑着说：“你别看我，这事你自己拿主意。”

于美艳朝杨再新鼻子一耸，大口吃饭。

杨再新和杨浩相视一笑。

工地大门口的门楣上写着“开工大吉”。左右门框上分别写着“欢迎大家平安归来”和“祝福公司兴旺发达”。

杨再新站在门口与进来的工友一一握过手，再从罗小琼手上接过小红包，一一双手递到工友手中。昨天，杨再新去接罗小琼出院。一上车，罗小琼就跟杨再新说她有一个小建议，就是今天开工的时候，给每个工友递上一个小红包，那样公司花钱不多，但对工友来说，那就是一份关爱，一份温暖，就等于是给了每个人一个小太阳。

“真没想到，开工还发红包。我那个亲戚要跟着来就好了。”汪守业亲了一口红包，看着伍家旺，“你说这红包像个什么？”

“像个啥？像个红包呗！”伍家旺有点不屑地一哼，“又没多少。这么大的双新公司，红包就这么点，小气。”

“看你说的。这多少都是公司的心意。”汪守业将红包贴在胸口，“要我看，这暖暖和和的，就像一个小太阳。”

“还小太阳。真有你的。”伍家旺回头看一眼前边的卢达成，小声说，“我告诉你，这是公司在收买人心。你……”

“你……”汪守业斜看着伍家旺，“你这是什么话？”

“我……”伍家旺嘿嘿一笑，“我跟你说着玩呢。”

汪守业一甩手，大步朝卢达成那边走了过去。伍家旺忙追上去，扯着汪守业的衣袖，嘱咐他刚才开玩笑的话别跟卢达成说。

小车在工地大门口停了下来。周子叶指了指门内，说里边有新闻，他得去看看。安然跟下了车的周子叶扬扬手，直接回支行去了。

柳开在支行门外徘徊，好像在寻找什么。

花三朵走出自动大门，顺着人行道往南走。柳开追过去，问她要英镑不。花三朵停下脚步，疑惑地打量着他。

“姐，我手上也不多，才两百。本来是要到银行去兑的，结果要登记，没带身份证，没兑成。”柳开瞟一眼左右，“可我又急着要用钱，没办法，只好找人兑了算了。”

“我不要。”花三朵边走边说，“你找要的去。”

“姐，这样好不？你就帮个忙。”柳开走到花三朵跟前，“我钱要得急，没工夫去找别人了，我就比银行便宜点兑给你，怎么样？”

“便宜点？”花三朵看着柳开，“便宜多少？”

“兑给银行是八块八毛多，我算八块五给你，可以了吧？”

“什么八块五，就八块，行就行，不行拉倒。我又不去英国，拿着也没用。”

“好，我看姐也是个爽快人。那我也痛快，八块就八块，你给我一千六，我这两百英镑就是你的了。”

交易完了，柳开一拍脑袋，说：“姐，差点忘了，我这还有两百美元，要不也给你算了，银行七块多，我只要你七块，要不六块八也行，你看？”

花三朵正琢磨着是兑还是不兑。

“朵姐！”

花三朵扭头一看，是安然在前边银行门口下了车。

柳开假装看手机，边跑边说：“那边催得急了，我走了，不兑了。”他横过马路，飞快消失在对面的巷子里。

安然走过来。花三朵迎上去。

“我特意过来看看你，也顺便取点钱，你没在。”花三朵看着安然，“上次基金的事你没怪我，年前在市场你又帮我解了围，我都不知道怎么感谢你。”

“朵姐，你说感谢那就见外了。”安然握着花三朵的手，“你刚才跟那个人说什么呢？那人好像有点神色不对。”

“是吗？”花三朵眉头一皱，“也没别的，他就是兑了两百英镑给我。”

安然一看那英镑，说：“朵姐，这不是英镑，是银行不兑换的币种，不值钱的。”

“那我上当了？”花三朵傻了眼。

“好在不多，损失不大，以后注意就是了，算是花钱买个教训。需要兑换外币，都得到银行里去，别私下买卖。私下买卖那是违法的，也不安全。”安然拍了拍花三朵的手，“往后我们给你好好理财，尽力让你的金融资产多增值。”

“好，我听你的。”

“也不是听我的，我们只是给你参考，主意还是要你自己拿的。”

花三朵走了几步又返回来，拉着安然的手，要她别把兑换英镑的事跟任何人说，传出去那又是笑话了。安然说知道，放心，不会跟谁说的。

进门一看只有宁大为在家看书，花三朵便打起了哭腔，眼皮红了，眼泪也来了。宁大为忙问她怎么了。她说给人骗了，又说了事情的来龙去脉。

“我还以为什么天大的事呢，原来就两百英镑。那算什么，小事一桩，别放心上好了。”宁大为将水杯递给花三朵，“来，喝口热茶，消消气。”

花三朵抽了纸巾，擦擦眼睛，接过杯子，喝了一口水，说：“大为，我想哭的倒不是那千把块钱的事，而是自己怎么就这么倒霉，这么容易上当。”

“说明你是个大好人，心地善良，对人没什么防备。”宁大为笑了笑，“不过，你要是不贪那点小便宜，又多个心眼，那就不会上当了。你说是不是？”

花三朵点点头，看一眼门口，拉着宁大为的手，说：“大为，你得答应我，晚上你爸回来，这事别跟他说。他知道了，又会笑我。”

宁大为点着头，却忍不住笑出声来。

灯下，朱小丽指点着摆在桌上的几样东西，跟司马兰自豪地视频说：“你自己看看，你想吃哪几样，要不我每样都给你带一点？我明天回学校。”

“行，你每样弄一点，别太多。开学不还有好几天吗？”

“我那个家教的孩子的妈妈打电话过来，要我这两天过去。正好刚才有个亲戚打电话给我，说明天一早有便车进城，我就连夜捡拾一下。”

“那好，你明天晚上来我家吃饭。”

“好的，明天见！”

这时，躺在床上的伍家旺拍了拍床沿，看着卢达成，说：“你还在干吗？”

卢达成边看书边说：“没什么，就看会书。”

伍家旺说：“这时候了，还看什么书，快睡吧！”

卢达成说：“你有空也看看，看了还是有好处的。”

“那你多看点，我可没那个心思。”伍家旺说着往里侧翻过身去。

“我倒是想看，只是看不进去。有的字认得我，可我不认得它，想看都看不明白。”汪守业钻出被窝，看着卢达成。

“谁要你那时你爹要你读书，你却捉只蛤蟆来骗猪，还骗你爹说是读书去了。”伍家旺说着又翻过身来。

“你可别笑我，你也好不到哪里去。”汪守业指着伍家旺，“人家上课听讲，你却睡觉，口水流一堆，丝拉得老长，跟蚕吐丝似的。”

“那时连饭都吃不饱，哪还有心思读书。”伍家旺说着叹了一口气。

“也是。不过，那时没用功，现在补也不迟。看多了，习惯了，也就看得进了。”卢达成说着合上书，随即打开扉页，摸了摸上边“罗小琼”三个字。这是一本工程管理方面的书，是罗小琼借给他的。

罗小琼靠在床上，也在看书，边看边打着标记。

杨再新刚接了罗长远的电话，罗小琼就微笑着进来了，将报纸往杨再新手上一递，说：“杨总，你看看今天的《沧江晚报》。”

杨再新浏览了一下报纸，看着罗小琼，说：“这文章是写得不错。刚才你叔叔还打电话过来，夸公司的新年开工有新意，应该是也看到这文章了。”

罗小琼指点着报纸，说：“这稿子确实写得好。好就好在有一个《开工别样红》的标题，有通篇生动形象的文字，还配了一幅与文字相得益彰的照片，可说是图文并茂。特别是照片上你那真诚的握手，工友灿烂的笑脸，一切都那么自然，那么感人。”

“你跟这记者约好，哪天我请他喝酒。人家给我们做了这么好的一个不花钱的广告，得好好感谢人家。”

“好的。这记者叫周子叶，昨天我留了他的电话。他原来在银行工作，是那个万主任的外甥，去晚报社时间不长。”

“记者是无冕之王，了不得。我们需要这样的朋友，也要交结这样的朋友。”杨再新朝罗小琼竖了一下大拇指，“小琼，你还真是一个有心人。”

“哪里。”罗小琼看一眼杨再新，“全是跟你学的呢。”

杨再新看着罗小琼，爽朗一笑。

“杨总，听说远扬公司和远航公司都不愿意加入双新旗下？”

“没关系，东方不亮西方亮。机械厂的王老板主动找到我，诚恳地表示愿意合作。王老板厂子的规模不在远扬和远航之下。”

“好，那就好。只是你说下个月启动成立双新集团，争取三个月内挂牌，是不是时间上赶了点，有些仓促？”

杨再新手一挥，说：“没问题，事在人为！”

坐在椅子上轻轻摇着的屈大江看着吐出的一串烟圈圈慢慢地消散开了，才猛地坐起来，将烟头在烟灰缸里一摁，说：“香总，我都说过多少遍了，年前我是有对不起你的地方。不过，我也是没办法，实在是安排不过来。我……”

“好了，过去了的就过去了，我不跟你计较，也不想再听你啰唆。你就干脆点，看今年怎么搞，眼下怎么办吧！”

“今年也好，眼下也好，我还是那句话。只要我能办得到、能办得了的，我二话不说，随到随办，如果有难处，那也请你理解。”

“屈行长，你可别忘了，我们的合作已不是一天两天了，也不是一年两年了。这样的漂亮话你还是留着拿去哄别人吧。”

“你……”屈大江指着何桂香，眉头一皱，随即又舒展开，哈哈一笑，“香总说得对，没错，我们还真是老朋友了。”

“你明白就好。”何桂香一拍桌子，“那你就给我拿出点诚意来！”

“那好。”屈大江站起来，看着何桂香，“你就有话直说吧！”

“好，你痛快，那我也爽快。今天一大早我接了一单活，急着要用钱。”何桂香从包里取出一张承兑汇票，往屈大江跟前一推，“你是把这票给我贴了，还是用这票抵押，另外给我开一张，你自己看着办。但我要提醒你的是，这是新年里我头一次找你。”

屈大江拿起票看了看，朝何桂香伸着手。

何桂香摇摇头，说：“要是东西齐了，我也不一定来找你了。”

“你这是为难我了。”屈大江面露难色。

“我不管，那是你的事！”何桂香一脸不以为然。

屈大江走了走，斜着眼睛看了看桂香，说：“那好，这张我想办法给你贴了，但跟你说清楚，这是最后一次了。”

“是不是最后一次以后再说。”何桂香呵呵一笑，拎了包扬长而去。

“这臭娘们！”屈大江骂着，抓起桌上的杯子就要往门口砸去，却停在空中。他一声叹息，坐下开始批阅文件。

座机响了。屈大江放下笔，抓起听筒，说："什么？贴现不好办？怕出问题？你……你怎么回事啊？我都跟你说了两次了，飞天公司是我们的老客户，也是我们的重点客户，人家急着要用钱，一时资料没弄齐，那我们就得急事急办，特事特办。人家也是信任我们才来的……什么？你怕问责？那好，我再说一遍，这事如果有什么情况，那跟你没半点关系，行了吧！"他说着"啪"地撂了听筒来回走着，边走边骂，"何桂香，你这臭娘们，真就是个祸害！"

杨再新从市政府大楼出来，一眼看到杨一新正要上车，便跑了过去，说坐他的车，有事想跟他商量。杨一新问什么事。

"没别的，就那个卢达成，我有意观察他不短的日子了。他虽然没上过大学，理论上说不出几个一二三来，但人挺聪明，又谦虚好学，还有那么一股子冲劲，干这一行有十来年了，积累了一定的经验。我……"

"我也早注意到他了。他有头脑有担当，又忠诚厚道，是个可造之才，可用之人。"不等杨再新说完，杨一新就将话接了过去。

"你也这么看，那就好。我想让他进公司，成为公司的正式一员。"

"你打算怎么安排他？"

"我想让他从栋长做起，先试试看。"

"行，就这样。"

"我还有一个想法，就是今后每年从民工中录用两个三个，转为正式员工。"

"这你倒是保守了。我看每年录用七个八个都行。"杨一新望着前方，"好的技术工人也是人才，而且是难得的人才。"

这时，万全有将削完了的苹果递给朱小丽，说："是一个朋友向我推荐了你，说你辅导有方，孩子喜欢，效果也好。"

朱小丽接过苹果，又放下，说："谢谢叔叔的抬爱和关照，我一定尽力辅导好。"

"孩子的情况我前边也跟你介绍了，主要是英语弱了点，不是那么感兴趣。”万全有示意朱小丽吃苹果。

“好，那我就从培养她的兴趣开始。”朱小丽咬了一口苹果。

“孩子平日里都在学校，要周末才回家，也就只能辛苦你周末过来。是上午还是下午，是白天还是晚上，时间由你定，看你什么时候方便。”

“还是我就孩子的时间。孩子的时间更宝贵。”

万全有看一眼暮色笼罩下来的窗外，留朱小丽吃了饭再走。朱小丽说她得走了，七点还有一个孩子在等她去辅导。

送朱小丽出了门，看着她上了公交车，万全有心想她真是不错。

安然双手接过郑小颖端过来的茶，看着于美艳说：“于部长，我今天来，一是来拜访，二是来感谢，三是来服务的。”

于美艳摆着手，说：“哪里哪里，是你们在危难之时，给我们雪中送炭。这事我一辈子都记得，不会忘记。”

听着于美艳说出这样的话，安然由衷地高兴，也打内心里更佩服万全有的工作方法和技巧了，便说：“那是我们应该的。银行和企业本来就是鱼水难分的一家。如果我们还有做得不够到位的地方，那请于部长多包涵。据我所知，其实双新跟我们的合作还是比较早的，虽然中途有过波折，但不会影响我们现在和将来的合作，这……”

“这都跟那个鬼何桂香有关，全是她害的。”于美艳将杯子一搁，“说起她我就来气，看到她心里就想作呕。”

“于部长，那些不愉快的事我们就不说了，往后我们多合作。”安然看着于美艳，“我们的企业网上银行最近又升了级，挺好用的。”

“是的，我听说了。”在一旁的郑小颖说。

于美艳看着郑小颖，说：“那还等什么，就再开通了用呗。”

“我早就听小颖说了，于部长是个爽快人，更是个热心人，总是替人家着想，果然是这样。”安然朝于美艳和郑小颖点头一笑，“往后我们一定为双新搞好服务，需要我们做什么，对我们有什么意见建议，你们尽管说就是。”

“那好，往后你有什么也只管跟我说。我这个人就是这样，人家待我好，那我会加倍还给人家。”于美艳拉着安然的手，“安行长，你今天是新年里头一次来，那我得打发你点什么才行的，不能让你空手回去。”

“于部长这么热心，这么爽快，那我就不客气了。”安然微笑着看着于美艳，“不瞒你说，我现在别的没问题，就存款让我头疼，就请你……”

“我明白你的意思。”于美艳手一抬，“不过，也不瞒你说，眼下我手上是没什么钱的。但过几天，等房子一预售，或是应收款一回笼，我头一笔就放你那边去。”她一拍桌子，“这我说到做到，你放心。”

“好，那我先谢过了！”安然起身要给于美艳鞠躬。于美艳连忙扶住她，说别别别，不敢当的。

前两天司马兰就问新年头次相聚去哪吃，吃什么，怎么吃，这顿饭有特殊意义，得让人难以忘记。程万秋说去她家吃。司马兰说那不行。朱小丽说那就去聚仙楼。司马兰还是说不行。宁大为说就在学校周边找个店子，每人带一两样特色菜过去，都自己动手做。朱小丽说这主意最好。司马兰跟着说赞成。程万秋只好说行。

司马兰和朱小丽在学校后边找了一家餐馆。这餐馆虽然门面不大，里边却别有洞天，院内有竹有松，有花有草，还有小溪潺潺。

程万秋夹了一块鱼干，咬了一口，喝了一大口啤酒，说：“小丽带来的这鱼干，不干不湿，不咸不淡，好看又好吃，果然是下酒好菜。”

“这鱼是我在我妈的指导下亲手腌上，又亲手熏的。”朱小丽有点得意地说着。

“小丽真能干！”宁大为朝朱小丽举了一下酒杯。

“程万秋，你拿来的这猪血丸子，特别是这腊肉，味道也是绝了。”司马兰看一眼程万秋，夹了一块腊肉亮了亮，往嘴里一塞，一嚼，一脸无比享受的样子。

“你不怕长肉？”朱小丽看着司马兰。

“不怕，不怕！”司马兰头一摇，夹了一块腊肉，“你看这腊肉，肥瘦一体，肥的肥而不腻，瘦的香而爽口。”她将腊肉塞进嘴里，嚼了嚼，又喝了一大口酒，“这回我知道什么是大块吃肉，大口喝酒了。”

在欣赏着的宁大为放下筷子，带头鼓掌。程万秋和朱小丽跟着叫好。

“来，让我们为新年，也为新的学期，更为我们的即将毕业和未来的友谊再干一杯！”司马兰说着端起酒杯。宁大为和朱小丽把酒杯碰了过去。程万秋跟着碰了杯，抢先喝了，说他再跟司马兰喝一杯。司马兰说不喝了，再喝就得扶墙走了。程万秋说她可以不喝，由他代喝。她瞪一眼程万秋，再将杯子往桌上一蹾。程万秋一愣，说好好好，不喝了，不喝了。朱小丽掩口而笑。司马兰忍俊不禁，喷笑而出。程万秋朝宁大为做了个鬼脸，杯子一端，一口干了，一抹嘴，朝司马兰嘿嘿笑着。

艳阳高照，和风吹拂。

杨再新健步走上工地临时搭起的台子，恭恭敬敬地朝台下鞠了一躬，说："工友们，我杨再新今天在这里代表董事长，代表公司，向你们再次表示最诚挚的感谢！春节前，要不是有你们的理解，有你们的支持，那公司就难以闯过难关。要是没有你们的辛勤劳动，没有你们做出的贡献，那就没有公司的今天。"

卢达成带头鼓掌。汪守业和伍家旺跟着鼓掌。一时掌声雷动。

"工友们，今天在这里，我要宣布公司的一项重要决定。"杨再新停顿一下，看着台下满是期待的目光，"那就是从今天开始，卢达成转为公司的正式员工，并负责这个楼盘的7栋和8栋的施工管理，也就是栋长。"

卢达成在掌声和喝彩声中登台。杨再新从罗小琼手中接过员工证，双手挂到卢达成的脖子上。卢达成感激地看了一眼罗小琼。罗小琼朝他投来赞赏的目光。他热泪盈眶地朝杨再新和台下各鞠了一躬，跑下台去。

"工友们，我还告诉大家一个好消息，那就是我们即将成立集团公司，给大家提供一个更加广阔、更加美好的施展才能、贡献智慧和力量的大舞台。大家在双新是可以大有作为，是可以出人头地的。往后每年公司都会录用几个像卢达成这样优秀的工友成为正式员工，让大家……"

不等杨再新说完，台下已是欢呼一片。卢达成被伍家旺、汪守业等人抬举起来，抛了上去，再抛上去。

周子叶冲到台上，对着台下拍照。昨天晚上，罗小琼就约了周子叶过来。

蛾眉月弯在天边。玉兰花香随风飘进板房，掺在酒里。

伍家旺将卤菜往小桌上一摆，再将酒一倒，杯子一端，跟卢达成一碰，说：“来，达成，哦，卢经理，我跟守业一块敬你一杯。”他踢了踢汪守业的脚。

“对对对，我跟家旺一起敬你。”汪守业看一眼在催促着快喝的伍家旺，看着杯里的酒，手有点颤抖起来。

“我知道你不喝酒，你就别喝了。”卢达成看着汪守业。

“汪守业，这酒可不是毒药。你要是真心敬卢经理的酒，那就是毒药也得一口干了。”伍家旺盯着汪守业，“还有，你想不想像卢经理一样，到时候也成为公司的正式员工，那就看你这酒怎么喝了。你要不喝酒，那你一辈子也就这模样了。”

汪守业咽了咽口水，看看卢达成，眼睛一闭，脖子一仰，将酒往嘴里一倒，“咕噜”吞了下去，脸随即红了。

“好，这就好。”伍家旺拍手笑着。

汪守业一手抚着额头，一手扶着桌子坐下，看着卢达成，说：“卢经理，往后我就铁了心跟着你了。”

“好，只要两位大哥不嫌弃，那我们就一起好好干。”卢达成一手拉着汪守业，一手拉着伍家旺。

“卢经理，你放心。”伍家旺一拍胸脯，“往后你说怎么干，我们哥俩就怎么干。”

六只手叠在了一起。

“这酒菜谁买的？”卢达成看着伍家旺和汪守业。

“我们合伙买的。”伍家旺边说边朝汪守业使眼色，“一起请你。”

“花了多少钱？”卢达成看着伍家旺和汪守业。

伍家旺看着汪守业。

“没多少，不到两百。”汪守业有点不好意思地说着。

卢达成掏出两百块钱，往汪守业手上一塞，说：“你拿着。这酒本来就应该是我来请你们喝的。”

伍家旺从汪守业手上拿过钱，塞到卢达成手上，说：“卢经理，我知道这样请你是简单了点，不成敬意，可也是我们哥俩的心意。你要不领了这个情，那就是看不起我们，要是还给我们钱，那就是打我们的脸了。你说是不是？”他看着汪守业。汪守业挠着头，不知怎么说好。

“那好吧。改天我请你们喝酒。”卢达成说。

“好，我等着，等着喝你的喜酒。”伍家旺嘻嘻一笑，挨着卢达成坐下，“你别说，我注意看了，那个罗……罗主任对你还是有点意思的，你就加紧追呗。”

“你……你怎么知道？”汪守业看着伍家旺。

“你呀，我看就是一个枞树疙瘩脑袋。”伍家旺在汪守业头上敲了一下，“你没看她看达成的眼神啊，那不一样的！”

卢达成笑在嘴上，甜在心里。看着卢达成这样子，汪守业却在想，罗小琼会是真心喜欢卢达成吗？

第八章

周子叶下了公交车，一抬头看到万全有走在前边，忙小跑着追了上去，说：“舅，你这是要去哪？”

万全有看一眼周子叶，边走边说：“替行长在市政府参加了一个信贷支持中小企业专题座谈会，刚散，顺路去前边一家公司看看。”

周子叶一笑说：“突击贷后检查？”

“就算是吧。”万全有看一眼周子叶，“看来你对双新还是很关注的。”

“何以见得？”

“有文章为证。”

“你又看到了什么？”

“昨天《沧江晚报》上的那篇《别样的奖励》，不是你写的？”

“不是我，那还能是谁？”周子叶打一个响指，看着万全有，“好，说明你在关注我，也在关注双新啊！”

“双新是我的信贷企业，你是我的亲外甥，我理当关注啊！”

“双新有亮点，有新闻，我闻到了，看到了，那我就得写。”

“没说你不能写。”万全有停下来，看着周子叶，“我只是提醒你，不要跟任何单位和个人走得太近，特别是双新这样的企业，更不要搞有偿新闻，得什么好处。”

“舅，你说我是一个看重金钱的人吗？”周子叶跨步走到万全有的跟前，“我又是为了金钱才去晚报社的吗？”

“是不是，你自己最清楚。”万全有用欣赏的目光看一眼周子叶，“子叶，我告诉你，做什么都是一时一事容易，而要坚持下来，坚守下去，那就难了。”

“这我明白。我会努力的。”周子叶挽着万全有的手，边说往前走，“我有个预言，就是那个卢达成是可造之材，必成大器，成为双新的栋梁。”

万全有看一眼周子叶，心想安然也提到过卢达成，下次去公司还真得见见他。

坐在椅子上的屈大江打了个哈哈，说：“杨总，我几次想去双新拜访，又怕你忙，没时间接见，打了几次电话，你又都不在办公室，今天运气好，一打就通了，你……”

杨再新一手抓着听筒，一手拿着报表，边看边说：“我是忙，但再忙也没你行长忙。劳你过来？那多不好意思。不瞒你说，我现在还真没时间，马上要去市长那里汇报，就改天我登门拜访吧。”

“那……那也行，你先忙。”屈大江站了起来，“不过，有一个事还请你跟财务那边说一下，多关照一点。”

“什么？售楼款你那边去得不多？能不能再多放一点？”杨再新放下报表，“这个你去找财务好了，我不管。财务要你找我？那好，那我就实话跟你说了吧。售楼款也就那么些，可找着来的银行又那么多，财务说哪家也得罪不起，多少都得放一点，看在你是老关系、老朋友的分上，你那放得已经不少了。什么？安行长那边放得比你那多得多？这……这我也是粥少僧多，没办法，就请你多担待点好了。”

听着电话有了忙音，屈大江“嘭”地将手机往桌一丢，一屁股坐下，一声叹息，后悔年前没想法子给双新放点贷款。

这时，司马兰在学校图书馆边看书边做笔记。程万秋拿着书走过来，在她旁边坐下，悄悄递给她一小盒口香糖。坐在斜对面的朱小丽看在眼里，朝司马兰挤了挤眼睛。司马兰脸一红，拿了一片口香糖朝朱小丽扔了过去。

叶满枝关上门，从盒子里拿出那张凭条，看了看，放进包里，出了门，上了公交车。刚坐下，她一眼看到了站在路边的柳开正向的士招手，忙隔着玻璃朝柳开猛地挥手。柳开似乎没看到她，往的士里一钻走了。

叶满枝来到双新公司出纳室，坐在柜台里边的郑小颖接过叶满枝递过来的凭条，看着就皱起了眉头，问她这条子哪来的。

“你们这开的呀！”

“谁给你的？”

“那个……”

“那个是谁？”郑小颖指了指柜台里边的另两个人，“是他们吗？”

叶满枝摇着头。

“在哪给你的？”

“在下边坪里。”叶满枝指了一下外边，“怎么？有问题？”

郑小颖合上台账，将叶满枝那张凭条放到柜台上，拿了另一张凭条摆好，说：“你看，这两张凭条一比，你这一是纸张不一样，二是印章不一样，三是……”

叶满枝摇晃着瘫软下去，坐在了地上。郑小颖蹲下安慰了她两句，起身就跑。

正打电话的于美艳见郑小颖急急忙忙跑进来，便放下听筒，问她怎么了，这么慌慌张张的。她喘着气，说不好了，有人在出纳室晕倒了。于美艳忙问怎么回事。

菊花风风火火跑进来，见叶满枝靠着柜台，泪流满面地坐在地上，边哭边拍打着自己的大腿，便问她这是怎么了。她抬头看一眼菊花，扭过头，捂着脸。

听柜台里边的人一说，菊花忙看了看自己的凭条，又让里边的人看了说没事，便长吁了一口气，蹲下拍了拍叶满枝的手，说她这是明摆着有人冒充，给人骗了。

叶满枝哭得更伤心了。

菊花轻轻拍着叶满枝的背，说：“姐啊，你这骗都给人骗了，急也没用，就别急了，急得伤了自己的身子，还要花钱买药，那就更不划算了。”

里边的人将几沓钱放到柜台上。菊花数过钱，放进布袋里，朝叶满枝亮了亮，说：“当时在公司外边也有人找过我，说帮我来放。我反正就一条，钱不过别人的手，自己找着来，看他怎么骗。”

叶满枝看着菊花的小布包，又“哇”地哭了起来，头直往柜台上撞。

听郑小颖说了是怎么回事，于美艳要她快回去把叶满枝好言劝走，不能在公司出什么意外，不能影响公司的形象和声誉，也不要向她承诺什么。

郑小颖好言劝慰了一番。菊花又说这也怪不得公司，要怪只能怪那个骗子，还说这给人骗了也不是什么光彩的事，不如吃个哑巴亏算了，算是花钱买教训，就别在这哭闹，别在这生气了，回家吃了饭，睡一觉就好了。

任郑小颖怎么劝导，叶满枝就是不走，坐在椅子上低头流泪。郑小颖只好去找于美艳，看怎么办。于美艳正跟罗小琼在商讨着叶满枝的事。

“这事从道理上说，公司是不要承担任何责任的，是她自己上当受骗。”罗小琼看着于美艳和郑小颖，“但换个角度，或是换位来看，她毕竟是在公司里边给人骗走的，她也是相信公司才来的。她还说了，那钱小部分是她下岗时厂里打发的，大部分是平日里一点一点积攒起来的，说不定还是背着家里人存的，也是可怜，值得同情。”

“这倒也是。”郑小颖点点头，“要不她也不会哭得那么伤心。”

“那你的意思是？”于美艳看着罗小琼。

罗小琼稍一想，亮出两个指头。

叶满枝回到家就往床上一倒，既不说话，也不吃饭。

“你……你这到底是怎么回事？眼睛又红又肿的！”司马昌焦急而又不知所措地看着叶满枝，“你要不起来吃饭，那我就打兰兰的电话了。”他做出要打电话的样子。

“别。”叶满枝抬了一下手，无力地下了床，踉跄着走到桌前，端起碗，饭刚扒到嘴边又放下，可怜兮兮地看着司马昌，“那我说了，你别骂我？”

“好好的骂你干吗？”

“也不笑我？”

“好，不笑你。”司马昌挨着叶满枝坐下。

听叶满枝说了事情的原委，尽管心如刀割似的疼，见泪汪汪的叶满枝神情复杂地看着自己，司马昌只好装着没事地哈哈一笑，说：“我还以为是什么天大的事，不就是给人骗走了几万块钱，没事，没事。”

“你倒是说得轻松。那钱能买多少吃的穿的，要多久才能积攒起来。”叶满枝可怜兮兮地看着司马昌，“你不心疼？”

“你说我不心疼，那是假的。可心疼有什么用？又不是心疼钱就回来了。”司马昌拉着叶满枝的手，“只要人没骗去就好了。要是人也给骗走了，那我就急疯了。”

“看你说的。我都是个老太婆了，谁还要啊！”

“那可不见得。在我眼里，你还是一个大美女呢。”

“你又笑我。”叶满枝看着司马昌。

“没有，真没有。”司马昌边说边抹着湿了的眼睛。

叶满枝擦了擦眼泪，咽了咽口水，说：“当时我是想着自己闲在家里，也没挣一分钱，我说去超市打工，你又不让我去，说那辛苦，工资又低，就在家里。正好那天那几万块钱到期了，开始我还想拿去炒股，可股市也不好，亏得多，赚得少。我还正在想着怎么办，偏偏就碰到了那个死骗子。他说钱是借给双新公司，还要内部指标，一分五的息，三个月，或半年。我一想，双新公司是靠得住的，再一算，半年可以挣几千块钱，就跟着去了，哪想到会是这样。”她说着眼泪又出来了。

司马昌边给叶满枝揩着泪，边说也怪他，他以后再也不在她面前说钱的事了，更不在她面前显摆工资了。叶满枝点着头，从包里掏出一个信封，放到桌上，说是双新公司见她给骗了，可怜她，安慰她，给了她两千块钱。司马昌拿出钱数了数，说看来双新公司还是有情有义的，不错。

叶满枝端碗吃饭，才吃了两口又停下，看着司马昌，要他这事千万别跟司马兰说。他点点头，说好，保证不说。叶满枝说但皮鞋还得给她买。司马昌说好，买。

见吕明远放下了听筒，李远航挪了挪椅子，对吕明远说：“吕总，我又想过了，也许我们这次没跟双新合作，是失去了一次好机会。”

“既然是定了的事，又说出去了，那就别再多想了。这次没跟双新合作，是祸是福，现在也还说不准。不管做什么，只要自己努力了，尽力了，也就没什么后悔的。”吕明远边说边整理桌上的资料。

“你说的倒也在理。”李远航看着吕明远，“只是你比我好，规模比我大，又得到了银行的支持，进行了技术改造，就是有点风浪也能撑得住。而我呢，船还小，以后还得请老兄多关照，多提携。”

“别这么说，都是一条藤上的兄弟，彼此多照应好了。”吕明远看着李远航，“那个安行长那里你也多去走走，请她去公司看看。现在国家对小微企业的支持力度还是很大的，优惠政策也不少。”

李远航看一眼窗外降临的暮色，说：“好，哪天我专程请她到厂里去看看。你有机会也给我多美言几句。”

吕明远点点头，说：“没问题。”

李远航起身，说：“走，一起喝杯酒去。”

吕明远摆摆手，说：“不去了，还要去车间看看。给你省钱就等于给你赚了钱。”

“好，谢谢你给我赚了钱。”李远航笑着出了门。

这时，在双新公司斜对面的一家小餐馆里，卢达成边倒酒边对坐下的罗小琼说：“我还以为你不会来了呢。”

“怎么会。”罗小琼端起酒杯，“我来晚了，先自罚一杯。”

“不不不，你是太忙，事情多。我……”

“我祝贺你，来！”罗小琼将杯子碰了过来。

“哪里，是我要感谢你！”卢达成一碰杯，抢先干了。

罗小琼甜美一笑，跟着干了。

“你那全好了吧？”卢达成边添酒边问。

“好了，没事了。”罗小琼点点头，起身踢了踢腿。

卢达成犹豫着从口袋里掏出一个小包裹，推到罗小琼跟前。

“什么？”罗小琼看着小包。

“我托人给你在国外买了一点药。”卢达成红着脸，心“怦怦”跳着。

“你有心了。谢谢你！”罗小琼说着将药放进了拎包。

“不好意思，迟了。”卢达成挠着头，“本来是早托了人的，路上给耽误了。”

“没事。”罗小琼微笑着，“不迟，不迟的。”

卢达成一时不知说什么好，只是有点羞涩地笑着，看着罗小琼的脸，品读着她脸上那荡漾着的酒窝，读着心就化了，醉了。

江心洲上，鲜花盛开，游人如织。

司马兰和朱小丽在树下摆着各种姿势。程万秋忙着给她们拍照。

江边风光带上，郭小宁闭着眼睛，仰面躺在草坡上晒太阳。吴双艳骑着自行车飞驰而过，系在腰间的风衣飞落下来，蒙在郭小宁的头上。郭小宁一跃而起，跑过去将风衣递给已找过来的吴双艳。吴双艳付之一笑，骑车走了。郭小宁边目送着她消失在视线里边回味着那衣服上的气息。

这时，花三朵从菊花摊位前走过，用余光瞟着菊花的摊位。

“姐，怎么路过都不看我一眼了，还真记仇了啊？”菊花边说边走出摊位，朝花三朵嘻嘻笑着，“买只鸡吗？这批鸡是散养的，包你吃了还想来买。”

花三朵看一眼菊花，打量着笼里的鸡。

“这样吧，姐。”菊花拿了钩子，边说边挑鸡，“今天这鸡我就按进价给你，什么费都不算，保证不赚你一分钱。”

“那不要，你卖什么价就给我什么价得了，可不能占你的便宜，你靠卖鸡挣个钱，起早贪黑的也不容易。”花三朵边说边接过菊花手上的鸡，掂了掂，又摸了摸鸡胸和屁眼。

“放心，我给你挑的是最好的。”菊花边说边麻利地将鸡绑了，往电子秤上一摁，“三斤三两，算三斤二两。噢，不，是姐买，就算三斤得了。”

花三朵付了钱，开心地拎了鸡往前走。

“姐，还等一脚。”菊花边说边追上花三朵，拉着她的手，“你看我这烂记性，差点忘记把好消息告诉你了。”

“好消息？”花三朵疑惑地看着菊花，“什么好消息？”

“鸿发公司集资，一分五的息，听说一般人的钱还不收。”菊花左右看一眼，放低了声音，“我是有个亲戚在公司里边，给了我二十万的指标。我看你不记仇，是个好姐妹，我分五万的指标给你，怎么样？”

“分五万的指标给我？”花三朵皱了皱眉头，“鸿发公司我知道，听说生意做得大，信誉也不错。”

“是啊，靠得住的，我一个亲戚的钱在里边都放了两年多了，都按时收到了利息。”菊花边说边跟往来的顾客打着招呼，“原来的利息只有一分二，是上个月才加到一分五的，靠得住。”

“那我……”花三朵低头想着。

“怎么？还怕什么是不是？”菊花碰了碰花三朵，“那好，我给你两分钟考虑考虑，要不我就给别人了，还有人等着我回信呢。”

“那你就先给别人吧。”花三朵有点不好意思地笑了笑，“你的心意我领了。我也不是不想，只是手上没钱。”她说着走了。

菊花摇头一笑，说：“真是的，我一片好意，还不领情呢。”

走到市场门口的花三朵回头看一眼菊花这边，心想如果有钱，那是放一点到鸿发公司也好，可再一想到换英镑的事，就脸一热，心想何况自己没钱，就是有钱，那也不敢轻易给谁了，给换英镑弄怕了。

何桂香在办公室边走边跟人有点烦躁不安地打电话：“你放心好了，我真的只是暂时手头紧一点，过几天宽松了，马上就给你。什么？不行？那我告诉你，不行也就这样了，过几天再说！”她脚一跺，挂了电话，往椅子上一坐，再一靠，点了一支烟大口抽着，呛得直咳嗽，眼角都湿了。

“香总！”

何桂香扭头一看，只见一个西装革履，戴着墨镜，梳着油亮的西式头的中年男人笑哈哈地打着响指进了门。

“你是？”何桂香坐了起来，打量着来者，“柳开？你还敢回来？！”

“我还敢回来？看你说的什么话！好好的，我怎么就不敢回来啊？”柳开摘下墨镜，哈哈一笑，指着何桂香，“噢，你刚才叫我什么来着？”

“叫你什么？”何桂香一哼，“叫你柳开啊！”

柳开头一甩，盯着何桂香，说：“香总，你再仔细看看，我到底是谁？”

“你不是柳开还能是谁？”何桂香不屑地一声冷笑，“我告诉你，你现在还只换了一身皮，你就是烧成了灰我也认得你。”

“香总，你还真认错人了。”柳开从手包里取出一张名片递给何桂香，“你好好看看，看清楚了，看我到底是谁。”

何桂香将烟搁到烟灰缸上，伸手拿着名片，起身边看边念：“柳运来，深圳××国际投资有限公司副总经理、深圳××投资开发有限公司副总经理。”

柳开往沙发上一坐，架起二郎腿，掏出烟，弹出一支，点燃，慢悠悠地抽着。

“哟，改名了，还有一串的头衔了。”何桂香呵呵一笑，“那从今天开始，我就得改口叫你柳总了，是吗？”

“香总，没想到吧。人啊，三十年河东，三十年河西，总有时来运转的时候。”柳开吐了一串烟圈，“不过，我倒是一个念旧的人，总记得人家的好。我过去叫你香总，今天也叫你香总，往后还叫你香总。在我眼里，你从前是大姐大，现在也是，将来还是。怎么样？够朋友，够意思吧？”

“我倒是不在乎你叫我什么，有钱就好，没钱了那屁都不是，狗屎还不如。”何桂香取了烟猛吸一口，往椅子上一坐，也不看柳开，“你今天来找我，总不只是念旧来看看我这么简单吧？”

“恭喜你说对了！”柳开“啪”地放下二郎腿，在烟灰缸里摁了烟头，站起来，弹弹衣袖，“我今天来，还真不只是为了看看你，而是让你也看看我。”他说着头一甩，戴上墨镜，扬长而去。

何桂香腾地站了起来，将烟头一扔，朝地上一呸，冲离去的柳开骂道：“柳开，你个狗样！老娘还是瞧不起你，一辈子都瞧不起你！”

江边会所的小包间里，罗小琼和周子叶临窗而坐，边看沧江夜景边开心地聊着。

周子叶指着江面：“你看那江，那桥，那船，那灯，那人，构成了一幅多美的图画！”

“你是诗兴大发，要赋诗一首了吧？”听到门响，正说着的罗小琼扭头一看，是杨再新进门来了。

“不好意思，让周大记者久等了。”杨再新边走边向周子叶伸出手。

“哪里，杨总客气了。”周子叶连忙起身，握住杨再新的手，“我也刚到一会儿。”

“我还说下去接你的。”罗小琼看一眼杨再新，再看一眼手机上的时间，“杨总，你是准时到，刚好六点呢。”

“不用接的，你理当陪好我们周大记者。”杨再新拉着周子叶在椅子上坐下，“我早就跟罗总助说了，哪天要请你聚一聚，表达公司和我个人对你的感谢和感激之情，也好当面向你请教，可要么是你忙，要么是我没空，今天总算坐到一起了。”

“杨总又客气了。”周子叶欠了欠身子。

杨再新举杯。三只杯子碰在一起。

到了小区门口，罗小琼示意司机开进地下车库。周子叶说不用了，说着就要下车。杨再新忙一把拉住他的手。坐在副驾驶位上的罗小琼将一个小礼品袋递给杨再新。

“初次相聚，没别的，就一个小物件，你一定得收下。”杨再新边说边将小礼品袋递到周子叶手上。

“杨总，你真不要客气。”周子叶看着杨再新，指了一下袋子，诚恳地说着，“不管你这里边是一块金子，还是一片鹅毛，我都不想拿，也不能拿，更不会拿的。”

杨再新说：“你就一点面子也不给我？”

周子叶爽朗一笑说：“我不是吃了你的饭，喝了你的酒吗？”

“好，也好，来日方长。”杨再新握着周子叶的手，“说真心话，子叶兄弟，可不是我奉承你，记者我也见过不少，能像你这样文笔好、人品好的，还真不多见。”

“哪里哪里，杨总抬爱了。”周子叶摆着手，“我可不敢高攀，跟杨总称兄道弟啊！”

“那……那我们就交个朋友，如何？”杨再新伸出手。

“可以！”周子叶看一眼罗小琼，握过杨再新的手，下了车。

等周子叶消失在视线里了，杨再新才示意司机开车。这回又让罗小琼对杨再新多了一分敬意，也从中学到了东西。

“小琼，这周子叶看来是不简单。他虽然年纪不大，干记者这一行也时间不长，可比一般的记者老练多了，城府深着呢。”

“原来你名义上是请他喝酒，其实是在看人啊！”

“应该说是酒喝了，人也看了。”杨再新笑了笑，看着罗小琼，“你记住了，办企业，那是什么人都得交的，但交得深浅是不一样的。”

“嗯，记住了。”罗小琼看着杨再新，“你说周子叶老练。我看你是老到，不，是老辣了。”

“你呀！”杨再新开怀大笑。

这时，花三朵正在看电视上双新公司新楼盘售卖的广告。

宁小虎拎着包进了门。

花三朵起身接过包，问宁小虎：“听说双新那个新楼盘是抢手货，都快卖完了。大为的房子跟你说过多少遍了，你到底弄好了没有？”

“不是跟你说了嘛。”宁小虎翻一眼花三朵，“这事不用你操心。”

“好，我不操心，也懒得操心，反正有你宁大科长。”花三朵将包往沙发上一扔，“只是到时候你要没弄好，我可跟你没完。”

宁小虎横一眼花三朵，往卧室去了。

万全有刚挂了电话，胡岚就笑呵呵地走了进来，说万全有真是神了，鸿发公司的吴总果然跑路了，刚听到的消息。

“是吗？”万全有站起来，走了几步，“这不奇怪，但又有点不可思议。”

“怎么？”胡岚疑惑地看着万全有。

“鸿发公司迟早会出问题，这我看到了，但没想到会这么快。”

“幸好你有先见之明，那贷款收了就收了，压着没再放下去。”

“可不是我有什么先见之明。我只是在犹豫着，观察着，想等一等，看一看，看吴总能不能听得进我的话，能不能挺过去。不瞒你说，我原本还以为，鸿发公司要出问题，最快也要到春节前后，或是明年的这个时候，真没想到提前了这么多，来得这么快。”

“听说吴总前两天还在一些部门转了转，鼓励大家好好干，年底给大家多发奖金。”

“从一些案例来看，这就是跑路者惯用的伎俩，也是要跑路的前兆。可惜这个信息往往给人忽视了，没引起警觉，没引起重视。”

这时，菊花边跟顾客说话边从鸡笼里勾出一只鸡来，刚要扯了绳子来绑鸡的腿，摆在台秤旁边的手机响了。她一点手机的扬声键，只听里边说不好了，鸿发公司的老板跑了。

菊花“啊”了一声，手一松，鸡飞了，落下一个蛋来，落在地上，摔得蛋黄四溅。

鸿发公司的前坪上吵吵闹闹地聚集了上百人，还有人在匆匆赶来。菊花挤在人堆里，一脸惨白，泪迹未干。

有人要强行冲进公司。章小强等人边拦阻边劝说着。

从公交车上下来的叶满枝好奇地横过马路，走了过来。

打着电话的菊花挤出人群，一个踉跄扑倒在地，手机摔出去老远。叶满枝连忙跑过去，丢下手上的袋子，掐住菊花的人中。

菊花睁开眼睛，一看是叶满枝，“哇”地哭了，边将头往地上撞边说：“我是真的不想活了，也活不成了。”

“你别这样，会撞破头的。”叶满枝边说边拉着菊花。

“你是不知道的。我放了十五万在这鬼公司里头啊！”菊花坐在地上，边捶打着自己的胸口，边涕泪交流地说着，“我自己十万，还有一个亲戚五万。亲戚是借给我的，收我一分二的息，我得还他。你说我还能活吗？”

“当然能活啊。”

“不活了，不……”菊花昏倒在地。

叶满枝叫人帮忙，一同把菊花扶进了公司旁边的诊所，给她额头做了处理，让她在床上躺下。

见菊花睁开了眼睛，坐在床沿上的叶满枝便轻轻拍着菊花的手，说：“菊花妹子，这事是让人焦急，可急也没用，你就别急了。”

“满枝姐，我真不想活了，不如死了的好。”菊花说着又将头往墙上撞。

“谁说的？”叶满枝忙用手护着菊花的后脑，“你这话就不对了。俗话还说，好死不如赖活着呢。上次你还劝我，要我别急，免得伤了自己的身子，伤了身子还要花钱买药，不划算的。你现在怎么就这样了呢？”

“我是劝过你，可我跟你不一样。”菊花甩了一把涕泪，“我这钱是我起早贪黑、累死累活卖鸡，好不容易积攒下来的，如今一眨眼全没了，做梦一样，你说我能想得清吗？”

“这是有点想不清。可钱都是人赚来的，只要人好，那就什么都好。”叶满枝边说边帮菊花擦着泪，“再说，你这钱应该也不是全没了，公司还在这，只是老板跑了。”

菊花看一眼叶满枝，长长一声叹息，说：“可谁又知道能回来多少呢。”

一个来打针的中年男人瞟一眼菊花，对着窗外说：“早知今日，何必当初！”

叶满枝冲那中年男人说：“你这话我可不爱听了。谁又不是神仙，就是神仙也不一定知道老板会跑啊！”

“那我就不上这样的当。有钱放到银行存上，或是买个理财什么的，根本就不用担心谁跑了，谁死了。”那中年男人指了指菊花和叶满枝，“你们呀，都是眼大心大，又贪，就想钱进得多进得快，又来得松活。可天下没有这样的好事，天上没有馅饼掉下来的，就是有掉下来，那也是哄人的，是陷阱，是虎口。”

叶满枝和菊花都黯然神伤，抹着泪。

罗长远扫了一圈与会人员，看着金中波，说：“金处长，你是维稳方面的专家，你还有什么好的建议？”

“我先说明一下，我只是副处长，也说不上是什么专家。”金中波朝罗长远欠欠身子，“我前边说了，鸿发公司涉及面广，如果处置不好，那不仅关系到众多百姓的利益，也关系到社会和金融的稳定，我还是建议对鸿发公司进行重组，或是请有实力的公司收购。另外我还要提醒一句，根据我的分析和判断，接下来跑路的老板还会有，弄不好怕还会产生某种效应。这危害有多大还难以预料，得有所准备。”

“前边各位都提了不少很好的意见和建议，特别是金处长的提醒非常及时，非常重要，我们是要引起高度重视，不可麻痹大意。”罗长远朝金中波点点头，“刚才我跟市长简要做了汇报，他明确指示：一方面，我们要切实维护好社会稳定，保护好群众利益，尽力减少群众损失，要切实维护好金融稳定，保护好银行权益，尽力减少银行损失；另一方面，银行不得随意抽贷压贷，以免引起连锁反应，相关部门要加大宣传力度，向社会和民众多普及金融知识，提醒、告诫民众不要参与民间借贷和非法集资，等等，同时对非法集资的犯罪分子和恶意跑路的老板必须严厉打击，绝不姑息。”

金中波和坐在旁边的万全有小声交流着。

“各位，我也告诉大家一个好消息。”罗长远扫了一圈会场，“那就是处置小组与一家知名的大型商业公司已谈好了一个初步方案，这家公司将有条件收购鸿发公司。当然，方案能不能落地，那还得细谈，还有许多工作要做。”

听罗长远这么一说，坐在万全有旁边的屈大江终于在心底长吁了一口气，紧绷着的脸也放松了下来。

一见安然进了门，在那唉声叹气的菊花就拉着安然的手，说：“安行长，这回我是真的想死的心都有了。昨天在鸿发公司门口，要不是满枝姐好心劝我，安慰我，那我说不定真的就一头撞到车轮下去了。”

“这事也怪我们的员工工作做得不细，没做到位。”安然拉着菊花的手，“当时他们见你从来没一次取过那么多钱，是有些疑惑，也问了你，却没多问你几句，没……”

“不怪他们。”菊花摇摇头，“他们问了我，也很热情，是我不想告诉他们，还朝他们拍了柜台，是我对不起他们。”

“快别这么说了。他们听说你遭受了损失，心里都好难过。”安然看了一眼屋内，看着菊花，“这么晚了，李大哥还在外边忙？没回来？”

“他呀！”菊花一声叹息，“听说我把钱弄没了，一开口就说要跟我离婚。”

“离婚？”安然愣了愣，“他应该是一时说的气话吧。”

“他那脾气我知道，是说在嘴上的。”菊花深深一声叹息，“他比我还苦，还累，每天都回得晚，就想多挣几个钱供孩子上学，在城里买个房子，别老租着，让人瞧不起。”

“那你要劝劝他，别太累。你自己也要注意身体。”安然拍拍菊花的手，“鸿发公司的老板已经抓回来了，态度还不错，愿意配合处置小组的工作。处置小组给了大家两个选择，一个是将按比例清偿的钱拿走，一个是转为新公司的股金。”

“那我的拿走。”菊花看着安然，“往后我有一分钱都存你那里去。”

“好，我们来帮你理财。”安然掏出手机，“我们正好刚上了手机银行这个新产品，我给你开通了，你在手机上就随时都可以看到自己有多少钱，钱从哪里来，去了哪里，又方便，又快捷，可好了。”

“那好，我明天就去你那开通。谢谢你来看我，还给我带来了好消息。”

菊花抹了抹湿巴巴的眼睛，看着安然，“我不死了，还得好好活着。”

“这就对了，好好活着。”安然握着菊花的手，“好好活着，比什么都好。”

在菜市场门口，花三朵和叶满枝不期而遇了。

叶满枝边走边说：“也真是有意思，那个菊花，上次她劝我，这回我劝她。”

“她就一个卖鸡的，钱又那么多，当然是心疼死了。我上次才被人骗了那么一点，都吃不香，睡不稳。”花三朵瞟一眼左右，扯了一下叶满枝的手，“这事说来也是我不该背时，那天她说给我五万的指标。当时我手上没那么多钱，也有点犹豫，就觉得哪儿有点不对劲，但如果手上有钱，也许会给了她。”

“这我信。”叶满枝点点头，“人就是怪，总有一种说不清的心理，明明隐约感到了那事有问题，却总是往好的地方想得多，往坏的一面想得少，等过后才明白，甚至过后还不明白问题出在哪，接着稀里糊涂地又上当，又受骗。”

“我琢磨过了。”花三朵左右瞟一眼，“这上当受骗，无非是虚荣心作怪，又爱贪便宜，还心存侥幸，总想着应该没事，而且往往是好了伤疤忘了痛，吃了亏还会吃亏。”

“也是，如果人都能吃一堑长一智，不再上当受骗，那社会上也就没那么多骗子，没那么多陷阱，没那么多人吃亏了。”

“满枝，那我跟你说，我是不会再轻易上当受骗了的。”

叶满枝笑而不言，心想只怕难说。

这时，胡岚和安然在车间找到了吕明远。胡岚开门见山问吕明远：“吕总，远扬公司有没有非法集资？”

吕明远脱口而出说：“没有，绝对没有。”

安然看着吕明远，说：“员工有没有参与非法集资或民间借贷？”

“这个……”吕明远皱了皱眉头，“我只能保证我自己没有，员工那还得问问。”

“好，那你抓紧问问，做个排查。如果有，就合理引导，妥善处理，减少损失。”胡岚看着吕明远，“这既是保护员工，也是保护公司。”

“好，明白。”吕明远点点头，“我马上去安排。”

“报告！”在检查机器的司马昌手一举，“别人我不敢说，但我敢保证自己没参加非法集资，也没借钱给谁，更没向谁借钱。”

“相信你，司马师傅。”吕明远笑呵呵地看着司马昌，“你脑子里每天想的只是机器，哪还有心思去想别的。”

走访了几家企业后，胡岚和安然一起去了万全有办公室。

“从了解的情况来看，这一轮民间借贷涉及的面确实比较大，不少企业和家庭都不同程度地参与其中，带来的问题和隐患也不少。”胡岚看着坐在椅子上的万全有说。

“是啊。”万全有说，“我请你们来，一方面要对我们的信贷企业进一步全面、准确、细致地掌握其非法集资和民间借贷的情况，另一方面我们要对涉及非法集资和民间借贷的企业区别不同的情况，采取相应的措施，尽力确保企业正常运转，确保贷款安全。”

安然点点头，说：“我觉得这也是我们拓展业务、规范行为，特别是吸收存款的好机会。因为有了这一轮的教训，不少人的钱应该会回归到银行来，不会再在银行外游离。”

“好。”万全有朝安然点头一笑，“你这当行长的想的就是不一样，不仅想着了贷款，还想着了存款。”

“由这企业集资和民间借贷，我想到了另一个问题。”胡岚见万全有用鼓励的眼神看着他，便接着说，“那就是相应的政策和法规，以及监管机制，等等，都还有待改进和完善。”

“没错，任何事物都有两面性。”万全有点点头，“两面来看事物，是一种很好的方法，往往能更好地看到得失，看到问题，找到解决问题的途径。”

杨再新一拍办公桌，站了起来，说：“这我不同意，绝对不同意！”

“看你急的。”站在桌子旁边的罗小琼笑了笑，“董事长也没答应什么。只是在会上有位副市长提了个建议，看双新能不能收购了鸿发公司。当然，这位副市长也并没有压着我们非接手不可。董事长刚才打你电话，说你老占线，就跟我说了，要我问问你的想法，要不请你给董事长回个电话。”

“我刚才在跟人谈项目，好不容易总算谈拢了。”杨再新边说边坐下，“这事就是董事长答应了也好，或是市长压着也好，我都不会同意。”

“我看收购过来也未尝不可。”罗小琼看着杨再新，“收购过来了，那我们涉足的行业就更多了，经营的范围就更宽了，公司的规模就更大、更……”

“你……”杨再新指着罗小琼，“你要弄清楚，双新不是杂货铺。”

罗小琼掩口而笑。

“你……你笑什么？”

“我就知道你不会同意。”罗小琼收敛了笑容，一本正经地看着杨再新，“其实我也觉得不接为好，尽管收购的条件比较宽松。我们的主业是建筑和房地产。鸿发是商业企业，与我们毫不相干。如果鸿发是与我们的主业相关的上下游企业，那还勉强说得过去。”

“就是嘛。”杨再新点点头，“如果是我们的上下游企业，经营也不错，只是一时资金周转不过来，那倒不是不可以考虑。”

“是啊，不少企业死就死在跨领域、跨行业，盲目扩张上。”

“没错，是这样。我虽然一贯主张放眼向前看，大步向前进，但头脑一般还是清醒的，不……”见于美艳从门口走过，杨再新连忙向她招手。

“什么事？”于美艳嘴上说着，眼睛却在打量着大大方方站在一旁的罗小琼。

“美艳，这回我得表扬你。董事长还说了，要嘉奖你。”杨再新用赞赏的目光看着于美艳，“这回有的企业涉嫌非法集资，有的企业员工参与民间借贷，非常被动，非常麻烦。而我们也差点搞成了非法集资，幸好是你了解政策，又坚持原则，采取的是公司向员工借款，又把控住了利率上限，把控了底线，防范了风险。”

“是的，美艳姐。”罗小琼挽着于美艳的手，“就因为有你，公司才避免了麻烦，我才没有犯错误呢。”

“你……”于美艳看看罗小琼，看着杨再新，“你们都表扬我？这是太阳从西边出来了吗？”她望一眼窗外的太阳，“没有啊！”

杨再新哈哈大笑，抹了抹眼角的泪水，心想原来于美艳也有这么可爱的时候啊！于美艳看罗小琼在真诚地朝她微笑着，心一热，泪花随之挂上了睫毛。

靠在沙发上的柳开将脚往茶几上一架，摘下墨镜，一甩头，说：“屈行长，我这次回来，也没别的，主要是考察一下沧江的投资环境，寻找合作伙伴。”

“是吗？”屈大江连忙起身递烟。

“是啊！”柳开推开屈大江递过来的烟，掏出自己的雪茄，让屈大江点上火，吸了一口，“怎么说我也是沧江人，就想多为沧江做点什么。”

“柳总心系桑梓，令人敬佩！”屈大江朝柳开竖了竖大拇指。

“惭愧惭愧！”柳开摆摆手，“没为家乡做点什么，也是我多年来的一块心病。”

“柳总如此惦念家乡，又如此虚怀若谷，那更是令人敬佩了。”屈大江在柳开一侧坐下，“我想，若是柳总有意，那我们沧江银行非常乐意成为贵公司在沧江的合作伙伴，为贵公司提供优质的金融服务。”

“这……这个我也不好现在就答复你，但你放心，我会重点考虑，因为一来沧江银行曾经对我有恩，那我得感恩才行，二来沧江银行是沧江人的银行，不像别的银行，是外来的。正因为这样，我把考察的头一站就选在了你这里。”柳开吐了一串烟圈，“不瞒你说，在沧江我只选择两家银行，最多三家开展业务合作，当然，如果确实需要，那也可以增加。只要项目一经确定下来，马上就会有上亿的资金打过来，就得有银行承接，我……”

“我来接！”屈大江嘻嘻笑着。

“你来接也不是不可以考虑的。”柳开点点头。

屈大江把柳开带进临江一个清雅的小院子，又上了楼。

“这是一个朋友新开的。”屈大江倚窗边说边指点着，“在这可观风景，可品美食，一般都得提前一天预订席位。”

“好，是不错。”柳开一拍窗台，往江里吐了一口唾沫。

屈大江指着端上桌的菜对柳开说：“柳总，这个店是地道的沧江口味，菜的原料全是乡里直接送过来的，新鲜，环保，放心吃好了。”

柳开点点头，说："屈行长有心了。"

"来，柳总，为表达我对你的敬意，我先敬你三杯。"屈大江一连喝了三杯。

"好，屈行长爽快，海量！"柳开轻轻拍了拍手。

"哪里，我本来也是不怎么喝酒的，只是今天要陪好柳总，那我也就放开了，舍命陪君子呗。"屈大江抓过酒瓶，亮了亮，看着柳开，"只要柳总开心，尽兴，那这酒我对瓶吹了也在所不辞。"

柳开摆摆手，说："喝酒不在多少，只要心意到了，情意到了就行。"

"柳总能如此体恤，真是难得。"屈大江嘿嘿笑着，看着柳开，"柳总，那你看我们合作的事是不是现在就定下来好了？"

"屈行长，这……这你也太性急了吧，你就不能等我考察完了再说？不也就等那么三五天吗？"柳开笑了笑，拍拍屈大江的手，"你放心好了，你这我一定优先考虑，重点安排。"

"那就好，那就好！"屈大江满心欢喜地说着。

这时，在工地上，项目经理边走边跟杨再新笑呵呵地说着。杨再新不时满意地点点头。

卢达成在前边跟伍家旺和汪守业比画着什么。汪守业点着头。伍家旺却摇着头。卢达成看到了杨再新。杨再新朝卢达成摆摆手，示意他不用过来。

"这卢达成还真不错，人聪明，又爱动脑筋，想了不少办法，合理安排时间，科学调配劳力，充分调动每个人的积极性和创造性。"项目经理指了指高楼，"就他负责的这两栋不仅施工进度最快，而且质量最好，到下个月就可以封顶了。"

"那就好。"杨再新看着项目经理，"怎么样？卢达成是一匹千里马吧？"

"那是。"项目经理看着杨再新，"也全靠你这个伯乐啊！"

杨再新开怀大笑。笑声飞进了卢达成的耳朵，在工地上回响。

汪守业扯了扯伍家旺的衣袖，说就按卢达成说的去做，准没错。伍家旺嘴上没说什么，心里却不服气，心想谁对谁错，到时候才知道。

杨再新远远地朝卢达成扬了扬手，一上车就接到了罗小琼打来的电话，说王小伟在收购机械厂的协议上签字了。杨再新说那就好，请周子叶写个稿子。罗小琼说周子叶稿子已经写好了，明天见报。

安然放下手上的笔，边起身给柳开添水边说：“好啊，柳总有钱存过来，那不管金额多少，不管时间长短，我都欢迎。”

坐在沙发上的柳开放下摇着的二郎腿，往沙发上一靠，对安然说：“安行长，我跟你说，我们公司那是挺有实力的，一旦决定了来沧江投资，那打过来的资金可不是一点两点，而是少则几个亿，多则几十个亿。”

“柳总，不管金额大小，我们一样欢迎，一样给你做好服务。”安然坐回椅子上。

“好，难得你这么热情，这么爽快。”柳开一拍沙发，“那我就决定了，你这优先安排，先存一个亿，行不？”

“好啊，当然可以！”

“那好，我抓紧考察完，尽快把资金打过来。”

“不急的。”

“那还是快点好，时间就是金钱，就是效益嘛。”柳开边说边走过去，在安然对面的椅子上坐下，“只是要想资金尽快打过来，那安行长还得配合我做两件事。”

“好，只要我能做的，一定配合。”

“这都不难的。”柳开瞟一眼门口，“一个是请你出具一个存款接收证明书，表明贵行愿意接收存款一个亿就行了，另一个是要把资金存过来，又要快，那我得在那边活动活动，融通融通，但这都是要打点，要运作的。你应该知道，到什么时候，不管在哪里，资金总是紧缺的，都得……”

“柳总，我听明白你的意思了。你一是要我给你开一张存款接收证明书，二是要我给你提供一定的费用，是不是？”

“对对对，安行长真是冰雪聪明，一点就透啊！”柳开瞟一眼左右，“安行长，你也别紧张，费用不多的，也就三万五万的，最多也不会超过十万。”

“嗯，那是不多，不多。”

“是啊！那我还告诉你，如果资金存过来了，公司那边也会给我提留一笔奖金，那奖金至少是这经费的五倍，到时候我们各拿一半，你看怎么样？”

“这当然是好，我非常乐意配合你。”安然点点头，随即又面带难色地看着柳开，“只是这存款证明书我这还从来没开过，费用我就更没有自主权了，得一起向分行汇报一下再答复你，行吗？”

“这……”柳开皱了一下眉头，“好，那你抓紧汇报吧。只是我要提醒你，沧江银行等好几家银行都抢着要跟我合作，你要慢了，存款给别人接走了，那你后悔就迟了。”

“要是真给人接走了，那是我们无缘合作，也只能随缘了。”安然笑了笑，“柳总，你说是不是？”

“那好，等你消息。”柳开走几步又回头，“但只等你一天，你可得抓紧了。”

“我说了，随缘吧，你不用等的。”安然笑着朝柳开摆了摆手。

柳开边打电话边往支行外边走。叶满枝低头往支行里边去。两人差点撞上了。柳开一看是叶满枝，匆忙侧身往前走了。叶满枝看到柳开的后背，转身要追，见他已上车走了，便站在那里，后悔刚才没一把抓住他。

听到有人问在看什么，叶满枝一回头见是安然走了过来，不由得莫名地脸一热，说没看什么，来行里办业务。

安然跟叶满枝聊了几句就匆匆去了万全有办公室，跟他汇报了一家企业的贷款需求后，就绘声绘色地说起了柳开存款的事。

“真是好笑，那个柳运来还想蒙我，戴我的笼子。不要听他多说，就他那眼睛，东瞟一眼，西睃一下，一点也不安分的样子，我很快就看出来了，他就一个骗子。我也就顺着他，吊吊他的胃口，看他怎么表演。”

“我看他就是一个骗吃骗喝，骗几个小钱的低级小骗子，怎么能逃得过我们安行长的火眼金睛呢。”胡岚嘻嘻笑着。

“胡岚，你可别小看了这柳运来。他就是那个坐到楼顶上，把屈行长弄得焦头烂额的柳开。你可别小看了他，不一定就是个小骗子，没你想的那么简单。”万全有看着胡岚，“假如他当时找的是你，你能保证不动心？”

胡岚挠着头，嘿嘿一笑。

这时，杨再新走出车间，拍了拍王小伟的肩膀，说：“王总，我说过的，这机械厂还是你当厂长，还是你来做主，我只是个太上皇，不会管你太多的。你放心，我说话算数，绝不食言。”

“杨总，你太客气了，我这小厂子能投到双新这棵大树下，那是我的福气。”王小伟看着杨再新，拍着胸脯，“你只管放心，我既然到了你的旗下，那就会唯你马首是瞻，处处维护你的权威，事事维护双新的利益。”

杨再新哈哈一笑，上了开过来的小车。

吴富贵听吴双艳的建议，将兴隆煤矿改成了兴隆煤业公司。

窗外的太阳白晃晃地刺人眼睛，树上的知了起劲地叫喊着热死了，狗趴在地上吐着舌头大口喘气。

吴富贵敞开着衣襟，在办公室边走边给何桂香打电话：“香总，我那钱你也该给了吧？你三月说四月，四月说五月，五月说六月，现在是七月了。你知不知道，我现在都要揭不开锅了，没钱发工资了。什么？你账上也没钱？那你账上没钱，给我承兑汇票也行啊！没有？你想赖皮是不是？”

“吴总，你这话我就不爱听了。”何桂香将手机换了一只手拿着，“你说，我什么时候赖皮了？我是个赖皮的人吗？你打着灯笼去问问，看谁说我赖皮了？”

邓满意边开车边回头看了一眼。

“什么？你还要我付你利息？！吴总，你是发高烧了，还是在做梦啊？没有？”何桂香一拍坐垫，“那好，三天之内，你自己把煤拖了回去，或是让人把煤拉走，否则我就收你的场地占用费了！”她说着摁了电话，将手机往坐垫上一扔，往后一靠，闭上了眼睛，胸口猛烈地起伏着。

吴富贵看着“嘟嘟嘟”的手机，一跺脚，大骂：“何桂香，你就是个大流氓，一个臭女流氓！你想赖皮，那我跟你没完！”

罗长远放下文件，看着杨再新，说：“好，你不用多说了，你只告诉我，还有什么需要我帮你协调，帮你解决的？”

“没别的，就是挂牌的时候，得请你……”

“你是又要我去给你站台？”罗长远摆摆手，“那这回我不给你站了。”

“怎么？”杨再新看着罗长远，“你是怕……”

“我是怕我不够档次，撑不起台面。你那么大事，那么大的场面。”

“那你……”

“你放心，我早给你想好了，到时候请市长出席典礼。”

“真的？！”

“还假的不成？”

回到公司，杨再新立马将罗小琼和于美艳叫到办公室，说他跟罗长远商定好了，集团公司就这个月底挂牌。

“这是不是急了点？”罗小琼看一眼坐在旁边的于美艳，“是不是等把各项准备工作都做好了，再挂牌不迟？”

杨再新手一摇，说：“不等了。”

于美艳看一眼罗小琼，看着杨再新，说：“那董事长的意见是？”

“我跟董事长商量过了。他说挂牌的事全由我负责，我定哪天就哪天。”杨再新看着罗小琼和于美艳，“我还是那句话，只要基本条件具备了，那宁可早一天，不可迟一天。”

“那好吧，我们抓紧去落实。”罗小琼说着起身走了。于美艳跟着也走了。

这时，安然走进万全有办公室，回看一眼门口，朝放下文件，抬头看着她的万全有拱拱手，说：“恭喜恭喜！贺喜贺喜！”

万全有一愣，问：“喜从何来？”

“你马上就是万副行长了啊！”安然在万全有对面的椅子上坐下。

万全有仿佛没听见，脸上表情没任何变化。

“我知道，你是从来不在意名利的，不像有的人整天削尖了脑袋去钻。可你这是人心所向、众望所归，是……”

“你别这么说，比我优秀的人多了去了。再说，这不见文件是算不得数的。”

“这我知道，我也只是赶个早，提前向你道个喜。”安然说着打开带来的笔记本，开始汇报项目的情况。

王昌明快步走进章小强办公室，问他是不是带回来了一个叫柳运来的。

他连忙起身，说是的，就是那个装模作样喝农药的柳开。

“他犯了什么事？”

“有人举报他诈骗。”

“骗了谁？骗了什么？有什么证据？”

“他……”

“你别他了。”王昌明手一挥，“赶紧把他放了。”

“为什么？”章小强不解地看着王昌明。

“人家现在不再是过去那个让人瞧不起的柳开了，摇身一变成了有派头有身份有实力的柳运来，是来沧江投资的柳大老板了。”王昌明敲了敲桌子，“这你不知道？”

“我不知道啊！”章小强看着王昌明，“你知道？”

“我哪知道。”

“你不知道……”章小强皱了皱眉头，“那你怎么说他是来投资的？”

“局里有人刚才给我打了电话。”王昌明手一挥，“你少啰唆，快去好好跟他道个歉，把他送走。”

“我跟他道歉？”

“不是你，还是我？”

“那……那我还得给他摆桌酒不？”

王昌明手一抬，眼睛一瞪。章小强脖子一缩，嘟哝一句，不情愿地去了。

柳开摇着二郎腿，看着屈大江，说：“屈行长，我可是说话算数，你刚才看到了，五百万已经打到我的个人账户上了。你给我的是不是……”

“是不是等……”

“你要等，那我就不等了。”柳开边说边起身，“几个地方还等着我呢。”

“柳总，别急，好商量的。”屈大江一把拉住柳开的手。

“那你快说，怎么办？”柳开坐下。

“我想是这样。业务费我今天先给你三万，其余的等那一个亿到位之后，一次给你，保证一分不少。”

柳开指了指屈大江，说：“屈行长，看来你心不诚，也不太够意思啊！”

“没有，没有。”屈大江又摇头，又摆手。

“哎呀，没办法，谁让我交了你这个朋友呢。”柳开叹了一口气，墨镜一戴，一拍沙发，站起来，手一挥，“好了，就这样了。”

柳开将桌上两沓钱收进包里，将另一沓推给屈大江。屈大江推了回去。柳开边推过去边说：“屈行长，你就别客气了，这是你应该得的。”

屈大江又推过去。

“屈行长，你这样就不好了，真不把我当朋友了。我知道你不在乎钱，更不在乎这一万块钱。”柳开拍了拍胸脯，“难道我就在乎这两万了？就非要拿着这两万块钱了？难道我没两万块就没饭吃了？没有这两万块钱就活不下去了？你要知道，这不是区区一点小钱，而是一种友谊，一种信任。”他顿了顿，“那好吧，如果你非要这样，那我也不要了，我就……”他说着打开包，要往外掏钱。

屈大江忙按住柳开的手，说：“好，我拿着，我拿着。”

“好，这就对了嘛！”柳开哈哈大笑着走了。

屈大江拿起桌上那钱，仿佛拿了一个烫手的山芋，匆忙丢进了抽屉。

工地上，万全有边走边看。胡岚和安然走在他的左右。

胡岚说：“现在双新的楼盘在沧江已有了明显的品牌效应，尽管双新的楼盘价位相对较高，但还是抢手货。”

安然说：“是这样。前两天，郑小颖还告诉我，说双新在邻省中标了一个大楼盘，下个月就会启动。”

“这是好事，但又未必。”万全有看着胡岚和安然，“这个季度对双新的信贷检查，你们的重点就放在信贷资金的用途上，看看有没有生产企业的信贷资金与房地产的信贷资金混用的情况，特别是生产企业的信贷资金是否被挪用到房地产这边来了。”

胡岚说：“双新家大业大，情况有点复杂，要完全弄清，一时只怕也难。”

万全有说：“越是复杂，越是难，那越是不能怕，越是要查，而且要查清楚。”

“好，双新是我们支行的重点客户，那这个事我来牵头落实。”安然看着胡岚，“也请你多指导，多帮助。”

胡岚说：“好，我们一起努力。”

卢达成手上拿着卷尺，从楼里出来。万全有跟卢达成打过招呼，问可以进楼里看看不。卢达成说当然可以，欢迎指导。

出了楼，万全有仰头看了看房子，对卢达成说：“好，这房子质量确实不错，会让双新的牌子更亮。”

卢达成说：“我们董事长和杨总对工程质量都是要求很严的，杨总还时不时地到工地上来，一旦发现有问题，那准会大发雷霆。就上个月，董事长夫人家一个亲戚，因为施工管理稍马虎了一点，给杨总逮个正着，当场就免了项目经理，还在全公司通报。”

胡岚说：“杨总这是杀鸡儆猴，也是杀一儆百。”

万全有看一眼胡岚上了车，心想做管理就得这样，这卢达成果然名不虚传，有两下子。刚才在楼里，万全有有意问了卢达成好几个问题，卢达成都坦诚地一一做了回答，让人觉得可信、可靠，还可亲、可爱。

“听说那个柳运来在沧江银行开了户，还真打了五百万过来。”坐在副驾驶位上的胡岚回头看着万全有，“他真是来投资的？”

“我还听说警察刚把他带到派出所，马上就有人打电话，骂那警察是乱弹琴，人家是来沧江投资的，把那警察吓了个半死。”安然摇头一笑，“看来我是看走眼啰！”

“万行长，您怎么看？”胡岚看着万全有。

万全有沉默不语。他想给屈大江打个电话问问，也提示一下，但掏出手机又放下了。

杨一新靠在椅子上，微闭着双眼，手指轻轻地叩着扶手。

“哥，在想什么？是找我吗？”

见于美艳进了门，杨一新忙坐了起来，指一下茶几上的杯子，说：“是找你，茶都给你泡好了。”

于美艳捧着杯子喝了两口，问：“找我什么事？”

“上午几个财务总监候选人的面谈你也在场，我想听听你的意见？”

“就这个，我还以为是什么要紧的事呢。我没什么要说的，人你们定就是了，谁来我都没意见。谢谢哥看得起，让我参加面谈。”

“你别谢我，是再新提议让你参加的。”

“是吗？”于美艳眼睛一亮。

“是啊！”杨一新看着于美艳，“美艳，你还是说说你的看法，你的意见很重要的。”

“我……我没别的，就觉得那几个人都比我有水平，都比我更适合做总监。”于美艳抚着胸口，看着杨一新，“哥，我这全是真心话，往后我就一心当顾问了。”

“好，我相信！”杨一新站起来，走了几步，“那你还有什么想法？”

“也没别的，就是……”于美艳欲言又止。

“没事，你说。”杨一新看着于美艳。

“就是我的办公室要在再新的对面或隔壁。”于美艳脸一红，捧着杯子喝茶。

“你……你是想着好方便照顾再新吧？”

“他……他常常一忙起来，饭也不吃了，觉也不睡了，老让人担心。”

“好，再新有你，那是他的福气。办公室的事，我跟小琼说一下，让她安排好。”

于美艳向杨一新鞠了一躬，满心欢喜地走了。

桂花香随风入户，沁人心脾。

胡岚和安然正在向万全有汇报信贷检查情况。

“万行长，从检查的总体情况来看，我们发放给双新生产企业的贷款，目前还没有发现挪用到房地产那边的情况。”安然看一眼万全有，“当然，这我也不敢保证，也许有，只是我们还没有查到。”

“我想，应该是这样。”胡岚扫一眼笔记本，“这得益于这几年来，沧江的房地产市场也是一路看好，房价上涨，销售火爆，双新用不着挪用生产企业的资金，但往后一旦市场有什么变化，或是内部有什么情况，那就说不准了。”

万全有看一眼胡岚，点了点头。

这时，屈大江在办公室边走边给柳开打电话："柳总，你那钱怎么没存几天就转走了啊？不是说了至少也要存放两个月的吗？什么？你在沧江考察完了，没有合适的项目？那你也不能这样，你这样就不够朋友了啊！什么？你也是没办法？"

"是啊，确实是没办法，公司催得紧，要我昨天必须赶回深圳。昨天走得太匆忙，也没去你那说一声，你别见怪。"歪在床上的柳开坐了起来，"不过，你放心，我不用多久就会回来的。今天沧江的一位副市长还给我打了电话，要我早点回来，多在沧江投资。我跟他说好了，只要沧江有好项目，我马上回来。"他说着挂了电话。

"柳开，你个王八蛋！"屈大江将手机往桌上一丢，一屁股坐在椅子上。

柳开确实不在沧江，但也没回深圳，就在离沧江几十公里的一个县城的酒店里，等着外卖送上来。

罗长远在拆迁工地上边走边拍打着身上的尘土。等候在路边的杨再新忙迎了上去，帮他拿下了头上的菜叶、茅草。

杨再新指着罗长远的手，问是怎么了。罗长远看了一眼手背上结的血痂，说可能是刚才哪个抓的，或是荆棘划的。

"你看你，还亲自上了，也不多带几个人来。"杨再新左右看看，"司机呢？"

罗长远指了指前边，说："我让他在前边等我，怕万一有人一冲动，掀翻了车子。"

"你呀，就想着车子，不想想自己。"杨再新望一眼工地上的人群，"也是，那些人有的一旦蛮横起来，那是命都不要了的。"

"看你说的，也没那么可怕。当时市长打电话给我，要我立即赶过来，我也没多想，掉头就往这边来了。"罗长远边走边说，"我跟你说，只要你说得合情合理，办事公平公正，真正是为老百姓着想，那他们也是通情达理的。"

"那不见得，到哪都有蛮不讲理的，有……"

"那毕竟只是个别。"罗长远看着杨再新，"当然对这个别，你能不能处理好，那就看你的能耐，看你的水平，看你的方法了。"

“那是，那是。”杨再新点着头，“可你看你，人都这样了，还……”

“也没什么。”罗长远摆摆手，“刚去的时候，有的人确实很激动，骂的骂，推的推，有的甚至还举起锄头，说要一锄挖了我。”他笑了笑，“我没退，也没躲。好在后来我一说，大家就平静了下来，答应协商解决。”

“往后这样的地方你还是少去的好，更不要单枪匹马去了。”

“该去的地方还得去，该去的时候也得去，在其位就得谋其事，忠其事。”罗长远看着杨再新，“你找我有事？”

“就挂牌典礼的事。”杨再新边说边打着手势，“考虑到市长的日程安排，公司决定挂牌典礼在下周二上午举行，你看行不？”

罗长远想了想，点点头，上了滑过来的小车。

双新公司楼前空坪上灯火通明，一片忙碌。

罗小琼这儿看一看，那儿敲一敲地在检查搭建中的台子。卢达成大大方方地跟随在左右，不时地解说一两句。

“卢经理，这个地方还要加固一下。”罗小琼指着接口处对卢达成说。

“这是谁做的？”卢达成问身后的伍家旺和汪守业。

“我……我们一起做的。”伍家旺说。

“马上返工！”卢达成瞪了一眼伍家旺，追上罗小琼。

汪守业边锤钉子边问伍家旺：“这明明是你做的，怎么要说我们一起做的？”

“你啰唆什么呢？”伍家旺递一个钉子给汪守业，“你又没少了什么。”

汪守业不满地看了一眼伍家旺，接着锤钉子。

开车路过的邓满意看了看台子，回头看一眼何桂香，说：“香总，看样子双新集团是明天挂牌呢。”

“人家挂不挂牌关你什么事。”何桂香闭着眼睛，“你开好自己的车吧。”

“好，不关我的事。”邓满意一加油，“我只管开好自己的车。”

一阵沉默。

“满意。”何桂香睁开眼睛，“你说双新挂牌，我是不是该去凑个热闹？”

“我……”邓满意讪讪一笑，“你想去就去，不想去也没关系。”

“你这是什么话？”何桂香斜看着邓满意。

“要我看……”邓满意嘻嘻一笑，“还是去捧个场好。”

“那好。”何桂香手一挥，“去！”

“香总，你总算听了一回我的话了。”邓满意有点得意地笑着。

“你得意个屁！”何桂香瞪一眼邓满意，放下了沉重的眼帘。她一脸疲惫，很快就满车是鼾声了。

月亮皎皎，月色溶溶。

杨再新应接不暇地在办公室接听着与典礼有关的电话。

“张总能大驾光临，那我是求之不得啊！”杨再新正说着，座机响了，他忙放下手机，抓起听筒，“哟，是李局长啊！什么？我手机老是占线，打不进，就打了座机？没错，市长明天是会到公司来。什么？你亲自来？哎呀，局长看你说的，你能屈尊前来捧场，那我是深感荣幸啊！好好好，就这样，就这样。”

“再新，怎么样？”走进来的杨一新在沙发上坐下。

“没问题。”杨再新放下听筒，“听说市长出席典礼，不少局长什么的也说要来。”

“好啊，这是好事。”杨一新起身走了走，“不过，还是适当控制一下好，别弄得规模太大，动静太响，影响不好。”

杨再新说：“我倒不怕热闹，就规模来说大点好，动静大点更好。”

于美艳一手拿着饼干盒，一手拎着水果，走到门口，看了看斜对面杨再新的办公室，听了听，退了回去。

“董事长，这些具体的小事你就别管了，都我来。”杨再新看着杨一新，“你还是早点回家休息，只管明天登台致辞好了。”

“好吧。”杨一新一转身，看到罗小琼站在门口，忙朝她招了招手。

“这是补充后的出席典礼的嘉宾名单，请董事长和杨总再过目审定一下。”罗小琼边说边走过来。

杨再新说：“我不看了，只问你宁小虎和万全有的名字在不在上面？”

“在的，都补上去了。”罗小琼边说边把名单递给杨一新。

“那就好。”杨再新一拍桌子，“这宁小虎和万全有虽然官不大，可手上权力大，一个管着房子可不可以卖，一个管着贷款可不可以放。”

“那是。”罗小琼点点头，“于部长还提议邀请安然行长出席，我也添上了。”

杨再新说：“好，这提议不错。”

“什么不错啊？”

杨一新一回头，见是于美艳边说边进了门。

“杨总在夸你的提议好呢。”罗小琼迎上去说。

“大哥和小琼也在啊！”于美艳将东西往茶几上一摆，招着手，“你们准都饿了吧，来，都吃一点。”

“美艳，你这是心疼再新，怕他饿着了吧？”杨一新笑问于美艳，“我们这可是沾了再新的光了。”

于美艳脸一红，说：“大哥，你就别笑我了。”

“美艳姐就是贤惠。”罗小琼朝于美艳笑了笑，接过杨一新递过来的名单，拿了一块饼干，飘然而去。

卢达成在台子上这里看看，那里听听，这里摸摸，那里敲敲。

“还等什么，走吧。”伍家旺踢了踢坐在台阶上的汪守业，“等下没车了。”

“再等一下。”汪守业指了指卢达成，看着伍家旺，“要不你先走吧。”

“先走就先走。”伍家旺走了几步又回过来，指着汪守业，“汪守业，你是不是想一个人好表功啊？可你表功也不能这样啊！”

“没……没有啊！”汪守业愣了愣，“你想多了吧？”

“还我想多了？”伍家旺鼻子一哼，手一甩，一屁股坐在台阶上。

“真是莫名其妙。”汪守业嘟哝着。

见杨再新从公司出来，朝这边走过来了，伍家旺连忙起了身，拿了锤子东一下西一下地锤着，嘴里还含混不清地说着什么。

杨再新刚走到台上，来电话了，一看是罗长远打来的，连忙接了。罗长远说市长明天不出席典礼了，他也不来了，市长明天要陪省长去上海考察，他要陪市长去上海。

“怎么会变成这样呢？”杨再新看着罗小琼。

“是啊。”罗小琼点点头，“这一变，那变的就多了，大了。”

“走！”杨再新朝罗小琼一挥手，“一起去董事长那合计合计。”

这时，宁大为正在学校图书馆边看书边做笔记。朱小丽走过来，轻轻敲了敲桌子，说：“走吧，明天再来，人家催着要下班了呢。”

“你先走吧。”宁大为抬头看一眼朱小丽，“我看完这一页就走。”

前边有了敲门的声响，是馆员又在催，要下班了。

正准备回家的杨一新一听市长不来了，来回走了走，看着杨再新，说：“再新，那是不是干脆推迟几天，等市长回来再……”

杨再新一拍茶几，说：“不等，就明天！”

“明天不是不可以。”杨一新看着杨再新，“只是我在想，一来请了市长，市长也答应了来，如果不等等，市长会不会有想法；二来话说出去了，大家都知道市长会出席的，如今市长不来了，只怕有的人也会跟着不来了。”

“我看大哥说得在理，是不是再考虑考虑。”于美艳说。

“没什么怕的！”杨再新瞟一眼于美艳，“就明天了，时间不改，地点不变，还得造出声势，搞出影响，得……”他说着手机响了，一看屏幕，稍一犹豫，接通了，“刘局长好！您有什么指示？什么？您明天要参加一个非常重要的会议，不能出席典礼了？那好吧，我改天专程去向您汇报。”他刚挂了电话，手机又响了，忙接了说，“是吴局长啊！您明天来不了？好，没关系，欢迎您随时来公司指导。”他将手机往茶几上一丢，起身大步走了起来。

于美艳嘟哝了一句：“变色龙。”

杨一新说：“这没什么，很正常的，世事就是这样。能打个电话跟你说一声的，那就是给面子了。”

“人家给不给面子没关系。”杨再新往椅子上一坐，“公司做大了，做强了，做好了，那面子自然就有了，也不在乎人家给不给面子了，就是人家不给面子，那面子也在那摆着，丢不了，而丢面子的是别人，不是自己。”

“杨总这话说得好，是这样。”罗小琼朝杨再新竖了一下大拇指。

“那明天的典礼还是按原计划进行？”杨一新看着杨再新。

“对，不变！”杨再新一捶桌子，“公司早一天挂牌，就早一天运转，早一天见效，就早一天成长，早一天壮大。”

“你说的倒也是。”杨一新看着罗小琼，“小琼，你还没说呢，说说看。”

“我赞成杨总说的典礼的地点不变，时间不变，但典礼的内容、形式、参加的人员等等都得变，也必须变。”罗小琼看着杨再新和杨一新。

“怎么变？”杨再新和杨一新异口同声地问。

于美艳微笑着，用期待和鼓励的眼神看着罗小琼。杨再新注意到了，于美艳已很久没这么看过罗小琼了。

“这么变。”罗小琼边说边打着手势，“参加的人员由原来的以来宾为主改为以公司的优秀员工和工友代表为主，原来邀请的嘉宾来了的还是安排在前边就座；由原来的主要以对外打造声势为主改为以对员工和工友代表的奖励为主，原计划赠送给嘉宾的纪念品一部分改为给员工和工友代表的奖品，让员工和工友有一种荣誉感和自豪感；由原来的领导致辞为主改为以员工和工友代表的发表感言为主，让员工和工友有一种幸福感和归属感；由原来的单向活动改为双向互动为主，就是请嘉宾与员工和工友代表互动，一同畅谈公司的过去、现在和未来，让员工和工友有一种责任感和使命感。同时，给双新物业旗下小区的住户今年每户减免一个月的物业费，给在本月内购买双新楼盘的业主96折优惠，让社会和客户一同来分享公司发展的成果，增强社会对双新的认同度，提升双新在社会上的美誉度。”

“好，小琼这说得太好了。”杨一新朝罗小琼一竖大拇指，看着杨再新，“这想法新鲜、别致，有意思，有味道。”

“好，就这样！”杨再新一拍桌子，“我们就把典礼办成一个表彰会，一个联谊会，一个动员会，一个誓师会！”

于美艳满眼赞赏地看着罗小琼，说：“看你这脑瓜子，怎么就这么好使啊！”

罗小琼脸一红，看着于美艳，说：“哪里，美艳姐，你才是我学习的榜样呢。”

于美艳摆着手，看一眼杨再新，说：“比起你，我可差远了，既没你长得漂亮，也没你那么聪明可爱，更没你那么说话讨人喜欢。”

“我看呀。”杨一新看一眼罗小琼，又看一眼于美艳，“你们两个都是好样的，都是公司的功臣，是我和再新的左膀右臂。”

“董事长就是比我会说话。”杨再新朝杨一新一笑，看着罗小琼，“那好，罗总助，就辛苦你按照你刚才说的快点去准备一下。”

“好，我马上去落实。”罗小琼边说边起身。

“于顾问。”杨再新看着于美艳，“请你配合一下罗总助，员工和工友的情况有的你比她更清楚。”

“再新，我有这么一个想法。”杨一新看着杨再新，“就是对公司最早的那一批人，这次每人发一个荣誉证书。”

“好，我赞成！”杨再新稍一想，“那批人应该不多，也就二十来个。”

“那我们去了。”于美艳看一眼杨再新，拉着罗小琼往门口走去。

“罗总助，你明天把周子叶也请过来。”杨再新说。

“好的。”罗小琼边说边往门口走，“电视台那边我也联系好了。”

这时，在板房内，卢达成合上书，上了床，刚要关灯，看到罗小琼来了电话，忙接了，说：“怎么？是台子哪里没做好吗？那我马上过来。不是？那就好。什么？让我推荐一名优秀工友，现在就报？”他看了看睡下了的伍家旺和汪守业，“就报汪守业吧。”

挂了电话，卢达成一时睡不着了，刚才没来得及征求伍家旺等人的意见，他们是不是会有想法，特别是伍家旺。

第九章

太阳高照，双新公司前坪彩旗飘扬，鼓乐喧天，一派喜庆。罗小琼和于美艳打扮一新，在忙着迎接宾客。

贵宾室里，杨再新与人热烈交谈着，逗得众人哈哈大笑。杨一新与人小声说着什么，那人连连点头。

离双新公司还有好几十米，邓满意就将车往路边一停，问何桂香："听说市长不出席双新的典礼了，那我们还去不去？"

何桂香手一扬，说："去，而且要早点去。"

"我估计有的人听说市长不去了，准会跟着也不去了。"邓满意回头看着何桂香，"那我们干脆也不去了，反正去了杨总也不会领情，不会给你一个好脸色。"

"你懂个屁！"何桂香横了邓满意一眼，"正因为有的人不去了，那我们才更是要去，正因为杨再新不会给我好脸色，我才更要在他眼前晃一晃。"

"噢，香总，我明白了。"邓满意点点头，朝何桂香竖起两个大拇指，"你这一着高，实在是高啊！"

贵宾室里，杨再新正在接罗长远的电话："什么？市长虽然不能到现场来，但会发来贺电，在庆典上宣读。"

"各位，市长虽然不能来到现场，但会发来贺电，真是太给力了，这可是没想到的。"杨一新边说边朝贵宾们拱了拱手，"这也是托了各位的福呢。"

罗小琼在台上边调试着话筒边观察着台下，见万全有和安然坐在一起，吕明远和李远航并肩坐着。万全有起身跟坐在右侧的屈大江握握手。吕明远举手跟安然打招呼。跟李远航说笑着的何桂香见杨再新等人从公司里边走了出来，忙起身快步走了过去。

“杨总，我这不请自来，你欢迎不？”何桂香说着朝杨再新伸出手。杨再新视而不见，昂首挺胸地与她擦身而过。

“欢迎，当然欢迎！”杨一新笑呵呵地握了一下何桂香的手，请她入座。

何桂香瞪一眼杨再新，哈哈大笑地往路边走去，牵走了不少人的目光。

“香总，我说了不来吧。”何桂香一上车，邓满意就说开了，“怎么样？你热脸贴了个冷屁股吧。”

“贴贴贴，贴你个头呢！”何桂香哈哈一笑，再一哼，“我说你不懂吧，你偏要装懂。我告诉你，我可不跟他一般见识。你给我记着，会有他好受的时候。”

“香总，你这又笑又哼的，我都有点怕呢。”邓满意瞟一眼何桂香。

“怕？”何桂香皱了一下眉头，随即又是哈哈大笑。

这时，坐在沙发上的花三朵见宁小虎挂了电话，碰了碰他的手，说：“你说要去双新参加庆典的，怎么还不去？再晚一点，只怕饭都赶不上了。”

宁小虎瞟一眼花三朵：“不去了。”

“不去了？为什么？”花三朵愣了愣，“那你纪念品都没领啊！”

“你呀，就想着那个纪念品！”宁小虎横一眼花三朵，“局长都不去了，我还去？”

“你那局长也真是的。”花三朵一声叹息，“好好的，怎么就不去了？”

宁小虎瞪一眼花三朵，刚要端起杯子喝水，手机响了，一看是局长打来的，赶忙接了。局长问他在哪，怎么不见他在台下。他抬腿就跑。

在鞭炮和鼓乐及掌声和欢呼声中，闪闪发光的双新集团的牌子由杨一新和贵宾一同挂在了门柱上。

汪守业等人戴着大红花，依次上台，一字排开站好。杨再新和贵宾给他们颁发证书和奖金。

于美艳等人身披绶带，登台从杨一新和杨再新手上分别接过证书和红包。

周子叶台上台下地忙着拍照，采访。

“双新这做法好，值得借鉴。”吕明远看一眼李远航，“远扬明年创办十周年，到时候我也这么来一下。”

“听说这都是她的点子，也是她一手操办的。”李远航指了指在台上主持的罗小琼，“她还真是个人才呢。”

“看你说的，要不是个人才，杨再新也不会这么器重她。”吕明远看着台上的杨再新，“说实话，杨再新本身就是一个难得的人才，我还是从内心里有几分敬佩他的。”

万全有和屈大江被请上台。杨再新和一个贵宾与万全有和屈大江相对而坐。

“万行长，我再请问你，你对企业的最大期望是什么？”周子叶问万全有。

“三个字。”万全有边说边亮出三个手指，“讲诚信！”

罗小琼鼓掌。台上台下掌声一片。

这时，校园内的林荫道上，吴双艳边走边跟吴富贵打电话：“爸，我都跟你说过不知多少遍了。那个香总欠你的钱不给就不给，你别那么生气，生气吃亏的还是你。她不给你钱，应该是有她的难处，等有了就会给你的。好了，你快吃饭吧，不吃饭，饿的可不是别人。过几天我就回去看你，你要瘦了，我可不喊你爸了哦！什么？我呀，你放心，吃得好，睡得好，学习也好，又拿了奖学金呢。”

吴富贵真的是黑了瘦了。近来煤不好销了，价也跌了，外边的煤款又讨不回。何桂香欠着他的煤款不但不给，还要骂他，气他。

司马昌盯着电视屏幕，自豪地对叶满枝说：“你看，那个是我们吕老板呢。他应邀参加了双新的庆典，一回来就说他今天没白去，明年公司成立十周年，也要开个表彰会，还说要给我也戴个大红花。”

“哟哟哟，看你美的。”叶满枝在司马昌头上点了一下。

“来，这给你。”司马昌掏出一个信封递给叶满枝，“老板给的上个月的奖金。”

叶满枝看着信封，想着自己下岗多年了，现在是没工作，没工资，不由得一声叹息，眼泪差点又要溢出眼眶了。

这时，坐在沙发上的花三朵边指着电视屏幕，边喊了一声在阳台上打电话的宁小虎，说：“你快来看，这个月买双新楼盘的96折优惠呢。”

“好，别客气，就这样。”宁小虎说着走过来，挂了电话。

“大为的房子到底买了没有？”花三朵看着宁小虎，“双新在打折优惠呢。”

“你啰唆什么，”宁小虎看一眼花三朵，“说了不要你管。”

“你买好了？”花三朵看着宁小虎。

宁小虎没吭声，往卧室去了。

“还瞒着我？”花三朵说着拿起电视遥控，换了频道。

于美艳坐在沙发上，边看着证书边说：“真没想到，罗小琼还有这么多的鬼点子。本来是不看好的庆典给她这么一弄，倒是弄出不少的花样来了，还让我上了台，露了脸。大家都说这庆典搞得好，有意思，有意义。”

坐在于美艳旁边，刚打完电话的杨再新看一眼于美艳，笑着说：“怎么样？有一种自豪感和荣誉感吧？”

“那当然了！”于美艳指着电视屏幕，“你看，那是我呢！”

杨再新说：“还有模有样，挺精神的啊！”

“人逢喜事精神爽呗。”于美艳看一眼电视屏幕，再看着杨再新，话里有话地说，“不过，我再精神，也没罗小琼那么风情万种，讨人喜欢哦！”

“你看你，好好的又扯到人家身上去了。”杨再新瞟一眼于美艳起身去了卧室。

“我……我又没说她别的什么，你……”于美艳追了上去。

板房内，坐在凳子上的伍家旺猛地站了起来，指一下坐在床上的汪守业，气呼呼地冲坐在凳子上的卢达成说：“卢经理，我再问你，我跟他是一个院子里的，一块来公司的，你应该要么是让我们两个都上台，要么是一个也别上，怎么就只让他上了呢？”

“我刚才不跟你说了吗？”卢达成放下手上的书，拉着伍家旺坐下，“你自己再多想一想就明白了。”

伍家旺手一甩，没好气地说："我就是想不明白！"

"你莫跟卢经理吵了，行吗？"汪守业下了床，拿出红包，"那红本本写了我的名字，不好给你。这奖金我分一半给你，行了吧？"

伍家旺愣了愣，没说话。

汪守业皱了皱眉头，将红包往伍家旺手上一塞，说："那好，全给你，总该行了吧？"

"不行！"卢达成从伍家旺手中拿过红包，塞到汪守业手上，"这就是你的。"

伍家旺眼睛一鼓，一脚踢翻了一条凳子。

"家旺老哥，你这是要干吗？"卢达成盯着伍家旺，"这样可不好，不行的！"

伍家旺别过头，不服气地杵在那里。

"应该说，你做人做事也都不错，只是名额有限，这回没能跟守业大哥一同上台，是有点遗憾，但没关系，有机会的。"卢达成拍了拍伍家旺的手，"不过，如果你能像守业大哥一样有活抢着干，有错不推诿，那就更好了。"

一阵沉默。

"我知道，守业是比我老实，比我厚道。"伍家旺看一眼卢达成，低着头，"我是有时爱占便宜，还偷懒耍滑，推诿扯皮。"

"好，明白就好。"卢达成点点头。

"往后我改，一定改。"伍家旺扶起凳子。

"好，我相信你。"卢达成握了握伍家旺的手。

"你不怪我吧？"伍家旺看着汪守业。

"我不怪你，只要你不怪我就行。"汪守业有点不好意思地看着伍家旺，"开始我还真不敢上台，腿都在抖，就想让你上去，或是干脆我也不上去了，可罗主任老点我的名字，催着我上，我只好脸上火烧着似的上了台。上了台，人都是蒙了，不知道那红本本和红包是怎么到自己手上的，也不知道是怎么从台上下来的。你……"

"你别说了，我知道你是我的好兄弟。"伍家旺拉着汪守业的手，"你能上台，那是你凭自己的做人做事挣来的，是你的荣誉，也是我的光荣。"

"好，你能这么想这么看，那就对了。"卢达成一手拉着伍家旺，一手拉着汪守业，“只要好好做人做事，往后有的是机会。”

“卢经理，明天我请你喝酒。”伍家旺看着卢达成。

“好，这酒我喝。”卢达成一口应承下来。

“请你作陪。”伍家旺看着汪守业。

“好。”汪守业满心欢喜地应答着。

这时，一脸疲惫的罗小琼一进门就收到了杨再新就发来的微信，写着：“今天的庆典非常成功！因为有你！”她一笑，回了一个微笑的表情。

工地上，于美艳朝在跟伍家旺和汪守业讨论着什么的卢达成招了招手，见他没看到，便走过去，把他拉到一旁。

“于部长，对不起，刚才只顾着跟他们说话，真不知道你来了。”卢达成忐忑不安地看着于美艳，“你亲自过来，是不是我哪里没做好，出了什么差错？”

“没有，真的没有。”于美艳边摆手边说，“你一直干得挺不错的，董事长和杨总都老夸你。我只是路过这里，顺便进来看看，你可别紧张。”

“你平时来工地少，见到你还真有点紧张。”卢达成脸一红，“难得你今天来了，那我带你走一走，看一看，好给我们指导指导，给……”

“这工地上的事，我可不懂。”于美艳瞟一眼左右，拉着卢达成往一旁走了两步，“我只问你一个事，你得如实跟我说。”

“什么事？”

“你是不是喜欢罗小琼？”

“我……”卢达成支吾着。

“你看你，脸都红了。”于美艳呵呵一笑，“没事，喜欢就喜欢呗。”

“可我……”卢达成欲言又止。

“喜欢就不要怕，大胆去追好了。”于美艳拍拍卢达成的手，“你和罗小琼都不错，我看就是天生的一对。有什么需要我帮忙的，你尽管说就是。”

于美艳的车开出大门了，卢达成还在那回味着她说的话。

这时，叶满枝提着菜篮子，边走边给司马兰打电话：“兰兰，等你回家吃晚饭，我买了好多你喜欢的菜。什么？你不回来？”

江心洲上，席地而坐的司马兰说："是啊，这个礼拜天不回去了，学校有集体活动。拜拜！"她说着挂了电话。

"有好吃的，那快回去吧。"躺着的程万秋坐起来，"走，我也去。"

"美得你呢！"司马兰朝程万秋一哼。

"总有一天会去的。"程万秋嘿嘿笑着。

"那你就等着吧。"司马兰看着程万秋，"不过，你可得有耐心哦！"

"没事，我有的是耐心。"程万秋站起来，面江张开双臂，"我可以等到天荒地老，等到海枯石烂。"

司马兰捂着肚子笑着。

万全有端起杯子，跟周子叶碰了一下，一口干了，看着周子叶，说："子叶，你前几天写双新庆典的那篇叫《别样的庆典》的文章我看了，总体来看写得不错，是一篇让我看得心动、心跳、心醉的文章了，而点睛之笔当数末尾那一段有关行稳致远的几句话。"

"谢谢舅的夸奖。不过，我知道，离舅的期望还有一定的差距。"

"好，孺子可教也！"万全有拍了拍周子叶的肩膀。

这时，罗小琼的家里也飘着酒香和菜香，还有优美抒情的乐曲。这房子是前不久杨一新提议奖励给她的公司的精装房，以表彰她对公司的特殊贡献。

"达成，这是你上次回家带给我的腊肉。"罗小琼给卢达成夹了一块腊肉，"你尝一尝，看我炒得怎么样？"

卢达成嚼了嚼，说："好吃，我可做不出这么好的味道。"

罗小琼说："那是腊肉熏得好。"

卢达成说："你要喜欢，那今年冬天我就要我妈多熏几块。"

"不用，别辛苦老人家。"罗小琼看一眼窗外的晚霞，"真美啊！"

"再美也没你好看。"卢达成看着罗小琼。

"是吗？"罗小琼举起红酒杯，"来，达成。"

卢达成端杯碰了过去。

见月光爬上了窗台，卢达成起身说该走了。罗小琼稍一犹豫，说送送他。

“前两天于部长路过工地，找到我，说我和你是……”卢达成停下脚步，看着罗小琼。

“是什么？”罗小琼满眼期待地看着卢达成，“说呀。”

“是……”卢达成挠挠头，“是天生的一对。”

罗小琼朝卢达成甜美一笑，挽着他的手往前走去。

见的士滑了过来，卢达成倏地抓着罗小琼的手亲了一口，转身上了的士。罗小琼朝放下车窗的卢达成扬着手，心海荡漾起甜蜜和幸福。

墙上挂着“沧江大学　沧江商学院联欢晚会”的横幅。

司马兰在倾情演唱《爱你一万年》，赢得一片掌声和喝彩。

吴双艳从司马兰手中接过话筒，开始演唱《万水千山总是情》。

郭小宁朝程万秋招招手。程万秋挤了过来。

“那个就是吴双艳。”郭小宁指了指在演唱的吴双艳，“怎么样？论长相，论身材，都不比你那个兰妹妹逊色吧？”

程万秋目不转睛地盯着吴双艳。

欢快的舞曲。闪烁的灯光。

司马兰和郭小宁跳舞。

宁大为和朱小丽跳舞。

程万秋和吴双艳跳舞。

郭小宁和程万秋擦肩而过，相视一笑。

司马兰猛推了一掌程万秋，说：“看不出来，你还成白马王子了啊！”

“你们闻到什么味了没有？”程万秋朝宁大为和朱小丽使着眼色，“是哪里打翻了一个大醋坛子了吧！”

宁大为喷笑而出。朱小丽连忙捂着嘴巴。

见杨再新打完了电话，坐在床上的于美艳扯了一下杨再新的手，说：“跟你说个事，你给我听好了。”

“什么？”

“没别的，就是我注意一段时间了，越看越觉得那个卢达成和罗小琼还真是挺般配的，我想给他们牵个线。”

靠在床上的杨再新将手机往旁边床头柜上一放，斜一眼于美艳，说：“般配不般配那是人家自己的事，用不着你去瞎操心，更用不着你去牵什么线。”

“用不着我去瞎操心？就用得着你去瞎操心是不是？”于美艳一拍床铺，盯着杨再新，“可你操的谁的心？又是为谁操心？”

“你……”杨再新猛地坐了起来。

“你说！”于美艳盯着杨再新，“你不敢说了吧？”

“我不敢说？”杨再新腰一挺，“我有什么不敢说的！”

“那你说！”于美艳追着杨再新，“你说啊！”

杨再新说：“无聊！”

“好，我无聊。”于美艳咽了咽口水，“那我今天就把话撂在这里了，往后你再跟罗小琼眉来眼去、勾勾搭搭的，那你就别进这个家了！”

“你你你，看你说的什么鬼话！”杨再新指了指于美艳，被子一掀下了床，边披衣边往门口走去。于美艳抓起枕头狠狠地朝杨再新砸了过去。

过了一会儿，于美艳悄悄下了床，轻手轻脚地走到门口，探出头，见杨再新雕塑似的坐在客厅的沙发上，便退了回去。

杨再新指点着摆在杨一新办公桌上的报表，说：“董事长，你看，这几个月的销售再次证明组建集团公司是非常正确的，集团公司的挂牌庆典是非常成功的。机械公司那边新增了两个大用户，现在产品供不应求。物业公司这个月新接了一个小区，业主上千户。房地产公司江边那个楼盘首期只半个多月就销售一空，许多没买到的人还老追着问第二期什么时候开盘。建材公司那边的厂子施工比计划也快，至少可以提前一个月投产，而且万行长和屈行长等都明确表示项目不错，可以贷款支持。”

“是啊，比预想的还好。”

“我完全有理由相信，公司新一轮的发展壮大，必将比上一轮更快更好。”

“还是得把握好一个度。”

“这我知道。不过，做企业也不是你想快就快得起来，想好就好得了的。能快得起来，能好得了，那是许多人做梦都在想的。”

"这没错。双新能快起来，能好得了，那是因为有你。但我总觉得，快也好，好也罢，都得有个度，但这个度到底在哪里，是个什么样，我又说不太清楚。"

"哥，你说得太好了。那就是一种感觉，就像开车一样。"

杨一新点点头，又摇了摇头。

这时，程万秋在寝室打着赤膊，埋头敲着键盘。

司马兰悄悄推门进来，走到程万秋身后，一拍他的肩膀，说："在写论文？"

"不是。在给导师准备资料。"程万秋边说边穿上汗衫，"下个月导师要去西安参加一个学术研讨会，说在毕业离校前再带我去见回世面。"

"那好啊！"司马兰端起杯子，几口把水干了，抓起桌上的杂志扇着风，"天这么热，怎么不开风扇？"

程万秋看着电脑屏幕，说："坏了，没修好。"

司马兰看一眼墙角的风扇，看着程万秋，说："你闭上眼睛。"

"干吗？"

"等下就知道了。"

程万秋闭上眼睛。

司马兰从包里取出一个手机，放到程万秋手上。

"送给我的？"程万秋看看手机，惊疑地看着司马兰。

司马兰点着头，又亮了亮自己手上的。

"你哪来这么多钱？"程万秋疑惑地看着司马兰。

司马兰笑而不语。

江边会所，罗小琼一脸桃色，手扶着酒杯，看着杨再新，说："杨总，我跟你说，美艳姐漂亮能干，贤惠体贴，你真得好好珍惜，别辜负了她。"

"我没说她不好。可我……"

"我知道你喜欢我。可美艳姐早已觉察到了，一直在防范我，有时还针对我，也在提防你，甚至监视你。这都不能怪她，只能怪你，怪我，当然主要是怪我。我能想象到她忍受的痛苦和煎熬，也能想象到她的担心和害怕，还能想象到她……”

“她她她，你能不能不说她了？”

“好，不说她。那就说我吧。”

“说你？好，那你说吧。”

“杨总，坦率地说，我是喜欢你，但更多的是欣赏你，仰慕你，敬重你。”罗小琼稍停了停，抹了一下睫毛上的泪花，“还要说的是，我只是喜欢你，不是爱你。因为我很清楚，我不能爱你，即使爱你，那也是不会有结果的。”

“你……”杨再新看着罗小琼，双眼潮乎乎的，“你是不是心里有人了？”

罗小琼低头不语。

“小琼，我问你呢？”杨再新轻轻敲了敲桌子。

罗小琼抬头看一眼杨再新，轻柔地说：“有了。”

“谁？”

“你知道的。”

“我想听你说。”

“卢达成。”

杨再新猛地站了起来，又坐下，盯着罗小琼，说：“你真心喜欢他？”

罗小琼抬起头，说：“真心喜欢。”

“莫名其妙！”杨再新气呼呼地来回走着，“真是莫名其妙！”

一阵沉默。罗小琼和杨再新都能听到对方的心跳。

“好，我明白了。”杨再新含泪点了点头，咽了咽口水，“那这样吧，从今往后，我就是你的大哥，你就是我的小妹。”

“这多好啊！”罗小琼举起酒杯，含泪一笑，“来，哥，我敬你。”

两只酒杯响亮地碰在一起。

于美艳正跟人笑哈哈地打电话，一扭头见杨一新走了进来，忙放下了听筒。

“美艳，跟人打电话？”杨一新在沙发上坐下，“没影响你吧？”

“没事。”于美艳脸一红，“就跟朋友聊几句，说孩子高考的事呢。”

“浩浩明年高考了吧？”

“是啊，不到一年了。”

“高考高考，那是一考定终生的事，做父母的是得多关心孩子才行。我看高考前这段时间，你就多在家照顾点浩浩算了。能让孩子上个好大学，那比什么都重要。”

“那当然了，我是巴不得他能上清华上北大呢。”

“就得有志向，有目标。”

“现在浩浩倒是好了，学习挺自觉的，不要我多操心。”

“那就好。你这样，如果能兼顾得过来，那公司的事就再多费点心。”

“大哥，听你这话，是有什么想跟我说吧？”

“没别的，就想你这顾问还得要顾要问，还得多管些事才行。”

“大哥，你这话我有点听不懂，你就直说了吧。不管你说什么，我都听你的，行不？”于美艳走过去，在杨一新旁边坐下。

“好，美艳就是美艳。”杨一新朝于美艳点点头，“你知道，财务是集团一个非常关键的部门，事情多，又重要，总监实在忙不过来，就想让你分担一些。”

“大哥，你说，要我分担什么？”

“就是财务总监提出来，他对公司的财务负总责，主要负责公司的财务预算、核算、资金运营等等，而资金的筹措，特别是与银行的对接就还是请你来负责，因为你熟悉情况，又有经验。”

“这我行吗？”

“当然行啊！这事我跟再新也商量过了的。”

“他怎么说？”

“他说这样很好的。”

“那行，我听你的。”

“美艳，还有一个事。”杨一新看着于美艳，“你虽然没跟我说过，但我早看出来了，是你心里一直纠结着的。”

于美艳眨着眼睛，说：“什么呀？”

杨一新笑了笑，说：“再新早两天跟我说，小琼认他做哥了。”

“认他做哥？”于美艳猛地站了起来。

“是的。”杨一新朝于美艳压压手，“你没意见吧？”

“我……”于美艳坐下。

“怎么？”杨一新盯着于美艳。

“好事啊！”于美艳一拍沙发，“我欢喜都来不及，怎么会有意见呢。”

“好，那就好。我也跟你一样，高兴着呢！”杨一新站了起来，“你知道的，我们家就我跟再新两兄弟，正好没个妹呢。”

于美艳看着杨一新，说：“大哥，看把你美得什么似的。”

“天上掉下来一个好妹妹，我当然高兴啊！”杨一新笑呵呵地看着于美艳，“这下你也好了，放心了吧！”

于美艳头一偏，说：“我呀，从来就是放心的。”

“那就好。”杨一新哈哈一笑，“哪天我叫上小琼，一起去你们家喝酒。”

“好嘞！”于美艳爽快地说着。

这时，安然走出车间，对旁边的李远航说：“李总，你也别急，财务制度不健全、报表不规范、管理不精细等问题和不足是中小企业普遍存在的，不止你这里。我们一起来努力，等把这些问题基本解决了，那公司就可以成为我们的信贷客户了。”

“好，谢谢你来公司考察和指导。”李远航感激地看着安然，“我一定努力，争取早日得到你们的支持。”

罗小琼坐在沙发上看书，不时瞟一眼电视屏幕。

有人敲门，接着门铃又响了。

罗小琼边走过去边问：“谁呀？”

“我。”

“是叔吧？”

“是我。”

罗小琼打开门，一见罗长远，欢喜地说：“叔，还真是你啊！”

“不是我，还有谁呀！”罗长远进了门，将一个纸袋递给罗小琼。

“这么晚了，你还来看我，是又给我买了好吃的吧？”

“有些日子不见，还真有点想你了。正好路过这，就上来了。”

“是怪我好久没去看你了吧？”罗小琼倒了茶，挨着罗长远坐下。

"还真有点。"罗长远喝口水，一本正经地看着罗小琼，"小琼，有个事，我想问问你，你可得如实跟我说。"

"什么事？"罗小琼愣了愣，"叔，你可别吓我呢。"

"没别的，就是你也老大不小了，近来有没有看上眼的男孩？"

"就这个啊。"罗小琼呵呵一笑，"我还以为是什么大事呢。"

"这还不是大事？一个女孩家的，这就是一辈子最大的事了。"罗长远看着罗小琼，"到底有没有啊？"

"怎么？是又要给我介绍一个吗？"

"别多问，你只告诉我到底有没有？"

"怎么说呢，要说有那就有，要说没那就没。"

"你这是什么话？"罗长远脸一沉，"我跟你说，我可是多少知道一些的。"

"你知道一些？"罗小琼眨眨眼睛，"那你说来听听。"

"我想听你如实跟我说。"罗长远盯着罗小琼，"你是不是喜欢杨再新？杨再新是不是也喜欢你？"

"我是喜欢过他，甚至可以说是爱过他，我欣赏他的一往无前、无所畏惧，敬佩他的敢想敢干、敢作敢当，喜欢他的激情四溢、魅力四射，至于他喜不喜欢我，那是他的事，你……"

"你怎么能这样？"罗长远一声叹息，"他是有妇之夫，他有家庭，有儿子，你……"

"我知道。"罗小琼挽着罗长远的胳膊，"所以我想明白了，认他做哥了，我们从今往后只是兄妹了。怎么样？可以吧？"

"想明白了就好。"罗长远喝口水，"你们公司是不是有个叫卢达成的？"

"有啊！"

"怎么样？"

"不错啊！"

"你喜欢？"

"喜欢啊！"

"听说你跟他在谈？"

"有什么不合适吗？"

“有点。”

“哪？”

“我不说非要门当户对，但总也得差不多吧，可他……”

“他是出身贫寒，没什么背景，可我的父亲和叔叔也是出生在山冲里，祖上全是布衣。我虽然没有闭月羞花的容貌，却也长得漂漂亮亮，人见人爱、花见花开。他虽然没有潘安那样风流倜傥，却也是长得高高大大，算是气宇轩昂、一表人才。我现在是公司的部门负责人，他现在是公司的项目经理。你说这算不算差不多？”罗小琼见罗长远要说话，马上又抢着说，“当然，他没有一个即将走马上任的副市长叔叔。”

罗长远哈哈大笑，笑过了，要罗小琼务必好好想想，跟卢达成的事可不能草率。

华山上，往上走着的程万秋一扭头，看到了仰望的吴双艳。他停下脚步，惊喜地朝吴双艳挥着手。吴双艳也朝他挥挥手，加快了步伐。

朱小丽敲了敲司马兰寝室的门，催她快点走，却不见她回话，也没听到里边有动静，便推开门往里看，一看吓了一跳，只见司马兰躺在地上，身边有一摊血。

程万秋牵着吴双艳的手在看兵马俑。随着人流移动的程万秋放开吴双艳的手，掏出在裤兜里振动的手机一看，见是宁大为打来的，稍一犹豫便将手机塞进了裤兜。

司马兰手上包扎着纱布，靠在沙发上。

“兰兰，以后可不许再干这样的傻事了！”叶满枝心疼地看着司马兰，“不就几千块钱，有什么想不开的，妈给你还了就是。”

“你也没跟我说过那事，我要知道就不会让你在那上面借了。”朱小丽在司马兰旁边坐下，“那五花八门的什么网贷、校园贷，尽是套路，不知害了多少人了。”

“是啊，你要钱，跟妈说一声，妈给你就是。”叶满枝叹了一口气，“你看你，让自己来吃这个亏，受这个罪。”

“我是看那平台上说怎么好，如何方便，又划算，就想试一下。当时还想着用自己兼职挣的钱几个月就还清了，谁想到会是这样。”司马兰一脸羞愧，“那时也不知是碰了个什么鬼，晕晕乎乎地就办了。”

“你呀，不为别的，是被爱情冲昏了头。”朱小丽指了指司马兰。

“你笑我？”司马兰嘴一翘，伸手拧朱小丽。

“没有，没有。”朱小丽边说边躲着。

“当时我收到一条信息，一看头就全蒙了，怎么那钱还越还越多了。我是又急又气、又恼又恨，加上羞愧无比，也不知是怎么的，抓了那水果刀就往手腕上一割，跟着就是眼前一黑，就……”

门铃响了。

“应该是大为来了。”朱小丽边说边起身去开门。

“没事了吧？”宁大为边说边揩着汗，“我给程万秋打了不知多少次电话，开始那两次还通了，只是没接，后来就关机了。”

“我估计他是在陪导师开会，没听见，后来又没电了。”朱小丽看一眼宁大为，看着叶满枝，“当时可是把我吓坏了，我赶紧找了一块干净毛巾给兰兰包扎了一下，扶着她就往诊所跑，又打电话要大为赶紧联系程万秋。”

朱小丽和宁大为盛情难却，只好在司马兰家吃了晚饭才回了学校。

这时，程万秋和吴双艳从咖啡店出来，边走边开心地聊着。吴双艳问程万秋是不是愿意跟她去县城工作。他稍一迟疑，轻轻点了点头，跟着又似乎摇了摇头。

叶满枝将一杯牛奶递给靠在床头的司马兰，问那天在街上救她的是不是宁大为。司马兰双手捧着牛奶，点了点头。

“我看这孩子不错，一脸忠诚厚道的样子。”

司马兰放下杯子，说：“我还是去学校吧。”

“怎么？”叶满枝拉着司马兰的手，“不行，我不放心。”

“那你等下不要跟我爸说。”

“好。你爸要问，我就说是削水果不小心划了一下。”

司马兰接着喝牛奶。叶满枝去客厅看电视。

听到卧室里“嘭”的一声响，接着又是“哇”的一声，叶满枝连忙跑了过去，只见手机躺在地上，司马兰趴在床上哭着。

“兰兰，怎么啦？”叶满枝捡起手机，轻轻拍着司马兰的背。

司马兰边抹泪边说没什么。叶满枝说肯定是有什么，要不不会哭得这么伤心，要她有什么就说出来，别憋在心里。司马兰手机响了，是朱小丽打来的，要司马兰别着急，别生气，应该是误会了。

几分钟前，吴双艳发了个朋友圈，发的是她和程万秋在华山上、在兵马俑前、在西安街头的亲密合影。有人把这立马转给了司马兰。司马兰又转给了朱小丽。朱小丽看了十分生气，想打电话臭骂程万秋一通，让他赶紧给司马兰一个合理的解释，却怎么也打不通，便赶紧打电话来安慰司马兰。

双新建材公司工地上，万全有边走边对于美艳说："这是新型建材，是替代产品，符合国家产业政策，也在我行授信重点支持的范围。目前类似的产品市场上已经有了，但能有这个生产规模的公司，省内及周边几个省份暂时还没有，得抓紧施工，抢在前头上市。"

于美艳说："现在是加班加点施工，预计会提前一个月投产。"

万全有说："那就好。早一天上市就早一天占领市场。"

于美艳说："只是眼下资金有点跟不上。当然，有几家银行抢着放贷款，特别是沧江银行那边，屈行长一天打几个电话，还答应利率下调。"

胡岚说："他再怎么下调，也会比我们高。"

万全有看一眼胡岚。胡岚脸一红，不说了。

"你这样。"万全有看着胡岚，"明天把双新那四千万放了，按基准利率，不上浮。"

"好嘞，就等你这句话了。"胡岚说着看一眼郑小颖。郑小颖报之一笑。

"好，真是太好了。"于美艳看着万全有，边说边鼓掌，"万行长把项目考察变成了现场办公，令人敬佩！"

这时，卢达成指着正在内装修的写字楼，边走边对杨再新说："这过两个月就可以交房了。春节前集团公司完全可以搬过来办公。"

"好，不错。"杨再新点点头，走了几步，看着卢达成，"不过，春节后再搬也不迟。新房子，还是多通风些日子好。这样对公司对员工都有好处。如果节前急急忙忙搬过来，就是员工没有怨言，那也不好。"

卢达成没想到杨再新会这么说，不由得对他敬意倍增，他身上值得自己学的东西真是太多了。

天空深邃，皓月当空。

江上波光闪耀，船帆点点。

风光带上唱歌的，跳舞的，夜跑的，散步的，垂钓的，遛狗的，读书的，下棋的……一派熙熙攘攘、热热闹闹。

有人摇了一下桂花树。罗小琼伸手捧着落下的桂花，闻了闻，说：“真香！”

卢达成指着天上，对罗小琼说：“你看，好圆的月亮！”

罗小琼望了望月亮，将桂花放到卢达成的手上。卢达成闻了闻，将桂花放进裤兜里。罗小琼莞尔一笑，挽着卢达成的胳膊，走了几步停下来，看着卢达成，说：“我们俩的事，如果我叔叔不同意，那你怎么办？”

“我……我不会轻易放弃，但会尊重你的选择。”

“好，那我告诉你一个好消息，你在我叔叔跟前那一关通过了。”

“真的？”卢达成抓着罗小琼的手，颤动着。

“真的！”罗小琼点着头。

卢达成拉着罗小琼就跑，与骑车过来的司马兰迎面撞上了。司马兰连人带车倒在地上。罗小琼连忙扶起司马兰，说：“对不起，摔着哪了没有？”

司马兰边打量罗小琼边说：“没事。”

罗小琼说：“没事就好。”

司马兰问刚把车子扶起来的卢达成：“没伤着你吧？”

卢达成说：“没有。”

司马兰看看卢达成，又看看罗小琼，说：“祝你们幸福！”她说着往车上一跨，朝卢达成和罗小琼挥挥手，骑车走了。

罗长远放下文件，起身走到窗前，观赏着楼下盛开的梅花。

“恭喜罗市长！贺喜罗市长！”杨再新拱着手走了进来。

罗长远纠正杨再新，说“不对，是罗副市长。”

杨再新一拍脑袋，说：“对，现在是罗副市长，得再过两年才是罗市长。”

罗长远哈哈大笑。

杨再新也跟着笑。

“再新，也祝贺你顺利当选市人大代表！”罗长远握着杨再新的手，“往后你就是监督政府，也是监督我的人了，可别拉不开情面。”

杨再新摆着手，说：“哪里哪里，到什么时候我都得靠你关照的。”

罗长远看着杨再新，说：“小琼近来怎么样？”

“公司昨天已任命她为副总经理。我……”

“我没问你这个，是问她跟那个卢达成怎么样了。”

“这……这个我也没问她。”杨再新挠挠头，“应该还好吧。”

“你这个当哥的，往后可得多关心点，不能让她受委屈。”

“那当然，谁要让她受委屈，我可不答应！”杨再新一拍桌子，嘿嘿一笑，“不过，据我所知，卢达成对她倒是真心实意的，上次她住院的时候我就看出来了。”

罗长远点点头，说前几天他见过卢达成了，不卑不亢，话说得得体，对建筑对项目都有自己的理解，印象不错。杨再新听着心里是五味杂陈，但更多的还是为罗小琼和卢达成高兴，因为他知道他和罗小琼不会有结果，而卢达成也是他看好的。

在双新新办公楼前，邓满意放慢了速度，边看大楼边说：“香总，双新这大楼还真是又豪华又气派呢。”

“你每次路过都要说，都不知你说过多少遍了。你不说就不行？嘴巴会臭？”

“我没别的意思，就随口说说。”

“你是不是想到里边去啊？”

“没有，真的没有。我早说过了的，我跟定你了，到死都会跟着你的，你……”

“你呀！”何桂香打断邓满意，“我告诉你，人家再好，那也是人家的，用不着羡慕，用不着恭维，用不着巴结，得靠自己，只有你自己有钱了，有地位了，别人才会尊重你，才会高看你，才会抬举你。”

“那……那倒也不一定。”

“怎么就不一定了？”何桂香一拍车门，“老娘有钱的时候，这个也来奉承，那个也来讨好，前一阵老娘资金一时周转不过来，立马这个讨钱来了，那个逼债来了，这个躲得远远的了，那个影子都不见了，连屈大江这王八蛋都躲瘟神似的躲着老娘了。”

“我看屈行长倒也不是那种忘恩负义的人，应该是有他的难处，是……”

“好了，别说了，说来烦人。”何桂香手一挥，“你开快点，人家在等着。”

“好嘞。”邓满意加油提速。

目光落在书上的卢达成猛地一拍桌子，说：“还真是这样的呢。”

“什么呀？吓我一跳。”坐在床上看手机的汪守业扭头看着卢达成，“你看灯都差点给你拍得掉下来了。”

“不好意思，拍重了，拍重了。”卢达成指了一下桌上摊开的书，“没什么，就一个问题终于在书上找到答案了。”

“达成。哦，卢经理。我都跟你说过多少遍了，你又不是没地方住，怎么硬是要跟我们挤在这板房里受罪啊？”伍家旺说着下了床。

“怎么？你还非要赶我走？”卢达成看着走过来的伍家旺，佯装生气地脸一拉，“那我偏不走，看你怎么办。”

“不走好。”汪守业看着卢达成，“你在这，我是跟着学了不少东西。”

“你别误会，我不是非要赶你走。我知道你住这里，随时可以上工地，有什么问题也好及时解决。其实你在这里，我跟守业也沾了不少光的。”伍家旺看一眼汪守业，在卢达成旁边坐下，“只是你日里夜里守在这工地上，晚上也不去陪陪人家罗总，你就不怕她有意见？就不怕别人去陪她？就……”

“看你说的。”卢达成拍了一下伍家旺的肩膀，“我忙，她比我更忙。我们都说好了的，一周见一次面。”

伍家旺摇着头上了床。

走到车间门口，胡岚对安然说：“我看远航公司这回无论是厂容厂貌还是员工精神面貌都比上次焕然一新，无论是制度建设还是财务核算等等都上了一个台阶，贷款可以放了。”

“是啊，这半年多来，公司确实是有了较大的变化。”安然点着头。

“不好意思，不知道两位来了公司。”李远航边说边跑过来，“来之前要是通知一声，那我就在家恭候你们，也好到门口去迎接啊！”

“岂敢岂敢。”胡岚摇摇手，看一眼安然，“安行长说了，不通知好，这样能更多更好地看到真实情况。”

“那是那是。”李远航点着头，“我这大门时刻向你们敞开着，随时欢迎来指导。”

“李总，感谢你对我们的支持和配合。”安然微笑着看着李远航，“我们回去就给你申报贷款，争取一周内贷款到位，行吗？”

“那太好了。”李远航看看安然，看着胡岚，“我没听错吧？”

胡岚拍了一把李远航的肩膀，大声说：“没错！”

李远航往礅子上一站，张开双臂，对工人们说：“各位，我告诉大家一个好消息，银行要给我们远航公司放贷款啦！”

车间里满是掌声和喝彩。

杨再新放下听筒，自言自语地说：“好，真是太好了！”

“杨总，什么好事，这么高兴？”罗小琼边说边走了进来。

“好事多了，可以说是捷报频传。刚接了电话，说建材公司的新产品刚一上市，深圳一家知名房地产公司就找上门来，签了三年的供货合同，你说这是不是好事？”

“那是。还有呢？”

“机械公司那边的那个技术难题昨天终于攻克了，今天去工地上试了机，各项指标都达到了设计要求，有的比市场同类产品更好。你说这算不算好事？”

“当然算。”

“这倒是要给王小伟记一功了，要不是他把那个宝贝人才挖了过来，那这难题还一时半会攻克不了。”

“依我看，那个宝贝人才更要记功，而且要记大功。”

“那当然，必须的。”杨再新看着罗小琼，“小琼，我跟你说，这回我可是真正理解人才就是生产力，就是效益的道理了。”

罗小琼偏着头，看着杨再新，说：“捷报没有了？”

“有啊，还有更让人惊喜的呢。”

“是什么？你快说！”

“江南那块地还是给我们拿下了！”

“好，那真是太好了！”

“小琼，楼盘的名字我都想好了。”杨再新拿起笔，在纸上龙飞凤舞地写了“江南花园”几个字。

“好，这名字好。”罗小琼边鼓掌边说，“到时候，一个江南，一个江北，两个楼盘隔江相望，好一道亮丽风景。”

“是啊，这一来，在沧江就没几家能跟双新比的了。”杨一新边说边走了进来，“这回罗总又是功不可没。”

“江南花园这块地能拿下，主要还是董事长和杨总前期做了大量艰苦而细致的工作，打下了一个好基础，我只是去现场举了几下牌子。”罗小琼微笑着看着杨一新和杨再新，“我可不敢说有什么功劳，有的只是要感谢董事长和杨总又给了我一个锻炼成长的机会。”

“小琼啊，你就是会说话，难怪董事长那么喜欢你，器重你。”杨再新看着罗小琼，“你就没什么跟我分享的？”

“说完全没有吧，那倒也不是。”罗小琼嫣然一笑，打着手势，“前期的远交近攻、分化瓦解不说，明修栈道、暗度陈仓也不说，就说举牌时的以退为进、出其不意，还有虚虚实实、声东击西，等等，那还是有一点点技巧的。”

“说细点，我……”杨再新来了电话，一看是宁小虎打来的，忙接了，“宁科长，那事你放心，我记着的。哦，我知道，不会给你什么特殊的优惠，都一样的价格。”

“好，那就好。对，不能给人留把柄，得清清白白。”宁小虎挂了电话，看一眼往桌上端饭菜的花三朵，“这下你总该放心了吧。”

“我跟你说。”花三朵吞了嘴里的饭，看着宁小虎，“没错，我是没多少文化，就一个下了岗，没了正式工作的女人，只会围着灶台转，做点家务事，还爱占点小便宜，上过当，受过骗，没出息。”

宁小虎白一眼花三朵，大口吃饭。

“而你就不一样了。”花三朵放下碗筷，看着宁小虎，“你是一个上了大学，读了好多书的人，又是一个大科长，也算是一个国家干部了，那应该是一个有思想有觉悟的人，是不能占便宜，更不能贪这贪那的。你说对不对？”

宁小虎没吭声，低头吃饭。

“呃，你听我说呢。”花三朵盯着宁小虎，“我要你去双新给大为定一套房子，可以找人优惠一点，但不能坏了规矩，耍鬼把戏。”

宁小虎还是没说话，只是低头大口吃饭。

“你听见没有？”花三朵拉了一下宁小虎的手臂，“我跟你说，你要是脑子不清白，手脚不干净，坏了事，可别连累我和大为，我……”

“看你乱七八糟地说些什么！”宁小虎瞪一眼花三朵，碗一放，起身走了。

“你看你，还说不得了呢。”花三朵埋怨着宁小虎，端碗吃饭。

聚仙楼上，程万秋端着酒杯，站起来，讪笑着说：“来来来，很快又到春节了，这是我们离开校园后的第一个春节。这酒我一来祝福大家春节愉快，二来祝贺小丽和大为正式入职H银行沧江分行。”他说着跟司马兰去碰杯。司马兰却将杯子躲开了，看着窗外纷纷扬扬飘着的雪。

聚餐不欢而散。

程万秋追上来，挡在司马跟前，说：“兰兰，我都跟你解释过多少遍了，那全是误会。我跟吴双艳真的没什么，她去玩，我去开会，只是碰巧遇上了。”

“误会？碰巧？”司马兰鼻子一哼，脚一跺，“程万秋，我告诉你，我看到你就想呕，你就死了心吧！滚开！”她说着推开程万秋，昂头走了。

朱小丽说程万秋是自讨没趣，怪不得司马兰，说了不要他来的他偏要来。宁大为默不作声，只是大步往前走去。

吃过晚饭，花三朵一家人围坐在电烤桌前。

一听宁大为说他不去银行工作了，花三朵急得又是跺脚又是拍桌子，问他不想去银行那要去哪。

“去远扬公司。我昨天去了公司，跟吕总面谈了，他欢迎我去。”宁大为看一眼默不作声的宁小虎，“去远扬公司专业对口，更适合我的发展。我参加银行的考试，只是证明一下我自己。”

“你说句话呀！”花三朵推了一下宁小虎，“银行多好的单位，多少人想去都考不上，你倒好，进了门又要出来，非要去那个民营企业。你就是要去民营企业，那也应该去双新这样的大公司啊！”

“双新是大，也好，但是我更喜欢远扬。”宁大为摇着花三朵的手臂，“妈，你就尊重一回我的意愿，好不好？”

“大为，爸支持你！”宁小虎朝宁大为竖了一下大拇指。

“你……你搞什么鬼？”花三朵瞪着宁小虎。

“搞什么鬼？”宁小虎一笑，“我可没搞什么鬼，只是觉得大为的选择没错，就得干自己喜欢的事。”

“好，你们还笑。”花三朵指了指宁小虎和宁大为，“到时候后悔了，可别来怪我。世上最难买的就是后悔药。”

这时，卢达成正在工地上迎着雪，拿着手电，边走边仔细看着。

残雪这一堆，那一摊，点缀着路，点缀着田垄，点缀着山山岭岭。

程万秋指点着橘园，对郭小宁说：“怎么样？栽这橘子树的时候我就说了，到时候这橘子不仅会卖出去，还会卖一个不错的价钱。”

“那还不是靠国家扶贫的村村通，把这路修通了。”郭小宁看着橘园下边的水泥路，“听说修从我们村到隔壁村的那段路时，双新的董事长是捐了钱的，要不那路也打不了那么宽，也没那么厚。”

程万秋若有所思地看着路。他想起了填坑那一幕，想起了杨再新问他的情景。

下了山，郭小宁指着新建的一栋两进三层的红砖房子，对程万秋说：“看来你们家这几年的扶贫贷款还是用好用活了，你爹妈都有头脑，又都能干，养鸡养猪，又包鱼塘，要不这房子也建不起来。”

“楼上还没装修呢。”程万秋看一眼房子，望着坪下延伸到前边山嘴边的水泥路，“你们家更好，还开上小加工厂了。”

“那也赚不了几个钱，小打小闹的。”郭小宁碰一下程万秋的手，“你真愿意跟吴双艳去她老家县城工作？”

“我好不容易走出了这穷乡僻壤，难道还到那偏远落后的地方去？你愿意让我去过那寄人篱下，天天看人脸色的日子？”程万秋看一眼郭小宁，仰天一笑，“告诉你，我虽然现在还是一个待业人员，不像你，有关系，沧江银行那边都搞定了，但我并不悲观，相信美好前程就在前边向我招手。”

“那是。你人比我聪明，又长得比我帅气，往后准会比我更有出息。”郭小宁看着程万秋，“听说吴双艳也是她父亲逼的，非要她回去接管家里的煤业公司，她要不回去，他就不吃饭，不睡觉。没办法，她只好退让一步，答应回本地工作，考上了当地的银监局。”

两辆小车开了过来。

“杨家兄弟又回家陪老人过年了。”郭小宁看着车子从下边开过。

“你看。”程万秋指着山嘴那，“车子怎么停下来了。”

“好像有人在那争吵。”郭小宁手一挥，“走，看是谁……”

不等郭小宁说完，程万秋已跑在了前边。

郭小宁摇头一笑，追了上去。

“修这路是村上祖祖辈辈的心愿，也是大家期盼已久的。如今这路总算修好了，人人都沾上光了，那是多好的事啊！可通车还没几天，你们就为谁家多占用了一锄地，谁家多出了半天工争吵起来，还把路堵了，那就不好了。”程万秋扫一眼众人，“我只问大家，修这路你们有谁出过钱？没有吧？你们知道修这路的钱是哪来的吗？”

“上边给的。”有人说。

“上边是给了，可没那么多。这钱除了上边给的，还有扶贫队筹了款，有人捐了钱，要不这路就修不了这么宽，修不了这么好。”程万秋看一眼后边的车，“你们知道这捐款的人是谁不？”

“谁呀？”有人问。

“那得好好感谢人家。”有人说。

“那我告诉你们，这捐款的人就是隔壁村杨家的，也是大名鼎鼎的双新集团的董事长。他现在就给大家堵在后边的车上。”程万秋指了指后边的车，“人家虽然捐了款，却不留名，所以大家不知道。”

“人家捐了款还不留名，我们却为一锄地、半天工在这里争吵，真是丢脸了。”有人说着就走。大家也跟着走。

杨再新下了车。

程万秋迎上去。

“是你啊。”杨再新看着程万秋，“如果我没记错的话，你叫程万秋。”

“对对对，我是程万秋。难得杨总还记得。”程万秋介绍着郭小宁，“我朋友郭小宁，在沧江银行上班。”

杨再新朝郭小宁点点头，看着程万秋，说：“那你呢？在哪高就？”

“我？”程万秋有点不好意思地笑着。

“我明白了。”杨再新点点头，看着程万秋，“那你愿意去双新吗？”

程万秋说：“能让我再想想吗？”

“你随时来公司找我都行。”杨再新朝程万秋和郭小宁扬扬手，上了车。

坐在沙发上的叶满枝看一眼司马兰，边剥花生边装着随意地说早放假了，是不是叫那个宁大为来家里玩一玩。坐在她旁边看书的司马兰似乎没听见，没吭声。

“要不你把他电话给我，我来打？”叶满枝碰了碰司马兰的手。

“多管闲事。”司马兰翻一眼叶满枝，接着看书。

“多管闲事？”叶满枝拿过司马兰手上的书，往茶几上一丢，“我看你这书看也是白看了，反正考不上的，就找个什么单位上班算了。”

司马兰白一眼叶满枝，拿了书就去了卧室。

“这孩子。”叶满枝嘀咕了一句。

这时，吕明远把宁大为带到司马昌跟前，指着司马昌对宁大为说：“大为，这就是司马老师傅，你就先跟着他了。”

宁大为朝司马昌鞠了一躬，说：“师傅好！”

司马昌打量了一下宁大为，拉着他的手，笑呵呵地说：“好，有缘。我们见过面的。你还记得吗？”

“记得，记得。”宁大为点点头，“在书店里。”

司马昌拍了拍宁大为的肩膀，拿起工作台上的板子，乐呵呵地干起活来。

见罗小琼从门口走过，于美艳忙起身过去，把罗小琼拉进门，说：“前几天我去了一趟工地，正好碰到了达成。他跟我说，他妈就盼着他早点成亲，给她生个大胖孙子。”

“是吗？”罗小琼红了脸。

于美艳拍着罗小琼的手，说：“小琼啊，我跟你说，这看起来是达成他妈说的，其实就是他自己的意思。我是过来人，这男人的心思啊，我比你懂得多。要我看，反正你们也定下来了，又都老大不小了，就早点结了婚，有个自己的家，再生个孩子，那这个家就完整了，完美了。我……”

“我就知道，美艳姐是最关心我，最疼我的。我跟达成已经商量好了，就按照他们老家的习俗，准备在春节前去他老家，办一个简单的婚礼。”

“这么快？”于美艳一愣，“好，那太好了！”

“是啊，早点办了好。”罗小琼看着于美艳，“办了就都放心了。”

“也是，也是。”于美艳有点机械地点着头。

看着罗小琼离去的背影，想着她就要成亲了，于美艳莫名地有一种说不出来的滋味，还有淡淡的失落和丝丝的愧疚。

路边小餐馆内，伍家旺杯一端，对汪守业说：“来，守业兄弟，我这是借花献佛，真心敬你一杯，祝贺你转为双新的正式员工！”他说着一口干了。

“我今天是真的高兴。我不是工友，是工人了。我有单位，有正式工作了。我……”汪守业哽咽着说不出话来了。

卢达成看着伍家旺，说：“这回你真没意见？”

“没意见，真没意见。”伍家旺摇摇头，又拍拍胸脯，“一来守业确实比我做得好，转正应该是他，二来这回守业转正了，那下回我就希望更大了。”

“好，你能这样想就好。”卢达成端起酒杯，看着伍家旺，“来，我敬你一杯。”

见卢达成是诚心敬自己的酒，伍家旺是又感动又激动，酒也就一杯接一杯地喝，又掏出钱来，非要汪守业去买酒。卢达成见他兴致高，又是一片真情，也就随他去了，只是酒买来之后，先声明酒要喝好，但谁也不能喝醉。伍家旺和汪守业异口同声地说行，听他的，他说怎么喝就怎么喝。

“来，卢经理，这杯酒我单独敬你，祝你早生贵子。”伍家旺杯一碰，一口干了。

“卢经理，我是一开始就看出来了，你跟罗总是有夫妻相的。”汪守业一手晃晃荡荡地端着杯子，一手扶着伍家旺的肩膀，“怎么样？我这眼珠子不是没吃油吧？”

“行，就……就你眼珠子亮，吃了油。”伍家旺指着汪守业，“我……我是什么都没看出来，行了吧！”

“我……”汪守业身子一歪，坐了下去，趴在了桌上。

伍家旺不断地拍胸脯，说他往后保证如何如何，绝不给卢达成丢脸。

这时，在一家酒吧里，司马兰和吴双艳面对面坐着，都已面若桃花。

吴双艳端起酒杯，一口干了，将杯子一蹾，骂道：“别再提他了，他程万秋就狗屁一个！”

“狗屁一个？那抬举他了！”司马兰看一眼窗外，一拍桌子，“我看他就狗屎一堆！”

窗外雨打桃花，落英满地。

见司马兰由人领着进了办公室，罗小琼放下手上的笔，起身握着司马兰的手，说：“祝贺你入职双新，也谢谢你选择了双新。”

“入职双新是我的荣幸，谢谢罗总还记得我。”

“你骑车那潇洒的样子，我记忆犹新。”

司马兰脸一红，说：“不好意思，那晚是我冒失了，冲撞了你们。”

罗小琼一笑，说：“那是我们有缘。”

“也是。”司马点点头，“我考了几个单位的公务员，每次笔试成绩都不错，面试感觉也还好，可最终都是名落孙山，连我妈都笑我了。”

这时，屈大江朝隔着办公桌垂手站立着的郭小宁压压手，笑着说：“小宁，你坐下，别紧张。”

郭小宁看一眼椅子，还是站着。

“找你来，没别的，就告诉你，我能够关照你的一定会关照。新入行的，一般至少要临柜一年以上才能转岗，你就半年吧。不过以后的路怎么走，走得怎么样，那就只能靠你自己了，谁也包不了的。”

郭小宁点着头，心里却在想你是包不了我，也用不着你来包的。

万全有放下材料，看着站在桌旁的朱小丽，说：“这贷前调查报告写得不错，是你独立完成的？”

“胡科长指导的。”朱小丽看着身边的胡岚。

“我也没指导什么，只是提了两点修改意见，可以说就是小丽独立完成的。”胡岚看一眼朱小丽，“小丽悟性好，又勤奋，还谦虚。”

“那就好。”万全有点点头，微笑着看着朱小丽，“当初你可是凭实力考进来的，而且笔试面试成绩都靠前。”

朱小丽说：“那时在您家给孩子做辅导，可没少跟您学东西呢。”

万全有说：“好，看来你还真是一个有心人。”

这时，司马兰在楼道上边走边低头看着文件，和程万秋擦肩而过。程万秋看到司马兰，停下脚步，稍一犹豫，往前走了。

吴富贵靠在椅子上，闭着眼睛。

吴双艳摇了摇吴富贵坐着的椅子，说：“爸，你听到没有。”

吴富贵睁了一下眼睛又闭上，说：“听着呢。”

“爸，反正现在的生意也不那么好做，货款回笼又慢，像那个何桂香的钱都欠了两年多了吧？”吴双艳拍了拍吴富贵的手，“要我看，你年纪也大了，就别再那么辛苦了，干脆把煤矿和煤场都转让掉算了。”

“不行！”吴富贵一下坐了起来，“那你回来是干什么的？”

“那还不是你逼的。”吴双艳一甩手，“如果你非要让我来当煤老板，那我准会一接手就卖了，看……”

“看你敢！”吴富贵扬起手。

“我就敢！”吴双艳头也不回地走了。

这时，杨再新站在土坡上，指点着拆迁中的工地，感慨地说：“达成，这拖了半年多，总算开工了。”

“这还是你，要是换了别人，只怕三年两载也开不了工的。”卢达成看一眼杨再新，“这也好，说明这地方增值空间大，你有眼光，有魄力。”

“这块地确实是不错，可这中间的关系十分复杂，水很深。这些开始我也不怎么了解，后来一多打听，可没那么简单，连我这个从来不知道什么是怕的人心里都有点发毛了。”杨再新看着卢达成，“接下来准是一场硬仗，也是一场恶仗，你敢不敢接这个项目？”

“里边还有老虎不成？”卢达成亮了亮拳头，“那好，我到时候来他个武松打虎！”

“好，达成好样的！”杨再新一拍卢达成的肩膀，“到时候我送你一根哨棍，再送你一坛好酒！”

直到杨再新的车走远了，卢达成还在又感动又激动之中。可等感动和激动一过，一想着天不怕地不怕的杨再新对这项目都有点发毛，他又有点怕上了，愁上了。

何桂香推开茶馆一个包间的门，打量着面窗而坐的背影说：“没走错吧？”

“没错，香总。”

“是你，柳开？！”

“柳开是谁？”柳开转过身，“你听清楚了，我是柳运来。”

“我可不认识什么柳运来，只认得你是柳开。”何桂香呵呵一笑，边说边走过去，“你虽然打扮得人模狗样了，说话变得南腔北调了，可我还是那句话，不管你换了什么皮毛，不管你改了什么腔调，在我何桂香的眼里，你柳开还是柳开，不是什么柳运来，还是那个曾经在我面前点头哈腰、讨好卖乖的柳开。”

“香总，你这话我就真的不爱听了。”柳开摘下墨镜，往桌上一丢，双手往椅子扶手上一搭，“人都有倒霉的时候，也有时来运转的日子，只是看时机到没到，你抓没抓住。还有，人也都是会变的，包括我，也包括你。你可以不待见我，瞧不起我，还看我的把戏，唱我的丑，我可是一直惦记着你的好，你的……”

“柳开，我可没工夫跟你说这些乱七八糟的东西。”何桂香不耐烦地朝柳开手一扬，在他对面坐下，“你有话快说，有屁快放！”

柳开哈哈大笑。

“好，你不说是吧？”何桂香起身，“那好，我走了。”

“好，走，你走！”柳开指着门，“不留！”

何桂香扭着屁股往门口走去。

“走，你走快点，别磨磨蹭蹭。”柳开哈哈一笑，“只是你可别后悔哦！”

走到门口的何桂香停下来，疑惑地回头看着柳开。

“香总，看来你还不知道我这次回沧江是要干什么吧？”柳开朝何桂香招招手，用手指蘸水在桌上写了几个大字。

“什么？你要在沧江成立投资公司？”何桂香眯着眼睛，不以为然地看着柳开。

“是的，没错。”柳开边说边摇着二郎腿，“先开投资公司，然后开小额贷款公司，还有典当公司、担保公司，等等。”

何桂香哼了哼，说：“你有那个能耐？”

柳开呵呵一笑，说：“士别三日，当刮目相看。”

何桂香一笑，说：“可你不是什么士，再怎么也还是一只土鳖。”

“你呀，你呀！怪不得你还是那么一个老土样，还是那么小里小气，没有格局，不成气候，没多少变化。”柳开指了指何桂香，“要说你有什么变化吧，那唯一的就是变苍老了，变憔悴了，变臃肿了，还……”

“你……”何桂香指着柳开。

“香总，可不是我说你，我看你还真是朽木一段，不可雕也。”柳开指了指何桂香，二郎腿一放，墨镜一戴，“好了，我也懒得跟你说了，你快走吧，就让发财的机会与你失之交臂，让本该是你的滚滚财源流进别人的腰包里去吧！”

何桂香一屁股坐在椅子上，说：“你赶我走，我还偏不走了！”

“怎么？有兴趣了？”柳开呵呵一笑，看着何桂香。

“好！”何桂香一拍桌子，“你说，老娘跟你怎么合作？”

“好！”柳开一捶桌子，朝门外说，“上茶，上好茶！”

“好嘞！上好茶！”门外响亮地应答着。

小会议室里，杨再新扫一眼杨一新和罗小琼等与会人员，说：“我还是那句话，逆水行舟，不进则退，发展才是硬道理，发展才能解决问题。双新必须发展，必须保持快速发展的势头。目前及今后一定时期，公司必须抓住难得的机遇和机会，以建筑和房地产为核心，加快上游建材板块的产能扩张，做大下游的服务板块。这是公司当前的工作重点，也可以说是公司的发展战略。”

“再新，我还是要提醒你一句，双新的发展已经是够快的了，而且多年来一直在高速发展，双新也已经够大的了，在沧江比双新再大的企业已找不出几家了。”杨一新看着杨再新，“我不反对快速发展，也不反对做大规模，但我觉得，我们应该更多地思考如何把公司做强，做精。”

会场一片寂静。大家都在听，在想，又有点茫然，有点无所适从。

杨再新和杨一新都看着罗小琼。于美艳看着窗外飘荡的银杏树叶。

“我是这么想的。”罗小琼看一眼杨再新和杨一新，边打手势边平静地说，“一方面，双新是要保持发展的势头。发展是硬道理，没有发展那什么都无从谈起。双新要是没有过往的快速发展那就不可能有今天的模样，不可能有今天的地位。另一方面，国家已经在实施供给侧结构性改革，提出了‘去产能、去库存、去杠杆、降成本、补短板’的‘三去一降一补’。这是大势，不可违逆。因此，我建议双新在保持适当发展速度的同时，适当做些调整，更多地注重发展的质量和效益，而不只是速度和规模。”

杨一新朝罗小琼点点头，看着于美艳。

“我……我就别说了吧？”于美艳讪讪一笑。

“说说吧。”杨一新朝于美艳努努嘴。

“那好，我说两句。”于美艳看着皱着眉头的杨再新，“从资金的角度来看，目前有几个项目都在资金投入阶段，特别是江南花园那个项目投入的资金量还比较大，如果现在要去兼并或是收购别的企业，那资金上肯定应付不过来，会……”

“会什么？”杨再新将手上的笔往桌上一扔，“你不知道去银行贷款？”

“可是……”

“可是什么？你怕银行不给贷款？”杨再新一笑，“那我告诉你，你只要放出风，说公司要贷款，银行准会抢着跑上门来。”

“未必。”于美艳小声说着。

会场沉静下来，一时谁也不说话。

杨一新和杨再新都用眼神鼓励大家发言，那些还没说的也就大多表了态，有赞成杨再新意见的，有与杨一新的意思差不多的。

杨再新看着罗小琼，示意她再说说。

“那我再补充两句，也是告诉大家一个好消息。”罗小琼扫一圈会场，“那就是公司的建材板块即将上市，这将在一定程度上解决公司资金依赖银行的局面。不过，上市筹集到的资金可不是你想怎么用就怎么用的，还得讲规矩，而且要讲效益。”

“那是。”于美艳点点头，“这对我们财务部门既是一件好事，也是一个挑战。”

杨一新微笑着朝罗小琼和于美艳点点头，看着杨再新。

“好，那我再说两句，最后请董事长拍板。”杨再新扫一圈与会人员，“刚才各位说的都有道理，都没错，都是为公司着想，但我还是那句话，双新不能慢慢来，更不能停下来，而是必须发展，必须快速发展！”他看一眼罗小琼，“在我看来，刚才罗总说的‘三去一降一补’对双新来说，就是发展的最好机遇，就是实现战略的最好机会。对这样的机遇和机会，双新必须抓住，而且要牢牢抓住！上市是一把双刃剑，有利有弊，看你怎么去把握，怎么去运用。有上市实现了跳跃式发展，蒸蒸日上的，也有上市后走向没落，轰然倒塌的。正因为这样，我们上市走的是步步为营的战略，就是试着来。在不少人眼里，我干什么都是胆大包天的，但在这上市上，那我可以说是胆小如鼠的，是……”

于美艳忍不住笑出声来。她一笑，不少人也跟着笑。罗小琼和卢达成都朝杨再新投去赞赏的目光。

“你们别笑，我这说的可是真心话。”杨再新握了一下拳头，再一拍桌子，“好，我不多说了，但我要告诉大家，我的目标，或者说我的愿景，那就是要打造双新企业帝国，双新要跨过长江，要跨过黄河，双新的旗帜要飘扬到北美去，飘扬到西欧去！”

杨一新眉头一皱，随即又舒展开了，心想杨再新就是杨再新啊！

会场一时掌声雷动。卢达成又振奋又激动，湿润了双眼。

“好，我说两句。刚才杨总说的就是公司的愿景，或者说就是公司的战略目标。大家要结合各自的实际抓好执行，抓好落实。公司鼓励创新，但不能走样，各自可以发挥自己的聪明才智，但不能背离公司的大方向。”杨一新微笑着看一眼杨再新，“我再补充一句，就是刚才杨总说的，也是他跟我这些天讨论过了的，是达成了共识的。”

杨再新感激地朝杨一新点点头，又一笑。

柳开往屈大江的椅子上一坐，双脚往桌上一架，摇了摇，说：“屈行长，我说了要回来的。怎么样？没骗你吧？”

“我猜到了你会回来，但……”

“坐在这行长的宝座上，感觉还真是不错。”

“你那投资公司什么的真要是开起来了，到时候你往董事长的椅子上一坐，那感觉也许会更好。”

“看你说的，什么真要是开起来了。”柳开脚一放，站起来，桌子一敲，“我告诉你，营业执照都下来了，下一步就是看去哪家银行开户了。”

“还去哪，就开在我这啊！”

“当然是开在你这了。”柳开拍了拍屈大江的肩膀，“屈行长，你可能早忘了我，我可是一直把你记在心里的。”

“哪里哪里，我也是常常想起你的。上次你……”

“我听说你马上要荣升行长了，那……”

“那没什么。只是担子更重，责任更大了。”

“好，往后我们就可以更多更好地合作了。”

屈大江看看柳开，没说话，只是朝他笑了笑。从这笑里，柳开隐约看到了屈大江对他的疑虑和戒备。

这时，一溜矿车轰隆轰隆地出了井口。吴富贵从矿车上跳下来，一个踉跄，摔倒在地。他爬起来，拍了拍身上的煤屑，心想看样子自己是真的老了。

第十章

证券大厅里，花三朵指着屏幕，对叶满枝说："你看，我说了要你跟我一起买双新的吧，可你不信。结果怎么样？双新连涨三天了，而你买的呢？两个跌停了吧？"

"可不是嘛。"叶满枝一声叹息，起身往外走。

"你别走，打了赌的，你输了，得请我吃饭呢。"花三朵追了上去。

"吃什么饭，没心思。"叶满枝手一甩，走了几步又回过头，对花三朵说，"你别急，过两天准请你。"

"跟你说着玩的呢。谁亏了都会心情不好。到了家别说这事，更别说亏了。"花三朵朝准备过马路的叶满枝扬着手，"其实也没事，这次亏了，下次补回来就是。"

叶满枝回头看一眼花三朵，心想你得意什么，这次你是赚了，看你下次亏个什么样子，反正自己是剁手不炒了。

回到家，花三朵特意多做了两道菜，一上桌就给宁大为夹一只鸡腿，说："来，吃鸡，吃鱼，多吃点。妈这几天炒股赚了钱。你满枝阿姨不听我的，结果亏了，气得吐血。"

"妈，你这种心态就不适合炒股，涨一点就眉开眼笑、喜不自胜，一跌又唉声叹气愁眉苦脸。"宁大为看一眼吃着饭的宁小虎，看着花三朵，"妈，我倒是建议你去好好看一下那个周子叶写的一篇文章，就在前天的《沧江晚报》上。"

"那个我看了，是你满枝阿姨带来给我看的。"花三朵笑了笑，"那文章写是写得好，只是应该没几个人做得到。你说有几个人炒股不是想多赚点钱？又有几个人有那种把钱看得那么淡的境界？”

宁小虎看一眼花三朵，说：“你炒股炒股，炒了那么多年了，炒出几个钱哪？”

花三朵说：“我炒股不只是为了赚钱，也是找个事干，打发时间。”

“妈，你要真是这样，那就对了。”宁大为给花三朵夹了一块鸡，“心态好了，那就涨也好，跌也好，都看得淡了。”

这时，叶满枝家也在吃饭。

司马兰给叶满枝夹了一块鱼，说：“妈，你每次一跌了就这样无精打采茶饭不思的，我看着都急呢。”

“你吃吧，我吃不下。”叶满枝边说边将鱼夹回给司马兰，“你知道吗，那亏的是钱，不是别的什么。”

司马兰说：“你要是这样，那以后就真的别炒股了。”

“我看不炒了也行。”司马昌放下碗，“那炒股就跟赌博一样，也没什么意思，更没几个炒股赚了钱的。”

司马兰说：“炒股的散户那确实是没几个赚了钱的，就是今天赚了一点，说不定明天又给割韭菜割了去了。”

“可不是，你上个月说赚了几百千把块钱。”司马昌看着叶满枝，“结果这两天不但把赚的割了去，还割出了个窟窿。”

“不过，话又说回来，炒股本身还是有意思，有味道的，也是有方法，有技巧的。”司马兰看着叶满枝笑了笑，“只是像我妈这样的人就不怎么适合炒股了，非要炒一点，那就看好了，看准了，买点长线股，丢在那里，不用管它，别天天炒炒的，弄得提心吊胆、紧紧张张的，钱没赚着，还没少劳神费力。”

“那你给我看好哪只股没有？”叶满枝看着司马兰。

“还没看好，你先等着。”司马兰扭头偷笑着。

“你这鬼孩子。”叶满枝用筷子在司马兰头上敲了一下，“那好，你别看了，反正我也不想炒了。”

司马兰回过头，看着叶满枝，说这段时间公司事情多，老加班，她只周末回家，平时就住公司宿舍了。叶满枝说随她，自己注意点，再忙也要吃好饭，睡好觉，周末带宁大为来家里吃饭。司马昌手一举，说赞成。

在商场美食街，郭小宁端起酒杯，看着程万秋，悄悄说：“这回我买的双新股赚了一把，那全靠你给我提供了内部信息。来，我敬你一杯！”

“都是兄弟，客气什么。不过，我也告诉你。”程万秋瞟一眼左右，降低声音，“我那是违规的，是担了大风险的。”

“这我知道。”郭小宁边说边给程万秋添上酒，“下回赚了的你四我六，如何？”

“亏了呢？”程万秋盯着郭小宁，“股票这个东西，那可是谁也说不准的。”

郭小宁迟疑一下，说：“要是亏了，那全算我的。”

“好，这还差不多。”程万秋左右看一眼，看着郭小宁，“不过，你得给我保证，我透露给你的，你不再告诉任何人。”

“好，我保证。”郭小宁拍一下胸脯，“你跟那个司马兰和吴双艳真都没戏了？”

程万秋点点头，一声长叹。

“我看你跟那个司马兰还是有缘的，要不怎么不约而同地都去了双新。”

“你懂啥？”程万秋瞟一眼郭小宁，“那叫冤家路窄。”

这时，人行道上，花三朵提着菜篮子，边走边问叶满枝：“你呀，说了不炒股了的，怎么又炒上了？”

“我也不知道怎么的，一看到股票开始涨了心就痒痒的了。”挎着菜篮子的叶满枝看着花三朵，“你还不是一样。”

“我可从来没说不炒股了。”花三朵菜篮子往地上一放，看着叶满枝，“我跟你说，前几天我大概算了一下，这炒股一路下来，我虽然没赚到钱，却也没亏多少。”

“你是比我炒得好一些。”叶满枝边说边走，“我本来是没炒股的。前些年厂子破产了，孩子又正在上学，我就在家里洗衣做饭，有时闲着无聊，就给人带着炒上了。”

“我也差不多是这样。”

“现在孩子大了，工作了，可自己也上了年纪，找不到好的工作了。”

"是啊，我们都一把年纪了，又不是什么大学生研究生，要想找一份轻松体面工资又不低的工作，那只能是做梦了。"

"世上哪有轻松体面又工资不低的工作。我现在是只要有工作干，别老在家里闲着无聊，遭人嫌弃就行。"

"那我问你。"花三朵看着叶满枝，"我们小区斜对面有一家超市下个月开业，还要几个人，你去不？"

叶满枝看着花三朵，说："那我们一起去？"

花三朵稍一想，说："行，我们一起去。"

煤场上，何桂香指着堆积如山的煤和来来往往的卡车对郭小宁说："郭经理，怎么样？有了这堆积如山的煤，你该放心了吧？"

郭小宁说："好，没问题，我回去就给你上报。"

何桂香拿过郭小宁拎着的包，边将一个信封放进包里边说："还得请你尽快上报，公司等着用钱的。"

郭小宁做出生气的样子，边抢包边说："你这是干吗？不行的！"

何桂香将包递到郭小宁手上，说："没什么，就一点误餐费，小意思。"

"那也不行的。"郭小宁看着何桂香，"就只这一回，往后不能再这样。"

何桂香呵呵一笑，话里有话地说："你放心，往后不会这样的。"

郭小宁握别何桂香，上了车。

这时，杨再新放下车窗，边欣赏江心洲上的动人春色，边跟王昌明打电话，说："王局长，我那江南花园在你辖区内，还得请你多费心。什么？你得纠正我一下？是王副局长，不是王局长？"

"对，是王副局长。"在办公室的王昌明哈哈一笑，看一眼站在旁边的章小强，"杨总，你说的江南花园的事没问题，那是职责所在，有事你让人找章副所长好了。"

章小强双手从王昌明手上接过手机，说："杨总，你放心，双新的事就是所里的事，你的事，就是我的事。一句话，为企业保驾护航那就是我的职责！"

挂了电话，杨再新摇头一笑，心想这王昌明和章小强还真是一条藤上的呢。

就在杨再新摇头一笑之时，柳开在当年被驱逐的棋牌馆门口下了车。棋牌馆对面的小高层房子还在，棋牌馆这边那一排低矮破旧的房子不见了，变成了小区临街的一溜门面，但冷冷清清，有不少门面是关着的。

柳开摘下墨镜，往后抹了一下油光的头发，冲门面吐了一口唾沫，在心里骂道，他奶奶的，就没了，也不等等老子，骂过了，又生出感慨来，这世界变化真大，真快，转眼间棋牌馆不见了，打牌的人也不见了，自己倒人模人样地站在了这里。

站在司马兰宿舍门口的程万秋看了看楼道两头，见没有人走动，一咬嘴唇，“扑通”跪了下去。

“你快走吧，你就是跪到天亮，跪烂了膝盖，我也不会开门的。”从门里边传出来司马兰带着怒气的坚定的声音。

跪了一阵，程万秋猛地站了起来，抬脚就要踢门，但又放下了，停了停，头一甩，再一哼，悻悻地大步离去。

这时，宁大为拧紧螺帽，再看了看，对司马昌说：“师傅，应该可以了。”

司马昌点点头，将开关一推，机器运转起来。

宁大为开心笑着，一摸脸，脸花了。

“真有你的。”司马昌朝宁大为竖着大拇指。

“都是师傅您带得好呢。”宁大为嘿嘿笑着。

司马昌笑眯眯地看着宁大为，心想他跟司马兰真要成了，那该多好啊！

江堤上行人稀少，草已开始转黄。

“天干这么久了，也该下场雨了，再不下，有的地方人喝的水都没地方挑了。”邓满意边开车边看着快见底了的沧江。

“你是吃咸了吧？”

“哦，是有点吃咸了。”邓满意拍了一下自己的脸，“其实这雨是不下也好，那煤就更好卖，更值钱，更……”

“雨下不下，那是老天爷的事，用不着你操闲心。”

“那是，那是。”邓满意回头看一眼何桂香，“香总，来了信息，沧江银行的贷款刚才已经到账了。不知道那天郭经理在煤场看出什么来了没有？”

“你说呢？”

“只有他自己知道。”

“是吗？”何桂香笑着问邓满意，“没想到你也变聪明了。”

邓满意一笑，说：“也不看我是跟着谁呢。”

“你呀，没别的，就靠这张嘴。”何桂香指了指邓满意。

“那我车也开得不一般的，是不？”邓满意嘿嘿笑着。

“少啰唆，开快点，别让人家在那等。”

“你不说就要让他等吗？”

“此一时彼一时，你懂不？”

“那我不懂。我只懂个屁。”

“你……”何桂香一笑，“开快点！”

“好嘞！”邓满意一拍方舟盘，加了速。

何桂香刚落座就见柳开推门进来了，却不起身，也不打招呼，而是将手机贴在耳边，做出打电话的样子。柳开哈哈一笑，指了指何桂香的电话。何桂香一看手机，讪讪一笑，将手机往桌上一搁，问柳开想吃什么菜，想喝什么酒。柳开一拍桌子，说不劳她破费，他请她。她说那不行，今天她先到，先到为主，必须是她来请。柳开心中暗自一笑，心想你都这样了，还要在我面前充大姐大，嘴上却说那好，听她的。

“柳总，那以后我们多合作，一起多赚钱！”何桂香放下干了的酒杯。

“香总，你这就对了。这些年我虽然在沧江的时间不多，但你的情况我一清二楚。你原来靠做票据买卖，提篮子赚钱，后来监管严了，查得紧了，票据买卖不好做了，你便开起了煤场，做起了煤炭贸易。可近年来国家对环保越来越重视，煤窑大多关了，烧煤的也少了，你的煤炭生意跟着走了下坡路，快走进死胡同了。”

“现在是什么都不那么好做，做了也不赚钱，不亏就谢天谢地了。”

“香总，你错，你错错错！”

“是吗？”何桂香皱着眉头。

“没错，你是错错错。我告诉你，赚钱的路子从来就不止一条的，关键看你怎么去走。如今赚钱的路子千千万，只是你脑子没开窍，没找到而已。”柳开一拍桌子，“好了，现在我又回来了，你发财的日子也来了，你就只管等着收钱吧！”

“是吗？”何桂香茫然地看看柳开，望望窗外。

窗外天空阴沉下来，灰蒙蒙的一片。

罗长远只点了杨再新和卢达成陪同，轻车简从地去了双新的工地，又去了车间。出了车间就直接去了双新大楼的会议室。

“今天我去了双新的几处工地，也去了双新的生产车间，所到之处都是一片繁忙兴旺景象，令我十分欣慰。我为沧江有双新这样的企业而感到骄傲，感到自豪。”罗长远边说边朝与会者点头致意。

杨再新带头鼓掌。大家跟着鼓掌。

“双新在不到二十年的时光里，从无到有，从小到大，从弱到强，创造了沧江企业发展的神话和奇迹，为沧江的经济繁荣和社会发展做出了有目共睹的贡献。”罗长远看一眼杨再新，“刚才杨总还跟我介绍了，公司的下一个目标是要打造双新企业帝国，让双新走向全国，走向世界。我看，这是双新梦，也是沧江梦，是一种远见和抱负，更是一种情怀和担当，令人赞叹，令人钦佩。”

“罗市长过奖了，过奖了。”杨再新边朝罗长远鼓掌致谢边说，“双新的进步离不开罗市长的关爱和支持，双新的发展离不开罗市长的关怀和帮助。”

“哪里哪里，那都是双新全体员工共同努力的结果，也是以一新董事长为首的双新管理层经营有方，管理得当。”罗长远摆了摆手，微笑着扫了一圈与会人员，“当然，理想也好，梦想也好，在实现的过程中，都要立足当前、着眼未来，都要结合实际、实事求是，这样才能行稳至远，才能基业长青。”

这时，吴富贵走到井口，停下脚步，对身边的吴双艳说：“还真没想到，那何桂香欠我的钱昨天打过来了。”

“我说过，人家有钱就会给你的。”吴双艳挽着吴富贵的手，看一眼从井下上来的矿车，看着吴富贵，“爸，你都是年过六十的人了，身体就这个样，不如趁现在行情稍有好转，快把公司转让了算了。”

“那不行！”吴富贵拿开吴双艳的手，跟着矿车就走。

“老顽固！”吴双艳小声嘟哝了一句，追了上去。

吴富贵在前边边走边接电话。吴双艳在后边碎步走着。

“双艳。”吴富贵朝吴双艳招了招手，待她走近了说，“刚才何桂香给我打电话，又要我发煤给她，你说我发还是不发？”

吴双艳想了想，说不急，先看看再说。

郭小宁放下啤酒瓶，边扯了纸巾擦汗边说：“万秋，你这是蒸包子啊！”

程万秋看一眼窗外，说：“这鬼天气也真是的，都小半夜了，还这么热。”

郭小宁看了一眼风扇，说：“下次去我宿舍，有空调。”

“你呀，还斯文什么，跟我一样，脱了呗。”程万秋说着把郭小宁的T恤撸了下来，又将风扇对着郭小宁。

“来，这是这两个月的信息费，足够买一台挂式空调的。”郭小宁从包里取出一个信封摆到桌上，指一下墙壁，“就挂那里好。”

“没必要，都立秋了。”

“还有秋老虎呢。”

“有个事，我问下你。”程万秋看着郭小宁，“公司给了我一套优惠价房子的指标，我想买下。昨天我去申请按揭贷款，可银行一查，说我有不良记录，影响了征信，不行。当时我一下就蒙了，我压根就没贷过款的。”

“怎么回事？”

“说我在H行办了信用卡，一共有六张，大多还激活了，欠了钱。可我从来就没去H行办过卡，你说这不是害人吗？”

“你这是典型的被办卡了。前些年，这情况可多了。”

“那怎么办？”

“好办啊，你可以去找H行要求消除不良记录，给予经济补偿，同时向媒体投诉。可以从本地媒体开始，如果问题得不到解决就联系更多的媒体。”郭小宁凑近程万秋，“这话我只跟你说，你可不能再告诉别人。”

“这我知道。”

“还有，你不能跟任何人说这是我的主意。H行跟我们毕竟是同行，还有业务合作的，捅出去了不好。”

程万秋点着头，心想郭小宁还真是鬼点子多。

胡岚边看资料边跟安然打电话，说：“安行长，你那是怎么回事，好好的就出了被办卡这么大一条负面舆情，刚才省分行有人跟万行长打电话了，说如果舆情再扩散，再升级，让总行和监管部门知道了，那不仅要扣减年度绩效考核分数，还会问责。万行长要我告诉你，赶紧与当事人和记者联系上，做好沟通，尽快把事情处理好，及时把情况报上来。”

安然在办公室边走边说：“事情基本查清了，情况比较复杂。那个程万秋也联系上了，是双新集团的员工。他的诉求有两条，一是给予经济补偿，二是消除不良记录。他说因为不能贷款，耽误了他买房，造成了直接经济损失，因为有不良记录，损害了他的声誉，造成了间接经济损失。我会继续跟他沟通，也跟双新财务的郑小颖科长说好了，请她出面做程万秋的工作。那个记者暂时没联系上，还在找。”

“那好，你抓紧点。我这边的朱小丽是那个程万秋的同学，到时候我让她也跟程万秋说说。”胡岚说着放下了听筒。

这时，坐在工位上的程万秋捂着手机，小声问郭小宁：“你说什么？我别轻易松口，跟他们讨价还价？”

座机响了。程万秋挂了郭小宁的电话，拿起听筒。那头说她是财务的郑小颖，请他现在去一下她办公室。

“你那办卡的事，已经查清了，不能说银行没有一点责任，但主要责任还在你自己。”程万秋一进门，郑小颖就这样对他说。

“主要责任在我？”程万秋眨着眼睛，一脸疑惑。

“是的，没错。”郑小颖将资料推到程万秋跟前，“你自己看，这第一张卡你是亲笔签了字的，身份证也是你的。”

程万秋看了看，点了点头。

“是这样。”朱小丽边说边指点着资料，“你的室友王某与支行员工张某是老乡。王某给张某完成信用卡的发卡任务，让你在申请表上签了字，又盗用了你的身份证。而你当时根本没在意，过后又忘记了这个事。之后，王某以你的名义，通过网上申请渠道，以老客户身份申办了另外几张卡。”

“刚才安行长跟我说了，银行可以将你名下的那几张卡全部注销，不再留下任何隐患，给你更正征信记录，不影响你贷款什么的，如果你愿意在H银行按揭，还可以享受利率上的适当优惠。安行长还说了，她本来是要跟小丽一块过来的，因临时有个急事，来不了，改天再过来当面向你道歉。”郑小颖看着程万秋，“你看这样行不？”

“可我……”程万秋欲言又止。

“程万秋，你是不是还想着赔偿的事？”朱小丽盯着程万秋，“你说的什么赔偿，是不是有人给你出的馊主意？”

程万秋点头，又摇头。

“程万秋，我看能这样已经是挺好的了。”郑小颖盯着程万秋，“我跟你说句实话吧，这事银行本来是想追下去的，都准备报案了，可一追下去，那你那个室友麻烦就大了，可你又说还是不牵扯他的好。再说了，这事要银行赔偿你，那怎么也说不过去，银行早明确说了，不可能对你有经济上的赔偿，而如果你非要这么僵着，再让杨总知道了，那你会吃不了兜着走。你是个聪明人，这应该一想就明白。”

程万秋想了想，看着郑小颖，说：“那好，我听你的。”

“听我的就好。”郑小颖点点头，“那你赶紧联系一下那个记者，跟他说明事情的真相，让他再发个稿子，或是跟个帖子。”

程万秋犹豫着点了点头。

万全有一拍桌子，站了起来，指着不以为然地坐在那的周子叶，说：“怎么能这样？你弄那么一个吓人的标题，又不现场采访，也不核实情况，就凭一个电话，就凭那个程先生的一面之词就写了，真是岂有此理！”

“舅，你别发这么大的火嘛！”周子叶拉着万全有在沙发上坐下，“我跟你说，我们网络媒体讲的就是一个‘快’字抢先，靠的就是一个标题吸睛。

如果不快，那就抢不到好东西，如果标题没有冲击力，那就吸引不了眼球，就没有点击量，就……”

“什么？”万全有皱着眉头，“你们网络媒体？”

“是啊，上周我去了新成立的沧江在线，负责经济金融板块。我告诉你，现在的网络媒体以其传播快捷、信息量大、影响广泛等优势而迅猛发展，传统的纸媒体正快速与新媒体融合，各地纷纷成立融媒体中心。昨天那稿子就是我去沧江在线的头一炮，点击量还不错，转发也不少，算是给打响了。”

“你是打响了，安行长他们却给你害惨了，银行也给你害苦了。我只问你，你写那东西就只是为了吸引眼球吗？就只是为了点击量吗？”

周子叶眨着眼睛，后退了一步。

“我再问你。”万全有指着周子叶，“是银行乱办卡了吗？是银行应该赔偿吗？新闻的生命是什么？记者的使命是什么？”

周子叶红着脸，挠着头。

“我还要问你。”万全有一拍桌子，指着周子叶，“你既然写了，却为什么不敢署你的名字？又是怕什么？”

“没署我的名字，那还真不是怕什么，我心里有数。不过，那稿子发出来之后，我又在想，是应该再写点东西。”

“写了没有？”万全有瞟一眼周子叶。

“写好了。”周子叶掏出两页纸，“今天上午我去了安行长那里，详细了解了相关情况，还电话联系了程先生，跟他核实了一些信息。下午我又接到了程先生的电话，他说他跟银行协商好了，问题都已得到了解决，对银行的态度和服务都表示满意。我一琢磨，写了这篇稿子。您看这样写行不行？”

“好，你这样写就对了。”万全有将稿子往桌上一拍，“把重点放在了普及银行卡知识，告诉社会如何防范银行卡风险，提醒民众保护好自己的信息和证件。”他指了一下周子叶，“你给我记好了，往后写东西一定要客观、真实，不可想当然、摸脑袋，更不可胡编乱造、信口雌黄。”

周子叶垂手站立，连连点头。

这时，程万秋气呼呼地敲开了郭小宁宿舍的门。

“这下你可是害死我了。”程万秋瞪着郭小宁，“朱小丽对我肯定是有看法了，公司财务的郑科长虽然口头上说感谢我的配合，但我看得出来，她心里是老不高兴的。如果她再跟于部长或是杨总一说，那我就真的惨透了。”

“我可是为你好。”郭小宁一声叹息，“看你平时脑子那么灵活，怎么这一下就死脑筋了，看到情况不对，也不赶紧掉头转向，还坚持要什么赔偿。”

“是你打电话要我坚持，要我挺住。你说只要咬着不松口，银行就拿我没办法，多少总会赔偿一些。”

“你呀，我怎么说你呢？你是想钱想疯了吧？情况变了，那你得跟着变啊！”

程万秋抓起桌上的一个塑料杯往地上一摔，转身就走。

郭小宁一哼，看着程万秋的背影，骂他是自己屙不出屎来还怪茅厕。

程万秋匆匆走过来，拍了一下卡座的隔板，问埋头在看资料的司马兰：“我那报告是不是压在你手上了？”

“是啊！”司马兰将笔一搁，将文件夹往桌上一丢，站起来，看着程万秋，“你那关于钢铁水泥的发展报告过于冒进，过于乐观，与国家目前的产业政策相悖，这字我不会签，也不会往上报。”

“你……你这是故意刁难，是拒不执行公司战略。”

“我故意刁难？”司马兰一拍桌子，“我看你是公报私仇，是……”

“是什么呀？”挺着大肚子的罗小琼说着走了过来。

罗小琼把司马兰和程万秋请到了自己办公室。

“你们两个，原来是同学，现在又是同事，多有缘分啊！”罗小琼微笑着看着司马兰和程万秋，“我知道，你们刚才也不为别的，都是为了公司好。没错，公司决定了的事，那就得坚决执行，但又要结合实际、实事求是。万秋的报告我浏览了一下，总体还是按照公司战略来的，是做了调查研究动了脑筋的，但项目是多了点，有的项目目前也是不太合适做。兰兰对报告有看法、有想法是好事，说明你有思想，有头脑，不过，要是能把自己的意见和建议写出来就更好了，但不要压着，压着就误事了。你们说是不是这样？”

司马兰脸一红，说：“罗总批评得对，是我的错，我一定改。”

“是我态度不好，不该去质问她。”程万秋瞟一眼司马兰，“她应该不是故意压着的，是事情多，一时看不过来。我……”

司马兰朝程万秋头一昂，说：“我就是故意压着的！”

程万秋皱一下眉头，欲言又止。

司马兰看一眼罗小琼，低下头，说：“不过，罗总，我现在知道错了，不能把个人恩怨和情绪带到工作中来。”

程万秋瞟一眼司马兰，低头不语。

“好了，没事了。”罗小琼朝司马兰和程万秋笑了笑，“你们刚才虽然争吵了几句，但那都是为了工作上的事，没关系，都不要放在心上，更不要有什么意见。你们分别在公司的两个重要部门，往后工作上要相互多支持、多配合。没问题吧？”

司马兰抢先说：“我没问题！”

程万秋说：“我也没问题。”

“这样就好。”罗小琼看着司马兰和程万秋，“那你们握个手，怎么样？”

“好啊！”司马兰说着朝程万秋伸出手，可程万秋的手刚要碰到她的指尖就立马收了回去。程万秋脸一红，尴尬地搓着手。

“来，那我们一起握个手。”罗小琼说着伸出手。司马兰把手叠了上去。程万秋稍一迟疑把手伸了过来。

三只手叠在了一起。

出了罗小琼办公室，司马兰和程万秋就各自走了。见杨再新走了过来，程万秋忙恭敬地站立在一旁。

杨再新停下脚步，拍了拍程万秋的肩膀，说：“万秋，你写的那份报告我看了，总体上写得不错，不折不扣地执行了公司的战略。做规划做计划就得想法多一点、胆子大一点，不能缩手缩脚、怕这怕那。”

程万秋哈哈腰，说：“那是那是。”

杨再新看一眼程万秋，说：“当然，合理化建议也要采纳。”

程万秋边点头边说：“好，我记住了。”

听到有人敲门，在厨房切菜的叶满枝忙放下刀，去把拎着水果的花三朵请进来。

“老宁开会去了，来不了。大为加班，下了班就过来。”花三朵边换鞋边解释。

“兰兰她爸也加班去了，说公司在开发一个什么新产品。”叶满枝关了门，朝卧室喊，“兰兰，你朵阿姨来了，快出来。”

“好，就来。”司马兰边应答着边出了卧室。

前几天，叶满枝的股票涨了，一高兴，说请花三朵吃饭。其实也是她想再见见宁大为。上次宁大为和朱小丽送司马兰回家已给她留下了好印象。近来司马昌又老跟她提起宁大为，对他赞不绝口。花三朵从叶满枝和宁大为口中也对司马兰已有所了解，早就想见一面了。于是，叶满枝和花三朵两人一拍即合，说请就请了，说来就来了。

这时，宁大为和司马昌在机器面前比画着，争论着，都面红耳赤的。吕明远和王小伟说着走了过来。

听司马昌和宁大为分别说了，吕明远朝王小伟努了努嘴，示意他来评说一下。王小伟说他也不是什么专家，只懂点皮毛，谁好谁更好，开一下机就见分晓。

机器开了两轮过后，司马昌说他心服口服，宁大为比他强。宁大为看出来了，司马昌是有意为之，想多给他机会。

见司马昌进了门，叶满枝横他一眼，看着后边的宁大为，说：“天都黑了，也不早一点回来，你不饿，人家大为饿的啊。”

“我也不知道天怎么就黑了。”司马昌嘿嘿笑着。

“叶阿姨，我不饿。”宁大为朝叶满枝弯了弯腰，“只是不好意思，让您等久了。”

“没事，没事。”叶满枝摆摆手，看一眼司马兰，又看着花三朵和宁大为，“今天我们两家相聚，那是我们兰兰提议的，她……”

“我……”司马兰脸一红，给花三朵夹了一块鸡，“来，朵阿姨，吃菜。”

回到家，花三朵往沙发上一坐，看着宁大为，说："大为，我看兰兰是不错。"

喝着水的宁大为放下杯子，说："我又没说她不好。"

花三朵看着在看电视的宁小虎，说："兰兰她爸也是个实诚人，没多话的。"

"他呀，我认得，技术上是一把好手，就知道干活。"宁小虎边说边看着电视，"曾经是市里的劳模，戴过大红花的。"

这时，司马兰看着叶满枝，说："妈，朵姨他们分明是你请来的，怎么非要说是我提议的？你是不是心里有鬼啊？"

"看你这孩子。"叶满枝在司马兰额头上点了一下，"我是看大为这孩子不错，跟你是大学同学，又救过你，就想……"

"想什么？"司马兰摇着叶满枝的手臂，"妈，你想多了呢。"

司马昌拉着司马兰的手，说："兰兰，我看大为那孩子是不错，比我强多了，比我有出息，比……"

司马兰起身去了卧室。

站在钢铁厂门口，万全有望了一眼钢铁厂里边，看一眼身边的胡岚和朱小丽，看着杨再新，说："杨总，那我话说得直，请你别见怪。如果双新非要收购这家钢铁厂，那我没办法，也不多说什么，但贷款我不会上报，就是报上去也肯定批不下来。"

"为什么？"杨再新看一眼后边的于美艳和郑小颖，看着万全有说。

万全有说："你知道的。"

"我知道？"杨再新呵呵一笑，"没错，我是知道。整个钢铁行业是早就产能过剩了，但对双新来说不过剩。这钢铁厂也是地方小钢铁厂，但对双新来说就不是小钢铁厂了。这钢铁厂现在是还有环保方面的问题，可一旦双新收购了，那环保就不是问题了。"

万全有说："你就这么自信？"

"那当然！"杨再新笑了笑，"这点自信都没有，那还谈什么收购。"

"那好吧。"万全有朝杨再新伸出手，"钢铁厂这项目就对不起了，请多理解。当然，如果另外还有好的项目，那尽管报过来。”

“好。”杨再新握住万全有的手，“双新有的是项目，我们有的是合作机会。”

一上车，于美艳就对杨再新说：“怎么样？我说了的吧，万行长肯定不会同意。这钢铁厂干脆别收购算了，反正也是有点不……”

杨再新瞪一眼于美艳，说：“你这动摇军心的话，可别再让我听见！”

“那好，我什么都不说，装哑巴好了。”于美艳别过脸去，望着窗外闪过的街景。

“什么都不说那也不行，该说的还得说。这钢铁厂一定得收购，这贷款一定得拿到，办法就得你们去想。”

“对对对，我们去想办法。”坐在副驾驶位的郑小颖转过身来，看着杨再新，“在执行公司战略上，美艳姐常说我们财务就要不折不扣，就要不遗余力。东方不亮西方亮。万行长这里不同意没关系，我们可以再去找别的银行，办法总会有的。”

杨再新说：“小颖这话说得好，就得这样！”

于美艳不解地看着郑小颖。郑小颖偷偷朝于美艳使眼色。

到了公司，见电梯内只剩下于美艳和自己了，郑小颖便挽着于美艳的手臂，说：“姐，刚才我那么说，可不是想在杨总面前讨好卖乖，真是为你好的。”

“是吗？”

“是啊！”

“你这个机灵鬼。”于美艳在郑小颖额头上点了一下。

这时，万全有和胡岚、朱小丽在银行门口下了车。

“万行长，这段时间我老在琢磨，双新想快速发展是没错，要打造企业帝国也是好事。”朱小丽看一眼万全有，边往电梯走边说，“但照眼下这样发展，肯定会留下一些隐患，我还是有些担心。”

“小丽，你说的这个，万行长早看在眼里，明在心里了。”胡岚看一眼万全有，“今天当场否了那个钢铁厂项目就是例证。”

“你呀！”万全有看着胡岚，“我的眼可没看那么清，心也没那么明。”

朱小丽绕到胡岚身边，悄悄说："怎么？拍到腿上了吧？"

胡岚一愣，随即哈哈大笑，笑过了，说他估摸着，双新想收购钢铁厂应该是另有所图。万全有看一眼胡岚，心想这小子不错，能透过表象看问题。

回到办公室，万全有叫来胡岚，各自将双新收购钢铁厂的另有所图写在纸上，拿来一看，写的都是房地产开发。

朱小丽抓起手机，看了一下日期，拨了司马兰的号码，说祝她生日快乐。司马兰左右瞟了一眼，说谢谢，问她在哪。朱小丽说在办公室，忙着写案例分析。司马兰说她也是，都忙成狗了。朱小丽问司马兰是不是在边忙边等着收宁大为送的花。司马兰下意识地抬头看了一眼，看到的却不是宁大为，而是程万秋红着脸站在那，手上捧着一大束玫瑰花。

程万秋将花递给司马兰，说祝她生日快乐，鲜花代表他的心。

同事或站或坐，表情各异地看着，笑着。

司马兰夺过花，往地上一摔，狠狠地连踩了几脚。

程万秋大笑而去。

司马兰在车间门口朝蹲在机器跟前的宁大为招着手。司马昌用脚碰了碰宁大为。宁大为忙起身跑了过来。

司马兰说："走，到酒吧嗨去！"

宁大为看一眼笼罩下来的夜色，摊着油乎乎的手，说："事还没做完呢。"

司马兰有点生气地说："还不天亮了？"

宁大为咂了咂嘴，说："改天陪你去，行不？"

司马兰愣了愣，一甩手，快步走了。

宁大为追了两步便打住了，掉头往回跑。

跑过来的司马昌拉着宁大为的手，望一眼正走出大门的司马兰的背影，对宁大为说："今天是她的生日，你就陪她去好了，这里有我。"

"朱小丽告诉我了，还准备让花店给她送束花的，可一忙就全忘了。我……"

"你好样的。没关系，男子汉就得以事业为重。"

司马兰一上的士就给朱小丽打电话，说去酒吧。朱小丽说行，听她的，今天她最大，班不加了，马上过来。

酒杯一搁，甩脱朱小丽的手，冲上台，司马兰激情四溢地唱起了《套马杆》。朱小丽猛摇手拍，大声喝彩。

这时，产房门外的过道上，卢达成兴奋而又焦急地走来走去，不时地从门缝往里张望。

杨再新小跑过来，问卢达成："怎么样了？还没生？"

"应该快了吧。"卢达成边抹汗边说，"你那么忙，又这么晚了，怎么还来了？"

"再忙再晚也得来的，就想早点看到小外甥呢。"杨再新边说边听着产房里的动静。

产房门开了。医生出来对卢达成说："恭喜你当爸爸了，母子平安。"

卢达成一把抓住杨再新的手，满眼是泪地说："杨总，我当爸爸了！"

"好啊！恭喜你！祝福你！"杨再新虽然一脸的笑，但那笑里有着复杂的情感，有甜，也有酸，还有涩。

背着手走着的屈大江在椅子上坐下，看着悠闲喝茶的于美艳，说："好吧，钢铁厂这项目我接了，但有两个东西你也得给我考虑考虑才行。"

"屈行长，又要跟我讨价还价了？"于美艳一笑，茶杯一搁，"我可是跟你说，愿意给双新放贷款的银行多了去了。我是看你老怪我，说双新在你这的贷款少了，正好路过这里，就顺便上来看看你，要不是你提起，我还懒得跟你说钢铁厂的事呢。"

郑小颖看一眼于美艳，说："那是的，刚才上楼的时候还有一家银行的行长追着打电话，说要去公司找我们聊聊增加贷款的事。"

"屈行长，你要我考虑什么？你快说，我还有事呢。"

"没别的，一个是存款，这个月底涉及季度考核，你得给我新增一些存款才行；另一个是贷款利率，那至少得上浮百分之三十，也是没办法，资金成本高。"

于美艳看着郑小颖。

“屈行长，存款的事我们可以想办法，应该没多大问题。但贷款利率上浮那么多，那就得商量商量了。”郑小颖看着屈大江。

屈大江想了想，说：“那就上浮百分之二十五，行了吧？”

于美艳说：“不行！”

屈大江说：“那你说多少？”

于美艳看一眼郑小颖，说：“百分之十五，再多，那就算了。”

屈大江皱了皱眉头，说：“那好吧，亏一点就亏一点。”

于美艳哈哈一笑看了看大江。

叶满枝看着关了门的超市，长长一声叹息。

“满枝，你也别叹气了。今天这家垮了，明天那家开业，现在这都是再正常不过的事。这里没班上了，我们可以再去别的地方。”花三朵拉着叶满枝边说边往前走，“这个鬼老板也是的，开业才一年多就垮了，要垮了也不先跟大家说一声。”

“看你说的，谁要垮了还先告诉你。别的地方我不去了，我家兰兰和她爸都说了，要我就在家歇着，哪也不去了。”

“我家大为和他爸倒是也都说了，不准我再去找什么工作了。只是在家闲着也无聊，没意思。要不让兰兰和大为快点结了婚，有了孩子，那我们就有事做了。”

“这……这个得看他们自己的意思了。我当然是巴不得他们早点成了家。”

“嗯，也是，这还只能听他们的。”花三朵看着叶满枝，“噢，我昨天听一个亲戚说，沧江银行在卖什么基金，跟存款差不多，期限一年，有一分多的利息，是存款利息的两三倍，还可以分红。去买点吗？”

“靠得住不？”

“是银行卖的，怎么会靠不住呢。”

“那就好，买点也行。可我手头没钱，只能等有钱再买了。”

“那行，我先去买一点试试看。”走了两步，花三朵捞住叶满枝的手，“听说起点要十万，我手上只有八万多一点，你借两万给我行不？”

叶满枝犹豫着。

“怎么？怕了？”花三朵看着叶满枝，“那这样，赚了钱我分给你。”

“那好吧。”叶满枝点点头，“你别跟兰兰和她爸说呢。”

“好，这事只有你知我知。”花三朵望一眼路边盛开的桂花，“到时候看我给大为和他爸一个惊喜。”

早上，罗小琼边换鞋边对卢达成说江南花园工地情况复杂，自己多注意点。卢达成边开门边说知道，会小心的，又要她也别太累着，注意休息。

刚上车，卢达成就接到了伍家旺的电话，说工地上出事了，有人阻工，要他赶紧过去。他边开车边跟章小强打电话，说江南花园那边有情况，比较急，得辛苦他马上过去。章小强说他正在审一名盗窃嫌疑人，得等一会儿。

石块、沙子堆在了江南花园工地门口。车子堵在门口进不来，出不去。

伍家旺和汪守业跟几个人对峙着，剑拔弩张的样子。

“怎么？还不快去叫你们为头的过来？”一个光头用手上的木棒指了指伍家旺，看着一个戴墨镜的瘦高个，“告诉你，我大哥的忍耐是有限的，可别惹得他发脾气，他一发脾气，那你脚下都会发抖的。”

“光头，看你说的什么话。”瘦高个摆了一下手，“我们是来跟人家打商量的，是来求人家给我们一点活干，让我们也有口饭吃的，可不是来打秋风的，也不是来吵架的，更不是来砸场子的，别在这舞刀弄棒的吓唬人家。还是老话说得好，和气生财嘛。”他朝汪守业一努嘴，“你说是不是？”

“那是，那是。”汪守业不安地左右看看，往后退了一步。

“看来你们还真是把我们当叫花子了，是不是？”光头用木棒指着伍家旺的鼻子。

“没有啊！”伍家旺拨开木棒。

“那你们为头的怎么还不出来？”光头将木棒往地上一戳，“是不是死了？”

汪守业腰一挺，说：“你……你才死了呢。”

一辆小车在前边停下。卢达成下了车。

“什么？我死了？”光头举起木棒就要往汪守业头上砸。

“住手！”卢达成说着跑了过来。

“你是谁？”光头用木棒指着卢达成。

“我是这里的项目负责人。有事请跟我说。”卢达成看着光头。

“好，那你打算怎么说？”光头哼了哼。

卢达成说：“谁来我都是那句话。要吃顿饭、喝杯酒、抽包烟，那都好商量，但要来包工，想强买强卖，那不行！”

瘦高个说：“你要这么说，那就是不给我一点面子，也不给你留一点退路了。卢老板，我这样理解对不对？”

卢达成说：“你这面子我给不了，我的退路也不用留。”

“那好吧！”瘦高个往后退了两步。

光头举起木棒就往卢达成头上砸。伍家旺冲上来，手一抬，木棒落在他的手臂上。他“哎哟”一声，倒在地上。

警车鸣笛呼啸而来，在前边停下。穿着警服的章小强带着两个警察奔跑过来。瘦高个手一挥，拔腿就跑。汪守业猛扑过去，将瘦高个扑翻在地。

伍家旺躺在病床上，手臂夹着板子，吊着绷带。他在想这一棒挨得值不值得，想着又摇了摇头。

卢达成推门进来，边将花束和水果放到床头柜上，边问伍家旺还疼不。跟着进来的罗小琼将一个红包塞到伍家旺手上，说：“我们全家都谢谢你，你给达成挡的可不只是那一棒。我……”

“罗总，你这是？”伍家旺往上靠了靠身子，“那……那都是我应该的，要不是有你们俩的关心和关照，那哪有我伍家旺的现在。”

“你快别这么说，那都是你自己干得好，进步快。”卢达成坐到床沿上，抚摸着伍家旺的手，“包括你这次转为双新的正式员工，我们也没帮你说过半个字的，全是凭你的业绩，还有你的为人。”

“那都是跟着你们学的。”伍家旺眼里含着泪花，看着卢达成和罗小琼，“你们不仅告诉了我怎么做事，还教了我怎么做人。只是你们还有许多东西，我是一辈子都学不会的。”

等罗小琼和卢达成一走，同室的病友就说伍家旺挨这一棒真是值得，没白挨。伍家旺说是没白挨，可也痛呢。

司马昌指着输送泵，对吕明远说：“吕总，这新产品我们反复试验过了，虽然输送的高度和双新的还有距离，但输送的速度和精度不比双新的差。”

“好，那就好！”一脸兴奋的吕明远看着司马昌，“前两年公司发展缓慢，问题就在技术上没有突破，新产品出不来。现在有了这新产品，对公司来说，那就是一次飞跃。”

“吕总。”宁大为上前一步，看一眼司马昌，“我们下一步的主攻方向就是在确保速度和精度的前提下，提升输送的高度。”

司马昌对吕明远说：“这次的新产品从研发到组织生产，主要都是大为在干，我只是敲了敲边鼓，大为才是功臣。”

“那可不是。”宁大为摆着手，“我只是在师傅的指导下做了一些具体的事情，要说有什么功劳，那主要是师傅的。”

司马昌看了看宁大为说：“吕总，我有一个想法，就是这技术部的主任由大为来担任，我给他当顾问。”

“这我已考虑过了。”吕明远拍拍司马昌的肩膀，看着宁大为，“主任还是你来干，大为做你的助手，任副主任。”

这时，万全有在办公室看着胡岚和朱小丽，说：“这几天能放的贷款就那么多了，而申请贷款的企业又不少，你们说怎么办？”

“这我想过了，要不就这样。”胡岚看一眼朱小丽，又看着万全有，“一千万给双新，剩下的四百万给远扬。”

“我是这么想的。”朱小丽看一眼胡岚、万全有，“双新规模大，自我调剂的空间也大，融资的渠道又多，而像远扬公司这样的中小企业，没有别的指望，只能眼巴巴地看着我们这了。”

万全有看着朱小丽，说：“你说具体点。”

朱小丽说：“我想，双新这回就不考虑了，给远扬五百万，另三家小企业各三百万。”

“小丽说的也有道理，我没意见。”胡岚表态。

“好，那就按小丽说的办。”万全有看着二人，“你跟安行长说一声，到时候请她跟双新解释一下，别引起误会。”

胡岚点点头。

花三朵指指点点地看着电视正播放着的反腐警示片，说抓得好，枪毙都活该。宁小虎瞟一眼花三朵，又抽了纸巾擦着脸上的汗。

“看你，都立冬了，怎么还老冒汗呢？”花三朵不解地看着宁小虎。

“没什么。”宁小虎看一眼花三朵，“穿多了。”

“不多啊！”花三朵打量着宁小虎，“你是不是心里有鬼？”

“你才有鬼呢。”宁小虎起身往卧室去了。

“没鬼就好。”花三朵说着换了频道。

这时，在看抗战剧的伍家旺也换了频道。

汪守业推门进来，亮了亮手上的保温饭盒，喘着气，说：“家旺，我给你打了碗馄饨，你最爱吃的。来，快趁热吃了。”

“你都累了一天了，又那么远的，还跑来干什么？”

“你在这，我再累再远也得来啊！”汪守业边说边喂伍家旺吃馄饨。

伍家旺心一热，两颗泪珠滚出眼眶，掉在饭盒里。

“在这住了快一个月了吧？”汪守业看着伍家旺，“你打算哪天出院？”

“到明天正好一个月。”伍家旺吞下馄饨，“我是早就想出院了，可罗总和达成非要我再住些日子。”

“我看再住些日子也行，好合体了再出院不迟。反正杨总都说了，你是为公司受的伤，不少你一分钱的工资奖金。再说，你就是出了院也上不了工地，干不了活。”

“那可不是。我右手是一时干不了活，但我左手好着，能干活的。”伍家旺左手拿过汪守业手上的勺子，边说边有点笨拙地舀着馄饨，“我还是明天就出院，上工地去，老在这会闲出病来的。再说，罗总和达成都这么好，我闲在这也对不住他们。”

“也是。”汪守业点点头，“人是得有良心，不能只想着自己。”

矿井口，奄奄一息的吴富贵被从井下抬了出来，上了救护车。

吴双艳泪流满面，焦急地在手术室门口来回走着。

吴富贵盖着白布，从抢救室推了出来。吴双艳天旋地转，晕倒在地。

这时，在看文件的杨再新听到有人敲门，一抬头，见是何桂香站在门口朝他笑着。

何桂香边往里走边说："怎么？不欢迎？"

杨再新皱了一下眉头，说："你怎么进来的？"

何桂香哈哈一笑，说："飞进来的啊！"

"你来干什么？"

"来跟你谈合作。"何桂香在杨再新斜对面的沙发上坐下。

"我跟你没什么合作的。"杨再新手一挥，"你快走吧！"

"杨总，你这么说就不好了，也让人不爱听了。我们曾经还是合作过的，尽管中途发生了不愉快的事情，但那都是陈年旧事了，何必耿耿于怀。你想想看，人家死敌都可以成为朋友，而我们只是有点小过节，怎么就不能再次携手合作呢？"何桂香走到杨再新对面的椅子上坐下，"你应该也听说了，我开了一家小额贷款公司，生意还不错。"

"你开你的，跟我何干？"杨再新说着椅子一转，望着窗外。

"杨总，你又说错了。我这公司不大，却也不小，跟你关系可大了去了。一来，你双新富余的资金可以存放到我那去，或是借给我也行，我给你的利息比银行高得多；二来，你双新如果需要资金，随时可以到我那拿，我给你优惠利率，保证不会再让你……"

"你给我记着。"杨再新转过身，不屑地看一眼何桂香，"一来，双新就是有富余资金，也不会放一分钱到你那去，双新有自己的财务公司，也有自己的合作银行；二来，双新就是需要资金，也不会去找你，有的是银行愿意放贷，而且是优惠利率。何况双新如今筹资的渠道多着呢，不止银行，还……"

"杨总，你话可别说这么满，说这么绝。说不定哪一天……"

"那我还就这么说了！"杨再新一拍桌子，起身朝窗前走去。

"好，杨再新，这话我给你记着了！"何桂香指了指杨再新，甩手骂骂咧咧而去。

"香总，看来之前的事，杨总是真的记心上了，记仇了。"何桂香一上车，邓满意就边开车边回头对她这样说。

“那也不能全怪我。当时我是答应了借钱给他，可谁想到会遇到那样的突发情况，如果我把那笔钱借给了他，那我就违约了，我的损失就大了。”

“可是，就因为你突然改变了主意，致使他贷款逾期，公司信用下降，还失去了一个重要项目，错过了一个发展的好机会。如果当时你把那笔钱借给了他，那也许你后来的发展会更好。”

“你这是什么话？”何桂香指着邓满意，“难道我后来不好吗？”

“我没说不好。”见是红灯，邓满意边说边停了车，“只是说那样也许会更好。”

“你给我闭嘴！”何桂香瞪了一眼回头看她的邓满意。

“好好好，我闭嘴，我闭嘴！”邓满意轻轻一声叹息，轻得连自己都听不到。

花三朵咽下嘴里的饭，看一眼电视新闻，看着宁小虎，说：“要我看，这‘八项规定’就是好。往后你给我少到外边吃饭，吃不好你这上任没几天的副处长就吃没了。”

“你乱说什么，我现在不是天天在家里吃饭？”宁小虎瞪一眼花三朵，放下碗，端起杯子喝茶。

“你……你就是这样，我一说什么，你总不爱听。”花三朵边说边捡拾碗筷，“也不知你看到没有，前几天报上登的，一个处长在外边吃饭，给人举报了，免了职，再一查，查出一个大贪污犯来，贪了好几百万。其实他钱没花一分，都铺在床上，只是天天跟钱睡觉而已，那是何必，又是何苦。”

这时，司马兰边铺床铺边对吴双艳说：“双艳，你这回能调到沧江银监局来上班，小丽可是没少出力的。”

“哪里，你比我跑路跑得更多呢。”朱小丽扯着床单，看一眼司马兰，又看着吴双艳，“当然，关键还是双艳自己优秀，笔试面试，一路过关斩将，所向披靡。”

“我都知道，这回要没有你们忙前忙后，跑这跑那的，我是来不了沧江的。”吴双艳一手拉着司马兰，一手拉着朱小丽，“辛苦你们了！等下我请你们吃大餐。”

朱小丽说：“不用客气，大餐也可以不吃，往后多关照我们H行就行了。”

吴双艳笑容一收，说：“大餐你可以不吃，但关照没有，一旦有问题，处罚加倍。”

朱小丽一愣，说：“为什么？”

吴双艳一本正经地说：“因为你是朱小丽呀！”

朱小丽哈哈一笑，一把抱住她。司马兰走过去，一手搂着朱小丽，一手搂着吴双艳。三个人抱成一团。

周子叶边给万全有添酒边说：“舅，这回舅妈可是真的对你有意见了。”

“她对我有意见？”万全有酒杯一搁，“为什么？”

“为什么？”周子叶哼了一下，“这么说吧。上回鸿发公司的老板一跑路，舅妈上班的公司的老板也跑了路，她的工作跟着也没了，两个月的工资都打了水漂。当时她就只想尽快找个工作，好排遣心中的痛苦和郁闷，可你说孩子正上高中，干脆就在家陪孩子，等孩子高考完了之后再说，她尽管不那么愿意，还是听了你的。现在好了，孩子上大学去了，何况这回是双新的人找着她，请她去公司的财务上班，又不是她自己找着去的，求着去的。她学的是会计，原来干的也是财务，专业对口，工作轻车熟路。可你说她找到工作了，跟双新回绝了，也不征求她的意见。”

“她哪里都可以去，就双新不能去，信贷企业不能去。”

“那半个月前，她找了一份工作，你怎么也不让她去？”

“那单位工作环境不好，上班时间长，收入还不高。”

“那前几天找的那家公司，工作环境好，是正常上班，收入又不低，还不是信贷企业，你怎么还是不让她去？”

“那虽然不是信贷企业，却是双新的关联公司，与双新有着密切的关系。”万全有看着周子叶，“这你不知道了吧？”

“那你的意思是，舅妈连信贷企业的关联单位也不能去了？”

“我这都是为她好。”

“为她好？”周子叶哼了哼。

“你哼什么？”

“哼什么？”周子叶又一哼，摸着自己的胸口，“舅，你问问自己这里，真的只是为舅妈好吗？”

万全有皱了一下眉头，说：“难道不是吗？”

周子叶摇摇头，说：“不是！”

“不是？”万全有一愣，“那为谁？”

“为你！”

“为我？”

“对，为你！”周子叶站了起来，“你那根本不是为了舅妈，而是为了你的工作，为了你的事业，为了你的面子，为了你的廉洁，你……”

“你……”万全有一拍桌子，站了起来，涨红着脸，指着周子叶。

“怎么？还不让我说不成？那今天我就要说，就要为舅妈抱不平。”周子叶胸一挺，盯着万全有，“舅，你知不知道，你这是自私自利，是无情无义，是……”

“你……”万全有高扬起手，却落在了桌上，拍得酒杯都跳了起来。

“这酒我不喝了！”周子叶抓起酒杯一蹾，转身就往门口走。

“周子叶，你给我站住！”万全有一声断喝。

周子叶站在了门口。

“舅，说心里话，我一向是敬佩你的。刚才我真不是有意要冒犯你，实在是想着舅妈的委屈，心底那些话硬是压不住，一股脑儿就说出来了。”周子叶边说边给万全有满上酒，端起酒杯，“舅，对不起，我自罚一杯。”

“子叶，其实你说的也没错。”万全有一口干了，放下酒杯，“有时我也在想，我那样做对你舅妈是不是不公平，是不是有点过分了？”

周子叶一笑，说：“那你还真是有点过分了。”

万全有默然不语，但目光坚定。

杨再新走到桌前，猛地一拍桌子，指着王小伟，说：“你怎么能这样！你给我说说，双新哪里对不住你了？我又哪里对不住你了？”

“没有，都没有。”身子一抖的王小伟瞟一眼杨再新，低着头，垂着手，

“是我错了，我再也不去那边了。”

“好，知道错了就好。”杨再新拍了拍王小伟的肩膀，“那从今天开始，机械公司必须断绝和远航公司的一切往来，你必须断绝和李远航的一切联系，你能做到？”

王小伟抬起头，说：“保证做到！”

这时，吕明远看了一眼李远航，在车间边走边说：“李老板，不是我说你，你偷偷摸摸请王小伟做你的技术顾问，那是害了他，也害了你，更害了远航公司。你又不是不知道，杨总对你和远航公司本来就有看法，你现在又让王小伟背着他，暗地里向你提供技术支持，你说他心里能舒服吗？好在他是个爱才的人，没对王小伟怎么样，更没让他走人，只要他跟你和公司断绝往来。”

“我也是没办法，原来的那个工程师给人挖走了，一时又请不到合适的人来，就去找了王小伟。其实他才来过公司两次，怎么就让杨总知道了。”

“要想人不知，除非己莫为。李老板，我跟你说，杨总的精明可远不是你我能比的，王小伟的那点小动作根本瞒不住他。”

“可问题是这样一来，我的新产品就只能暂时下马，一时半会出不来了，而原来的老产品又没了市场，根本销不动。”李远航一声叹息，“真不知道该怎么办了。”

“那也是伤脑筋。”吕明远想了想，“我看你这样，干脆去找一下杨总，当面跟他做个解释，也许是条路子。”

李远航沉默下来，想着是去还是不去。

宁大虎领着花三朵轻轻地上了楼，开了门，开了灯，打开了暗墙。看着里边排成墙似的成捆的钞票，花三朵双腿一软，瘫倒在地。

灯关了。房间一片漆黑，一片死寂。

灯又开了。坐起来的花三朵哭着将头直往墙上撞。

“好了，你小声点，轻一点，别在这寻死觅活的了。”宁小虎一手扶着花三朵，一手用纸擦着她额头上的血，“我明天就去把这钱都退了，这房子也退了。”

“我早就跟你说过，要你别贪，你就不听。”花三朵边说边捶打着宁小虎，“这下好了，害了你，也害了我，更害了大为了。”

“钱都在这里，我一分都没用，应该没事的。”

“会没事吗？能没事吗？”花三朵泪流满面。

宁小虎一脸煞白，眼里满是浑浊的泪水。

第十一章

何桂香往椅子上一靠，眯着眼睛看着李远航，说："李总，我可是不瞒你说，我的钱利率高，你不划算的，还是去找银行吧。"

"香总，我也不瞒你说，我去找过安行长了。她说这个月不好给公司增加贷款，得下个月才行。"坐在沙发上的李远航边说边起身走到何桂香跟前，伸出食指，"香总，我只借一个月，就搭个桥，过一下，行不？"

"不行！你还是去找别人吧！我的钱利息高，你承受不起的。"

"几分的息？"

"月息五分。"

"三分，行不？"

"不行，少一毫都不行！"

"那……"李远航咽了咽口水，扭头气呼呼地走了。

一直站在一旁的邓满意看着李远航消失在了门口，疑惑地看着何桂香，说："香总，你怎么非要五分的息呢？三分就很合算了。"

"我就想压压他，逗逗他，要那种感觉，就想听他多说几句好话，多讨价还价几个回合。谁想到他就这个样子，还要装硬气，没意思。"

"可是，你想压压他，想要那种感觉，你就不怕……"

"怕什么？"何桂香瞪一眼邓满意。

"没什么，没什么。"邓满意说着退了出去。

何桂香走到窗口，看着走到车前的李远航，自言自语地说："就你这窝囊样子，老娘就不借给你，看你砸天去！"

李远航扭头看到窗口的何桂香，朝地上"呸"了一口，上车走了。

下到地坪的邓满意看着窗前有点模糊的何桂香，蓦然有了一种陌生的感觉，仿佛不认识她了。他猛地晃了晃脑袋，又揉了揉眼睛，再看窗前时，何桂香已不见了。

工地上，面色凝重的杨再新看了看跌落在地上的升降机，问垂手站在一旁的卢达成是不是人都没事。

“都没事。”卢达成指一下升降机，再指一下上边，“刚好卸下货，人都下来了，升降机突然就掉了下来。”

“下边没人？”

“好在没人，只有我和汪守业在旁边。升降机掉下来的时候，溅起的石子伤了汪守业的腿，但没什么大碍。”

“那就好，那就好。”

“杨总，是我管理不到位，责任在我。”

“查出来是什么原因了吗？”

“初步判断，应该是远航公司的配件有问题。”

“远航公司？”杨再新自语着走了。

杨再新刚走，罗小琼就领着周子叶来了。司马兰跟在后边。

“周大记者，现场我带你来看了。我没别的，只有一个小建议，也是一个小请求，就是这事你能不做报道那是最好。”罗小琼边朝工地外边走边对周子叶说。

“罗总，我既然第一时间跑来了，那就得写。你要知道，这事就是我不写，别人也会写。而我写了，又抢在前边发了，那我就先入为主了。这道理你懂的。”

“你说的没错，这与其让别人来写，那是不如请你周大记者捉笔更好。”司马兰看着周子叶，“不过，我建议你可以写升降机掉落这事，但笔墨的重点要放在安全生产提示及安全常识的普及上。”

“好。”周子叶打量一下司马兰，“这建议不错，可以采纳。”

司马兰朝周子叶一笑，说：“周大记者果然不一般，不一样。”

周子叶朝司马兰伸出手。司马兰把手递了过去。

柳开靠在宽大的老板椅上，正打着哈哈跟人打电话，听到有人到了门口，一看是章小强，忙起身挂了电话，迎上前去，说：“哎哟，章所长登门，怎么也不先给个信，好下去夹道欢迎啊！”

“本是想请你去趟所里的，正好路过这里，我就上来看看，免得有劳你柳大老板。”章小强在沙发上坐下，打量着办公室的摆设。

“哎呀，章所长就是亲民啊！”柳开边说边去抽屉拿了一包烟过来，放到章小强跟前的茶几上，在章小强一侧坐下，“敢问章所长真只是上来看看我，还是另有指教？”

“柳总，我来也没别的。”章小强接过一个女孩递过来的茶杯，放到茶几上，一脸严肃地看着柳开，“有人举报你小贷公司暴力收贷，你说有没有这样的事？”

“暴力收贷？”柳开愣了愣，看着章小强，“什么是暴力收贷？”

“你不知道？”

“是不是就是有的人不还贷款，收贷款的人就骂他打他什么的？”

“可以这样理解。但没这么简单，更不是这样轻描淡写，而是方式五花八门，手段粗暴残忍。”

“还有这样的？那我还真不太清楚，不知道下边的人是不是有这样暴力收贷的行为。不过，不管有没有，我一定好好问一问，认真查一查，如果有，我一定重重处罚，绝不手软。”柳开嘿嘿笑了笑，看着章小强，“怎么样？我这态度好吧？”

“那行，你先好好查查，好好整顿整顿。我不想再听到有人举报你公司暴力收贷，如果再有，那我老账新账一起算，别怪我不客气。”

“那是，那是。”柳开边点头边说，“还请章所长多多关照。”

“你要真犯了法，那我也关照不到。我们是要保护你的利益和安全，但也请你配合我们维护好社会秩序和社会治安。”章小强起身就走。

“好，一定，一定。”柳开边说边哈着腰，心里却一哼，你一个小小副所长在我面前摆谱，没门，当心哪天这副所长像做梦一样就没了。

罗长远站在办公桌前，一脸严肃地给杨再新打电话，说：“再新，你是怎么搞的？工地上出了那么大的事，你知不知道？”

“那么大的事？”坐在椅子上的杨再新一惊，弹了起来。

“吊塔倒了，人伤了好几个，你还嫌事不大是不是？”

“什……什么时候的事？是刚刚还是两个小时之前？”

“两个小时之前吧。”

“那……那不是。事情不是这样的。”杨再新抹了一把脸上的汗。

“那是哪样的？”

“只是跌落了一台升降机，也有只一个人腿受了点轻伤，没大事。”

“你确定是这样？”

“是这样。我去了现场的。”

“那怎么变成是吊塔倒了，人伤了好几个，还有的生命垂危。”

“那应该是有人移花接木，混淆视听，想……”

罗小琼快步走进来，将手机往杨再新面前一摆，指了指屏幕。

“罗市长，沧江在线已经发稿了。”

“是吗？”

“是的。”

“再新，稿子我浏览了一下。是这样那就还好，是不幸中的万幸，要是升降机上有人，或是地上有人，那这事就大了。”罗长远敲了敲桌子，“你要知道，现在是信息时代，有点什么你想瞒也瞒不住，飞快就传开了。我还要提醒你，从上到下，对安全生产都要格外重视，你可得抓紧了，抓好了，千万别再弄出什么事来。”

挂了电话，杨再新一屁股坐在椅子上，说他背都湿了，出了一身冷汗。罗小琼说安全无小事，还真不能掉以轻心。杨再新一拍桌子，骂了一声该死的李远航，又骂了一句该死的造谣分子。罗小琼说那些移花接木、混淆视听的人固然可恶、可憎，但如果没有升降机跌落，没有人受伤，那有人想移花接木、混淆视听也移不动，混不了。于美艳走进来，说那不见得，无中生有、移花接木的事并不罕见。

罗小琼虽然嘴上那么说，心里却在琢磨着是谁在移花接木、混淆视听。

升降机跌落下来之后的这几天里，卢达成日夜都在几处工地上转，没回过家。

这天傍晚，卢达成一进家门，罗小琼就把他拉到灯下，左看右看上看下看地看了一遍，说："好，没少什么，只是眼圈有点黑，下巴有点尖了。"

"没事。"卢达成在餐桌前坐下，"让你担心了吧？"

"能不担心？"罗小琼边说边给卢达成夹菜，"你当时就在下边？"

"不是在下边，是在旁边。当时我和汪守业在旁边说个事，听到有异样的声响，我忙下意识地拉了一把汪守业，可汪守业的脚还是伤了。"

"这回是运气好，正好升降机上没人，你们也反应快，否则麻烦就大了。安监部门的人来现场了吧？"

"来了？"

"说要停工吧？"

"开始说整个双新的工地得全面停工，后来杨总跟他们局长协调了一下，就只给那一个楼盘下了停工通知。"

"安全第一，这可大意不得。我想，公司正好以这个为契机，来一次全面的安全生产大排查、大整改。"

"我也是这么想的。我还跟董事长和杨总都说了，请求处分。"

"好，你能这样就好。"罗小琼看着卢达成，目光里满是爱和赞赏。

看着罗小琼，卢达成心想不知是哪辈子修来的福分，自己一个进城打工的农民，却有幸成了双新这样的大公司的一员，娶了这么一个又聪明又能干又漂亮又贤惠的婆娘，而且在城里有了房，有了家，有了崽，真是祖坟冒青烟了。

这时，无精打采地走到车间门口的李远航回望着冷清的车间，鼻子一酸，眼一红，泪水随之涌出眼眶。他蹲在地上，抱头痛哭。他后悔了，最后悔的是当初远航没有投到双新旗下，成为双新的成员。

满满的一桌饭菜，还是杨再新亲手做的。于美艳找来了家里最好的酒。她有一种从没有过的幸福感，在她的记忆里，家里已很久没有这么温馨过了。

"来，浩浩，我跟你妈一起祝贺你研究生毕业。"杨再新说着端起酒杯，跟杨浩和于美艳的酒杯碰了碰，干了，看着杨浩，"接下来是不是接着读博士，你自己拿主意。"

“爸，你是不是急着要我到双新集团去？”杨浩看着杨再新，“如果我去公司，你又打算怎么安排我？”

杨再新说：“你自己有什么想法？”

杨浩说：“我听杨总的安排。”

“那你给我先下车间，去建筑工地，从熟悉基本的生产工艺和流程开始。”杨再新看着杨浩，“三美集团王总的儿子留学回来后，也是……”

“杨总，你不用解释了，我都懂。”杨浩看一眼于美艳，“如果我到集团来，那你就是不安排我去车间，我自己也会从基层做起的。”

“要我看。”于美艳看一眼杨再新，又看着杨浩，“浩浩还是接着读博士好。”

杨浩朝于美艳一竖大拇指，说：“知我者，美艳姐也。”

“美艳姐？”杨再新脸一沉，随即又笑了。

于美艳搂着杨浩开心地笑着，满满的幸福感。杨再新看着于美艳，心想原来女人其实还是容易满足的。她们比男人更需要认可，更需要一种存在感。

花三朵拍了一下靠在沙发上呆呆地望着天花板的宁小虎的手，轻声说：“都退了？”

宁小虎一惊，木然地点了一下头，说：“都退了。”

“真都退了？”花三朵盯着宁小虎，“你可别留尾巴。”

“还有一点，不记得是谁送的了。”

“那你打算怎么办？”

“先放在那，等等再说。”

“那不行，要退就得退彻底，退干净，留下一点那就是留个尾巴，就是留个祸害。”花三朵愣了愣神，“你要知道，你不记得了，不等于人家也不记得了。说不定哪天人家想起来了，那你的麻烦也就跟着来了。”

宁小虎一声叹息，往沙发上一靠，闭上眼睛，用手捶着自己的额头。

这时，靠在床上的杨再新突然坐了起来，碰了一下躺下了的于美艳，说：“那天何桂香到我办公室谈合作，我虽然没理她，却让我有了一个想法。这些天我又仔细琢磨了，也做了一些咨询，又问了几个老板，还真是个好路子、新路子。”

“什么好路子、新路子？”于美艳说着坐了起来。

“到时候你就知道了。”杨再新微笑着，眼里闪着光亮。

“还神秘兮兮的呢。”于美艳一哼，往被窝里一钻，“别乐了，快睡吧。”

杨再新却睡意全无，满脑子是那个好路子、新路子。

何桂香偏着头，似笑非笑地看着屈大江，敲了敲桌子，说：“屈行长，可不是我吓唬你，我现在是跟你打开窗子说亮话，你今天要是不给我放了贷款，误了我的生意，那你可别怪我不客气。你也知道，我这个人是说得出口，那就做得出手的。”她顿了顿，“我还要提醒你一句，世上什么药都有卖，可就是从来没有后悔药可买。”

“香总，我在电话里就跟你反复说了，这贷款真不是我不想放，是监管部门有规定，银行不得向小额贷款公司发放贷款。”屈大江看着何桂香，手指叩着桌面，“我说了你不要来，可你非要来。你这一来，既耽误了你的大事，也浪费我的时间。我还是那句话，这贷款是怎么也不能放的。”

“真不放？”何桂香盯着屈大江。

“真不能放！”屈大江说得坚决。

“那好，你做得出初一，那就别怪我做得出十五。”何桂香眼睛一瞪，桌子一拍，指着屈大江，“你等着，有你好受的！”

看着气呼呼走了的何桂香的背影，屈大江大把地抹着额头上的汗水。他琢磨着她说的十五，却不知道十五是什么。

吕明远停下脚步，拍了拍坐在椅子上的李远航的肩膀，说：“李总，我知道你对公司有感情，不想公司这么冷冷清清摆在那，更不想眼睁睁地看着公司垮掉。可这事我还真帮不了你什么，我既没有那么多的资金来扶助你，也不能给你提供技术上的支持。”

“吕总，我现在是屋漏偏遭连夜雨，这边得罪了双新，要赔偿，那边新产品出不来，老产品卖不动，安行长又追着要我准备资金还贷款，说贷款下周就到期了，一定得按时还了，别为难自己，也为难别人。那何桂香明明有钱，就是不借，非要多高的利息，明摆着是见死不救。”李远航红着眼睛，看着吕明远，“你说我怎么办？”

“怎么办？”吕明远在椅子上坐下，拍了拍自己的额头，看着李远航，“李总，我还是那句话，你去找一找杨总，当面跟他好好说说，也许是个办法。至于何桂香，我倒是跟她没有往来，但她未必是有钱不借，也许她的日子并不那么好过。”

李远航双手捂着脸，泪水从指缝间溢了出来。

这时，安然一脸焦急地看着万全有，说：“就目前的情况来看，要远航公司按期还贷应该是不可能的。”

“不是应该不可能，是肯定不可能按期还了。”胡岚看一眼安然，看着万全有，“李远航虽然说想办法不让贷款逾期，但又说了他毫无办法。”

“那不行，这贷款必须按期还了。”万全有严厉地看着胡岚和安然，“这贷款如果出现逾期，或是产生不良，带来的后果你们应该都知道吧？”

“知道。”安然点点头，“这是我们支行独立做的首笔支持中小企业贷款，也是沧江分行首笔这种信贷产品的贷款，如果出现逾期或不良，必将产生多方面的不良影响。”

“那天从远航公司出来，我一路就在想，双新集团的机械公司和远航公司有一定的关联性，如果……”胡岚不说了，看着万全有。

“我明白你的意思。好，这是个思路。”万全有看一眼胡岚和安然，“你们都要明白，也要记住，帮助企业就是帮助银行，帮助别人就是帮助自己。”

花三朵拉开窗帘，推了推宁小虎，说：“天早亮了，快起床，上班别迟到。”

宁小虎睁开眼睛，看一眼窗户，一翻身坐了起来。

“怎么样？睡得好吧？”花三朵边说边将衣服递给宁小虎。

“说实话，都好多年没睡过这么一个安稳觉了。”宁小虎边说边穿衣服。

“这就好，钱该退的都退了，该交的交了，副处长也给免了。”花三朵笑了笑，“却得来一身轻松，能睡个安稳觉，我看值得。你说呢？”

“那是，值得，值得。”宁小虎边说边下床，“这些天，我什么都想清楚了，钱也好，权也好，名也好，利也好，那都是身外之物，守着那贪来的钱财，天天提心吊胆、诚惶诚恐，那真不是人过的日子。”

“好，你能这么想，我就放心了。”花三朵边说边扯了扯宁小虎的衣襟，“前几天看你那痛苦憔悴的样子，我还真有点担心，怕你过不了这个坎呢。”

“要没有你，那我还真没那个勇气和胆量。”宁小虎看着花三朵，“谢谢你。”

“一家人，谢什么啰。”花三朵笑着，眼睛湿巴巴的，“这样真是你好，我好，大为也好，多好啊！”

“是啊，真好！”宁大为走过来，朝宁小虎竖了竖大拇指，“爸，尽管你曾经的行为是不光彩的，也是在妈的启发和督促之下醒悟的，又是在反腐倡廉的高压态势下退的赃，但我还是要为你点个赞。”

宁小虎一脸羞愧，又一身轻快。

柳开走到老板桌前，往椅子上一坐，再一靠，看着坐在沙发上的何桂香，边摇着椅子边说：“香总，不瞒你说，这几天我的资金也有点紧，这忙想帮，可还真帮不了。”

“你资金也这么紧？不会吧？”何桂香皱了皱眉头，“那要不这样，你借点钱给我，赚的钱我们对半分，如何？”

“不行，得三七开，我七，你三。”

“六四开，你六，我四。”

柳开摇着头。

何桂香一咬牙，说：“行，三七开就三七开。”

“香总，跟你开玩笑呢。你就是赚的全给我，我也没钱借给你。”

何桂香猛地站了起来，指着柳开，恶狠狠骂道：“柳开，你王八蛋！”

柳开拍着手，说：“好，骂得好！”

何桂香抓起桌上的杯子往地上一砸，扭头就走。

柳开哈哈大笑。

走到小车跟前，何桂香回望一眼挂在楼道口的“运来投资管理有限公司”和“运来小额贷款有限公司”的牌子，见柳开在窗口朝她似笑非笑地摆着手，狠狠地一跺脚，往地上用力一呸，钻进了车里。

“怎么？没借着？”邓满意边开车边问。

“柳开这王八蛋，他明明有钱，就是不借。”

“我看他是报复你，特别是对你独立出来开小额贷款公司有意见。其实，你不出来倒还好了，有什么让他扛着。现在你是又要开小额贷款公司，又要操贸易公司的心，哪里忙得过来，我看着你都心疼，真是……”

“你不懂的。”何桂香朝邓满意扬扬手，疲惫地闭上了眼睛。

杨再新往李远航的椅子上一坐，再二郎腿一架，摇了摇，腿一放，看着毕恭毕敬站在一旁的李远航，说：“李总，你要我收购远航公司，可是心甘情愿？”

李远航边点头边说：“只要能保住公司，我什么都愿意。”

“我可不想让人说我是乘人之危。”

“不会，不会。你这是成人之美。”

杨再新眯着眼睛，看着李远航，说：“如果我收购了远航公司，那你就只能做副手了，你又是否愿意？”

李远航咽咽口水，说：“愿意，只要能留在公司，我哪怕是做一个普通工人都行。”

“那好。”杨再新一拍桌子，“我下午答复你。”

回到双新，杨再新立马召集相关人员商讨收购远航公司一事。

“既然董事长都同意收购远航，让远航成为机械公司的一个分公司，那我没意见。”于美艳看一眼杨再新和罗小琼，“只是让李远航担任分公司的总经理，我看不是太妥当。反正我心里是没底，不清楚他的真实想法。”

“我是这么想的。”杨再新边说边打着手势，“我们既然收购了远航公司，那就得大度一点，大气一点，不能小家子气。既然相信他，那就要放手，要放开，不能捆住人家的手脚。再说了，我既然敢收购远航公司，那就有办法管得住他李远航。”

“当然相信你管得住他。”于美艳看着杨再新，“只是我看那李远航也是个有城府的人，心里多少有点不踏实。”

“有城府倒不怕，在杨总面前，谁都会变通透，五脏六腑一览无余。”

罗小琼看着于美艳和杨再新，“我有这么个想法，也不知行不行。就是先让李远航担任分公司的副总经理，但主持全盘工作。”

于美艳和杨再新交换一个眼神，都点了点头。

远航公司门口，吕明远回看一眼车间，看着李远航，说：“说实话，我还真没想到，杨总能有这样的肚量，让你来主持公司的工作。”

李远航抹了抹湿润的眼睛，说：“是啊，我也没想到的。”

吕明远笑了笑，看着李远航，说：“看来，与杨总相比，当初你我都是以小人之心度君子之腹了。”

一辆小车开过来，在门口停下。王小伟下了车。李远航忙迎上前去。

“李总，我先过来看看，技术人员下午就过来。”王小伟握着李远航的手，“你这虽然是机械公司的一个分公司，但你只管甩开膀子干就是，我不会管你什么，也管不过来。杨总还跟我说了，你新产品下线的那一天，他过来请你喝酒。”

李远航热泪盈眶。吕明远拍拍李远航的肩膀，给他一个鼓励的眼神，与王小伟握握手，客气了两句，朝停在坪里的小车走去。

这时，安然站在办公桌前，对着听筒跟万全有说：“万行长，双新已顺利收购远航，远航的贷款已全部归还。”

万全有看一眼站在旁边的胡岚，说：“好，那就好。我要胡岚配合你，你们一起，重点就远航贷款风险的生成和风险的化解好好总结一下，为下一步如何更好地以信贷支持中小企业提供经验和教训。”

杨再新扫一圈会场，大声说：“我再说一遍，我们做企业，那就是逆水行舟，不进则退。进是什么？进就是要发展，要不断地发展，而且是要快速地发展。”

“对，杨总说得对，是要快速发展。”司马兰看着杨再新，“但在现在的情势下，更要注重发展的质量。”

“你说的也没错，发展是要讲质量，但如果没有发展的速度，又哪来发展的质量。”杨再新看一眼司马兰，敲了敲桌子，“我再次强调，打造双新企业帝国，让双新跨过长江，跨过黄河，走向全国，走向全球，这是公司的既定战略，是公司的既定目标。而要实现这一战略和目标，如果我们还是走传统的路子，用传统的模式，那是无法实现的！”

程万秋点着头。司马兰若有所思。

“因此，我们很有必要创建金融板块。”杨再新一拍桌子，“尽快成立投资公司、小额贷款公司、典当公司等等，并通过先入股地方银行，然后对银行控股，最后成立自己的真正意义上的银行，闯出一条由产业支持金融，然后金融支持产业，最终实现产融结合的路子，打造一个真正的企业帝国。”

程万秋等少数人热烈鼓掌。司马兰等人轻轻摇头。卢达成等人一脸茫然。于美艳和左右悄悄讨论着。

罗小琼跟杨一新交换了一下眼神，示意他先说。

“杨总，你这想法是大胆，也新奇，我可是见所未见，闻所未闻。”杨一新平和地看着杨再新，“这应该是还没有人走过，是一条全新的路子吧？”

“不能说没有人走，只是走的人还少。”杨再新扫一眼会场，“大家也应该知道，世上本就没有路，只是走的人多了，路就有了。”

“没错，世上本无路。可你要走路，那你就得开路。”杨一新看着杨再新，“只是，你就不怕那路走得太艰险、太艰难，就不怕走偏了路，甚至走错了路？”

“董事长，从创建双新的那天起，我就从来没怕过，不知道怕是什么。”杨再新站了起来，“如果怕这怕那，那我们就什么都不要干了，也干不成了！”

杨一新看着罗小琼。

罗小琼看着杨再新，平静地说：“杨总，对现在创建金融板块，我不赞成。”

杨再新问：“为什么？”

罗小琼说：“一来，金融和产业是两个领域、两个行业，可以说完全是两码事，做产业的去做金融，那是跨界，跨界去做，很少有成功的；二来，目前国家还没有出台产融结合的相关政策，如果贸然涉足，那说不定就是违法，后果可想而知。”

会场一片寂静。

“没错，我们对金融是还陌生，但没关系，我们可以学，没有谁是生而知之，也没有什么是学不会的。董事长，你说我们在创建双新公司之前，你懂建筑和房地产吗？懂机械制造和钢铁水泥吗？没有，都没有。”杨再新的目光离开杨一新，落到罗小琼身上，“罗总，你说国家还没有出台产融结合的相关政策，可也没有哪个说不能做。没说不能做，那就意味着可以试，可以做。这就是创新，就是创造。国家不是鼓励创新，鼓励创造吗？”

罗小琼看一眼杨再新，欲言又止。

“好了，大家要没别的什么意见，那就这样了。”杨再新看着程万秋，“万秋，你明天就去运来公司取经，双新小额贷款公司由你来筹备。”

程万秋受宠若惊地站了起来，连声说好。

司马兰不屑地看了一眼程万秋，心想你好自为之吧！

这时，宁大为将电闸往上一推，机器欢快地运转起来。

“我们成功啦！”司马昌孩子似的大声欢呼着。

吕明远搂着司马昌和宁大为，说走，喝酒去！

坐在办公桌前的杨一新一愣，忙放下文件，疑惑地看着罗小琼，说：“你说什么？你想离开双新？”

“没错。”罗小琼点点头，“公司这样下去，会出大问题的。”

“正因为这样，你更不能走。”杨一新起身踱了踱，停下来，看着罗小琼，“你的话，再新有时还听得进去。你要一走，那就没有谁能说得上话了。”

罗小琼默默不语地回了自己办公室。

杨一新静坐了一会儿，往杨再新办公室走去。

“什么？你说小琼要离开双新？”杨再新皱着眉头，看着杨一新。

杨一新一声叹息，说：“她跟我是这么说的，态度还很坚决。”

杨再新来回走着，突然停下，手一挥，说：“那好，你告诉她，她真想走就让她走好了，没谁拦她。”

“你还真让她走？”

“她是想逼我改变主意，没门！”

杨一新轻轻叹息着走了。

见杨一新进来，坐在椅子上若有所思的罗小琼连忙起身。

“小琼，你真要走？”

“你说我会走吗？”

杨一新一拍额头，指着罗小琼，恍然大悟地说：“明白了，原来你是用说要走，想让再新改变主意？看来再新是把住了你的脉，看透你的心思了。”

罗小琼点点头，深情地说：“董事长，说句真心话，我从来就没想过要离开双新，哪怕是一丝一毫的念头都从没有过，我早已把自己全身心地融入双新了。”

“好，那就好。”杨一新边说边往门口走，“看来还是你更懂再新，再新也更懂你啊！”

杨一新刚走，司马兰就进来了，将一张纸递给罗小琼。

“你要辞职？”罗小琼看着司马兰。

“是的。”

“为什么？”

“没什么。”

“你准备去哪？”

“还没有找到合适的地方。”

“那你能不能找到了合适的地方再走？”

“不等了。”司马兰看着罗小琼，“其实我两个月前就有了离开的想法。”

“那好吧，不勉强。”罗小琼朝司马兰笑了笑，“你想去哪？”

“如果能进银行，那当然是最好。”

“你这想法不错，只是进H银行这样的大银行是比较难的。”罗小琼走了几步，看着司马兰，“我可以帮你问一问，看能不能进沧江银行这样的地方银行。”

“好，谢谢您！”司马兰起身给罗小琼鞠躬。

一听司马兰说辞了双新的工作，在吃饭的叶满枝碗一搁，盯着司马兰，说：“你怎么事先也不跟我们说一声。”

“跟你们一说，那你们准不让我辞了。”司马兰嘻嘻笑着。

“你这孩子。”叶满枝用筷子在司马兰头上敲了一下，“那你找到新工作了没有？”

“暂时还没有。”司马兰说着夹了一块冬瓜塞进嘴里。

“那你……”叶满枝一声叹息，放下了筷子。

“妈，你放心，工作会有的，一切都会有的。”司马兰搂着叶满枝，轻轻摇着。

“对，她妈，你也别急。”司马昌放下碗筷，看一眼叶满枝，又看着司马兰，“我们兰兰人长得漂亮，又聪明能干，找个工作不难的。”

叶满枝瞪一眼司马昌，说：“就你会说话，是不？”

司马昌嘿嘿笑着。

屈大江正在苦思冥想着什么，猛一抬头，看到何桂香笑得有点难看地站在桌前，不免吓了一跳，说：“你怎么又来了？”

“怎么？不欢迎？”何桂香将门掩上，在屈大江对面的椅子上坐下，看着屈大江，“屈行长，我今天来可没别的，只是想再给你一次机会，毕竟我们是老朋友，我也不想把事情做绝了，真的。”

“什么事？”屈大江眉头一皱，“你就别东拉西扯了，直说了吧！”

“你是装糊涂吧！”何桂香嘴一挑，“我找你还能有什么事，贷款啊！”

“就这事？”屈大江一笑，“那天跟你说清楚了的，没有！”

“没有？”何桂香一笑，“那这些天你是没想，还是没想清楚？”

“想什么呀？”屈大江手一摊，“真是莫名其妙！”

“那好，你先看看这个。”何桂香从包里取出一封信，放到屈大江的跟前，“看了你就知道该想什么了。”

屈大江看着信。

“怎么样？看明白了吧？”何桂香偏着头看着屈大江，“我告诉你，这样的举报信我打了好几份，你要真把我惹急了，我只要往纪委、公安、检察院什么的一送，那你就什么都完了。你不怕？”

“我怕，当然怕，怕得不得了啊！”屈大江将信猛地往桌上一拍，“我怕你个鬼呢！”

“你不怕？”何桂香愣了愣，睁大了眼睛，“你真不怕？”

屈大江拉开抽屉，拿出一张凭条，朝何桂香一扔，说：“你好好看看，看了就明白了！”

“你……你这是什么？”何桂香指着凭条。

“什么？”屈大江呵呵一笑，“帮你做了善事的凭证。”

“善事？”何桂香一脸疑惑。

“是啊，帮你积德了。”

“帮我积德了？”

“没错，是帮你积德了。”屈大江站起来，看着何桂香，“我问你，你是不是只送了两次钱给我，头一次两万，第二次三万，一共五万？”

何桂香点点头。

“可你那钱我一分都没拿。”

“你没拿？”何桂香眨着眼睛，“那钱明明是你收了。”

“我收了吗？收在哪？”屈大江肩一耸，手一摊，“你拿收据给我看看。”

“你……你想赖也赖不了！”何桂香一跺脚，“我告诉你，时间、地点什么的，我都给你一一记着，还录了音的。”

“你记着也好，录着也好，那都没个屁用。”屈大江哈哈一笑，“是你自己把那钱都捐给了慈善机构。你现在手上拿的，就是捐款的凭证。你看清楚了，那上边写的可不是我的名字，而是你何桂香。”

何桂香看了看凭条，边撕边说：“我没捐。我没捐！”

“你撕吧。”屈大江在椅子上坐下，“撕了我还有，那只是复印件。”

何桂香将撕碎的凭条往空中一抛，一拍桌子，指着屈大江，说：“你为什么要把我的钱捐了？又凭什么把我的钱捐了？”

屈大江从抽屉里拿出一张纸，放到桌上，往何桂香那边一推。何桂香犹豫一下，抖着手拿起了那张纸。

“这委托书是怎么回事？”何桂香将那纸往屈大江跟前一扔，指着他，“我什么时候委托你捐款了？”

屈大江指着委托书，说：“我只问你，这委托书上是不是你签的名？是不是白纸黑字写着你委托我捐款了？”

“没错，这字是我签的，但我从没委托过你。”何桂香指着屈大江，“你说，你搞的什么鬼？安的什么心？”

“香总，你别那么激动，有话坐下好好说。”屈大江笑了笑，朝何桂香压压手，“你应该还记得，你送那三万给我的当天晚上，你请我和吴老板喝酒。喝酒的时候，吴老板说到他准备给一个学校捐款，我从中受到启发。那天晚上你兴致高，酒也喝得痛快，还……”

“好，我明白了。”何桂香抓起桌上的文件夹朝屈大江砸了过去。屈大江头一偏，文件夹落在地上。

“香总，我就实话跟你说了吧。你第一次给我钱的时候，我的第一反应就是不能收。”屈大江边说边捡起文件夹。

“为什么？”

“别人的钱我都不想收，也不敢收，你的我就更不想收，更不敢收了。”

“那你怎么又收了？”

“一来，你说了，如果我不收你的钱，那就是看不起你，那就是不把你当朋友，会让你难堪，难受；二来你当时票据生意做得风生水起，资金流量大，你说了，如果我不收了你的钱，那你就要转走全部存款，还要销了在我这里的账户；三来，我知道你是一个说得出口就做得出手的人，不想跟你正面冲突，就绕了一个弯，这样你我都好。”

“你怕我？那你是不是从来就没真正把我当过朋友？”

“可以这样说。我们之间更多的只是一种业务合作，或者说是一种利益上的相互需要，而且是公对公的，自然就没什么个人的真正的友谊可言。”

何桂香抖着手，指了指屈大江，一拍自己的胸脯，说：“悲哀！悲哀啊！”

“悲哀？”屈大江点点头，“对，是有点悲哀。”

何桂香一脸猪肝色，胸口剧烈地起伏着。

“还有，我们的制度、我们的纪律也时刻告诫我，必须与客户保持一定的距离。”屈大江抹了一下湿润的眼睛，“开始我只是想把那钱以你的名义存上，在合适的时候再给你，后来从吴老板那里受到启发，就想到了以你的名义把钱捐出去，在适当的时候再告诉你。这样我既没得罪你，也保全了我自己，还给你行了善，积了德，也……”

“屈大江，你好虚伪！”

“我虚伪吗？”

何桂香抽了纸巾，擦了擦眼角渗出的泪水，哈哈一笑，看着屈大江，说："其实举报的事，我是跟你说着玩的，就是吓唬吓唬你。"

"说着玩的？"屈大江疑惑地看着何桂香，"吓唬我？"

"吓死你！"何桂香说着朝屈大江一哼，再怪怪地一笑，往门口摇摇晃晃地走去。屈大江愣在那里，直到她出门好一会儿了才回过神来，心想幸好自己留了一手。

这时，章小强打电话给罗小琼，说查出来了，那移花接木、混淆视听还真是有人故意搞的。罗小琼问是谁。章小强却只是打哈哈，哈哈过了，说她那么聪明的人，应该明白是谁。她也哈哈一笑，说她早就知道是谁了。

宁大为对着图纸，埋头和两个人一起在组装机器。朱小丽在一旁看着宁大为。

"看你这眼神，是喜欢上他了吧？"郭小宁碰了碰朱小丽的手，指一下宁大为。

"你乱说什么呀！"朱小丽脸一红，横了一眼郭小宁。

宁大为扭头看到朱小丽，有点不好意思地朝她点头一笑。

"真是对不起，不知道你们两位来了。"吕明远边说边大步走过来，跟朱小丽和郭小宁握了手，"走，吃饭去，到吃饭的点了。"

"谢谢吕总，我们回单位吃饭。"朱小丽看一眼郭小宁，又看着吕明远，"我来没别的，只是例行的贷后检查，就在车间、仓库、财务等地方看了看，问了问，查了查，也就没去打搅你。公司方方面面都不错，特别是财务管理越来越规范，核算越来越精细了。"

"吕总，我今天来，可是专门给你送贷款的。"郭小宁向前一步，"我们屈行长说了，对远扬公司的贷款不仅利率优惠，还随时要随时办。"

"谢谢你，也谢谢屈行长。"吕明远看着郭小宁，"公司目前资金还有富余，可能还会提前还部分贷款。"

"那……那好，我们就暂时不增加，保留现有的份额也行。"郭小宁抢着说。

"你们都是我的好朋友，都是我的财神爷。"吕明远看着郭小宁和朱小丽，"你们放心好了，贷款怎么还，还多少，我会综合考虑。也许我一分都不提前还，富余的钱就暂时存在你们银行。"

离开远扬公司后，郭小宁绕道去找了吴双艳。

“这是你喜欢的护肤品，我托人从法国给你带回来的。”郭小宁边说边将一个礼品袋递给吴双艳，“一拿到我就立马给你送过来了。”

吴双艳边看边说：“你怎么知道我喜欢这个牌子？”

郭小宁脸一红，嘻嘻笑着。

“听说你荣升了，是叫你郭科长，还是叫郭主任呢？”

“没什么，就一个信贷部的副主任，一个小萝卜头，可没你那么牛，我们屈行长还怕你三分呢。他总说要我跟你多请示，多汇报，也请你多指导，多关照。”

“看你说的。”吴双艳一笑，“我们是同学呢。”

“是啊，屈行长就是知道我们是同学，才跟我说要请你多关照的。”

“我又不管你们地方银行，哪来什么关照。”

“今天不管不等于明天不管是不是？”郭小宁看着吴双艳，“再说了，等你当了局长，那就全是你管了，对不对？”

吴双艳指了指郭小宁，笑而不言。

“双艳，我跟你说。”郭小宁腰一挺，胸一拍，“往后你或是你的亲戚朋友什么的，如果有贷款需求，那找我就是了，我一定想办法解决。”

“是吗？”吴双艳看了看郭小宁，正要将礼品袋退给他，他转身就往路边的小车跑去，边跑边回头扬着手。

水泥厂门口聚集了不少人，在那里吵吵嚷嚷的。他们打着写有“还我们一片蓝天　还我们一片宁静”“坚定落实环保法　坚决关闭水泥厂”等字样的横幅。

会议室里，杨再新看着罗长远，说：“说实话，水泥厂当年那个烂摊子，要不是市长一再做我的工作，双新是怎么也不会接手的，你们可不能过河拆桥。再说，接手这些年来，双新对水泥厂投入了那么多，创造了那么多的就业机会，缴纳了那么多的税收，可不能说关就关，总得给双新一个合理的说法。”

“那是的，水泥厂情况复杂，可不是说关就关得了的。”有人说。

“对，关闭水泥厂，那是得慎重考虑，不可草率从事。”有人附和。

“各位，此一时，彼一时。双新对沧江的贡献大家看在眼里，我也心中有数，政府更是不会忘记。”罗长远敲了敲桌子，目光扫一圈会场，“市里决定关闭水泥厂，那是广泛听取各方意见，经过反复研究做出的，既是对民心民意的积极回应，也是对省里环保督察整改意见的落实，还是……”

有人匆匆进来，跟罗长远耳语两句后又匆匆离去。

“同志们，聚集在水泥厂的群众担心关闭水泥厂遥遥无期，说如果今天不给他们一个明确的答复，下午会再次到市政府来请愿。”罗长远脸色冷峻地扫一眼与会人员，“如果他们真的到这边来了，那事情就大了。这责任我担不起，大家也担不起。我想，下边就请大家围绕水泥厂什么时间关闭、怎么关闭等具体问题献计献策。”

杨再新朝坐在他后边的罗小琼递了个眼色。

“好吧，那我也说几句。”罗小琼边说边朝罗长远和与会人员点头致意，“双新所有的发展和成长，都离不开政府的关心和指导，离不开政府的支持和帮助。现在政府决定关闭水泥厂，那双新理当支持，积极为政府分忧。我看，既然政府已经决定关闭水泥厂了，那就迟关不如早关，明天关不如今天就关。”

罗长远不动声色地看着罗小琼。与会人员朝罗小琼投来或惊讶或赞赏或疑惑的目光。

“不过。”罗小琼看着罗长远，“既然双新主动为政府分忧，那政府也应该多为双新着想，还应该兼顾群众和银行的利益。”

“罗总，那你是不是有了什么好的想法或是周全的方案？”万全有问。

“我想是这样。”罗小琼打着手势，“这水泥厂原本是在市郊的，只因城市发展太快，水泥厂才到了市里边。水泥厂到了市里边，那肯定是不行的，不环保，影响市民健康。那怎么办呢？我想，要么是就地把水泥厂关闭了，要么是把水泥厂易地搬迁走。”

“要我看，搬迁就没有必要了，还是就地关闭的好。新建水泥厂国家有明确的产业标准和相关规定，难以达到。”万全有看一眼罗小琼，再看着杨再新，“不过，不管是关闭也好，搬迁也好，银行的贷款不能有损失，不能一关就把银行的贷款关掉了。”

罗长远看着万全有，说："万行长，这个你放心，对银行贷款政府会有所考虑。"

"不管是就地关闭，还是易地搬迁，水泥厂现有的地盘只能由双新来开发。这是我的想法，也是杨总和双新的意见。"罗小琼看一眼杨再新和万全有，又看着罗长远，"这由双新这个本土最具实力的品牌房地产企业来开发，既是理所当然，也让银行贷款的安全更加有了保障。"

万全有朝罗小琼赞赏地点了点头。

这时，郭小宁在办公室握了握司马兰的手，说："真没想到，我们还成了同事了。听说双新的罗总还专门跟屈行长推荐了你，当然关键还是你自己优秀。"

司马兰朝郭小宁浅浅一笑，说："往后还靠郭主任多帮助，多关照呢。"

"哪里哪里。"郭小宁摆摆手，"相互帮助，相互关照。"

街头霓虹闪耀，人流如织。

郭小宁哼着小曲轻快地走着。

程万秋从后边追上来，挡在郭小宁前边，指着他说："我警告你，你要再去纠缠吴双艳，那我们就不是兄弟了。"

"你这是什么话？"郭小宁撇开程万秋的手，腰一挺，"可不是我去找的她，而是她约的我。再说了，去不去找她，那是我的事。"

"她约你？"程万秋愣了愣，"她就是约了你，那你也不能去！"

郭小宁呵呵一笑，说："你这是什么逻辑？"

"没什么逻辑，就是别人可以去找她，你不行！"

"为什么？"

"因为你是我兄弟！"

郭小宁看了看程万秋，握住他伸过来的手，摇了摇。

这时，从电影院出来的司马兰边走边拉了一下吴双艳的手，说："双艳，刚才这电影让我想到了一个事。我看对你来说，程万秋和郭小宁哪一个都不合适。"

跟上来的朱小丽说："我赞同兰兰的话。"

吴双艳说："我也是这么想的。"

"真的？"司马兰问。

"假的！"吴双艳说着"扑哧"一笑。司马兰和朱小丽也跟着笑。

宁大为蹲在机器跟前，跟人边看图纸边热烈地讨论着什么。司马兰手上捧着花束，站在他们后边，见宁大为没有反应，轻轻咳了一声，见他还是没回头，便将花束往机器上一扔，甩手走了。

郭小宁擂了一下起身往门口看的宁大为，说："人家一听说你荣升了主任，又评上了劳模，就名义上是跟我来搞贷后检查，其实是特意给你来送花祝贺的，你也太不解风情了吧。"

"我……"宁大为看着油乎乎的手。

"还我什么？"郭小宁指一下门口，"快去追啊！"

宁大为跑到门口，已不见司马兰的身影，头一摇，往回走了。他兜里的手机响了，是花三朵打来的，要他晚上早点回家吃饭。

花三朵边切菜边说："双新的股票都连涨三天了。"

叶满枝放下刨好的生姜，看着花三朵，说："你是不是又想进去了？"

"是有点手痒了。"花三朵放下刀，"老宁把他的存款和工资折子都交给我了，手头正好还有点闲钱。"

"看样子老宁是真的想明白了。他这样好，一身轻松。兰兰她爸也把钱都给了我，我在银行买点理财什么的，倒是不用操心费力，又安全可靠，收入也还行。"

花三朵和叶满枝两家围桌而坐，热热闹闹、开开心心地喝着吃着。

"来，大为，我们再喝一杯。"司马昌举着酒杯，看着宁小虎和叶满枝，"大为这孩子不错，悟性好，又好学，还勤奋，比我强，我喜欢。"

宁大为忙起了身，说："好，那我敬师傅。"他说着一口干了。

"来，兰兰，阿姨也和你再喝一杯。"花三朵端起酒杯，看着司马兰，"我们兰兰人长得漂亮，又聪明能干，我做梦都喜欢。"

司马兰起身跟花三朵碰了一下杯，抢先干了。

花三朵放下酒杯，看一眼司马兰和宁大为，又看着司马昌和叶满枝，说："难得今天两家都齐了，是不是定个日子，把大为和兰兰的大事先订下来？”

司马兰忙说：“这不急，还早呢。”

宁大为接着说：“对，不急，不急的。”

花三朵和叶满枝面面相觑。

程万秋坐在老板椅上，看着坐在沙发上的郭小宁，说：“双新的小额贷款公司昨天挂牌了，我是副总经理，负责市场营销。你有银行从业经验，我想邀你过来，我们一起干一番大事业，如何？”

郭小宁笑着摇了摇头。

“你笑什么？”程万秋走到郭小宁跟前，“你放心好了，这里背靠双新这棵大树，不会怎么样的。还有，这边的收入肯定比沧江银行高得多。杨总说了，金融板块是公司重点中的重点。你如果过来，那是人才引进，收入……”

“我今天一早就跟屈行长说了，想辞职，可屈行长咬着不松口，还暗示明年就让我做信贷部主任。不过，我虽然来不了你这边，但往后业务上我们还是可以多合作的。”

“那好吧。”程万秋端起茶杯，望一眼窗外的万家灯火，看着郭小宁，“来，我们就以茶代酒，祝我们合作愉快！”

郭小宁举起茶杯，碰了过来。

这时，吕明远将一杯茶放到宁大为跟前，看着宁大为，说：“大为，近来市里的几位局长，沧江银行的屈行长，还有几个生意上的朋友，都劝我趁现在产品销路好，抓紧修建一条新的生产线，扩大生产规模，实现产销翻番。当然，也有持不同意见的。万行长就说现在还处于经济转型期，以稳妥为上，要把精力放在提质增效上。你怎么看？”

“我赞同万行长的意见。我们远扬肯定还要扩大规模，还要发展壮大，但目前还不是扩产的时候，时机还不够成熟。不过，现在我们可以积蓄力量，积累资本，为时机成熟创造更多更好的条件。不少的企业，垮就垮在盲目扩产上，败就败在盲目投资上。”

“好，大为，你跟我想到一块来了。那我们就先积蓄力量，积累资本，等待时机。”吕明远握着宁大为的手摇了又摇。

咖啡厅里，灯光柔和，音乐环绕，温馨浪漫。

坐在椅子上的周子叶见司马兰进了门，不紧不慢地起身，双手将一束鲜花递了过去，说：“谢谢兰妹赏脸，如约而至。”

司马兰大大方方地接过花，说：“周大记者召见，荣幸之至，岂敢爽约。”

听司马兰说了一会儿，周子叶放下咖啡，看着司马兰，说：“好，谢谢你跟我说了这么多有关双新的东西。不过，我还想听你说说，你当初为什么要离开双新？”

司马兰优雅地搅了搅咖啡，看着周子叶，说：“你想听？”

周子叶微笑着点点头。

“那我偏不说。”司马兰调皮地一笑，“得下回分解。”

这时，在茶馆，杨再新看着宁大为，说：“请你再考虑考虑，双新真诚欢迎你。”

宁大为朝杨再新欠欠身子，说：“谢谢您的盛情和美意。我已选定了远扬，那就哪都不会去了。”

“好样的，我真心喜欢你。双新的大门随时向你敞开着。”杨再新看着宁大为，目光里有欣赏，有期待。

宁大为既为杨再新能这样而感动，又对吕明远和司马昌心存感恩。他心中不由得有了一个念头，但只是一闪而过。

吴双艳一副公事公办的神情看着胡岚和朱小丽，说：“从检查的情况来看，你们一方面对双新集团的贷款集中度较高，已接近监管要求的临界点，而另一方面对中小企业的支持力度还不够，中小企业贷款的占比没有达到三个不低于应有的标准，有一定的差距。请你们务必重视，认真整改，在适量压缩双新贷款的同时，加大对中小企业的信贷支持力度，更多更好地担当社会责任。”

“好的，感谢吴科长的指导。”胡岚看一眼朱小丽，看着吴双艳，“我们一定向万行长做好汇报，并举一反三，对存在的问题做好整改，也请吴科长多多关照！”

“双艳，哦，吴科长。”朱小丽朝吴双艳笑了笑，“我有这么一个建议，你看行不？”

吴双艳点点头。

朱小丽说：“就是贷款集中度较高的问题，那是有原因的，也跟你做了解释，你看是不是就别写进报告里头去算了？”

吴双艳严肃地说：“不行！”

“吴科长，那你看这样行不？”胡岚看着吴双艳，“就是请你写报告的时候关照一下，表明我们一直在努力增加信贷客户，力求支持更多的企业成长壮大。在支持中小企业上，我们更是思想重视，行动积极，举措多样，特别是在人力、费用、信贷规模等资源的配置上优先，并出台了一系列的制度和机制来保证和保障，只是因为一些客观因素，才造成了现在的贷款集中度较高，三个不低于还有一定的差距。”

“这个嘛……”吴双艳看一眼胡岚，“可以考虑。”

这时，司马兰从郭小宁手上接过文件夹，刚要走，郭小宁指了指桌上的报纸，说：“你看看这篇《双新的昨天、今天和明天》的文章。”

司马兰放下文件夹，拿起报纸浏览着，一脸的喜悦和陶醉。

“这周子叶，文章是写得不错，可说是才华横溢。”郭小宁站起来，看着司马兰，“也不知道他人长个什么样子，是不是跟他的文章一样漂亮。”

“反正比你帅多了。”司马兰说着脸一红，拿了文件夹和报纸飘然而去。

胡岚看一眼朱小丽，看着万全有，说：“这说起来，上个月如果不是化纤公司贷款上交总部，归还了两个多亿的贷款，那双新贷款集中度就不会偏高，也就不是一个问题了。其实我也注意到了，但没有引起足够重视，责任在我。这个月底双新正好有一笔贷款到期，收了之后如果不再续贷，那双新贷款的集中度就会立马降下来，整改也就到位了。”

万全有看着朱小丽，示意她说一说。

“我看双新贷款集中度偏高的问题，应该不只是收一笔贷款那么简单，那么容易。”朱小丽看一眼胡岚，又看着万全有，“昨天我仔细看了周子叶写的长篇通讯《双新的昨天、今天和明天》，从中受到了一些启发。双新是我们最大的单一信贷客户，往后对双新我们必须多关注、多了解、多研究，更多更好地服务双新，因为只有双新更强了，我们的贷款才更安全。同时，在适当的时候，可以有序地适量地收缩双新的贷款投放。”

“你们说的都有道理。”万全有看一眼胡岚和朱小丽，“吴双艳提出双新贷款集中度偏高的问题，这既是她的工作职责所在，也是对我们的风险提示，我们不能给自己找理由，必须高度重视，认真整改。但整改绝不是简单地一收了之，而是要着力从两个方面入手：一是要对双新的经营和贷款做一个通盘的分析研究，收多少，怎么收，什么时候收，这都要有一个科学的方案，而且收之前必须与双新对接好，沟通好，得到双新的理解和支持，切不可影响双新正常的生产和经营；二是要在发展中解决问题，就是要积极拓展信贷客户，特别是中小企业客户，不仅要新增中小企业授信客户个数，还要努力扶持中小企业做大做强。这样信贷客户多了，贷款规模大了，双新贷款集中度就不会偏高了，中小企业贷款三个不低于的问题也就迎刃而解了。”

“那是，那是。”胡岚放下笔，看着万全有，“还是万行长说得透彻，我们应该在发展中解决问题，寻找出路。”

朱小丽合上笔记本，说她会尽快拿出一个切实可行的整改方案。

郭小宁瞟一眼身旁的司马兰，看着屈大江，试探着说：“屈行长，我知道，你是一直想增加我们在双新贷款份额的。现在好了，机会来了，可不能错过。”

司马兰说：“这未必就是机会，说不定还是陷阱。我就想，人家H行信贷管理的水平应该不比我们弱，人家都在收缩了，我们却还要冒进？”

郭小宁说：“你这就只知其一，不知其二了。那是因为吴双艳去H行检查，发现了双新贷款集中度偏高的问题，要求他们必须整改，他们才不得不收了双新的部分贷款，但这应该是暂时的。”

司马兰说：“有那么简单？”

郭小宁说：“那当然了。”

“好了，你们都别争了。”屈大江朝司马兰和郭小宁压压手，“我看双新现在势头不错，可以进，但利率上不能让步太多，更不能做亏本买卖。”

这时，朱小丽看一眼门口，往万全有跟前挪了挪椅子，说：“按理说，双新的资金应该不会这么紧。前些天，我跟安行长去双新对接收贷的事，于部长虽然没有一口拒绝，但看得出来，她并不那么乐意。听说双新在入股一家省内的地方商业银行，也不知是真是假。”

“这完全有可能。双新成立了金融板块，小贷公司什么的又早挂牌营业了。几个月前杨总跟我说过入股银行的事，我当时劝他还是谨慎为好。”

“前几天，我碰到程万秋。他说小贷公司业务繁忙，生意红火，利润可观，但我一问到一些关键的指标，一些核心的东西，他就敷衍我，说什么商业秘密，无可奉告。我心里还真是没底。”

“这样。”万全有看着朱小丽，“你跟安行长商量一下，以贷后检查的名义，多了解一些双新方方面面的情况，但要注意方式方法。”

朱小丽点头说好，下午就去。

罗小琼放下听筒，一抬头看到杨再新边打电话边走了进来。

杨再新挂了电话，走到罗小琼跟前，无比兴奋地说：“小琼，好消息，入股沧南商业银行的事总算搞定了。”

“搞定了？！”罗小琼站了起来。

“是啊，头一笔两个亿的资金都打过去了。”杨再新瞟一眼门口，“当然，不是直接打过去的，绕了两个弯。”

“杨总，也许是我多心了，多虑了。这事我琢磨着，心里总有点不踏实。”

“小琼。”杨再新手一抬，“哦，罗总。这是大事，也是好事，你尽管放心好了。这说明双新在战略发展上迈出了重要的关键的一步，而且是成功地迈出了这一步。”

罗小琼心想但愿是这样吧！

这时，屈大江指了指摊开在桌上的信，盯着郭小宁，说：“你看看，这信上举报你跟客户走得太近，有在企业得好处的嫌疑。你说说，这到底是怎么回事？”

“屈行长，你是了解我的。”看过信，郭小宁有点心虚，却摆出镇定的样子，“不错，我是经常去企业，但那都是工作需要，我要不深入企业，那怎么了解企业的生产经营情况。再说，这上面也写得笼统，并没有写明我何时何地拿了谁的好处。”

“那好吧，你有则改之，无则加勉，我不希望再收到这样的举报信。”屈大江说着朝郭小宁扬了扬。郭小宁退了出去，背都湿了。

第十二章

江心洲上，朱小丽倚栏而立，望一眼天上的月亮，又看着宁大为，说：“你这个大忙人，今晚怎么有时间出来了？”

“是你让我有了时间啊！”

“有人说你就一个书呆子。”

“书呆子也有不呆的时候。”

宁大为把手伸给朱小丽。朱小丽牵着他的手，汇入了人流。

这时，杨再新坐在家里的沙发上，微笑着看着杨浩，说：“浩浩，我跟你说，如今的双新，可不是一个池子，也不是一口水塘，而是一片蓝海了。你这条鱼真就有那么大，双新还放不下你了？”

“爸，我知道如今的双新是一片海，就是一条蓝鲸也放得下的。问题是我这条鱼虽然不大，但向往的是另一片水域。”

“浩浩，我们送你出国留学，当初也是想让你回双新来的。”于美艳拉着杨浩的手，“你也知道，你伯伯只有两个女儿，没有儿子，我们也只有你这么一个宝贝。你伯伯和你爸都希望你能回到公司，等他们退下来之后，那双新就由你来主持，你就是双新的老板。”

“这你们就有点狭隘了。你们应该明白，从真正意义上来说，双新不是我伯伯和我爸爸的，也不是杨家的，而是社会的，是双新每个员工的。”杨浩站了起来，“再说了，如今的双新，已不是原来的家族企业，而是日臻成熟的现代企业。既然是这样，那又怎么非要我来当双新的老板，双新的老板又怎么必须是我呢？”

“当双新的老板也没什么不好的。”于美艳拍拍杨浩的手，“你要知道，一个人要成为一个老板，特别是要成为一个像样的老板，可不是那么容易的。”

“这我知道，但我决意自己闯一闯。”

“闯一闯？”于美艳皱了皱眉头，“浩浩，这你可要知道，天下在闯的人多了，可又有几个人不是闯得头破血流，又有几个人闯出了一片天地来，又……”

“妈，你就别又了。没错，能闯出一片天地来的人是不多，但总是不断地有人在闯，有人在不断地闯。”杨浩看着杨再新，“爸，我只问你，如果你当初不离开村上，就守着爷爷的那个小瓦窑，那你能有今天？又能有今天的双新？”

于美艳抢着说：“如今的双新可不是你爷爷那时的小瓦窑了。”

“好，你问得好！”杨再新看着杨浩，“我如果守着你爷爷那个小瓦窑，那肯定没有我的今天，也没有今天的双新。那我再问你，你想闯的领域是什么？”

杨浩自信地说：“无人机。”

杨再新和于美艳异口同声地说：“无人机？”

“对，无人机。”杨浩从包里取出一沓资料，“在回国之前，我就和两个同学谋划好了，回国后一起创办一家公司，从事无人机的研发和生产。”

“无人机市场广阔，前景无限，不过既是技术密集的前沿产业，投资风险也大。”杨再新踱了几步，看着杨浩，“好，我支持你。”

“我看还是这样更好。”于美艳看一眼杨再新，又看着杨浩，“就是在双新旗下注册一家新公司，资金什么的都由双新提供，这样……”

“妈，不好意思，我们的公司已经注册了，资金也在筹集中。我们都商量好了，先只做研发，条件成熟了再生产。”杨浩有点不好意思地朝杨再新和于美艳笑了笑，“我们就想检验一下自己的才能，证明一下自己。”

杨再新擂了杨浩一下，说：“好，浩浩，你果然是我杨再新的儿子！”

杨浩拥抱杨再新，又把于美艳搂了过去。于美艳一手搂着杨浩，一手搂着杨再新，幸福地闭上了眼睛，睫毛上挂着闪光的泪花。

酒楼包间里，柳开瞟一眼门口，朝郭小宁举起酒杯，小声说：“来，为运来公司与沧江银行的成功合作再干一杯。”

郭小宁举起酒杯，一碰，一口干了。

“不瞒你说，这回的这款私募基金很好的，肯定会抢手，已有好几家银行找到我，要求代售了。”柳开靠在椅子上，笑眯眯地看着郭小宁，“不过，你也知道，我是一个讲信义、重感情的人，自然首先还是想到沧江银行，想到你，只有当你们不愿意再跟我合作时，我才接洽别的银行。”

郭小宁端起酒杯，说：“那好，为沧江银行与运来公司的再次携手合作干杯！”

柳运来酒杯一端，说：“来，为我们共同的利益干杯！”

两只酒杯响亮地碰在了一起，却因为力度过大，两只杯子都碎了，红酒洒了一地，也溅了他们一身。

茶馆的小包间里，何桂香往程万秋那边挪了挪椅子，说：“程总，你放心，只要你通融一下，一定少不了你的好处。”

“香总，不瞒你说，我这资金还是充足的，只是你这单业务我做不了主，不敢接。如果杨总同意，别说是两千万，就是两个亿也是小菜一碟。”

“你那么聪明，变通一下不就得了。”

“你要我瞒天过海？那我不敢，杨总是火眼金睛，瞒不了他的。你跟柳总是老关系了，去找找他呗。”

“找他？你就别跟我提他了。”

“怎么？”

“他就是一只忘恩负义的白眼狼。我恨不得咬他两口。”何桂香说得咬牙切齿。

“他敢对你忘恩负义，那是该咬，咬他七口八口都不算多，只要别咬死就行！”

“你……你这是什么话？你想看我笑话？”何桂香指着程万秋，“我看你也不是个好东西，跟柳开就是一丘之貉。”

程万秋哈哈大笑。

“好，你笑我，有你好看的时候。”何桂香一推椅子，起身就走。

“好，我等着。你走好，不送！”程万秋朝走出门的何桂香一哼，“你咬了柳开又咬我，简直就是一条疯狗！”

“香总，程万秋不同意通融，那怎么办？王老板刚才又打电话给我，一再说他的存款到期后不续存了，要去投资一个什么项目。”邓满意边开车边说。

愁云满面的何桂香闭着眼睛，一声没吭。

“要不这样，把存款的利率再提高一档，看能不能稳住王老板他们。”邓满意边说边回头看一眼何桂香。何桂香还是闭着眼睛，还是没吭声。

回到家，何桂香站在餐桌跟前，双手撑着桌面，眼泪“滴滴答答”地落在酒杯里。她手颤抖着，端起酒杯，凝神看着杯里的红酒。

红酒变成了血，荡漾着……

何桂香猛地脖子一仰，一口干了，将杯子往地上一砸，一头倒在沙发上，目光呆滞地望着天花板。

柳开从楼里出来，快步走向停在路边的小车。

邓满意从停在后侧的车上下来，小跑过去，上了柳开的车。

柳开问：“何桂香真去找程万秋借钱了？”

邓满意说：“是啊，但程万秋没答应。”

柳开又问：“她真的拆东墙补西墙了？”

“这回只怕是补也补不过来了。”邓满意一声叹息，“当初我劝她别跟你分开，就在一起做，她不听，还臭骂了我一顿。”

“她心思太重，心肠太狠。我开始跟她合作，也是为了好把台子搭起来，就知道跟她一起做不长久。后来她说要分开，我是巴不得。”

邓满意一声长叹。

柳开说：“好好的，你又叹什么气。”

“我是为她叹气，也为自己叹气。”邓满意抹了抹有点湿润的眼睛，“这些年跟着她，可没少挨她的骂，没少受她的气。”

“那你就到我这边来好了。”柳开用力拍了一下邓满意的肩膀，哈哈一笑，“她已经撑不了多久了，你就等着看戏吧。”

“看戏？”邓满意愣了愣，“你还笑？”

“我不笑，我还哭？”柳开指了指邓满意，“你呀，难怪何桂香老骂你，活该！”

邓满意默然不语，心里却在翻腾着。

伍家旺坐在竹架板上抽烟。汪守业从脚手架上跳下来，在他旁边坐下，说：“听说这房价一跌，房子反而卖不动了，有的楼盘都停工了，有的老板还跑路了，那你说我们这会不会也要停工？达成会不会也跑了？”

“你想停工？”伍家旺白一眼汪守业，“停工对你有好处？”

“没有，当然没有。”汪守业摇摇头，指着马路对面的房子，“只是有时我在琢磨，你看这城里，到哪都是密密麻麻的房子，就跟山上的柴一样，挨挨挤挤的，还一片连着一片，哪里卖得了那么多，又哪里有那么多的人来住。”

“你不懂就别乱说。”伍家旺斜一眼汪守业，指了指左右的小区，“我告诉你，那房子看起来有不少是空着，可都是有主了的，人家有的本来就不是拿来住，而是拿来炒，搞什么投资，是要赚钱的。城里不少人家，房子可不只是一套两套，有的不仅给儿女买了，还给孙子都买了。还有不少人原本是在乡里的，进城当老板的也好，或是打工的也好，一有点钱就买房子，也住在城里了，结果是城里有房，乡里有屋。达成就是这样的。”

“也是，不少人进了城，在城里买了房，可乡里的屋照样起，就过年回去住几天，平日里都空在那，浪费了，可惜。”

“我只是现在还没这个能力，等过两年有了钱，也在城里买个房子，还是住在城里舒服。”伍家旺满眼憧憬地望着对面的楼房，“我是做梦也没想到的，一个死农民，如今在城里有单位了，按月有工资领了，也算得上是个城里人了。”

“看你说的，还城里人了。你自己也不打盆水照一照，看你这样子，哪里像个城里人了。我是知道自己有几斤几两，不在这城里买房，有钱就再回家起栋新屋。”

“你看你，刚才还说房子空着可惜了，怎么还要回去起栋新屋？”

“家旺，你要明白，乡里才是你我的根。不瞒你说，我是到时候要回乡里住的，得落叶归根。还是乡里好，不说别的，空气都比城里甜，见面打个招呼也比城里热乎。再说，你也知道，在乡里，房子就是一个人的脸面。我……”

“你们在说什么呢？”

汪守业一扭头，看到卢达成走到了他们身后。

“没说什么。”伍家旺指一下汪守业，“就他想问你，我们这会不会也停工？”

卢达成笑了笑，说：“你们说会停吗？”

伍家旺虽然摇了摇头，脸上却有点茫然。

汪守业看着卢达成，说：“你不会跑吧？”

卢达成哈哈大笑。

胡岚对坐在办公桌前的万全有说：“房地产价格还在下跌，销售额还在下降，对房地产及上下游企业的影响已经显现出来。”

坐在胡岚左边的朱小丽说：“没错，这也引起了监管部门的重视和关注。昨天吴双艳无意中跟我说了，他们近期将对商业银行的房地产信贷业务做专项检查。”

坐在胡岚右边的安然说：“万行长，从房价出现下降的苗头之后，我们就对双新地产在支行所有与房地产有关的融资进行了逐笔梳理，没发现有什么大的问题。”

“好，我来说两句。”万全有放下笔，看一眼笔记本，扫一眼胡岚和朱小丽、安然，“我看，目前沧江虽然房价下跌，销售额下降，但下跌下降的幅度并不大，在预期之内，在可控之中，不用过分担心，更用不着害怕。”

“万行长分析得十分精辟。”朱小丽看着万全有，“这既是市场和政策双重调控的结果，也是沧江多年来有关房地产的相关政策、机制起了作用。”

“没错。”万全有朝朱小丽点点头，“当然，这对那些中小房地产企业，特别是那些对外融资依赖度高的中小房地产企业，影响是显而易见的，甚至是致命的，也就有了有的楼盘停工，有的老板跑路的情况。好在我们当初在房地产授信的准入上把好了关，对中小房地产企业信贷投放得不多。从目前掌握的情况来看，我们授信了的房地产企业应该都能挺得住，没有什么大的风险。但有一点要密切关注，就是防止企业挪用生产资金，将生产资金用于房地产项目。至于对双新地产的贷款，我看就暂时不收不放，因为放，那有违监管部门的精神和要求；如果收，那不仅收不到多少，还会引发恐慌，产生连锁反应，对双新和银行都不是好事。因此，我们现在不仅不收，还要与同业做好沟通和交流，达成共识，一起来稳定市场秩序，这既是支持企业，也是保护银行自身。”

这时，郭小宁看一眼司马兰，又看着屈大江，说：“我看，这双新的贷款就得收，而且得赶紧收。因为你不收，别人收了，那到时候你就是想收也没得收了。”

“可现在你收得到吗？收得了吗？账户上钱都没有，你收什么？收空气啊！”司马兰一笑，“当初我说不要那么抢着放，有的人还说我开拓意识不强，进取心不足，说我胆小，说我保守，我……”

屈大江敲了敲桌子，说：“好了，你们别在这里争吵了，赶紧去想想怎么收吧！”

会议室里一片沉默，气氛有点压抑。

杨再新看一眼罗小琼，又看着于美艳，说：“银行那边现在是什么情况？”

于美艳说：“听说是万行长做了一些协调工作，几家大银行倒是没有说非要压缩贷款不可，但都说要新增一时是不可能的，有一家银行原本说好了下周能放一个亿，昨天说不能放了，说上头又有了新精神。只有沧江银行的屈行长，还有另一家小银行的信贷部主任跟我打了电话，要我们配合收贷。”

杨再新看着于美艳，说：“那你怎么跟他们说的？”

于美艳说：“跟屈行长我是直来直去说了，贷款不能收，也没钱给他收。跟另一个我说先缓一缓，只要有钱，一定还。”

“好，你这说得好。”杨再新一拍桌子，“你现在的主要精力还是放在银行，尽力争取能新增一些贷款。”

于美艳低头不语。

“怎么？你怕了？为难了？”杨再新盯着于美艳，“那我还是那句话，你就是干这个事的，再难你也得去，而且要见成效。”

“我看就这样吧。”罗小琼看一眼于美艳，又看着杨再新，“现在是非常时期，一方面是房价下跌，销售额下降，资金回笼减少，要银行新增贷款基本不可能；而另一方面是在建的项目多，计划投资的项目也不少，资金的需求量大，有缺口。我建议推迟部分计划投资项目的实施，并适当压缩部分在建项目的投资。”

“那不行！”杨再新手一扬，“我看，现在正是我们加快发展的好时机，不仅现有的项目不能停，而且要多争揽新项目，因为这个时候竞争不会那么激烈，成本也会更低。”

于美艳说：“那也得量力而行。”

“是啊！”罗小琼看着杨再新，“杨总，还是顺势而为好。”

“这个时候，我们就得逆水行舟，就得逆流而上。”杨再新看着罗小琼和于美艳，“你们都给我记住了，事在人为！”

罗小琼和于美艳都默默地走了。杨再新走到落地窗前，透过玻璃，望着远远近近的工地上或静止或转动的吊塔，手一握，转身就走。

万全有看一眼旁边的朱小丽和安然，在车间边走边对吕明远说：“吕总，前两年我不赞成你修建新的生产线，那是不到时候。现在你积蓄了技术和人才，也积累了资金和资源，又研发出了新产品，还赶上了市场调整的好时机，那我现在是全力支持你修建新厂，而且是越快越好。”

“好。万行长，我听你的。”吕明远握住万全有的手，“我就把旁边那个废弃了的小厂子买过来，修建一条新的生产线，与现有的厂房连成一片。”

这时，李远航在车间边走边对杨再新说：“杨总，目前工人的生产积极性都还不错，只是订单稍有减少，货款回笼也放缓了一些。”

走在杨再新旁边的王小伟说：“我那边也差不多是这样。”

“那你们都给我听好了。”杨再新停下来，看着李远航和王小伟，“你们必须给我保证产销不下降，这个月少了的下个月补回来，资金回笼不放缓，只能加快。至于怎么保证，那我不管，你们自己去想办法。一句话，公司等着用钱！”

李远航和王小伟对视一眼，尽管都感到压力大，却点头说好。

杨再新坐在椅子上，翻看着账本。

程万秋站在杨再新旁边垂手而立。

杨再新放下账本，盯着程万秋，说："小贷公司什么情况，你给我简单说说。"

"杨总，大体是这样。"程万秋哈着腰，"近来催收贷款的难度加大了，有的是确实手上没钱，一时还不了，也有的是故意不还，想赖皮。这倒还好，不是大问题。问题主要是来存款的人和存款的量都在减少，再这样下去，兑付到期的存款都会有点紧张了。"

"那你这样。"杨再新站起来，走了几步，"从今天开始，一方面你停止放贷，同时加大收贷力度，另一方面多吸纳存款，为公司多筹集资金。"

程万秋说："好，我马上落实。"

"万秋。"杨再新看着程万秋，"非常时期，你可得有非常思路，拿出非常举措，做出非常贡献，懂不？"

程万秋点点头，说："这些天我在想，我们可以通过扩股增资来筹集资金，同时还可以学银行的，以帮客户理财的名义来吸纳存款。"

杨再新不置可否，只是拍了拍程万秋的肩膀。

何桂香办公室烟雾弥漫，灯光昏暗。

倚窗而立的何桂香一脸青紫，身子不停地颤抖着。几个人或冲着她辱骂，或拍桌打椅。邓满意忙着给他们递香烟，添茶水。

"桂香，你是我侄女，我就不多说你什么。这两年我在你这得了点利息，算是得了你的好处，这我都记在心里，不会忘记，但放在你手上的本钱我现在真是有用处了，你得快点给我。你要不给我，那你就是要了我的老命了。"一个老人家又是抹眼泪又是甩鼻涕地说着。

"何桂香，我现在是不管你亲戚不亲戚，只认钱了。"一个中年男子将桌子敲得震天响。

"我们可不是你的什么亲戚，只知道要钱！"有人朝另两个人努了一下嘴。另两个人跟着附和，或说她要不给钱，那她哪里也别想去，或说她要不给钱，那就绑了她的崽她的女。

"你们这样，是要把我往死路上逼啊！"何桂香踉跄着走到办公桌跟前，双手撑在桌面上，“我死了，那你们的钱也全没了。”

“你少给老子装！”有人指着何桂香，“你要不给钱，那你就该死！”

“对，你早就该死了！”有人咬牙切齿地说。

何桂香“哇”的一声，一口血喷在了那人的脸上。

“哈哈，狗血喷头了！”有人指着被喷的人笑道。

这时，在程万秋宿舍，郭小宁将酒杯一搁，说：“这个你不说我也清楚。你们双新肯定在操控股价，只是不知是谁在操控。”

程万秋笑了笑，说：“还能有谁？股市啊！股民啊！”

郭小宁一拍桌子，说：“你扯淡！”

“好了，不说这个了。”程万秋扬扬手，看着郭小宁，“从明天开始，你得多帮我介绍客户过来，我这理财的收益比你们银行理财高得多。”

“这我得看了。”郭小宁瞟一眼门口，“我现在得小心从事，不能再给人抓住什么把柄，否则就什么都完了。”

程万秋一笑，话里有话地说：“那你该帮我的还得帮呢！”

郭小宁点点头，又有点无奈地说他只能尽力，不能保证。

人行道上，花三朵提着菜篮子，边走边说：“满枝，我看你真的是一朝被蛇咬，十年怕井绳了。”

“我可没忘鸿发公司的事，也没忘双新的事。”

“鸿发公司跟双新不能比的，不在一个台面上。再说你上次的事跟双新本来毫无关系，是你给人骗了，人家双新还给了你钱，算是挺不错的了。”

“那倒也是。”

“那我们一起到双新的小贷公司买理财去？”

叶满枝摇了摇头。

“你这死脑筋。”花三朵指了指叶满枝，“到时候你可别后悔。”

叶满枝笑了笑，往前走了。

这时，拿着砌刀的伍家旺走到在砌墙的汪守业身边，左右瞟了一眼，说：“听说小贷公司在搞什么理财，蛮划算的，你是不是也去买一点。”

汪守业边砌墙边说："我的钱都寄回家里，存在银行了，手上没钱。"

伍家旺说："那还不容易，取出来就是了。"

"不取，我那钱攒着是要拿来建房子的。"汪守业抬头看一眼伍家旺，"要买理财你自己去买，我不去。不过，你最好先问下达成，看他买了没有。钱还是放在银行里稳当，攥在自己手上最靠得住。"

"我就知道你胆小，是个怕死鬼。"伍家旺嘴上这么说着，心里却想还是先去问问卢达成再说。

邓满意轻轻开了何桂香办公室的门，见何桂香直挺挺地仰面躺在沙发上，仿佛睡着了。茶几上躺着一个开了盖的药瓶。

"香总。"邓满意连叫了几声，见她没有反应，便走过去，伸出手指在她眼前晃了晃，又在她鼻子下边放了放，惊出一身冷汗，一屁股坐在地上。他定了定神，爬起来，掏出手机，刚要拨打120，眼前出现了何桂香责骂他辱骂他的一张又一张画面，柳开在车上跟他说的话也在耳边回响。

邓满意在矛盾和犹豫中悄悄退了出来，轻轻关上了门。他走到楼道口又回去，到了门口又掉头走了，越走越快。

邓满意刚离去一会儿，李远航匆匆上来了。他连敲了几下门，没听到任何动静，便打何桂香的电话，隐约听到了手机铃声，但没人接听。他是来帮亲戚讨钱的。他的一个亲戚放了钱在何桂香手上，来找过何桂香，没拿到钱，知道他跟何桂香熟，便请他来帮着讨，讨着了不会少了他的好处。

罗长远边看文件边打电话，说："再新，这次房价下跌，对你影响虽然不是太大，但公司的总体投资还是有必要做一些调整，千万别逆向而行，出现资金链断裂的情况，也不要打什么擦边球，更不要干违法的事。对金融我不太懂，但我知道，金融可不是谁都可以玩的，更不是谁都会玩，能玩得好的。我这是提醒你，也是告诫你。"

"好，好的。我知道了。谢谢市长的关心和指导。"杨再新在办公室边走边说着。

于美艳匆匆忙忙跑进来，差点跟杨再新撞了个满怀。

"你干吗？"杨再新瞪一眼于美艳。

“何桂香死了！”

“什么？”杨再新一愣，“她死了？”

“死了，就死在她办公室。听说是吃了安眠药。”

杨再新一声叹息，摇了摇头。

“你叹什么气啊？”于美艳问。

“程万秋跟我说过，前两天她去找程万秋借钱。当时我也没在意，她应该是走投无路了才去找程万秋的。谁知道会是这样，也是可怜，可惜。”

“她这怪不得别人，要怪怪她自己。”于美艳说着走了。

杨再新想着与何桂香的过往，不由得心底一触动，鼻子一酸，双眼陡地有点模糊了。尽管他与何桂香有过节，但他打内心里对何桂香还是有几分认可的。一个女人白手起家，没有背景，没有靠山，能把生意做到这个样子，其间的艰难曲折、辛酸苦辣有几人清楚，又有几人懂得？

柳开放下架在桌上的脚，看着垂手站立的邓满意，说：“你想到我这来？”

邓满意点点头，说：“你跟我说过，那边要不行了就到你这来的。”

“是吗？我说过吗？”柳开一笑，“你觉得我现在还会欢迎你来吗？”

“怎么？”邓满意愣了。

“你自己想想。”柳开指了指邓满意，“我现在为什么不欢迎你了。”

“我……”邓满意茫然了。

“听说何桂香原本是不会死的，是你见死不救。”柳开桌子一拍，眼睛一睁，“你说，是不是这样？”

“不是，不是。”邓满意连连摆手，“我看到她时，她已经没气了。”

“没气了吗？”柳开盯着邓满意，“就是没气了，你也应该赶紧打120，你怎么不打？”

“我是见打120也没用才没打。”邓满意躲着柳开的目光，“我刚走，李远航就去了。他打了120，也没耽误什么。”

“你打跟李远航打，那完全是两码事。”柳开眯着眼睛看着邓满意，“我知道，你心里恨她，早就盼着她死了，是不？”

“那不是，不是的。”邓满意猛地摇着头，“没错，她是老瞧不起我，老骂我，但有时又对我出奇地好，格外地关心我，爱护我。我对她有时是恨，恨不得咬她两口，但更多的是感激她，好几回只差没叫她娘了。”他擦了擦眼泪，见柳开冲他怪笑着，不由得一咽口水，脚一跺，指着柳开，“我看真正想她死的不是我，是你！”

“是我？”柳开哈哈一笑，指着邓满意，“你可别乱说，明明是你！”

“就是你！”邓满意指着柳开，“你说了，要是没了香总，那你就少了一个竞争对手，你就多了一批客户，你……”

柳开一拍桌子站了起来，指着邓满意，说：“你给老子滚！”

邓满意指着柳开，说：“你这个大骗子，你不得好死！”

柳开朝门外招了一下手。两个彪形大汉进来，将邓满意拖了出去。

这时，安然将一杯茶放到杨浩跟前，说：“杨总，来，请喝茶。”

杨浩起身，双手接过茶杯，抿了一口，坐下，说：“安行长，你快别叫我杨总了，我只是一个初出茅庐的创业者，叫我小杨，或是叫我杨浩就行。”

安然说：“参天大树都是由小树苗长成的，大公司都是由小企业发展起来的。”

杨浩说：“谢谢安行长的鼓励。对我们的公司，我满怀信心。”

“好，有信心就好！”安然在杨浩旁边坐下，“我们省分行正好研发了一款叫新创业贷的信贷产品，你将是第一个使用这款产品的创业者。”

杨浩说怪不得今天一出门就格外顺，红灯都没碰到几个。

杨再新扫了一圈会场，说：“这一次，我们双新能闯过难关，再次化危为机，有一个人当记头功。这个人就是小贷公司的副总经理程万秋。我提议大家给他鼓掌。”

会场掌声一片。程万秋在掌声中站起来，朝四面鞠躬致谢。

散会后，罗小琼回到办公室，静坐了一会儿就给杨一新打电话。杨一新又跟市里的一个团到外地参观学习去了。

“那是的，我跟您一样，心里也有点不踏实。什么？噢，我认真想过了。我的想法是这样，就是大的方向还是按照公司的战略不变，但在具体执行中，适当做一些调整。好，这我来做，要有什么，我去跟杨总解释。您同意？”罗小琼看一眼门口，“那好，董事长，您就放心吧，我会处理好的。”

杨再新回到办公室打了个电话，刚起身要走，于美艳小跑进来，说：“出奇迹了，死了好几天，就要往殡仪馆拖的何桂香竟然又活过来了。”

“没死？”杨再新一击掌，“那就好，那就好。”

“还好？”于美艳一愣，“你就不怕她到时候又给你弄出什么幺蛾子来？”

“怕她？”杨再新边说边往门口走，“还就怕她不弄呢。”

这时，花三朵边哼着小曲边往桌上端菜。

宁大为在椅子上坐下，看着香喷喷的菜，说：“妈，看你高兴的，什么好事啊？”

宁小虎说：“人家中彩了呗。”

花三朵呵呵笑着，打开包，取出钱，说：“你们看，这是在双新理财的本金十万，这是半年理财的收益。怎么样？合算吧？”

宁小虎笑着说：“合算，当然合算！”

花三朵说：“我准备凑足了十五万，再去双新买理财。”

宁大为说：“妈，我看还是别去了好，收益高风险也大。”

花三朵说：“大为，论机械什么的，我是不如你，一窍不通，但论这理财，我现在还真不比你差呢。”

宁小虎边吃饭边笑着，一副悠然自得的样子。

支行营业厅客户出出进进，一派繁忙。

叶满枝有点不好意思地朝安然笑了笑，说：“前天晚上我做了个梦，梦见我在打鼓，打着打着鼓就破了。早上一醒来，也不知怎么的，我就把那鼓和双新的股票联系在了一起，后来又不知怎么的就把双新的股票全抛了。我手上也就双新这点股票，一直丢在那里没管它，前阵子连涨了几天，算下来还真是赚了点。”

安然接过大堂经理端过来的茶，递给叶满枝，说：“那你这梦也是有意思了。”

叶满枝接过茶，喝了两口，拉着安然的手，说："我还是相信银行，相信你。你就给我把这点卖股票的钱，还有卡上的一万多，一起给我理财好了。"

这时，在行驶的车内，朱小丽看一眼万全有，说："刚才我们去双新，杨总拍着胸脯，说双新的危机已成功化解，又将进入一个新的快速发展阶段。我倒是没有那么乐观，双新的危机并没有过去，而是在看上去平静的表面下边潜伏着更大的危机。"

"是啊，双新太大，太复杂，我们一家无法掌握到它全面的、真实的、准确的情况。"万全有看一眼江心洲，"我最担心的还是双新所谓的金融板块。我有一种预感，双新一旦出大问题，必然出在这上边。"

朱小丽说："昨天无意中听吴双艳说，他们也在重点关注有关双新的情况了。"

听朱小丽这么一说，万全有心想对双新还真得未雨绸缪了。

站在办公室窗前，望着满载产品开出厂门的大卡车，李远航兴奋地拍了一下窗台，心想这得感谢吕明远，要不是他当初建议去找杨再新，那哪来今天这景象，还得感谢杨再新，要不是他不计前嫌，又哪来现在的样子。

李远航一转身，看到何桂香笑着站在跟前，不由得吓了一跳。

"你别怕，我活过来了。"还一脸苍白的何桂香朝李远航一笑，"你是我的救星，我特意来感谢你，但我现在没有别的，只能给你这个。"她说着朝李远航一鞠躬，"过去做的对不起你的事，请多原谅。"她说着就要下跪。

"快别这样。"李远航连忙扶着何桂香在沙发上坐下，"你能得救，那是我们有缘。"

"也是。"何桂香点点头，"其实我并不想死，还有许多事要做，但又只能死了才好，才能一了百了。吃药时我犹豫过，甚至将药瓶都丢进了垃圾桶，但又捡了出来，一狠心就一把接一把地往口里塞了，但吃下之后就盼着有人来救，还想着来救的应该是谁，没想到却不是他，而是你。我是压根没想到的。"

"是啊。"李远航将茶杯递给何桂香，"我本来是去帮亲戚跟你讨钱的，没想到钱没讨到手，倒是救了你。"

“说实话，欠着那么多人的钱，我心里也很难过。我真不想欠钱，更不想遭人指着背脊来骂，但又无可奈何，无能为力。”何桂香摇摇头，“医生说我能活过来算是奇迹了。”

“说明你不想死，不该死，不能死。”李远航笑了笑，“千好万好还是活着好，只有活着才能干事，才能干成事。”

见何桂香抚着额头，脸也更白了，李远航便搀扶着她下了楼，说她身体还十分虚弱，得多休息，少走动，明天去看她。她哭了，哭得很伤心，泪水湿了李远航的手。

屈大江一脸严肃地指着站在那的郭小宁，说：“你主动辞职也好。行里近期在对员工是否参与民间借贷、非法集资、自办公司或在企业参股等专项排查中，发现了你的一些问题，虽然问题不是那么严重，但你留在行里，往后也不好开展工作。”

郭小宁朝屈大江鞠了一躬，转身昂头就走。昨天屈大江找郭小宁谈话，指出了他存在的问题，暗示他主动辞职比单位处分要好。

电话响了，屈大江一看来电显示，稍一迟疑，抓起听筒，跟人说了郭小宁的情况，又做了一番解释，听那头打了一串哈哈，又有了忙音才放下听筒。他刚放下听筒，司马兰就跑了进来，说：“屈行长，您找我？”

屈大江点点头，看着司马兰说：“从今天起，你就是信贷部主持工作的副主任，接手郭小宁原来的工作。”

司马兰没吭声。

屈大江问：“怎么？”

司马兰说：“没怎么。”

“那你就放手干，没什么怕的。我知道，郭小宁是留下了一些烂事，但我相信你会处理好，就是没处理好，那也不是你的责任。”

“不是怕。我是想要干那就得干好！”

“好，我相信你会干得很出色！”

这时，在驶过沧江大桥的小车内，罗小琼忧心忡忡地看着杨再新，说：“杨总，市里已出台了对房子的限购限价政策，房价温和下跌将成为趋势，资金回笼的速度会更加放缓，回笼的量会更加减少。小贷公司那边业务已到了一定规模，且目前资金的进出只能基本持平，再没有富余的资金可供调剂。股票这边也是涨涨跌跌，不是那么稳定。这几天，我心里是越来越不踏实，总感到好像有什么事要发生。我反复想过了，还是再停两个项目，资金适当留有余地为好，万一……”

“没什么万一。”靠着椅子的杨再新猛地坐了起来，看着罗小琼，“没事，你不用怕。我还是那句话，双新没有走不出的路，没有跨不过的坎。”

罗小琼不再说什么，只是望着前方，心想但愿没事就好。

程万秋刚要关灯睡觉，听到郭小宁在叫开门，只好披衣下床。

不等郭小宁发问，程万秋就抢先对郭小宁说：“你来我这里的事，我跟杨总说了，可杨总不同意，得等一等。”

“怎么？”郭小宁连忙问。

“杨总说他最恨的就是吃里爬外的人。”程万秋本想委婉一点说，但话到嘴边又改口这么说了。

“吃里爬外？”郭小宁愣了愣，“这可不是吃里爬外，是择木而栖。”

程万秋摇摇头，又笑了笑。

“万秋，可是你上次跟我说了要我过来，我才辞了沧江银行工作的。你可不能干过河拆桥、上屋抽梯的事。”

“兄弟，不是我不帮你。杨总那么说了，我还能怎么样。你要知道，杨总在双新，那就是天。”程万秋拉着郭小宁的手，拍了拍，“兄弟，此一时，彼一时。这事你不能怪我，真不能怪我。”

郭小宁挣脱程万秋的手，一拍桌子，指着程万秋，说：“程万秋，你害我！”

“我可没害你。”程万秋按下郭小宁的手，瞟一眼门口，“跟你说实话吧，我这里的日子也不好过，说不定哪天我跟你一样，甚至比你更惨。”

郭小宁甩手而去。

程万秋一哼，心想你是活该，我知道你是怎么回事。

周子叶咽了咽口水，试探着问万全有：“听说舅妈上班的那家小贷公司的老板跑路了？舅妈没事吧？”

“老板是跑了。你舅妈也差点给那些讨债的人打了。”万全有一声叹息，“当初我说了要她别去那上班的，可她不听，说那工资高，工作也轻松。”

“说起来，舅妈这也是跟你赌气呢。”周子叶看着万全有，“这可不能怪她，要怪只能怪你，是你太爱惜自己的羽毛了。”

万全有眉头一皱，瞪了一眼周子叶。

“好好好，不说这个了，免得你又生气。”周子叶摆摆手，“现在也是，除了那么多的银行，又冒出那么多的小贷公司、投资公司、担保公司、典当公司什么的，搞得人眼花缭乱，云里雾里，更有那乱七八糟的这个平台那个平台，这个宝那个宝，净是套路，净是陷阱，让人难以识别，不知害了多少人。”

“没错，现在的融资渠道和融资方式确实是多种多样，在给社会给百姓带来便利的同时也带来了风险，带来了麻烦，带来了痛苦。成立小贷公司本来是好事，能为小微企业和百姓创业等提供融资便利，增加社会就业，促进经济发展。只可惜有的小贷公司违背吸收公众存款的规定，在发放贷款的同时，直接或变相高息吸收公众存款，做起了银行业务，成了不是银行的银行，可又没有银行那样完善的制度和机制，没有银行那样的管理能力、管理水平，不出事才怪了。”

“看来，有的小贷公司就像一颗定时炸弹，随时都可能引爆，成为可能扰乱金融秩序，破坏金融稳定的因素。”周子叶看着万全有。

万全有点点头，若有所思。

沧江银行营业大厅门口，几个保安一字排开站在那。

数十个人聚集在门口的地坪里，站的站，坐的坐，骂的骂，哭的哭。打着的白底黑字的横幅上写着“还我们血汗钱”“严惩黑心老板”。

围观者里一圈外一圈，议论纷纷。

“好，好。您放心，我们一定处理好，不给您添麻烦。”屈大江放下听筒，抹了一把额头上的汗。

司马兰气喘吁吁地跑进来，说：“屈行长，协调会还没散，我接了你的电话，马上先赶回来了。什么事？”

屈大江说："下边的场面你看到了吧？"

司马兰说："看到了。看样子是有点棘手。"

屈大江说："都是郭小宁干的好事！刚才银监局和人民银行都打电话来了，要我们务必尽快处理好，别惹出什么大的麻烦来。"

司马兰说："我在回来的路上也接到了吴双艳的电话，她提醒我，这事一定要处置好，千万别演变成大的事件。"

"是啊。"屈大江走了几步，看着司马兰，"这样，你马上下去，协助营业部，一是尽快把那些人劝走，别让他们在那里吵吵闹闹，影响不好；二是请他们派出代表，你和营业部吴主任负责跟他们谈，注意方式方法。"

司马兰点点头，说："我想谈还是不要在行里，就在旁边找个茶馆什么的更好。"

屈大江稍一想，说行，相机行事。

司马兰边给代表们添茶边说："王伯、刘婶、李哥，刚才你们说的，我都认真听了。你们买了运来投资公司的私募基金，眼看就要到期兑付了，可就在这节骨眼上，公司的老板柳运来跑了，不知去向。这确实令人意外，也令人气愤。"

刘婶说："是啊，谁想到会是这样。"

王伯说："我是做梦都没想到的，要知道是这样，我就不买了。"

"是啊，这谁也没想到的。"司马兰一声叹息，"只是从了解的情况来看，尽管运来公司已被查封，但资不抵债，会给你们造成一些损失。"

李哥将烟头往地上一弹，说："他奶奶的，只怕是损失还不小呢。"

"是会有一定的损失。"司马兰看一眼李哥，看着李婶和王伯，"对你们的损失，我跟你们一样，心里十分难过，也理解你们的心情。我们沧江银行愿意与你们一起，配合你们，帮助你们维护正当的合理的权益，尽力减少损失。"

刘婶看一眼司马兰，看着王伯说："这姑娘说的还像句话。"

王伯说："你这话是说得好听些，可话说得再好听也没用，我们要的是钱。"

李哥一拍茶几，指着司马兰和吴主任说："我今天把话撂在这里，如果我在运来公司拿不到钱，那就问你们银行要。”

司马兰说：“怎么就问我们银行要了呢？”

李哥说：“我是在你们银行买的，钱是在你们银行交的。”

司马兰说：“有依据吗？”

李哥从口袋里掏出一张纸，往茶几上一拍，说：“你自己看看。”

司马兰拿起纸看了看，说：“李哥，这协议上虽然写了基金由沧江银行代售，但上边既没有沧江银行的印章，也没有沧江银行的任何人签字，你购买的资金也是直接转入了运来公司的账户，银行可没收你的钱。”

李婶说：“那你的意思是这事跟你们银行没关系？”

司马兰说：“是这样。这明摆着是运来公司在诈骗。”

李婶愣了愣，说：“那是我们上当受骗了？”

王伯瞪了一眼李婶。

李哥一拍茶几，指着司马兰，说：“那我不管，这钱我就问银行要定了。”

吴主任说：“李哥，你总得讲个理嘛。”

“什么？讲个理？我问你们银行要钱就是个理！”李哥指着吴主任，朝他走了过去。

司马兰连忙起身，拉着李哥，说：“吴主任也没别的意思，只是为你们着急。来，李哥，我们喝茶，喝茶。”

李哥瞪一眼吴主任，坐了下去。

“各位，我还是那句话，一方面我们银行一定会帮助你们去运来公司维权，尽力减少损失；另一方面如果你们坚持认为银行要承担责任，那你们可以向法院起诉，法院判定银行该怎么赔银行就怎么赔，但不要再去银行吵吵闹闹了，吵闹解决不了问题。”司马兰看着刘婶他们，“这样，行不？”

刘婶默默神，说：“好吧，也只能这样了。”

王伯起身，椅子一推，欲言又止，拂袖而去。

李哥鼻子一哼，说：“拿到钱了就行，没拿到钱那就还得去！”

吴主任说：“去可以，但不能像刚才那样聚众吵闹，那样往轻里说是破坏了银行的正常营业，给群众办理业务带来不便，往重里说是扰乱了金融秩序，破坏了金融稳定，是违法行为，会受到法律制裁。”

李哥指着吴主任，说："那好，我就等着你制裁了！"

"不会，不会。"司马兰边说边按下李哥的手，"我早就知道，李哥是个讲道理、明事理的人，是不会随便去吵闹的，怎么会受到制裁呢，是不是？"

李哥看了看司马兰，一脚踢翻一把椅子，朝门外走去。

证券大厅里，屏幕上一片绿色。

花三朵急得直摇头，直跺脚，瘫软在椅子上。叶满枝打电话过来，问她在哪。她打着哭腔，说双新的也跌了。

于美艳刚放下听筒，杨再新就快步走了进来，问运来公司的老板是不是跑路了，那些买了运来公司基金的人是不是在银行吵闹。于美艳说没错，程万秋刚给她打了电话，说吵得很凶。

杨再新看着于美艳，说："程万秋那里现在情况怎么样？没问题吧？"

于美艳避开杨再新的目光，说："他说应该没问题，但我心里还真有点发毛，不知道他说的是不是真话。"

杨再新一敲桌子，说："那你还等什么，快去看看啊！"

于美艳说："好，我马上和小颖一块过去。"

杨再新一看手机上的股票行情，说："怎么还在跌？他们是怎么搞的？"

于美艳苦着脸，说："我也不知道是怎么了。"

此刻，万全有正跟安然在说着双新的事，胡岚匆匆跑进来，说不好了，双新股票又跌停了。万全有一惊，心想不好，双新大麻烦来了。

见几个人骂骂咧咧地来了，正在营业厅慌乱给人解释着什么的程万秋忙朝保安使了个眼色，保安赶紧将卷闸门拉了下来，将那些人都挡在了门外。那人一把抓着程万秋，举手就要打。程万秋奋力挣脱，从后门落荒而逃。

这时，杨再新一拳砸在办公桌上，骂道："这鬼程万秋，他是怎么搞的？也不早说，真是成事不足，败事有余！"

"现在也不是怪谁的时候，得赶紧想办法稳住大局才行。"罗小琼看着杨再新，"我估摸着，聚集在小贷公司那边的人准会闹到这边来。"

"这真是祸不单行，这边挤兑，那边还又跌停。神仙也想不到会是这样啊！”杨再新走了几步，看着罗小琼，“那这样吧，小贷公司的事就辛苦你了。”

“好，我就过去。”罗小琼点点头，看着杨再新，“事情已经来了，那就别惊慌，更别害怕。你说过的，双新没有闯不过的关，没有迈不过的坎。”

罗小琼心中清楚，这回对双新的冲击也许是惊天动地的，甚至是灭顶之灾。这时最重要最关键的是信念和信心，而最需要这信念和信心的人就是杨再新。于是，她对杨再新说了前面这话。杨再新听着她这话，不由得心一暖，仿佛注入了无穷的力量。

起风了，一阵比一阵紧，一阵比一阵冷。

寒风中，花三朵挤在吵吵嚷嚷的人群中。

有人在砸双新小贷公司的牌子，有人在撬卷闸门。

有人说：“这钱只怕是打了水漂了。”

有人说：“扔到水里还能听到响声，可这响声都没听到一个。”

花三朵身子一晃，倒了下去。

这时，支行营业厅的柜员问叶满枝：“阿姨，你这钱一时不会用吧？”

“一时半会不会用，只是过几个月，我们小区的第三期就要开盘了，到时候可能会拿去交首付款。”叶满枝边说边在凭条上签字，“我家现在那房子只有一百一十来个平方，还得再买个大一点的。”

“那是的，房子住大一点还是方便些。”柜员边接凭条边说，“阿姨，那我给你推荐一款理财产品，时间半年，收益也不错，正好适合您。”

叶满枝稍一想，说：“那好，你给我本金和利息都一起买了那个理财，就买你说的那个半年期的。”

花三朵闭着眼睛，靠在床上唉声叹气。

朱小丽坐在床边的小方凳上，边削苹果边安慰说：“阿姨，您也别急，就算小贷公司那里兑现不了，还有双新在，再说了，钱是人挣的，只要人好，那就什么都好。”

“小丽，你不知道的，这不只是钱的事，我是真的没脸见人了呢。”花三朵接过朱小丽递过来的苹果，又放在柜子上。

“看你说的，又没偷没抢，怎么就没脸见人了。”宁小虎说着和宁大为一起进了门。

“你知道什么。”花三朵横一眼宁小虎，“不说别人，叶满枝都会笑我的。”

“我笑谁啊？”

听到叶满枝问着来了，花三朵连忙钻进了被窝，把头蒙了起来。宁大为和朱小丽相视一笑。宁小虎把叶满枝和司马兰请进门来。

“朵阿姨，没事吧？”司马兰边说边揭被子。

花三朵侧过身，双手捂住脸。

“朵阿姨，怎么捂着脸啊？”司马兰看一眼朱小丽，掩口一笑，“脸上是给谁划了道口子，还是长了什么难看的东西呀？”

“没有。”花三朵坐了起来，红着脸，看着叶满枝，“我是真的没脸见你了。”

“哪里话呢。”叶满枝在床沿上坐下，拉着花三朵的手，“你也是一片好心，再说谁也没想到会是那样的。”

花三朵说：“当时我还笑你。”

“当时我要手头上钱多一点，说不定也会跟你一块去了。”叶满枝拍拍花三朵的手，“不过，我那点钱放在银行理财，倒是安心，放心。”

花三朵说：“满枝，你别说了，往后我听你的。”

叶满枝说：“好，往后有钱我们就放到银行里去。”

“好，这就对了。”司马兰看着花三朵和叶满枝，“我跟你们说，如今的银行可不是过去的银行了，不再只是简单地给你存个款，转个账，还能给你理财，给你贷款。就说理财吧，不仅有专门的理财经理为你服务，还产品丰富多样，时间长短、金额大小、收益高低等等，任你挑选。又有了网上银行、手机银行什么的，用不着非要去柜台办理，在电脑上、手机上就可以操作，可简单，可方便了。”她朝宁大为和朱小丽挤了挤眼睛，“不过，如今社会上为你提供理财、融资等渠道和方式多了去了，真是五花八门，让人眼花缭乱，可得看清了，看准了，看好了，谨防上当受骗才行。”

“兰兰，我懂了。”花三朵拉着司马兰的手，“我想认你做干女儿，你愿意不？”

司马兰看一眼叶满枝，见叶满枝点着头，便欢喜地说：“愿意，一百个愿意。”

花三朵一把将司马兰搂进怀里。

杨再新扫一眼与会人员，说：“各位，时间是不早了，小半夜了，但这会还得接着开。我还是那句话，双新没有闯不过的关，没有迈不过的坎！我再次强调，尽管这次比以往困难要大，麻烦要多，但大家一定要有信心，要有决心。”

“杨总说得对，办法总比困难多。”罗小琼站起来，“现在我们最需要的就是大家一定要齐心协力、和衷共济，一定要心往一处想、劲往一处使。各公司各部门要看好自己的门，守好自己的家，要跟员工做好解释，尽管小贷公司出了点状况，但双新的大局是好的，双新不会怎么样。”

“罗总说得好，也说出了我的心里话。”杨一新看一眼罗小琼，边说边微笑着朝大家点点头，“小贷公司确实只是双新很小的一部分，双新的大局是好的，不……”

“不是那么简单吧？”有人站了起来，“小贷公司虽然只是双新很小的一部分，却牵动着双新的神经，影响到双新的大局，是……”

“你……你什么意思？”杨再新一拍桌子，指着那人。

“没错，小贷公司是牵涉到公司的方方面面，但毕竟小贷公司只是小贷公司。”杨一新忙按下杨再新的手，看一眼那人，微笑着边说边扫视着会场，“我们双新发展到今天这个样子，真的不容易，也不简单。你们都是双新发展的见证者，也是建设者，更是贡献者，我相信谁也不愿意看到双新出什么问题，衰败下去，只会希望双新兴旺发达，基业长青。”

那人点点头，坐了下去。

于美艳推开虚掩着的门，见杨再新站在窗前，望着窗外，便轻轻走过去，说：“都凌晨了，你在沙发上睡一会儿吧。”

“不用。”杨再新转过身，心疼地看着于美艳，“你快去睡吧，看你眼睛都熬红了。”

“我没事。”于美艳低头想了想，看着杨再新，“我有一个想法，想问问你。”

“什么？”

“就是在账务上适当做一些处理，到时候好……”

“不用！”杨再新手一抬，“是什么样就什么样，保持本来面目。”

于美艳说：“我是想……”

“我明白你的意思，但你要知道，你就是改了，到时候也没用，只会多一些问题，多一些不必要的麻烦，反而会坏事。”杨再新拍了拍胸脯，“我杨再新就这么个人，既然做了，那就不怕，有什么我都担着，绝不让别人背黑锅。”

于美艳看看杨再新，默然而退。她担心着公司，也担心着杨再新。

第十三章

坐在椅子上的罗长远盯着杨再新，有些生气地说："前阵子我还跟你说了，双新是要发展，但得量力而行，得有序推进，不可急功近利，不可贪大求全。你还说没问题，保证没问题。怎么一夜之间就出了这么大的事？你是只报喜不报忧吧？"

"有些事情我以后再跟你解释，也不是三两句说得清的。眼下最急迫的是看怎么稳住双新的大局，双新这座大厦千万不能动摇，更不能垮塌。"

"你昨天下午给我打了电话之后，我马上去找市长和书记汇报了，他们都指示双新是沧江为数不多的大企业，不能乱，不能垮。但保归保，查归查，如果确实有问题，那必须有人承担责任。"

"好，有你这句话就好。"杨再新眼里闪着泪花。

"走，一起去会议室吧。"罗长远起身就走。

在会议室一落座，罗长远就看着金中波，说："金处长，你是专家，上次处理鸿发公司的事情时你就发表了很好的意见和建议，就请你先说说。"

"双新是沧江为数不多的大企业，如果出现失控的局面，那不仅会影响到沧江的经济发展，更会影响到沧江的社会稳定。"见罗长远点着头，金中波接着说，"我建议尽快成立工作组，尽力做到一停二保三稳。一停就是暂停对小贷公司债务的兑付；二保就是保双新不乱不垮，保债主损失最少；三稳就是稳债主情绪，稳企业生产，稳金融秩序。同时建议对全市小贷公司、投资公司、担保公司、典当公司等进行全面的清理整顿，该停业整顿的停业整顿，该关闭的关闭，从源头上防控类似运来投资公司、双新小贷公司的情况再度发生。"

“好，金处长说得好。”罗长远朝金中波赞赏地点点头，看着万全有和屈大江，“下面我对银行提一点希望，也是要求。那就是在非常时期，面对非常情况，请银行务必顾全大局，对双新做到不抽贷、不压贷。说起来，这也是为了更好地维护银行权益，保护银行利益。其中的道理，你们应该比我看得更透彻，想得更明白。”

“感谢罗市长对我们银行的关心和支持。”万全有与屈大江交换一下眼神，“双新暴露出来的问题主要在小贷公司，或者说是在所谓的金融板块。双新虽然出了一些状况，但所幸的是从总体来看，基本面还是好的，特别是主打产业运转正常。只要处置得当，对双新我还是有信心的。在这我也表个态，双新的贷款到期的先还后借，没到期的不提前收回。”

屈大江看着罗长远，说：“我赞同万行长的说法。”

罗长远点了点头，看着杨再新。

“对不起，给各位添麻烦了，也谢谢各位对双新的关心和帮助。”杨再新站起来，朝大家鞠了一躬，“也请各位相信，尽管双新暴露出了这样那样的问题，发生了前所未有的危机，但我相信，也坚信，有了各位的支持，有了双新的努力，双新一定会挺住，再次化危为机。在这我也表个态，对双新存在的问题，双新绝不逃避、绝不隐瞒，对该承担的责任，无论是双新还是个人，绝不推诿、绝不推卸。”

有人说这个表态非常好，表明了双新是一个有担当的企业，杨再新是一个有担当的企业家。有人说好不好，现在还不好说，还得再看。

这时，在一栋偏僻的小楼里，王昌明带人破门而入。惊慌失措的柳开爬上窗台，给王昌明一把抓住，拖了下来。柳开束手就擒。

司马昌比比画画地在机器跟前跟工人讨论着什么。

宁大为边走边对吕明远说，机械设备的安装调试应该在春节前可以完成，春节过后就可以正式生产了。吕明远满意地点点头，朝司马昌走了过去。

这时，在试验场上，杨浩拿着遥控，望着天空，操控着天上的无人机。

正飞着的无人机突然翻滚起来，一头栽在地上。

看着栽坏了的无人机，有人说这一款干脆放弃算了，都试验了这么多次了。杨浩说不，接着试，也许下次就成功了。

坐在办公桌前思考着什么的杨一新转动了一下椅子，看着坐在沙发上的杨再新，真诚地说："再新，我是董事长，是法人代表，责任由我来承担。再说，我在不在关系不大，但公司不能没有你。"

"不。"杨再新手一抬，"成立金融板块也好，成立小贷公司也好，你和罗总都提出了不同意见，都是我拍板定下来的，出了问题理当我来承担责任，跟你们没有关系。"

杨一新急得一拍椅子的扶手，说："不行，责任还是我来承担。"

"董事长，你这就别争了。我不在公司的时候，经营上的事，可以由罗总来主持。她应该可以胜任。"杨再新走过来，双手握着杨一新的右手，"哥，就这样了。"

杨一新叠上左手，看着杨再新，两眼潮乎乎的，心里满是自责。

楼里的灯次第熄灭了，只罗长远办公室的灯还亮着。

坐在沙发上的罗小琼见罗长远合上了文件夹，忙起身过去摇着坐在椅子上的罗长远的手臂，说："叔，你知道的，双新不能没有杨总，你一定要救他。"

"从侦查的情况来看，事实确凿，都摆在那里。"罗长远拿开罗小琼的手，"你说我怎么救他？又怎么好救他？"

"叔，算我求你了。"泪汪汪的罗小琼说着就要下跪。

罗长远忙伸手扶住她，让她在沙发上坐下。

"我知道你心里想的什么，也理解你的心情。可我总不好跟工作组的人说双新的事就别查了，更不好说杨再新的问题就放过算了吧？再说，就算我说了，不但没用，反而坏事。你应该明白。"

"那你真就不管了？"

"不是我不管了，而是我不能管，不好管，也管不到，管不了。我现在能做的就是尽力协调好方方面面，尽力减少债权人的损失，尽力减轻这事对双新的冲击，尽力减弱这事在社会上的负面影响。这就是管他，也是救他，你懂不？"

罗小琼点点头。

“再说，我这也不是管他，不是救他，而是为了双新，为了沧江。还有，就我对再新的了解，他是不会同意你来说情的，更不会接受哪个的怜悯。”罗长远坐过来，拍了拍罗小琼的手，“出现眼下这样的局面，我比谁都心疼，但真正能救他的只有他自己，也只能是他自己，你想一想就明白。”

罗小琼想了想，起身离去。一出大楼，见卢达成等候在那，她不由得心头一热，小跑过去。卢达成跑过来，牵着她的手，说走，一块吃碗粉去。

坐在床上的于美艳长叹了一口气，碰了碰闭着眼睛靠在床上的杨再新，说：“你是不是赶紧到外边去躲一躲，等风声过了再回来。”

“躲一躲？你躲得了初一，躲得过十五？那柳开还不是从广东给抓回来了。”杨再新瞟一眼于美艳，“再说，我也打听过了，我这无非是坐一两年牢。你要一躲，那是罪加一等。还有，我要一躲，只会对双新更加不利，也会害了更多的人。”

于美艳抓着杨再新的手，说：“我可不想你进那里边去。”

“没什么，问题是在我手上出的，那责任就得我来承担。如果让别人来替我背锅，那我就不是杨再新了。”杨再新一笑，搂着于美艳，边说边拍拍她的肩膀，“一两年一眨眼就过去了，出来了我接着干就是。”

“你呀，就没有怕的时候。”于美艳深情地看着杨再新。

“那也不是，我还真有怕的时候，也有怕的东西。”杨再新边说边抹着于美艳脸上的泪水，“我怕双新发展停滞不前，更怕双新哪天衰落了，破产了，或是被人兼并了，收购了，正因为怕，我才不怕，才只一个信念，那就是无所畏惧地往前冲，往前闯。”

“你呀！”于美艳说着依偎在了杨再新的怀里。

朱小丽走进万全有办公室，说：“杨再新和程万秋、柳开因涉嫌非法吸收公众存款等被立案侦查了。”

刚向万全有汇报完工作的胡岚一声叹息，说：“杨总真是可惜了，英雄一世，就这样栽了。说起来，也是小贷公司惹的祸。”

“话不能这么说。”万全有看着胡岚，“小贷公司本身没有错，错的是他们不该那么经营，不该那么管理。”

这时，在吕明远办公室，李远航看着走动的吕明远，深有感慨地说：“真是世事难料，早知会是这样，那时还不如直接投奔你好了，何必等到今天被你收购。”

“此一时，彼一时。”吕明远边走边说，“那时我还没能力收购你的远航公司，你也不一定真心想跟我合在一块。再说了，这回要不是有万行长鼎力相助，那也难以如愿。这说来说去，还是我们有缘。”

“其实双新出售一些资产，也是出于无奈。”李远航一声叹息，“这对杨总来说，无异于是在他身上割肉，在他心尖上捅刀。”

“那不见得，也许经历了这些事后，他对双新有了新的认识，新的理解。”吕明远在椅子上坐下，“要我看，这对双新来说，其实是好事，是幸事，因为出售的是一些非主营业务的资产，等于是给双新瘦了身，对双新往后的发展只会有益无害。”

“吕总，可不是我奉承你。照这样下去，一个在缩小，一个在长大，用不了几年远扬就会成为沧江的大企业，与双新平起平坐。”

“李总高看我了。”吕明远摆摆手，“我可没这样的野心，也没这样的能力。我不求多，不求大，但求做得精，做得好。”

李远航朝吕明远竖了竖大拇指，心想远扬能有今天的局面，还真是跟吕明远的为人处世分不开的，自己要向他学习的地方还多着呢。

花三朵和叶满枝坐在街边椅子上，脚边都放着菜篮子。

叶满枝看着花三朵，说：“听说工作组昨天发布了公告，所有在双新小贷公司的存款和理财都不计利息，本金按比例兑付，兑付的钱可以拿走，也可以转为双新的股金。你是拿走还是转股金？”

花三朵说：“如果是你呢？”

叶满枝说：“拿走。”

花三朵说：“那我转股金。”

叶满枝说：“你不怕？”

花三朵说："不怕。这回是大为拿的主意。我信他的。他说往后的双新会比过去的双新更好。"

叶满枝说："那是，大为这孩子应该看得准。他和那个小丽的婚事定下来了没有？"

花三朵说："定下了。兰兰呢？"

叶满枝说："周子叶的妈妈昨天给我打了电话，说这个周末一家人全过来。"

"那就好，早点定了早点结婚，都老大不小的了。"花三朵嘴上是这么说，心里却还是有点遗憾。

这时，罗小琼打电话给周子叶，说公司明天有一个公益活动。不等她说完，周子叶就说好，他一定过来，这是很好的用正面宣传抵消负面影响的举措。

杨一新扫一眼与会人员，说："好了，现在我提议由罗小琼副总经理出任总经理，接替杨总的工作。罗小琼副总经理出任总经理既是众望所归，也是杨总推荐的。"

大家鼓掌。卢达成跟着鼓掌。

罗小琼站了起来，朝大家压压手，说："大家对我的信任和厚爱我心领了，谢谢大家，但总经理我不能就任。"

大家疑惑地看着罗小琼。

"我可以做总经理的工作，但不能出任总经理，也一定会尽职尽责，不辜负大家的信任和厚爱。"罗小琼指了指旁边空着的椅子，"这总经理的职位只能是杨总来担任，这位置必须给杨总留着。"

掌声雷动。

晚上，罗小琼去了于美艳家。

"小琼，谢谢你来陪我。"于美艳拉着罗小琼的手，"过去我误会过你，还为难过你，你不怪我吧？"

"哪里会，感激你都还来不及呢。"罗小琼把另一只搭了上去，一脸真诚地看着于美艳，"杨总是我哥，你是我嫂子。我们都是一家人。"

于美艳一把将罗小琼搂进怀里，热泪落在罗小琼的脸上。

周子叶举起酒杯，对万全有说："来，舅，我得连敬你两杯，一杯敬你成功化解双新对银行的冲击，化危为机，一杯祝你荣升行长，做一把手了。"

"子叶，你说的什么化解危机，那是罗市长高度重视，运筹帷幄，指挥若定，是双新配合得好、合作得好，是杨总有担当、有情怀，是罗总有魄力、有手段。我只是想了该想的事，做了该做的事，并用心去想了，尽力去做了。至于你说的什么一把手，那就更不值一提了，只不过是担子更重了，责任更大了。"

"我就知道你会这么说。"周子叶说着一口将酒干了。

"子叶，来，祝贺你荣任副总编辑。"万全有举杯干了，看着周子叶，"你前两天发表的那篇《双新危机启示录》还真的不错，有事实，有分析，有见地，读来令人振奋，更令人深思。"

"舅，你过奖了。"周子叶边倒酒边说，"听说杨总判了一年零八个月，那个程万秋和柳开分别判了两年半和四年半。"

"是这样。"万全有点点头，"这就是代价。"

"这代价，也不知道杨总能不能接受。"周子叶一声叹息，"说来还真是有点可惜，难免让人有点伤感。其实他完全可以把责任推给别人，用不着这样。"

"如果这样，那他就不是杨再新了。"万全有看一眼窗外盛开的玉兰花，"我看这回对双新也好，对杨再新也好，都未必就是坏事。"

周子叶点了点头，说那是。

街边的路灯噌地全亮了。

司马兰指了指前边新开的粉店，对走在旁边的吴双艳说："走，吃粉去。"

进了粉店，司马兰一眼看到了在忙着给顾客端粉的郭小宁，想退身已来不及。郭小宁一抬头看到了她们，大大方方地边打招呼边走了过来。

"这粉店你开的？"司马兰边打量着粉店内外边问郭小宁。

"是啊！"郭小宁爽快地应答着。

“你怎么开起粉店来了？”司马兰接着问郭小宁。

“离开沧江银行之后，我本想去程万秋那里，可是……”郭小宁摇摇头，一声叹息，“不说了，一言难尽。”

吴双艳看着进进出出的顾客，说：“看样子，生意还不错嘛。”

“是不错，比预期的要好。”郭小宁看着几个吃粉的顾客，“我开这粉店，那不是一时冲动，也不是没事可干，而是经过了市场论证的。沧江人都喜欢吃粉，但又吃得刁，我就在这原汤和码子上下功夫，让人吃了还想吃，来了还想来。”

“好，角色转换得不错。”司马兰呵呵一笑，“这样下去，那用不了三年两载，我们就得叫你郭大老板呢。”

“不敢，不敢。”郭小宁摆摆手，随即又浅浅一笑，“不过，我相信，在三年之内，我这粉店准会在沧江遍地开花。”

这时，卢达成对着脚手架上的伍家旺和汪守业说：“下班了，明天再接着干吧。”

伍家旺说：“不行，干完了再下来。”

汪守业说：“我这也不多了，一会儿就干完了。罗总说了的，我们干得越好，杨总在里边就越放心，出来的时候也就越开心。”

卢达成笑了笑，朝前边的工地上走去。

监狱会见室，万全有边打量着杨再新边说：“杨总，看你虽然消瘦了一些，但气色还不错，精神状态也挺好的。”

“万行长，不瞒你说，尽管进来之前已有了心理准备，但刚进来那些天，还真是有点接受不了。”杨再新笑了笑，“不过，早好了，坦然了，没事了。”

“那就好。现在有时间了，正好可以多看看书，多想想事。”

“是啊。这些天来，我还真想了不少，也明白了不少。”

“你能这么看，这么想，那就好。”

“你还叫我杨总？”

“习惯了。”

“我这可不是在双新。”

“这不影响我们的交流。正因为你在这里，我对你才更是高看一眼。”

“那好吧，随你怎么叫我。”

“你后悔没有？”

“后悔？”杨再新笑了笑，“这……就这么说吧。你说不后悔吧，那又后悔，你说后悔吧，那又不后悔，但这都不是三言两语说得清的。”

“那你最后悔的是什么？最不后悔的又是什么？”

“我最后悔的是不该放任小贷公司去吸收公众存款，最不后悔的是我对双新发展战略的定位，是对产融结合梦想的追求，对建立自己真正意义上的银行的金融梦的探求。”

“你追求的这个梦本身是没错的，只是你追求这个梦的路径和方式出了问题，不该那样去实现。”

“尽管这个梦我还没有实现，但我相信还有人在跟我做着同样的梦，而且我相信一定会有人去将这个梦变成现实。”

“这我完全相信。”

“谢谢你，谢谢你对我的理解，谢谢你对双新的支持，谢谢你总在关键时候为我说话，为双新说话。”

“杨总，我可不只是为你说话，也不只是为双新说话，而是凭一个银行员工应有的职业操守，为企业和管理者说该说的话，说能说的话，因为你不只是你，双新不只是双新。”

狱警朝万全有指了指墙上的钟，示意时间到了。万全有起身，说下次再来看他。杨再新心底一热，泪水上涌，却没夺眶而出。

这时，在无人机试验场上，一架又一架无人机腾空而起，又平稳落地。

场上一片欢腾。

杨浩等人紧紧拥抱在一起。

在远扬公司车间里，胡岚边走边对吕明远说：“吕总，你放心，我们跟你的目标是一致的，就是希望远扬早日在中小板上市。”

安然看一眼朱小丽，对宁大为说：“来的路上，小丽可跟我说了，远扬什么时候上市，她就什么时候跟你成亲，你可得加油哦！”

宁大为嘿嘿一笑，脸一红，连连点头。朱小丽羞涩一笑，打了安然一下。

这时，在监狱会见室，杨再新和何桂香正面对面坐着，默默地审视着对方。

还是杨再新先打破了沉默，说谢谢何桂香来看他。一听杨再新开口就说谢谢她，她激动得一时不知说什么好了，只有泪水往下淌，抹了一把又一把。

“过去我是把钱看得太重，把利看得太重，又太在乎别人怎么看我，怎么叫我。听到别人叫我大姐大，心花怒放的，看到有人在我面前点头哈腰，心里有一种无法形容的快感和满足。如今我是死过一回的人了，对我来说什么都不重要了，钱财已是身外之物，名利也是过眼烟云，有碗饭吃，有张床睡就行。我想清楚了，想明白了，生意不做了，不再那么劳心费力，不再那么争强好胜，就把自己名下的所有资产处置了，尽力把所欠的钱还掉，减轻自己的罪孽。”

“那不行，人一辈子就不能认输，不能倒下，就是倒下了还得站起来，走起来，而且要走稳，走好，重新走出自己的路子来。当然得走正路，千万别走偏了，走岔了。不瞒你说，我虽然进来了，但我心没有死，出去了还会接着干，当然不会再像过去那么干。你呢，那是钱要还，生意还得做，只有把生意做起来了，做好了，钱才能还得起，还得了。”

何桂香低头想了想，抬起头，说：“那好，哥，我听你的。”

猛地听何桂香叫哥，杨再新一时没反应过来，以为自己听错了，见何桂香真诚而又期待地看着他，他含泪点了点头。

罗长远看了一眼罗小琼，扫了一圈与会人员，说：“今天开会之前，我先给大家分享一个好消息，就是双新的一个项目荣获了鲁班奖。”

万全有朝罗小琼点头致意，带头鼓掌。

掌声如潮，一片喝彩。

“我再告诉各位一个好消息。”罗长远站起来，朝大家压压手，“那就是在各位的有效配合和大力支持下，经过这几个月的努力，双新已成功化解危机，步入了良性发展的康庄大道。我相信，双新的明天一定会更美好！”

罗小琼起身，在掌声中朝大家鞠躬致谢。

这时，在粉店门口“嗯嗯”“哦哦”打电话的郭小宁一眼看到屈大江低头走了过来，便挂了电话，走过去亲切地叫了一声：“屈行长！”

屈大江抬头看了看郭小宁，说：“你别再叫我屈行长，我已经不是行长了。”

郭小宁边请屈大江往店里走边说：“怎么了？”

“给免了呗。”屈大江在椅子上坐下，“还不是你干的好事，帮那个鬼柳运来代售那什么私募基金，惹出一身的麻烦。”

郭小宁呵呵一笑，看着屈大江，说：“不只是因为这个吧？”

“你什么意思？”屈大江一拍桌子，指着郭小宁，“郭小宁，你给我记住了，你不要以为上次何桂香要挟我，我就怎么样了。我告诉你，我清清白白，干干净净。”他拍拍胸脯，“我还告诉你，我现在一身轻松，坦然得很，也……”

郭小宁看着屈大江，哈哈大笑。

“你笑什么？”屈大江皱了皱眉头，看着郭小宁。

“没笑什么。”郭小宁收敛了笑容，在屈大江对面坐下，“屈行长，我跟你说，离开沧江银行的这些日子，我想明白了一个道理：一个人在什么时候都不要有非分之想，是你的总归是你的，不是你的你就是到了手上，终归还会失去，甚至失去的会更多。”

“好，说得好。”屈大江拍了拍手，一拍桌子，“来，你请我吃碗粉！”

“好嘞，这碗粉我请了，而且是我亲自来做！”郭小宁围裙一系，进了操作间。

杨一新放下听筒，见罗小琼春风满面地走了进来，便边起身边说：“小琼，看样子准是有什么好消息吧？”

“那当然喽。”罗小琼打开文件夹，往杨一新跟前一放，“董事长，您看，那个项目我们中标了！”

“那就好，那就好。这可是我们双新有史以来中标的最大一个项目，也是竞标最成功的一个项目。”杨一新走到窗前，望着路旁满树金黄的银杏，“这得快点告诉再新，让他也来分享这份难得的喜悦和自豪。”

这时，在监狱阅览室，杨再新合上《现代企业》，靠在椅子上，若有所思。近来，他总在检讨双新和自己的得失。

在监狱会见室，郭小宁看了看程万秋手腕上的伤痕，说："万秋，那你得跟我保证，往后再也不干这样的傻事了。"

"小宁，我恨我自己！"目光有些呆滞的程万秋边说边捶打着自己的头。

"万秋，你别这样！"郭小宁摆着手。

"我真的好后悔，好恨我自己。"程万秋泪眼汪汪地看着郭小宁。

"是啊，我也后悔过，也恨过自己。"郭小宁沉默了一会儿，看着程万秋，"那时我们都想出人头地，都想有所作为，可我们都太在乎名利，太在乎金钱，走上了歧途。"他抹了抹泪水，"不过，万秋，毕竟我们都还年轻，只要想开了，想清了，想好了，那我们还有的是希望，有的是未来。"

"会有吗？"程万秋茫然地看着郭小宁。

"有，当然有啊！"郭小宁眼睛一亮，打着手势，"你看我那粉店，一家接一家地开张，生意都红红火火的。这就是希望，就是未来啊！"

"是吗？"程万秋眨着眼睛。

"当然是啊！"郭小宁拉着程万秋的手，轻轻拍了拍，"万秋，你一定要好好表现，争取减刑，早日出来。再说了，三年两载的，眨眼就过去了。等你出来了，到时候我们一起开粉店，好不？"

程万秋点了点头。

这时，卢达成在办公室拿着鲁班奖奖牌看了又看，亲了又亲。热泪掉在奖牌上，他用衣袖擦拭着。这奖来得太不容易，其间不知凝结了他多少的心血和汗水。

朱小丽端起酒杯，看一眼胡岚，说："来，我们一起再次祝贺安行长得到提拔，得到重用，成为万行长的得力助手。"

"小丽，那我也再次祝贺你成功竞聘上支行副行长，并希望你再接再厉，早日成为一行之长。"安然朝朱小丽亮了一下酒杯，看着坐在斜对面的胡岚，"你也要有下基层去历练的思想准备。你要看到，在基层历练过的员工成长的机会更多，成长更快。"

“那是。”胡岚连连点头，“不过，我还是想考外派。”

“好，这想法也好。随着‘一带一路’的延伸和扩展，总行在海外新设的机构会越来越多，外派的机会是有的。”安然朝胡岚酒杯一碰，“祝你心想事成！”

这时，在监狱会见室，程万秋朝杨一新深深地鞠了一躬，说：“董事长，对不起，是我没把工作干好，辜负了您，辜负了杨总，辜负了公司。”

杨一新朝程万秋压压手，示意他坐下，说：“你是有错，但错不全在你。你虽然犯了错，但双新不会忘记你，更不会抛弃你。你在这好好改造，争取早日出来。出来后，如果你还想回双新，那双新欢迎你。”

程万秋双眼含泪，哽咽不语。

支行门口，门楣上的显示屏上滚动播放着“远离非法集资，拒绝高利诱惑”“树立正确理财观念，警惕非法集资陷阱”等宣传标语。

门口的宣传摊前打着写了“普及金融知识，理性选择投资”的横幅，摊上摆放着各种宣传资料。朱小丽手上拿着一张钞票，在跟围了一圈的人讲解怎么识别假钞。

吴双艳拍了照，跟朱小丽摆摆手，上了停在路边的车。

叶满枝走到摊前，拿了资料看着。她手机响了，一看是花三朵打来的，忙接了，说：“我在银行这。什么？要我在这等你？好，那我等你来。”

匆匆赶来的花三朵从包里取出一个厚厚的信封，对叶满枝说：“你猜这里边是什么？”

叶满枝想了想，摇摇头。

“猜不着吧？那我告诉你。这是我在双新入股的分红。”

“是吗？那真好。”

“没想到吧？”

“有点。”叶满枝看着信封，“这钱你打算放哪里去？”

“还放哪？”花三朵指了指柜台，“向你学习，理财呗。”

叶满枝看着花三朵，开心一笑。

监狱会见室，杨一新指了指报纸，说：“再新，你看，你看这。省里的首家民营银行，昨天正式挂牌成立了。”

杨再新扫了一眼报纸，一捶桌子，说：“好，真是太好了！”

杨一新说：“是啊，事在人为。”

杨再新一声叹息。

杨一新说：“怎么？”

杨再新说：“可惜给人抢先了。”

杨一新说：“我看也没什么可惜的。”

杨再新说：“哥，回想起来，我头一个吃螃蟹，螃蟹没吃着，反而给螃蟹夹伤了，我不甘心啊！”

“没事，往后可探索可创新的东西还多着，这就当是学习了。探索之路从来就不是那么平坦顺畅的，难免会遇到一些坎坎坷坷，甚至撞得头破血流。而智者就会从中吸取这血的教训，让往后的探索少走弯路，不走岔路。”

杨再新若有所思地点着头。

深交所。一锤下去，锣声悠扬。远扬公司成功上市。

罗长远和吕明远握手，拥抱，相互祝贺。吕明远热泪盈眶，感慨这一天来之不易，又想到了双新，想到了杨再新，对双新和杨再新心存感激，心怀感恩。

这时，江心洲上，春阳暖暖，桃花灼灼。

宁大为和朱小丽、周子叶和司马兰的婚礼正在进行。

吴双艳和郭小宁一个在左，一个在右，彼此扬手打着招呼。

在杨一新办公室，于美艳挥着手，激动地大声说着：“我不管，就得多一些人去接，就得让他有面子，就得让他风风光光回到双新来。”

“嫂子，你的心情我理解，你的想法也没错。”罗小琼走过去，拉着于美艳一起坐下，“其实我的想法开始跟你一样，而且我相信，公司大多数员工的想法也会跟你和我一样。只是刚才我仔细一想，觉得还是低调一点的好，如果浩浩荡荡去接，那风风光光是有了，却会害了杨总，也害了公司，得不偿失，没有必要。”

于美艳看看杨一新，又看看罗小琼，沉默了。

“好，就这样。”背着手一直走着的杨一新停下来，看着于美艳，“明天就辛苦美艳和达成去接，我和小琼在公司门口等再新。”

于美艳抹了抹眼睛，点了点头，心想还是杨一新想得周全。

与会人员经久不息地鼓掌，请站在那的杨再新坐到总经理的位置上去。罗小琼边鼓掌边满眼期待地看着杨再新。

“谢谢各位的盛情和厚爱。”杨再新朝大家拱拱手，“今天在这里，我就当着各位的面，郑重提议，由罗小琼副总经理担任集团的总经理。”

会场一时一片寂静。

“各位，我想跟大家说几句心里话。在回来之前，我就反复思考过了，由罗小琼副总经理担任集团的总经理是最合适的人选。她担任集团的总经理一定会比我干得更出色，因为她的思想比我更成熟，她的理念比我更先进，她的知识比我更丰富，她的才能比我更全面，她的胸怀比我更宽广。”杨再新稍稍停了停，“你们也许会问我，那你去哪？去干什么？那我告诉大家，我哪也不去，就在双新，就在双新做一个顾问，做一个董事长和总经理的顾问。”他看着杨一新和罗小琼，“怎么样？行不？”

罗小琼看着杨一新。

“各位，这两年来，罗小琼副总经理主持集团的经营管理工作，集团不仅成功地化解了前所未有的危机，而且得到了长足的发展。她对双新的贡献大家有目共睹，她的德行和才能集团无人能及。”杨一新微笑着看了一圈与会人员，用眼神与杨再新做了交流，“现在我提议，就罗小琼副总经理出任集团总经理进行举手表决。”

杨再新头一个举起了手。卢达成稍一犹豫把手举了上来。

杨一新放下手，说：“好，一致通过。”

掌声雷动。

罗小琼起身，含泪鞠躬。

杨再新一进家门，杨浩就将一大束花送到他的手上，又朝他大拇指一竖，说：“爸，这回你不简单，了不起，我得为你点个大大的赞！”

杨再新把花递给于美艳，笑着说："为什么？"

"别的我不说，就你在会上提议由罗阿姨来出任集团的总经理，那就值得点赞。"杨浩边说边拉着杨再新在沙发上坐下，"这可不只是你个人的伟大的转变和进步，更是双新的福音和希望，因为这标志着双新从家族企业向现代企业迈出了重要的重大的一步。"

"是吗？"杨再新有点不好意思地笑了笑，拍了拍杨浩的肩膀，"浩浩，往后你呀，既要有一股子闯劲、一股子韧劲，无所畏惧地往前闯，也要多冷静下来，前后左右多看看，里里外外多想想，上上下下的意见多听听。我过去就是看得少了，听得少了，想得少了，结果吃了大亏。还有，一个企业的发展，一定要跟上时代的步伐，合着时代的节拍，你可以引领潮流，甚至超越时代，但万不可逾越红线，更不可触碰法律。"

于美艳说："浩浩，你爸这可是肺腑之言，也是血的代价换来的，你得好好记住了。"

杨浩连连说："记住了，记住了。"

罗长远踱了几步，回过身来，看着罗小琼和杨再新，说："什么？你们想去竞标'一带一路'项目，参与国际竞争？"

罗小琼看一眼目光坚定的杨再新，说："是的，我们认为双新现在已经具备了这样的实力和条件，有信心走出国门，走向世界。"

"好，这我支持。"罗长远一拍桌子，"这既是紧跟国家战略，体现了一个成熟企业应有的情怀和担当，也有利于公司的成长壮大，是实现公司战略的一条有效途径。如果成功走出去了，那不仅标志着双新迈上了一个新台阶，揭开双新发展史上的重要一页，又将给沧江的企业起到示范作用，对促进和带动沧江经济社会的发展产生积极而深远的影响。"

"市长的眼光和境界就是不一样啊！"杨再新看着罗长远，"你这么一说，我们的信心就更足了，决心也更大了。"

"这好是好，"罗长远走了几步，看着杨再新和罗小琼，"只是在境外投资项目，那不比在国内，得有更充分的思想上、管理上、资金上、技术上、人才上等方方面面的准备，还有一些困难和问题你是想都想不到的。"

"这我们都一再咨询过了，也反复研讨过了。"杨再新看一眼罗小琼，

“我们有一个基本方针，或者说是一个基本原则，那就是既要积极进取，又要谨慎小心，既要大胆往前闯，又要有所畏惧。”

“好，你不再开口就是一个闯字，也不再开口就是一个不怕了。”罗长远微笑着看着杨再新，“这就好，我为你高兴！”

“但我还是坚持，发展是解决问题最好的办法和手段。”杨再新爽朗一笑，“双新没有闯不过的坎，没有走不出的路。”

“这我也相信。”罗小琼微笑着。

“你们呀，都还是这么可爱。”罗长远看着杨再新和罗小琼。

这时，坐在车里的何桂香见吕明远和李远航边说边比画着从车间里走了出来，便笑呵呵地下车迎了上去。李远航快步走过来，说她东山再起，生意做得风生水起，真是了不得。她连连摆手，说哪里哪里，全是有双新有远扬、有各位老板老总的提携和关照，要不她准是寸步难行，一事无成。

商谈好了生意上的事之后，何桂香请吕明远和李远航去吃饭。吕明远说不急，有的是机会，下次他来安排，把杨再新也请过来，一起喝几杯。何桂香说行，杨再新现在是她哥，她来叫，他准来。

看着何桂香上车走了，吕明远心想她还真变了个人，看来李远航救她没错。

罗小琼微笑着朝万全有欠欠身，说：“万行长，这回我们双新能在海外中标，如果没有你们H银行给我们提供多方面的支持和帮助，又效率那么高，那根本不可能。我和双新都谢谢你和贵行了。”

“罗总客气了。”万全有朝罗小琼点点头，“近年来，我们H行紧跟国家战略，在‘一带一路’沿线国家又新建了不少的分支机构，可以更多更好地为中国企业走出去提供不只是融资上的便利和服务。”

罗小琼说：“这我们已经深深地感受到了，也体验到了。”

万全有说：“我还告诉你一个好消息。我们这里的胡岚已经外派了，就在双新中标项目所在国的那家分行，还是负责企业融资方面的业务经理。”

罗小琼说：“那真是太好了！”

回到家，罗小琼将了解到的方方面面的新情况打电话告诉了卢达成。一个多月前，卢达成作为公司海外项目负责人去了项目所在国。尽管有不少困难，但卢达成对项目仍是信心满满，全身心地投入到了项目中去。

正在工位上埋头干活的柳开给狱警叫了出来，说有人来看他。

一见来看他的是何桂香，柳开掉头就要走。何桂香连忙手一伸，招呼他别走，有话想跟他说。他停在那，低着头。何桂香说她是死过一回的人了，早就不怪谁了。柳开扭头看了她一眼。她说不但不怪柳开，还要感谢他，如果当时他借了钱给她，那她祸害的人会更多，她的罪孽会更重。柳开走了过来，跟何桂香面对面坐了下来。

何桂香说她最佩服的是杨再新，最对不起的是于美艳，最要感谢的是李远航，最看好的是罗小琼。

柳开等着何桂香说他，何桂香却不说，只问他出去之后，是否愿意去她的公司。他沉默不语。何桂香笑了笑，说没关系，到时候再说也不迟。

柳开问何桂香，她是不是压根就瞧不起他和邓满意。她说当初是有点，但现在早就没有了，各人有各人的难处，都不容易。

这时，邓满意正开着三轮车给郭小宁的店子送粉面过去。何桂香曾让人给他捎过话，如果他愿意，他还可以去给她开车，但他说他愧对何桂香，不去了，心意领了。

海外项目工地上，卢达成指了指工地，边走边对胡岚说："这项目非常大，我们双新承建的只是其中的一部分，但虽然只是一部分，却是一个大工程，而且情况复杂，困难不少，对双新和我都是一个前所未有的挑战和考验。不过，双新有信心，我有信心，我们所有人都有信心，一定要把项目如期保质保量完成，绝不给国家丢脸，绝不给沧江丢脸，绝不给银行丢脸，绝不给双新丢脸。"

胡岚握着卢达成的手，说："好，我们一起来努力！"

这时，司马兰和吴双艳一起将一个花篮摆到一家新开张的米粉店门口。

"恭喜恭喜。"司马兰擂了一下郭小宁，"你这是在沧江的第几家分店了？"

郭小宁说："不多，才第十二家。"

吴双艳走到程万秋跟前，说："还好吧？"

程万秋脸一红，有点不好意思地说："挺好的。我上个月一出来，小宁就把我接过来，还给了我一点股份。"

"那就好。"吴双艳看一眼郭小宁，又看着程万秋，把手伸了过去。程万秋愣着，有点不知所措。吴双艳一笑，握住了他的手。司马兰和郭小宁把手叠了上来。

海外项目工地上悬挂着"热烈庆祝中华人民共和国成立七十周年"和"热烈祝贺双新集团海外项目第一期工程竣工"的横幅。

双新小会议室里，杨一新和杨再新、罗小琼、于美艳等在电视上收看着国庆七十周年阅兵式。罗小琼打了卢达成的视频电话，只见卢达成和胡岚等人也在收看国庆七十周年阅兵式，一个个热泪盈眶地摇着小国旗。

伍家旺和汪守业等人坐在临时搭起的台下，兴奋地看着电子屏幕上那气势磅礴、排山倒海走过天安门前的方队。

江心洲上，焰火过后，70架无人机升空，组成"70"图案。

沧江两岸一片欢腾，一片欢呼。

双新大楼落地窗前，于美艳指着远处的江心洲，说："你们都快来看，那天上的准是浩浩他们的无人机呢！"

比比画画跟杨一新和罗小琼热烈讨论着的杨再新快步走过来。杨一新和罗小琼都放下手上的资料，也快步往窗前走。

罗小琼望着江心洲，由衷地赞叹说："真美啊！"

2019年9月至2020年10月第一稿

2023年10月至12月第二稿

2024年6月至9月第三稿

2024年11月至12月第四稿